呪い人形

望月諒子

集英社文庫

目次

◆主な登場人物

工藤孝明——藤原病院勤務の内科医。元南条大学病院研修医
藤原信太郎——藤原病院院長
有吉大生——工藤の指導医。南条大学病院助教授
緒方雅樹——工藤の大学の後輩。南条大学病院研修医
沢木勝也——汚職疑惑で係争中の医師

小森真奈美——養護学校生徒。工藤の患者
小森明代——真奈美の母
坂下直弘——会社員。真奈美と関係を持つ
坂下頼子——直弘の母
中根大善——宗教団体・中根積善会会長

本間郁夫――中根積善会元会員
本間タネ――郁夫の祖母
渡部喜一郎――音楽家。音楽創世会主宰
関口洋平――音楽家。渡部の門下生
関口志保――音楽家。洋平の妻

木部美智子――「週刊フロンティア」の看板記者
真鍋竹次郎――「週刊フロンティア」編集長
楢岡篤男――「東亜日報」社会部記者
高津千里――フリーライター。工藤の元恋人
多田　徹――ジャーナリスト。元ニュースキャスター
本宮龍二――ジャーナリスト。多田のゴーストライター

呪い人形

プロローグ

明けない夜などないという。しかし幾夜待っても光の差し込まぬ場所もあるのだ。

深夜一時半。

築二十五年の狭いマンションの一室で、小谷忠雄は背中を丸めてパソコンの画面を見つめていた。

妻は足元の布団で寝ていた。部屋の明かりは消えている。車の通過する音が時折聞こえるだけだ。パソコンが、小さなモーター音を発していた。

その画面には小さな字がほんの一行、映っている。


詳細を求む。

眼鏡は手垢で汚れていた。その文字を見つめる小谷忠雄の目は夜光虫のように光っている。

彼は『返信』のボタンをクリックした。
そしてキーボードを打ち始める。

当方、今を去ること十五年前——

妻が寝返りを打った。足が布団の上に投げ出されて、音がした。モーター音はそれに一瞬かき消されたが、耳を澄ませばささやくように再び音を響かせている。
小谷忠雄はこの淡い光の向こうにあるものが安息でもなければ慈悲でもないことを知っていた。強いていえば信仰心がもたらす錯覚があるだけだ。医学者、それも極めて愚直な科学者のはしくれである彼はそこに幻影も幻想も求めはしない。

私の多々の研究を亡きものにし、——

妻の寝息はわずかに鼻にかかり、部屋を行き来した。いまや夫になんの期待も興味も持たず、いびきをかきながら眠る女。しかし憎むべきはこの女ではない。父でもない。母でもない。自分を不当に扱った高沢(たかさわ)大学病院でもないし、自らの愚かしく実直な性格でもない。
沢木勝也(さわきかつや)の顔が、焼き鏝(ごて)を当てられたような激しい痛みを伴って彼の脳裏にくっきりと蘇(よみがえ)るのだ。

十五年前は漆黒の髪だった。背の高い、見栄えのいい男だった。しかしその目はリスのようにこすっからく、笑い声は甲高く、微笑む(ほほえ)と、その表情は獲物を前に、今にも舌なめずりしそうな獣を思わせるほど脂ぎっていた。

小谷忠雄はキーボードを打ち続けた。

乾いた言葉が並んでいく。彼は、自分のどこを探しても、もう豊かな表現などないことを知っている。永い抑圧は、人から言葉も感情も奪い去るのだ。

よって沢木憎しの思いに正当性があるや無しやは論ずるに足らず、ひとえに我が身の不徳の致すところでありながら、ただしかし、何をもってしても沢木勝也憎しの思いはもはやいかんともしがたく、

彼が父より相続したものは、古びたアパート一棟と株券と銀行預金だった。現金に換算すれば、総額は六千万前後になると、弁護士は言った。家族にとって、この古いマンションから抜け出す唯一のチャンスだった。いや、小谷忠雄夫婦の老後の生活設計の全てであり、父の人生の総決算でもあった。その上、もし六千万円に足らなければ、このマンションさえ手放さなくてはならない。妻の実家は、この十五年で用立てた金を返せと烈火のごとく怒るだろう。しかし彼はためらわなかった。

――当方、現在五十二歳。両親が死してわずかな遺産あり。ついては要求の報償金、六千万円を用意可能。返信を待つ。

小谷忠雄

送信ボタンをクリックした。
二〇〇三年、四月二十日のことだった。

第一章　木の下にて

1

茨城県の南西部に波辺町という町がある。

あたりは元々、農村だった。昭和三十年代に農産物の需要が減って、町は大型の工場を誘致した。山が切り開かれて、社宅用の団地が建ち、農村の面影は消えた。町営の図書館もでき、小、中学校は生徒数が二倍になった。

それから三十年経って、工場は売却され、跡地に大学の分校が建った。高速道路は近くまでやってきたが、町には進入路ができなかった。社宅だった団地は一部は取り壊され、一部は町に安く払い下げられて、町営の住宅になった。広大な工場跡地を埋めるために、町は特別老人養護施設や障害者施設を誘致した。

町には繁華街もある。全国的に商店街が立ちゆかなくなる中、地縁血縁がまだ色濃く残る土地柄で、最盛期の六割の売り上げながら、立派に営業を続けている。

その繁華街の二キロ北に、藤原病院という小さな個人病院がある。

院長の他に常勤医師が一人いて、あとは非常勤の医師でまかなっている。

開業来、三十五年経つ。院長の藤原信太郎は、困っている人を見過ごしにできない人柄で、ゆえに町の人々の信頼を得て、地域密着型病院として機能してきた。

医療器具は古く、ベッドもみすぼらしくなった。ずっと前から、病室の壁を塗り替えたいとは思うものの、入院病棟が空にならないので、実現していない。八年前、トイレだけは全館洋式に変えた。

その院長も七十歳に手が届こうとしていた。病院の問題は医者不足だった。

医者余りは都会の話だ。地方の小さな町の勤務医は慢性的に不足していた。四年前に雇った医者も、二年勤めて都会へと移っていった。そんなとき藤原は、前歴は問わないという条件で、ある医師を紹介された。

南条大学病院出身の若い内科医だった。

腕はいい。ただ、彼には「前科」がある。

しかし紹介者である南条大学病院の助教授、有吉大生は重ねて言った。

「あれは工藤くんの責任ではありません。不幸な事故なのです」

有吉大生は地方国立大学の出身ながら、卒業以来南条大学病院に籍を置き、三年前、三十九歳で助教授になった。極めて早い昇進といえた。

藤原の経験によると、大学では、診療をせず、人望もなく、実験に明け暮れている人の方が出世するものだ。そしてそういうタイプの人間が教授になったとき、おのずと同じような経緯を踏んだ人間を選ぶものだ。それが原因で、大学病院の医局から離れていく優秀な医師も多い。その上、有吉は南条大学の出身ではない。学閥、派閥に縛られた医局内では、この先どんなに論文を書き上げ、認知されたところで、いま以上の出世はないかもしれない。

それでも学内政治を嫌い、臨床現場を尊ぶ有吉の誠実で真摯な医師としての態度と実績に、周囲は一目置く。

いや、学内での出世の早さを見れば、医局での立ち回りにもそつがないに違いがなかった。人は彼を慕い、頼りにした。彼は医局から派遣され、常勤医として勤務して病院、医院だけでなく、研修医の時代にアルバイトに行った先の関係者ともつきあいを保ち、今ではその人脈は大学病院内にとどまらない。

その有吉が、事件当時の工藤孝明（たかあき）の指導医だったのだ。

工藤孝明。南条大学医学部を九八年に卒業後、同年四月同大学病院に研修医として勤務。同年九月辞職。

名門、南条大学医学部出身の若き医者は、研修医一年目であの「事件」に遭遇した。医者仲間では彼に同情する声が圧倒的に多かったのを藤原は覚えている。

それでも写真を見るまでは、断ろうかと思っていた。この町にはいまだ狭量な人間も多い。彼の前歴が噂（うわさ）になれば、病院は立ちゆかなくなるかもしれない。

しかし送られてきた履歴書に九八年からの三年間の空白と、その写真に写った、まだ青年の覇気の残る顔を見た時、気が変わった。

哀れではないか。

誰もが彼の不遇に同情はするが、救いの手は差し伸べないのだ。この青年はただ、懸命に職務を全うしようとしただけであるというのに。

電話口で有吉は言った。

「何かあれば、後任も含めて必ずこちらで責任をもちます」

結局藤原は採用を決定した。南条大学病院とのパイプは魅力だった。同時に彼はこの、世間に絶望した不運な青年に、ささやかながら再起の場を与えてやりたいと思ったのだ。だから面接の前には採用は決定していた。その旨、有吉を通して工藤孝明にも伝わっているはずだった。

それでも面接の時、工藤孝明は申し訳なさそうに、いや、頼りなさそうに俯いていた。迷子センターの子供の表情に似ていると思った。院長室で彼を前にして、役にも立たぬ慰めを言ったような気がする。それに、彼は黙って頷いたような気がする。

その工藤孝明が勤めて丸二年を迎える。若い人間が入るということはいいことだ。患者数は増えた。病院も活気づいた。

工藤孝明は、背の高い顔だちの整った青年だったが、派手なところがなく、律儀で真面目だった。要領が悪くてよく看護師長に叱られていた。小言を食らうと、もう二十九になるというのに、小学生のように直立したまま頭(こうべ)を垂れて、はい、はいと聞く。それをそばから看護師が用事で呼ぶ。看護師長の話が終わるやいなや、反省の弁もそこそこに、呼ばれた方へと飛び出していくものだから、看護師長は機嫌が悪い。しかしなによりその不器用な一途(いちず)さが、組織に若さと華やぎを与えるから不思議なものだ。

看護師長は、「工藤先生は患者に甘いから、なめられる」とこぼしている。しかしそれは、頼まれれば断るということを知らず、なんにでも誠実に対応し、不平不満を言わない彼が愛され、あてにされていることの裏返しであり、それを「なめられる」というのなら、彼は、看護師にだってなめられている。藤原院長は、若い跡取りができたようだと、工藤の雇用に満足していた。

ただ、彼があまり笑わないことが気がかりだった。懇親会でもクリスマス会でもくつろいだ表情を見せたことはない。看護師や他の医者と雑談もしない。判で押したように決まりきった忙しいサイクルを黙々とこなしている。

傷は深い。その深さは、体験したものでないとわからないものなのだろうと、院長は改めて思う。患者を殺したとレッテルを貼られて追放された若い医師の心の傷。

二〇〇三年八月二十五日。

工藤孝明はその日も午前九時の診察開始時間に間に合わなかった。

病院に着いて、肝臓疾患の患者の検査結果を見直す前にコーヒーを淹れて、買ってきたハンバーガーを食べようと椅子に座ったとき、電話が鳴った。薬剤部から、睡眠薬の数が伝票と合わないと言ってきたのだ。朝の七時半だった。

一階に降りてみると、たった五錠の睡眠薬のために、事務員から当直あけの看護師まで一緒になって右往左往している。睡眠薬は、ひとつまちがえれば犯罪に使用される。たった一錠でも「不明分」があってはならない。とはいえ大学病院では薬の数など合わせる者はいなかった。現実には在庫と伝票が合うことは神話に近い幻想なのだ。しかしこの小さな病院では何事も、本来神話であるはずのことが立派に機能している。外来でやってきた患者の父方と母方の既往病歴が看護師の口からすらすらと出てくるのだ。

小さな病院を守るということは、睡眠薬の五錠の紛失を侮らないということなのだと、二年勤めて工藤にもわかってきた。それで睡眠薬探しを手伝う。結局、看護師の一人が、カルテのアラビア数字の4と9を見間違えて、四つのところを九つ持ち出していたことがわかって、薬剤師はやっと得心、それぞれが持ち場に戻った。

医局の年代物の椅子に戻って朝飯のハンバーガーを食べようと思った時には、もうすっかり冷えていた。コーヒーだけでも淹れ直そうとした工藤は、すでに八時半になっていることに気がついた。

病状確認のため目を通さないといけないカルテが七冊、机の端には今朝またアパートから持ち込んだ医学雑誌が読まれぬままに積んである。温かいコーヒーをあきらめた工藤の手は冷蔵庫の扉に伸びて、缶コーヒーを取り出す。

コーヒー缶のプルトップを引っ張った時、ナースセンターから通話が入った。

「三〇五号室の中島さんが検査用の採血をさせてくれないんです。工藤先生を呼んでくれって」

六時に起きて、新聞にさえ目を通していない。中島という名前を聞いて、忙しいからそっちでやっといて下さいと苛立たしく返事をしかけたが、気がつけばその若い看護師の声は消え入りそうになっている。

「あとでいきますから」と工藤は言った。そして大きなため息を一つつく。

昨日の夜は頭痛だった。その前は食欲不振で、その前はのぼせだ。中島登美江は日に何度となく工藤を呼びつける。工藤は彼女の病室の前を通る時は足音を忍ばせる。時には顔を上げ、声をかけられる隙のないように毅然として通る。しかしどうやっても駄目だった。彼女は「工藤先生！」と声を上げ、機敏にスリッパをひっかけて、今日は難を逃れたかと思っている彼の後を追いかけてくるのだ。まるでじゃれつく相手を見つけて喜ぶ小犬のように。そのまま逃げたいと、幾度思ったかわからない。しかし立ち止まり、恐る恐る振り向けば、五十を過ぎてほっこり太った中島登美江は、病室の入り口から顔を出し、彼に微笑みかけるのだ。

中島登美江は重度の糖尿病だが、入院の必要はない。嫁との折り合いが悪く、その上、夫は仕事と称して帰ってこない。彼女は追い出されるように、もしくは逃げ出すように入院した。嫁は義理堅く見舞いにくるが、登美江が、嫁の持ってきた見舞いのリンゴを玄関ホールのクズ入れに捨てているのを、看護師の一人が目撃した。

医者にかまって欲しくて看護師にああでもないこうでもないと難癖をつける。看護師が聞き流すとナースコールを押し続ける。大学病院ならとっくの昔に放り出している。

大学病院なら——工藤の思考が止まる。

南条大学病院なら。

日の当たる中庭が見えた気がした、使い古された検査器具だとか、忙しそうに歩く先輩医師の白衣の着崩れ方——

コンピューター内蔵のトレーニング人形を相手に、汗をかきながら心肺蘇生の練習をした。心臓マッサージを十五回して人工呼吸を二回する。蘇生に失敗して、人形に取りつけられた心電図のモニターがフラットになるのを見て指導医が「あぁあ、死んじゃった」と呟いた。トレーニング人形に患者に使う本物のモニターのパッドをつけて叱られたこともある。胃潰瘍の患者のカルテにまちがえて末期癌の患者のX線写真をつけて、主治医の説明の途中で患者が泣き出してしまい、その場で叱責をあびたこともあった。一カ月に一度、病棟カルテの整理をやらされた。三時間は立ちっぱなしだった。人目を避けるように、廊下の端に座り込んで食べた、潰れたパン。呼ばれれば、そのままた、ポケットに突っ込んで、走った。

断片的な記憶が浮かんで、消える。叱られてばかりだったのに、すがすがしくて、白熱灯をあびたように光っている。

工藤はハンバーガーを口に入れた。あの、ファストフードのハンバーガーが冷えた時の独特の生臭さが口の中に広がった。

工藤はカルテの一つを広げる。

Lung; no rale（肺、異常音無し）
Heart; no murmur（心雑音無し）
Abd; soft and flat（腹部、柔らかくて平坦（へいたん））

カルテの中に英単語が並んでいる。工藤はそこに血色素値を書き加えて「検査結果　貧血見られず。甲状腺異常なし」と英語で追記し、心機能改善薬を追処方する。

そのまま朝取ってきたカルテの残りを片づけた。未記入カルテを書き込むと、八時五十分になっていた。朝の診察の開始時刻は九時だ。

工藤はカルテを抱えて医局を飛び出すと、中島登美江の病室に向けて急いだ。途中通りすがりの看護師にカルテを渡して「これ、戻しておいて」と言い残し、中島登美江の病室に滑り込む。

中島登美江は下腹が痛いと訴えた。先生、このおなかの、下の方なんです。

ベッドの上にペタンと座り込んで、わざとらしく腹を押さえている。

朝御飯は食べられたんでしょ。

いえ、食べたらますます痛くなって。

中島登美江は、左のここがと言ったり、いや、全体がと言ったりして、一向に判然とさせない。ただ見上げるその視線だけが一貫していた。先生、いつものように優しくして下さいな。

その甘えた視線に工藤はむっとして、中島さん、看護師のいうことを聞かなかったら、病院にいられなくなりますよと言った。

「血を取るのを嫌がっているそうじゃありませんか」

それに答える時だけ、中島登美江はすました顔だった。

「わたしは何も、取らさないと言っているんじゃないですよ。痛いから、痛くないようにしてくれと言っているだけです」

これではまるで『ヴェニスの商人』のポーシャだ。

廊下に出ると看護師長が先を歩いていた。追い抜きざまに肩口後方から声が聞こえる。

「先生、診察時間に、もう二十分遅れてますよ」

工藤は入院病棟から一階の診察室に駆け下りる。

中島登美江は孤独なのだ。孤独な人間は本能的に自分を受け入れてくれる相手を知っている。だから彼女は俺にまとわりつく。俺がそれを邪険にできないことをお見通しなんだから勝ち目はない。

工藤は診察室へ入りながら白衣の乱れを直し、机の上に置かれたカルテを広げる。

確かにむきになるのは俺の悪いくせだ。俺が相手にするから中島登美江は俺にまとわりつく。しかしそれならと工藤は思う。――誰か俺の代わりに、彼女を受け入れてやってくれればいいじゃないか。町中の人が彼女にまつわる噂を知っている。登美江の夫がフィリピンからの出稼ぎの飲み屋のお姉さんにすっかり骨抜きになっていることも、高名な大学を卒業している嫁が、嫁ぎ先である中島一家のことを、教養がないと裏で小馬鹿にしていることも。登美江は、皆がそれを知っていることをよく知っている。彼女はどこかに救いをもとめ、対して俺はただ、いまのところ他にエネルギーを使うあてもなし、つまるところ彼女を邪険にする理由がないだけのことだ。

誰か一人くらい、彼女を丸ごと受け入れてやってもいいじゃないかと思うだけだ――

看護師が一人目の患者を呼び入れた。診察は二十五分遅れで始まった。

小森真奈美（こもりまなみ）はその日の最後の患者だった。

真奈美は生まれて来るときに母親の体の中で小さな行き違いがあって、少し前ならこの世に生を享（う）けることもなかっただろう。高度医療のおかげで一命を取り留めたが、腎臓機能が万全ではなかった。母親の明代（あきよ）は真奈美が言葉を覚えるのが遅いことや、おむつが外れるのに時間がかかることを、その内科的なトラブルのせいだと信じていたが、実は真奈美はもう一つ障害を抱えていたのだ。彼女は知的障害児だった。成長しても知力は五歳程度にとどまる。

十五歳になった今は、腎臓もほぼ正常に機能している。それでも彼女は毎月二十五日に、養護施設の職員に付き添われて診察を受けに来る。

引き継いで二年、最近では微笑ましさを感じる。

それは儀式のようなものだ。聴診器を当て胸の音を聞き、椅子をぐるりと回して背中を二、三度トントンと叩く。それから「変わったことはないですか」と大人言葉で話しかけてやる。それで終わりだった。「ではまた来月ね」と微笑みかけると、真奈美は照れたように俯き加減に笑い返してくる。

真奈美は決して愛らしくはない。色が黒く、毛深い。太っていて、その上母親の遺伝か、乳房が発達していた。ちょうど小さな水牛を思わせる。いつも体操用の青いジャージの上下を着ているのだが、身長の割りに身幅が大きいので、そのジャージが横に伸びて上に引っ張り上げられ、油断すると下のシャツが見えてしまう。それでもその彼女が椅子に座ったまま、ぎこちなく、しかし顔いっぱいに微笑むと、それはとても嬉しげで、工藤も釣られてにっこりと笑ってしまう。

思えばここは唯一、真奈美が大人言葉で話しかけてもらえる場所だった。だから真奈美は嬉しいのだ。その嬉しさが工藤を直撃する。先端技術を駆使した医療はここにはない。しかし真奈美の笑みは、町医者に町医者としてのあり方を教える。

だがその日、真奈美はいつもと様子が違っていた。

工藤は戸惑い、手を止めたほどだった。

学校で配給の青いジャージしか着たことがなかった彼女が、スカートを穿（は）いてブラウスを着ていた。そのブラウスがサイズが合わなくて、胸元のボタンがはち切れそうになっている。工藤はたじろいだが、「やあ、かわいいね」と声をかけた。真奈美は笑わなかった。いつもなら聴診器を耳にかけただけで笑うのに。

心音を聴くのに、普段はジャージごとちょっとたくし上げれば済むのだが、その日はボタンをはずさなければならなくなっていた。工藤が「胸の音を聞きますよ」と一声かけると、看護師が寄って来て、ブラウスのボタンに手をかけた。その瞬間、真奈美はギャッと短い声をあげたのだ。

「胸の音。ほら、いつもの聴診器」

ブラジャーを外す必要もない。ただブラウスの前をはだけて、座っていればいいのだ。しかしその間の真奈美の奇妙な表情は彼を狼狽（ろうばい）させた。いやがるような、待つような、怯（おび）えるような、そのくせどこかで媚（こ）びるような――そんな視線だったのだ。

工藤はそそくさと診察を切り上げた。

看護師の山村（やまむら）は、工藤と二人きりになると、後片付けをしながら「かわいそうに」と呟いた。

「あの子、男の人に暴行されたんですって。それも三人に。わからないんですよね、そういうことが。わかっていれば悔しいとでも思うんでしょうけど」

——暴行。

しかしブラウスとスカートで精一杯着飾った真奈美と、暴行という言葉の持つ凶暴性のようなものが、頭の中で一つに納まらない。工藤は混乱して口走った。

「どういう意味？」

しかし聞くまでもなく、山村の言葉の意味は明白なのだ。

真奈美には、暴力によって蹂躙された我が身に、そういう被害を受けた女性が持つ恐怖と怒りがない。そしてもしそれがなければ、強姦であったとしても、それはただの「性行為」でしかないのだ。

工藤は真奈美の、怯えるような、媚びるような、あの目を思いだす。

子孫を残すことが生物の大命題であるのだから、全ての生物には性欲がある。猫にあるのと、人間にあるのと、変わりはしない。だからこそ、人間は犬や猫のような動物的な性行為を忌む。しかし真奈美は、性に対する羞恥心が乏しい。その真奈美が、男性器を自分の体の中に取り込むという、本能を充実させる手だてを覚えたということが意味するもの——。工藤は恐る恐る訊ねた。

「女性としての自覚がついたということですか」

それは暴行という、ありがちな悲劇よりなお陰惨な気がした。

山村が言うには、真奈美が男たちの慰み物になっているという噂は数カ月前から流れていたという。しかし誰も聞かぬ振りをしていた。それは蔑みや無関心ではなかった。真奈美は男たちを拒否しない。加害者の男たちは飽きるまでやめようとはしない。だとすれば、ことは繰り返される。いつかは腹が膨れてくるだろう。誰ともわからぬ男を父とする子を宿すのだ。何度か堕胎して、母は娘に、世間に隠れて避妊手術を受けさせるだろう。それをも含めて、町の人々は見て見ぬふりを続ける。何事もなかったように朝には「おはよう」と呼びかけるのだ。それが、この小さな共同体が真奈美という少女を受け入れる、唯一の手段でもあった。

それを、ことを表沙汰にしてしまったのは他ならぬ真奈美の母だったと山村は語った。

彼女は泣き叫ぶ娘の髪を引き摑（つか）んで、婦人科に行った。驚いた看護師と医師が止めに入ったが、母親は何も聞こうとはしなかった。ただ医師の腕に摑みかかり、髪を振り乱してわめき続けた。

「男にやられたかどうか、調べてくれぇ！」

七月二十七日、夕刻のことだった。

2

小森真奈美の母、明代は怒りに体を震わせていた。

警察は、真奈美の証言は取り上げられないと言ったのだ。

仕事にかまけて真奈美のことを気にかけていなかった。娘は朝、養護学校に登校し、夕方、自分で家の鍵をあけて家に入り、母親の帰りを待っている。おなかがすいた時のために、家にはいつも弁当を買い置いていく。部屋の中にはマッチは置かない。ガスの元栓も締めて出る。一人で通学のバスに乗ることを習得させてから、真奈美のことで手間を感じることはなくなっていた。

奇声を上げることに気づいたのは二カ月前だった。男と女の出るテレビドラマに興味を示し始めた。ぼんやりと口をあけ、顔にてらてらと色が映るほどの近くで画面に見入る。好きなタレントでも出ているのだと思っていた。

やがて、通学用のリュックの中から時代後れのブラウスが出て来た。真奈美はそれをひったくって大事そうに握りしめた。養護学校には寮があり、寮生のために生活用品を保管している。真奈美がそこの衣類箱の中から一枚を引き出して、ひどくそれに執着したので持って帰らせたと、教師は母親に事情を説明した。真奈美は母親のタンスの中をかき回し、ブラウスやスカートを取り出しては眺めた。

そして夜中に泣く。

スーパーの人込みに突然怯える。

明代が噂を聞きつけたのは、そんなころだった。

——小森の娘が男たちに、川原の小屋に連れ込まれている。

家に帰ると、明代は娘を問い詰めた。娘は坂下直弘（さかしたなおひろ）の名を挙げた。

「学校から帰るときいつも会うお兄ちゃん。時々車に乗せてくれた」

その日も車に乗せられた。車の中には坂下の他に二人の「お兄ちゃん」がいた。そして車は真奈美のうちへは行かなかった。真奈美はその時のことを聞かれるままにことこまかに話した。どうやって頭を押さえられたか、どうやって――

七月二十七日朝、母親は警察に駆け込んだ。

警察は坂下直弘と、それらしい二人の男を呼んだ。しかし三人は否定した。真奈美に嘘を作る能力などなかったのに、警察は、真奈美の証言を取り上げることはできないと、申し訳なさそうに言った。そしてこう、言い足した。

「お嬢さん、抵抗してはいないんですよね」

明代にはそれがなにより悔しいのだ。真奈美が怯えながら、それでもジャージでなくブラウスを、ズボンでなくスカートを穿くようになったことが、どうしようもなく悔しい。そして真奈美が、実はその時が初めてではなく、それより以前に、坂下に同様の行為を二度も受けているという話を真奈美自身から聞いた時、怒りに膝が震えた。

それでも真奈美は坂下についていく。怯えながら、おしゃれに目覚める。

明代は、初めから黙ってその仕打ちに耐えようと思っていたわけではない。

娘の髪を摑んで婦人科病院に乗り込んだ時、真奈美の出産に立ち会ったその医師は明代に言ってきかせた。

「仮に真奈美ちゃんに男性経験があったとしても、だからって暴行を受けたという証拠にはならないんだよ。悔しいのはわかるけど、そういう問題じゃないんだ」

警察にはやんわりと門前払いを食わされ、婦人科で相手にされず、明代はなおいきりたった。そして明代は翌日、坂下直弘の家に怒鳴り込んだ。

「人の娘を慰み物にしやがって！」

坂下直弘は不良ではない。二十七歳で、三つ上の姉がいる。名ばかりの大学を卒業したあと、梱包（こんぽう）会社の工場で働いていた。町では目立たぬ存在で、学生時代にはいい噂も悪い噂も聞いたことがない。社会人になった今も、仕事は休まないがやる気もないという男だった。

初めて警察に呼ばれた日、坂下は母に連れられてやってきた。事情を聞いた坂下の母は顔をこわばらせ、息子を連れ帰った。翌日、坂下の母はいつもと同じ時間に起きて、同じように犬を散歩に連れて行き、家族の食事の用意をし、庭の花に水をやった。スーパーに買い物に行き、八百屋で雑談をし、帰ってくる。

明代が怒鳴り込んだ時、坂下の母は、玄関口で表情を一変させた。

「うちの息子は来月結婚するんだ、へんな因縁をつけるな！」

それから息を整えると、うってかわって取り澄ました口調で言い放った。

「暴行なんて大げさな言い方をするけど、お宅の娘さんがついていったんなら、合意のもとでしょ。年端もいかない子を相手にするのが非常識かもしれないけど、暴行とは聞き捨てならないじゃありませんか。第一、うちの息子は否定しているんですよ。へんな言いがかりをつけると訴えますよ」

　真奈美はその日がいつであったかもわからない。その暴行の様子も、母の明代にはもぞもぞと話をするが、警官に聞かれると俯いてしまう。場所は川原の端の放置された小屋の中。しかし話には一貫性がなく、そばに赤い自転車があったと言い、次には、赤い自転車はヨウチャンのだと答え、自転車を特定するために、その洋子という六歳の養護学校の少女に事情を聞けば、それは自転車ではなく三輪車だった。交番の警官が膝を折って丁寧に確認しようとすると、その気配だけで真奈美は頭を抱えるように俯いて、両耳を塞いだ。

　男は三人いたと真奈美は言った。しかし名前がわかったのは主犯格の坂下だけだった。

　その坂下は警官に対して否定した。あとの二人については大体の予想はつくと町の人間は噂した。しかし聞いて認めるはずもない。犯人も、場所も、時間も、何一つ特定できない。そしてそれを逆手にとるように、坂下の母親は暴行の事実そのものを否定し、謝るどころか、気後れさえなかったのだ。

　坂下の母親は奥に向かって「警察に電話して！」と叫んでいた。そして明代には「そこから一歩でも上がったら不法侵入ですからね」とねめつけた。明代は息子を出せとわめいて、家の中に駆け上がろうとした。しかし騒ぎを聞きつけて駆けつけた近所の人たちに押しとどめられ、玄関から先に上がることもできない。

　障子の向こうに、こちらの様子をうかがう人の気配があった。

あの障子の向こうに直弘がいる。あの男は障子の向こうで、事が納まるのをじっと待っている。母親に守られた、なんの痛みもないところで。

明代には瞬間、憤怒が身の内を走るような気がした。彼女は身をよじらせ、人の手をすり抜けて駆け上がろうとした。人々がそれを懸命に押しとどめる。明代はその人々に対しても怒号を上げた。

「あの男をここにひきずりだせ！　あの男が真奈美をやったんだ！」

髪を乱し、手当たり次第爪を立てた。そして警官が来て、パトカーに乗せられたのは坂下直弘ではなく、明代だった。

しがみついていた沓脱ぎ石から引き離される時、坂下の母親の目が明代にこう言っていた。

要は、お前の娘が尻を振ってどこかの男についていったというだけのことだ。自尊心のかけらもなく。そんな子供の相手を、うちの息子がしたとは言わせない。うちは一戸建てを買い、二人の子供も大学に行かせた、まともなサラリーマンの家なんだから。

怒りの向けどころがなかった。坂下の母の蔑みの目が明代の頭に焼きついて、明代の怒りは自分の娘に向けられた。

明代は真奈美を折檻した。髪の毛を摑み、振り回し、何度もその背中を叩いた。真奈美は固太りの、水牛のようなその体を丸め、両手で頭を抱え込んで嗚咽した。

明代は思い出すのだ。

皆がよちよちと歩きだしても真奈美はぼんやりとして立とうともしなかった。皆が喃語（なんご）を話しだしても、真奈美は時々うめき声をあげるだけだった。手を叩いても「いないいないばあ」をしても、真奈美が声をあげて笑うことはない。明代は子供と水遊びする母親がうらやましかった。

夫が明代に離婚を申し出たのは、真奈美が六つになった時、障害を告知された、その年だった。

真奈美を抱き上げようとしなかった夫。真奈美が食事するのを見ることを嫌がった夫。真奈美が隣で泣いていても、振り向こうとさえしなかった。真奈美は夫になつこうとした。膝に乗ろうとする真奈美を、夫はそっと払いのけた。

明代は、苛立って真奈美にあたったり、時に邪険にし、無視するその自分の様子を、夫がなんの同情もねぎらいもなく、いや、驚きも嫌悪さえなく眺めていることが、居たたまれないほど惨めだった。

真奈美は一旦泣きだすと何時間でも泣き続けた。その泣き声に耐えられなくなって、隣の部屋に入れて障子を閉めたことがある。その時、真奈美が障子を叩いて、泣きながら発する声を聞いた。

おかあちゃん　おかあちゃん

いとおしかったわけではない。真奈美の知る少ない単語の中で、それだけが真奈美にとって、間違いのない言葉だということが、切なかった。

呼んで答える存在は、それだけなのだ。

他には誰も、真奈美の声を聞こうとはしないのだ。

おかあちゃん
真奈美は障子を掻(か)きむしりながら、嗚咽の中で、明代にしかききとれないほど不明瞭な発音で呼び続けた。

真奈美の世界には、他に誰もいないから。

事が半ばおおやけになってから、町の男たちの間に「真奈美はやり得だ」という噂が流れた。そこには「だからってやる気はしないが」と嘲笑がついて回る。ベッドの下、押し入れの中にアダルトビデオを隠している年齢の青年たちが、仲間うちで笑い合うのだ。年配者たちはその噂を聞いては、気の毒そうに「頭はああでも体は覚えるからねぇ」と声をひそめた。中にはあからさまな悪意も聞こえた。真奈美の母親だって、ずいぶんきれいなことを言っているが、夫に逃げられたあと、真奈美を施設に預けて、男と遊んでいたんじゃないか。――たちの悪い小蝿(こばえ)のように声は飛び回る。冗談とも本気ともつかぬ曖昧な気配を含んで。

明代は耳を塞いでいた。頭を低くして、声が頭上を通りすぎていくのをじっと待っていた。それでも風にのり、聞き間違いのないほど明瞭に声が届く。――もう、避妊手術でもするしかないんじゃないの。

今、真奈美は体を丸めて母の折檻に耐えていた。泣いても刃向かうことを知らない。おかあちゃん、おかあちゃんと繰り返しながら、涙と鼻水で顔は汚れ、母の手に怯え。

　自分が産み落とした存在。

　美しい娘を持った母親はその伸びやかな脚を見る時、ひとときの幸せを感じるだろう。頭のよい娘を持った母親はその利発さを心のどこかでひけらかすだろう。それは母親の勝利だった。自分が受け、伝えたものの形だから。

　明代の心はただ一度も充足することはなかった。

　美しい娘を持つ母親。

　賢い娘を持つ母親。

　そして醜い真奈美を持つ自分。

　教育がないことが罪だろうか。自分が夫に愛されなかったのはなぜだったのだろうか。

　養護学校の先生は真奈美を大事にしてくれた。公園で母親たちは明代に意識的に話しかけてくれた。国は金をくれた。通学のために乗るバスの運転手は、真奈美のことを気にかけてくれた。

　なぜだかその全てが惨めでたまらない。

　泣くわが子の醜さが、惨めでたまらない。

　明代はぶつ手を止めた。止めた手をどこに置くこともできなかった。

　泣き伏すことさえ、できなかった。

3

九月二十四日。

さやさやと木の葉が鳴る。

三階にある医局の窓を開けていると、せわしなげな葉音が聞こえて来て、子供の頃の秋の日を思い出す。高く澄んだ青い空を見上げて、何を思うでもなく、ただ日に焼けた腕にあたる空気が涼しくなったことに、安堵と喪失感を覚えた。短い秋。短い春。夏の暑さと冬の寒さとを行き来する間に谷間のようにある時間。子供の頃はその短さを寂しいとは感じなかった。その解放感を怖いとも思わなかった。椅子に座ってぼんやりとその葉音に耳を傾けていると、工藤孝明はは甘くて寂しい気持ちになる。

窓の下は病院の駐車場だった。一週間前に車を買った。それが明後日には届けられる。五年落ちの中古車だった。もっと高い車が買えないことはない。ただ、そんな晴れがましさがまだ体に合わなかった。目立たない車がいい。片隅にそっとたたずむような、控えめな車がいい。

だから古くて安い車を買った。それでも工藤は嬉しいのだ。車を持つのは犬を飼うのに似ている。無理を言わず、いつもそばにいてくれる。手入れをして、時々ワックスをかけ、親密になる。言葉もない。気兼ねもない。自分より先に老いていくところも似ている。共に生き、人生の証人になってくれるのは、車だけかもしれない。明後日には自分の車が止まっているであろう駐車場を眺めてそんなことを考えているうち、まるで居眠りに入るように、さやさやと鳴る初秋の葉音に耳を澄ませていたのだ。

その耳を、高くこだまする音が直撃して、我に返った。

景気よく車のドアを閉めた音だ。

窓から駐車場を見下ろした。

白いツードアセダンから若い男が降りたところだった。窓の外を覗(のぞ)いて、若い看護師が嬉しそうな声をあげた。

「緒方(おがた)くんだ」

工藤はあわてて携帯電話をみた。メールが一件届いていた。

『メシ　食わせて下さい　緒方』

緒方雅樹(まさき)は工藤の大学の後輩だった。今は南条大学病院の研修医をしている。大きな病院長の息子で、スポーツカーを乗り回し、モデルのように垢抜(あか)けていて、人に愛される。その彼が、月に何度かやってくる。日程を知らせたこともないのに、東京から車を飛ばしてくるのはいつも、工藤の仕事が五時に終わる日なのだ。緒方は藤原病院の看護師の誰かを懐柔しているに違いないと思う。

車から降りた緒方は、まるで自分の家にでも向かうようにスタスタと病院へと歩いていく。

看護師が「緒方くーん」と鼻にかかった声をあげた。緒方は振り向いて、声に向かって手を振った。歯磨きのCMにでも出られそうな白い歯。

工藤は窓枠に頬杖(ほおづえ)をついて、ぼんやりとその様を見る。

なんであんな金持ちの息子に俺が飯を食わすんだろう。

大体、予定をきかずにやってくるのはなんとかならんのか。

緒方の家庭環境は入り組んでいた。父親は彼の母と結婚する前から、自分の病院に勤務している看護師との間に二人の男の子をもうけていた。母親が病死した後、愛人だったその看護師は二人の息子を連れて後妻に入ってきた。現在、二人の兄は無事、医者になり、義母はいまでも父の病院の看護師長を勤めて、四人は円満に病院を切り盛りしている。早い話が、いまや家族の中で緒方雅樹だけが「よそ者」なのだ。

それは居心地も悪かろうと、初めて事情を聞いた時、緒方を気の毒に思った。それでも緒方には不思議なほど卑屈なところがない。そのくせ妙に毒のあることを言う。

「僕はね、おふくろはあの四人に殺されたんだと思うんですよ」

人生にどんな不満がありえるんだというような青年に、そんな鬱屈があろうとはと、驚いたものだ。それでも緒方は事も無げに言ってのける。

「可能ですよ。病院の中ですもの」

だって考えてください。医者ほど人を楽に殺せる商売はありませんよ。聞いた話ですけどね、救急救命センターで、インシュリンを10単位打つべきところを10ccと間違えた医者がいたそうですよ。死亡した患者の血糖値を調べたら、ゼロになっていたって。インシュリンの「1単位」というのは0・01ccだ。10ccは千単位に当たる。すなわちその医者は本来の百倍のインシュリンを打ったことになる。それで患者が死亡した。「知らないでこそミスですけどね。知ってやったら、殺人でしょ。誰がやったかも絶対にわからないし」

そう言う時の緒方は、その自虐的な言葉を楽しんでいるようにさえ見える。

緒方は藤原病院に来る理由を問われて「将来僻地医療に取り組みたいんです」と澄ましているが、本当は、大学病院を追われた自分を慰めるためなんだろうと思うのだ。有吉を先輩医として慕う者同士、仲間意識があるのかもしれない。工藤もそのお節介をありがたく思う。ただ、藤原病院をもって「僻地」と称すれば、院長が嘆きそうだ。

看護師は王子様の来訪を告げにパタパタとナースセンターに走っていった。工藤は、駐車場に止めてある緒方の白いスポーツカーを見やり、明後日届く自分の車のことを思う。値段はあの車の十分の一くらいだろうか。

なんで俺が飯を食わすんだ。

緒方は藤原院長と愛想よく立ち話をして、ナースセンターにちょっと顔を出し、「ああら、緒方クン」などと歓声を浴びていたが、工藤が中島登美江の部屋の前を通りかかった時には、いつものように彼女のベッドの横に行儀よく座っていた。

登美江は彼に町中の噂話を披露した。自分の嫁の悪口はいわなかった。夫のグチも言わない。ただ、町の噂を、孫に昔話を語る語り部のように、得々として語る。

緒方に言わせれば、僻地医療とはとりもなおさず老人医療のことなのだそうだ。だから請われれば登美江の相手をした。それにしても根気よく話を聞いている緒方を見ていると、彼が患者「中島登美江」の生態を観察することを本当に一つの研修と位置づけているのか、それとも単なる暇つぶしなのか、どちらなんだろうと思ってしまう。

「なにもあんな風に生まれたくて生まれたわけじゃない。おとなしい子じゃありませんか」

工藤はすぐに真奈美の話だと気がついた。それで、聞くともなく聞き耳を立てていた。

「――わたしはね、残りの二人の男も、誰だか知ってますよ。別に与太者ということもない。坂下の息子の友達ですよ。あの坂下の息子は、母親が何を勘違いしたか、子供のころから甘やかすから。がき大将のあとをちょろちょろついて歩くような男でね。虫の好かない子だと思っていました。弱いものには居丈高で。そういう所は母親そっくり」

登美江はベッドの上に丸まってちょこんと座り、一心にリンゴの皮を剝きながら話している。「真奈美ちゃんのお母さんは、あれからおがみ屋みたいなもんにはまったらしくてね。それほど坂下が憎いんでしょうけどねぇ。おがみ屋が復讐してくれるんだったら苦労はないわね」そしてひょいとリンゴを剝く手を止めて、しばらく考えた。そしてプツリと「ほんとに」と呟いた。ちょっと怒っているような声だった。それからまた機嫌よくリンゴの皮を剝く。

登美江は家に居場所がないから退院しないという典型的な「社会的入院」患者だった。彼女がこの病院を出たがらないのも家族が受け入れてくれないからであり、彼女とて、帰れるものなら帰りたいと思っているのだ。

ほんとに――。工藤はぽってり太った登美江を眺めながら、その言葉の後に続く、彼女の不平不満をちょっと覗いてみたいような気がした。そして長い人生の労をねぎらってやりたいような気がした。そんな思いにさせる穏やかな夕暮れだったのだ。一階で物音がしたのはそのときだった。

慌ただしい靴音がした。同時に争う声がした。なんだろうと思う間もなく、看護師が靴を鳴らして走り込んできた。

「先生、下に坂下さんと真奈美ちゃんのお母さんが」看護師がそこまで言うと、下から大きな声が聞こえた。

「お前の息子が――」

怒号だった。あとに続く数人の声は、とぎれとぎれに重なり合ってなんと言っているのかは聞き取れない。制止するような大きな声は藤原院長の声だった。「ちょっと、誰か」と、女性の悲鳴とも取れる叫び声がした。看護師長がナースセンターからあわてて出てくるのが視界の端に見えた。

工藤は二段とばしで階段をかけ下りた。

つかみ合っていたのは、五十を過ぎた女二人だった。

女の一方は、真奈美の母、小森明代だった。もう一人の知らない女は看護師が「坂下さん」と呼んでいた。坂下直弘の母親だろうか。そばに若い男が一人、突っ立っている。妙な距離のとり方で、ただの野次馬にしては喧嘩からの位置が近い。右手に血のついたバスタオルを巻いていた。おそらく、怪我をして、その傷の部分にバスタオルを巻いているのだろう。あとは藤原院長と、知らない男性がもう一人いた。看護師のうち二人はすでに喧嘩に巻き込まれており、駆け込んだのは工藤と、一足遅れで看護師長。検査室の入り口で騒ぎを聞きつけたX線技師が茫然と立ちすくんでいる。

しかし女の喧嘩とは恐ろしいものだと工藤は思った。

二人の女はお互いの顔のどこかをつかみ合っていた。頬とも唇ともわからない、ただ顔中をもみくちゃにしながらつかみ合おうとしているのだ。明代の服は襟元のボタンが外れて、裂けたように開いた紫色の花柄のブラウスの下から、下着のストラップがむき出しになっている。坂下の母は、後ろで結んだ髪の根元が緩んでばらばらになりかけている。むかし映画で見た、取っ組み合いをする女郎の乱れ髪そのままだ。その間に看護師の山村が割り込んでいる。

山村は二人の女を離そうとした。が、明代はそうはさせるまじと、相手の女の髪をがっしりと摑んで、離すどころかなお引き寄せるように力任せにひっぱったものだから、山村に押されて向こうに押しやられかけていた坂下の母は、瞬間短い叫び声をあげると、山村を挟んだまま猛然と明代に摑みかかった。挟まれて、山村が身を固くする。

工藤は反射的に飛び込んだ。

藤原院長が狼狽して何かを叫びながら、山村を救い出そうと腕を掴んだ。その間にも明代は坂下を蹴りつけようとし、坂下は獰猛な形相で明代の襟首を掴もうと爪を立てる。工藤は飛び込んだはいいがどこに手を出せばいいのかわからない。狼狽する彼の目に、暴れる明代の手首をしっかりと掴む緒方の手が見えた。

彼は落ち着いて明代の手が握りしめている坂下の髪をもぎ取っていく。ああ、と合点して、寄ってたかって二人の女の四つの手首をぎっちりと握って、それぞれの手が掴んでいるものをもぎ取って、やっと二人を引き離す。

それでも二人の女の興奮は治まらなかった。なおも明代は躍りかかろうとし、取り押さえられると、今度は、突っ立っていた若い男に向かって、その取り押さえられている腕を懸命に振り上げようとした。放せ、放せと叫びながら。

血に染まったバスタオルを腕に巻いているその若い男が怯えてあとずさりした。それを見て坂下の母は目を血走らせたが、両手をおさえられて身動きが取れない。苛立ちと怒りをぶちまけるように、明代に向かって怒号をあげた。

「お前の娘は盛りのついた犬だ！　悔しかったら首に縄でもつけておけ！」

上階の入院病棟から人が覗いていた。ロビーには見舞い客もいた。どこかに向かおうとしていた介護士が騒ぎに立ちすくんでいた。そこに坂下の母の言葉が炸裂したのだ。あたりの空気が凍りついたようだった。

明代がおさえられていた手を振り払った。

廊下には灰皿があった。長い柄の上に逆三角錐が乗ったような形をしている。全館禁煙になった今はゴミ入れとして使われていた。逆三角錐の部分はかなりの重さがある。明代はその長い柄を摑んだ。そしてそれを力任せに振り上げた。

明代は五十をとうに過ぎていたが、彼女がそれを振りかざした時、坂下の母を見定めたその目は憎悪に濡れて、体の右半身は伸び上がり、その姿はまさに熊を思わせた。

坂下の母は声を喉元に詰まらせた。振り上げられた逆三角錐の部分を見つめて、身を強張らせた。

振り下ろす。

山村は身をすくませて動かなかった。

その瞬間、坂下の母のそばにいた緒方が彼女を向こうに突き飛ばした。それを見ながら工藤は、体もろとも明代の胴に飛びついて、押さえつけた。

どうんと音がしたような気がして、凍りついていた時間が溶けた。

藤原院長が、空を切って振り下ろされる柄を空中で摑み止めると、ドーナッツ型に穴の開いた蓋が廊下に落ちて、カランカランと音を立てたのだった。

明代の手からは柄がもぎ取られた。藤原院長の手を借りて工藤が体を起こした時、力果てたように床に座り込んだ明代のその手は、手首から先が激しく震え続けていた。

事件は小森明代が坂下直弘の家を訪れ、そこで口論となり、小森明代が、坂下の自宅の台所から包丁を取り出して、坂下直弘に切りつけたというものだった。

それでも加害者の明代のみならず、被害者の坂下直弘の母、頼子までもが、すがるようにして、警察は呼ばないでくれと頼んだのだ。

「息子は結婚が決まっているんです。お願いですから今日のことはなかったことにして下さい」

その上で、坂下頼子は、先の暴言について謝るつもりは全くないと言った。うちの息子は小森の子をかわいそうに思い、見かければ車に乗せて家まで送ってやっていた。その、息子の優しさを逆手にとって、よくもまああんなひどい言いがかりをつけられたものだ――。院長室から出て来た院長は工藤に向かい、憤然として坂下頼子を非難した。工藤は困惑してそれを聞く。

緒方も院長の話をかたわらで聞いていた。

工藤は聞いた。「坂下の母親は本気でそう信じているんでしょうか」

院長は失笑した。「まさか。証拠がないことを楯にとっているだけさ」

そして怒りをあらわにいい足した。「それより頭にくるのは、あの息子の態度だよ。母親がなんとかしてくれると思っているのか、それとも自分のことをただの被害者だと思っているのか、人ごとみたいな顔をして母親の陰に座ったっきり、顔色一つ変えやしない。あれはまたやるよ。小森さんの娘が自分に好意をもっていることを知っているんだ。笑いものにしながら、暇つぶしぐらいの気持ちで手を出すんだ」

「警察への通報はどうするんですか」

廊下の先の待合用のベンチには、明代が肩を落として腰掛けている。藤原院長は、工藤の問いに苦々しい顔をした。

「警察に言っても、どうにもならない。事実としてあるのは、小森さんが坂下の息子に切りつけたという、それだけだろう。警察は坂下の悪さに、何もできないのさ」

坂下の母親が、息子は自分で腕を切りましたと言っているんだから、それでいいじゃないかと、院長は言い捨てた。

今日の騒ぎを表沙汰にして、評判を落とすのは坂下親子であったとしても、現実に警察に引かれていくのは真奈美の母だということなのだ。

看護師長が向こうから院長を呼んだ。院長は気の毒そうに明代を見つめ、工藤に言った。

「わたしが戻って来るまで、ちょっと話を聞いててやってくれないか」


緒方雅樹は事件のあと、ベンチに一人座る小森明代を慰めていた。

「大体悪い奴(やつ)ってのは、昔から神様が見逃したりしないものですよ。天罰が下りますよ」

放心したまま、ぼんやりと自分の靴先を見つめる明代に、重ねて言葉をかけ続けた。

「工藤先生が悪いようにはしませんよ。あの人は人の不幸を見て見ぬ振りのできない人だから」

　しかし藤原院長の言う通り、誰もなんの力にもなれないことを緒方は知っていた。工藤にできることといえば、今日のことを誰にも話さないでおくぐらいのことだ。

　緒方は、明代が工藤に付き添われて空き診察室に入るのを確認すると、入院病棟へと階段を上がっていった。

　中島登美江はリンゴを剝き終えて、所在なげに座っていた。緒方はにっこりと訊ねた。

「坂下直弘の仲間の二人の男のこと、中島さん、知っているって言っていましたよね」

　緒方は母親譲りの鼻筋の通った繊細な顔だちで、少年のような目をしていた。美しいものは、男女を問わず、あらゆるものに好意をもたれ、愛される。緒方はそれを心得ている。登美江はぽっと顔を赤らめさえした。緒方はそれを確認すると、そのさわやかな笑みを絶やさず、言った。

「それが誰だか、教えてくれませんか」


　工藤孝明は診察室で小森明代と向き合っていた。

「診療時間外で外来の患者がいなかったから、幸いだったんですよ」

　明代は俯いて、消え入るような声で呟いた。「みっともないことです」

　そして彼女は事情を話し始めた。

例の事件が発覚してから、坂下直弘は真奈美を避けるようになっていた。あれは真奈美の作り話だと言いながら、ヘラヘラ笑ってこう付け足していた。

「いくらなんでも、俺もそこまで物好きじゃない」

明代が坂下の家に乗り込んだのは、「名誉棄損」という言葉を知り合いから教えて貰い、暴行で訴えるのが無理でも、それで相手を黙らせてやると思ったからだという。

「黙って言いっぱなしにされているのがあんまりしゃくだったから。それでも喧嘩にいったんじゃありません。落ち着いて話すつもりだったんです。そしたらあの直弘がこう言ったんです。お前の娘が俺に付きまとうんだ。ピラピラの服を着てついて来る。あんなのに付きまとわれて、俺は迷惑している」

明代はぼんやりと足元を見つめていた。その指の爪にはまだ血がにじんでいた。

思えば人の噂は心ない。言われることと言えば、明代が夫と別れたあと、複数の男と関係があったこと。そしていつも、男にだまされて捨てられること。しかし彼女は夫と別れたあと、入院患者の付き添い婦をしながら一人で真奈美を育ててきたのだ。幼かった真奈美を家に一人で置いてはおけないことくらい、簡単に想像がつく。それを、施設に預けたのは、男と遊ぶ邪魔になるからだと言うのは酷だ。確かに明代は、身持ちの固い方ではないかもしれない。学もない。しかしそれとこれとは話が別だ。

「――引っ越そうかと思いますが、それも悔しい」

最後の言葉を漏らす時、明代の唇が震えた。彼女は手を膝の上に置き、じっとスカートを握りしめていたが、その後きっと顔をあげた。

「それでもわたしは絶対に避妊手術は受けさせません。うちの子はそこらの野良犬や野良猫じゃない！」

しかしその母の言葉を聞いた時、彼が思い出したものは、あの診察の日、真奈美が履いていた、靴下と靴だった。

彼女はサイズが小さくて胸元がはち切れそうになっているブラウスを着て、同じく横に伸びきった膝下までのスカートを穿いていた。しかし服装は変わっても足元は変わらず、通学にいつも履いている洗い晒し(ざら)の三つ折りの白い靴下と汚れた運動靴だった。それに工藤は身が引けるような嫌悪を感じたのだ。雨の日の宿無し犬をかわいそうに思っても、寄ってくると避けるような。

どこまで虐げられても、そこには同情しかない。共に憤る者はいない。ここに優しげに座る自分の方が、あからさまに侮辱の言葉を投げる坂下の息子よりなお、偽善者なのだ。明代の信頼の分だけ、その罪は深いのだ。

大きな罪悪感が押し寄せた。明代の顔をまともに見ることができず、目を伏せた。

「先生。力になってくれませんか」

工藤はその言葉に顔をあげた。

「もちろんお力になりたいです」

どうして欲しいのですか——しかしそう言いかけて、工藤はその言葉を呑(の)み込んだ。

やっと見つけた職場だった。再び自分の名が世間に出るのが怖かった。工藤孝明——その名を記憶している人々がいるかもしれない。

押し寄せるマスコミの姿を思い出した。逃げ回った三年を思った。続ける言葉を失って、明代を見つめていた。

その時だった。明代が工藤を見据えて、言った。

「本当ですね」

思い詰めた目をしていた。すがるような——いや、追い詰めるような目。さっきまでのものとは違う。肩がわずかに乗り出していた。声は、威嚇するように低かった。

「わたしは長い間病院で仕事をしてますから」明代はそういうと、その視線でじっと見つめ、その口からするりと言葉が滑り出した。

「先生の噂は——」明代は工藤を見つめ、その言葉を慎重に訂正した。

「先生が弱いものの味方だということは知っているんです」

先生の噂。

若い医師の先走った正義——老婆の呪い——医療ミス——殺人。

『工藤先生がリドカインを打つまで、心電図は正常でした』五年前の看護師の言葉が突然拡声器をつけたように耳に聞こえて、消えた。

明代は低い声で言い続けた。「わたし、お金だったら都合がつくんです。親の残した小さな土地があるんです。それを売ったら——」

工藤は声が出なかった。

そのとき、明代のうしろのカーテンが開いて、藤原院長が姿を現した。その気配に、明代のその顔つきは、もとのあの非力で哀れな明代に変わっていた。その変貌はあたかもさっきまでの彼女が工藤の錯覚であったかのように。

「これ以上何かあったら、本当に警察のご厄介になってしまうよ。そうすれば娘さんがどうなるか、考えてごらんなさい。今回のことは――」

院長の物静かな声に隠れて、工藤は逃げるように席を立った。

部屋から出た時、体が震えていた。

4

坂下直弘の腕の傷は数針縫う程度の軽いもので、入院の必要などなかったが、近所の手前もあってのことだろう、頼子は息子の入院を希望し、藤原院長は請われるままに数日の入院を許した。

その日、坂下直弘の携帯に一通のメールが着信した。

真実を語らなければ　お前は死亡する。　閻魔(えんま)

九月二十五日夜八時のことだった。

発信者はｍａｆｅと名乗っていた。坂下直弘には心当たりがない。

坂下頼子は気味悪がった。騒ぐ母親を、直弘は迷惑そうに見ていた。頼子がそれを警察に届けると言った時、格好悪いからやめてくれと語気を強くした。メールの気味悪さより、母親が騒いだことで、そんなものが届いたことが病室中に知れ渡ったことの方が不快なようだった。

実際、騒ぎに行き合わせた若いX線技師は、笑った。

「あの閻魔メール、流行ったんですよね。いつだったかなんかの事件で誰かが死亡した時、あのメールがテレビや雑誌で話題になったでしょ。それから中学生の間じゃ大はやりで。子供だましですよ」

その時、彼が工藤の顔を見ていたら、その目が虚ろなことに気づいたかもしれない。しかし人見知りの先生が返事をしなかったとて、気になることではない。もともと笑ったって声を立てることもないようなおとなしい先生だ。彼は、工藤の足取りがいつもより重いことにも気づかなかった。階段を並んで医局へと上がりながら、説明し始めた。

呪いの願掛け婆さんがいるそうです。その婆さんに金を包むと、人を殺してくれるそうです。婆さんが藁人形の胸に釘を打つとね、相手は呼吸ができなくなって死亡するんだそうですよ。その前には必ずあのメールが届くとか。

ああ、いけないと技師は言った。「この写真、X線室に戻すんだった」そう呟くと、一階に戻ろうと階段を数段駆け下りて、踊り場で立ち止まる。そして工藤に顔を上げた。

「でも、あれ、悪戯ですよ。面白がって送る奴がいるんだって。テレビで話題になったあとのは、大体が模倣犯ですよ。だって死んだ後、送られてくるんだもの」

おおかた、坂下の所業に腹を立てていた「心ある」誰かが嫌がらせで送ったんでしょう。

工藤は伏し目がちに頷いた。

一人で三階まで上がり、医局のドアを開ける。そしてX線技師の言葉を反復する。

――いつだったか、何かの事件で誰かが死亡した時。

五年前、中根大善死亡の時だ。願掛け婆さんの名は本間タネ。当時九十歳だった老婆。閻魔を名乗るメールは大善の死亡の一カ月前に積善会に、大善にあてて送られていた。そして大善は、予告された日に心停止で死亡した。その三年後、「閻魔メール」は渡部という男にも送られて、その男も死亡した。何件か続いて、テレビや雑誌が取り上げた。それからは模倣犯が相次いだ。悪質なものは検挙された。しかし、テレビで放送される前の「閻魔メール」は死亡後などではなかった。事前に送られ、予告通りに死亡した。

いずれの死亡も死因に事件性はなかったとされた。それでも一応、警察は差出人を調べた。模倣犯は発信者を特定できたが、死亡を予告したメールについては、警察は発信者を特定できなかった――

医局には誰もいなかった。工藤はソファに横になる。部屋の中は静かだった。工藤は天井を見つめた。

面接の日、藤原院長は彼に言った。

「気に病むことはないよ。医者余りなんてのは都会の話で、腕のいい医者がこんな田舎町(いなかまち)に居つくなんてことはないんだ。有吉くんにはいい医者を紹介してもらって感謝している」

藤原は応接の椅子に座り、その顔は逆光になってはいたが、彼が気の毒そうな表情を見せたのを覚えている。

医者が足らないから。前任の医者が二年たらずで都会へと流出したから。藤原院長はそうは言ったが、彼が自分を雇ってくれたのは、それだけが理由ではなかったと思う。南条大学病院での先輩医師、有吉は何かにつけて気づかってくれた。そして三年目に電話をくれた。田舎の方なんだが、どうだろうか——

それでも藤原病院に来た当初、目つきの鋭い人間を見るたび、怯えた。

工藤は深呼吸するように目をつぶった。

現に去年から勤め始めたあの若いX線技師は俺と中根大善の事件の関係を知らなかった。もう終わったことなんだ。

突然明代の言葉が耳に蘇(よみがえ)って、思わず目を見開いた。

力になりたいというのは——本当ですね。お金ならなんとかなるんです。

工藤は起き上がった。

立ち上がり、冷蔵庫まで行って、冷蔵庫を開けた。缶コーヒーやオレンジジュースや緑茶のペットボトルが並んでいる。

それを眺めたまま、座り込んだ。

あのメールは誰かの嫌がらせなんだ。見え透いた嘘をつく坂下への面当て。子供の間で流行りそうな陳腐な表現。

真実を告白しなければお前は死亡する。

何もとらずに冷蔵庫のドアを閉めた。そして目を閉じ深呼吸をした。


坂下直弘は入院したものの、何もすることがない。朝、傷の消毒をして、日がな一日寝っころがっている。隣のベッドの患者と会話することもなく、時々友人たちが訪ねてくると、喫煙所で煙草(たばこ)をふかして時間を潰した。誰に遠慮するでなく、悪びれた様子もない。奇妙なメールは一度きりだった。病院では小森明代がまた騒動を起こすことを警戒したが、藤原院長に言い含められたせいか、病院に現れない。母親の坂下頼子が日に二回顔を出していた。

坂下直弘が入院して四日めの九月二十八日。

夕方六時、突然医局の電話が鳴った。

「二〇三号室の坂下さんが急変しました。すぐ来てください」

工藤が駆け付けた時、坂下直弘はすでに意識障害を起こしていた。

目は開いていたが、焦点が合っていない。呼んでも反応はなかった。

「急に苦しみ出したらしくて。同室の患者さんが驚いてナースコールを押したんです。わたしが来た時には、もうこの状態で。発作発症後、八分ほど経過しているようです。今、心電図モニターを持って来ます」

顔色が青い。心臓からの循環が悪い場合には、まず血の気が引いて、顔色は白くなる。青くなるのは酸素化が不十分な場合だ。気管系の異常を引き起こしている。顎を突き上げさせて、気道を確保すると、呼吸を確認するために患者の口許(くちもと)に耳を近づけた。喉の奥からヒューヒューと苦しげな息が聞こえる。

「血圧は」

「八五。まだ下がっています」

救急パックが音を立てて運び込まれた。坂下直弘の胸に心電図が着けられる。

酸素飽和度は、九〇パーセント以下だとかなりの呼吸困難で、意識もなくなる。モニターに映った坂下の酸素飽和度は八二パーセント――

「酸素飽和度を測定して」

「酸素投与します、バッグマスクを用意して」

酸素を肺内に送り込むためのマスク付きの手押しバッグが坂下に装着された。

しかし送り込もうにも、坂下はバッグマスクでの換気を受け付けない。肺への酸素流入に抵抗がある。

気管支狭窄(きょうさく)を起こしている。

工藤はモニターを見た。酸素飽和度は上がらない。酸素化が悪いと心臓に負担がかかり、このままでは心室頻拍、心室細動を引き起こす。

「気管送管します。それから至急既往病歴を調べてください、喘息(ぜんそく)はないか。それから投薬の確認も」

その指示を受けて、看護師が一人、飛び出した。

「なんでもっと早く連絡がこなかったんですか」

「同室の人が、気がついて連絡するのに躊躇(ちゅうちょ)していたんですよ」

「先生」

呼ばれて顔を上げれば、現れた心電図のラインは溶けかけたつららのように崩れ始めていた。その下から微妙に小さな山が顔を出しそうになっている。脈拍は一八〇を超えた。

「心室頻拍を起こしています」

このままでは心室細動を起こす——リドカインを。

よどみなく動き続けていた工藤の指が、止まった。

喉が塞がれたように、言葉が声にならない。中根大善の、ベッドサイドから垂れたダラリとした手が、記憶の中から飛び出して頭の中に広がっていた。

放っておけば心室細動に移行する。心室が細動を始めるということは、心臓が痙攣(けいれん)をし始めるということだ。細動を始めた心臓は全身に血液を流す力を失う。心室頻拍を止めなければならない。リドカインを打って、心室頻拍を止めるのだ。

点滴ラインはすでに確保され、看護師の手は救急パックのアンプルに伸びて、ただ工藤の言葉を待っていた。

言葉を発しようとするのに、何かが喉を締め上げてくる。

目の前に映し出されている心電図が、あのときの中根大善の心電図に重なるのだ。あの見たこともないような激しい不整脈の画像。

目の前で血圧は急激に低下していた。

心室細動を起こす。リドカインを——

「リドカイン、五〇ミリグラム」

工藤の口から言葉が滑り出した。その先はもう、滞ることはなかった。

点滴管に注射針が差し込まれ、液内にリドカインが注入される。その押し込まれる透明な液体を見ながら、再び、自分の心臓が絞られるように締めつけられるのを感じる。工藤はそれを振り払った。

「カルディオバージョン準備して」

看護師が血圧八〇を切ったと告げた。非常勤医師の安井が走り込んでくる。

「発作からほぼ十一分、来た時にはもう意識はなかった。現在血圧は八〇から下降」説明する工藤の言葉を看護師が遮る。「血圧、七四です」

心室頻拍が解除されなければ血圧は上がらない。

看護師が戻ってきた。「投薬、アスピリン、既病歴、特にありません」

その時、モニターを見ていた看護師の声がした。

「心臓、細動が起きています」

工藤は、さざ波のような心電図モニターを見つめて、言った。

「カウンターショックに変える、二〇〇で充電して」

除細動器が充電される。工藤は持ち上げると、坂下の胸に当てた。うまくいけば、正常な心拍に戻る。

ドンと大きな音がして、坂下の胸板が跳ねた。心電図のモニターは瞬間、心臓の停止を告げた。安井と共に息を止めてモニターに見入る。しかし数秒後現れた波長は、再び細動を示していた。

「三〇〇で充電！」

充電を待つ間、工藤は坂下の心臓を押した。

「充電、終わりました」

除細動器が坂下の胸に当てられる。ドンと音がした。一旦心臓が止まる。しかし再び現れた波形は、やはり細動のままだった。工藤はまた、体重をかけて坂下の心臓を押し始める。

「三六〇で充電、ボスミン1cc、投与して」

三度繰り返した。しかしその目の前で、モニターの波形は一瞬たよりなく揺れた。そして一本の筋になっていく。

「先生、心静止です」

アラーム音が甲高く響いている。工藤はカウンターショックを投げ出した。安井の顔を見る。

「心臓マッサージに切りかえます。バッグの換気、再開して」そして看護師に指示した。

「ボスミンと硫酸アトロピン投与」

工藤が心臓を押した。十五回押して安井が二回、肺に空気を流し込む。坂下の肺はあいかわらず硬く、酸素を送りこむためにはかなりの力を要した。数を数えながら再び心臓を押す。坂下はどってりとベッドに横たわったままだ。

救急処置室への移動について、安井が同意を求めた。――救急処置室に移動させれば専門器具がある。しかし血液がとまれば、臓器は死滅する。心臓マッサージと人工呼吸で酸素を送り込みながら、移動しなければならない。それで持ちこたえることができるだろうか。坂下の顔は紫色を超えて浅黒くなり始めていた。

なんとか細動に戻ってくれ。

「心マを一時停止。波形を確認する」と工藤は短く叫ぶと、坂下の頸動脈に左手を添えて、モニターを凝視した。工藤は心の中で祈った。――頼むから心室細動に戻ってくれ。

しかし彼の目の前に映し出された波形は、永遠に続く砂漠の地平線のような一本の直線だった。

「――駄目だ」

工藤は再び心臓を押す。

頼むから――

しかし坂下の心臓は、もう動き始めることはなかった。心臓マッサージの手を止めるたびに心電図は耳鳴りのような高いフラットな音を発した。

安井が、瞳孔が開いていると告げた。それが人工呼吸と心臓マッサージをやめる合図となった。

九月二十八日午後九時二十分だった。


坂下頼子は息子に取りすがり、狂乱した。

そして警察に通報した。

藤原院長は警察からの連絡を受けて、事情を説明した。

突発的な気管支狭窄から心臓発作を起こしたとしか考えられない。患者は創傷の患者であり、毎日午前中に消毒をするのみで、投薬は、痛み止めだけだ。

工藤と安井はそれぞれに状況を説明した。ナースコールを受けて病室に走り下りた時には、気管支痙攣を起こしており、できる限りの処置を施したが、及ばなかった。

それは、同室の患者、及びはじめに駆けつけた看護師からも裏付けられた。

しかし坂下頼子は、息子は喘息など持っていなかったと言って、納得しなかった。

誰かが息子に殺人予告をしていた。携帯電話に残っている。

あの女が息子に毒を盛ったのだ。

「息子は予告通りに殺されたんですよ！」

しかし肝心のメールは携帯電話から消去されていた。メールの届いた当日、坂下直弘自身が、それを削除したと同室の患者が証言した。見せてくれというと、消しましたよと、不機嫌そうに答えたと言う。警察は母親に聞こえない所で、院長にそっと聞いた。

「実際、誰かが毒を盛るなんてことはあり得ますか」

院長と看護師長は揃って困惑した。

「受付でも、ナースセンターでも、小森さんの出入りには目を光らせていました。毒を盛ったって、いつ、何に混ぜるんですか」

工藤は坂下を診察した安井医師が書いたカルテを隅から隅まで眺めた。

三針縫って、化膿しないようにし、抗生剤と痛み止め四日分が処方されている。「家族の希望強く、入院」と安井医師の字でただし書きがある。問題はない。

点滴はつながれていなかった。夕食前で、昼食から五時間が経過していた。発作の直前まで坂下直弘は漫画を読んでいたと同室の者は言っている。病室に不審な来客はなかったし、その前に何かを飲み食いしたとすれば、下の自動販売機から自分で買ってきたコーヒーぐらいだ。

それでも坂下頼子は収まらなかった。

24／IX

S)　午後三時頃包丁で切りつけられ
　　右前腕切創受傷

O)　右前腕部３cm長
　　筋層に達する受傷
　　自然止血状態

A/P)　生食１Lで洗浄
　　４－０黒ナイロンにて３針ナート
　　破傷風トキソイド１V

Rp)　フロモックス（100）３T３×
　　インドメタシン（25）３T３×/４T

今度は工藤孝明を名指しした。

あの先生は、小森の親子に肩入れして、うちの息子を目の仇（かたき）にしていた。あの男がなにかしたのだ。あの男は、救急処置室に息子を連れていくのを阻止したっていうじゃないか。病室の皆が聞いている。安井先生が「救急へ」と言うのを、工藤先生が聞き流して心臓マッサージを続けた――

「坂下さん」と院長はゆっくりと彼女の言葉を遮った。

「工藤先生は心臓マッサージを続けていたんでしょ」

院長の言葉に、坂下頼子は黙した。

「血液検査をしてみましょう。何も出ないと思いますが」

警官は院長の申し出に感謝し、丁寧に挨拶して帰っていった。

翌朝、八時半に病室の前を通りかかった時、坂下直弘が使っていたベッドはきれいに片づけられていた。

人は時々頓死する。原因はわからない。赤ん坊がなぜ泣くのかを推量してみることはできても真実はわからないように、その瞬間、人の体の中でなにが起こっているのかを推量することはできても、それが真実である確証はない。なかには推量さえできない事態も発生する。実際には百分の一の確率で、人の死はその原因がわからない。

坂下頼子が自分を名指しで責めたと聞いた。しかし後ろ暗いことはなかった。遺族は感情の捌け口を求めるものだと思った。

それも、あんなメールが届いていたとあれば、なおさらだ。

閻魔――罪を裁く地獄の魔王。

一階の窓から広く駐車場が見渡せた。診療時間が近づいて、駐車車両が増えていた。五十メートルほど向こう、駐車場の端に納車されたばかりの自分の車が見えた。遠くから見れば、値段より上等に見えた。

工藤はその時、その自分の車の横に、小森明代が立っていることに気がついた。

立って、じっと工藤を見ている。

目が離せなかった。

明代の視線が工藤を摑んでいた。

工藤はそのまま、自分の思考がゆっくりと停滞していくのを感じた。あの視線に見覚えがある。

あれはあの日の老婆、本間タネの目だ。

五年前、中根大善が死んだ翌日、タネは俺に頭を下げた。あの時のあの目――

あの日、年老いたタネは、病院の駐車場の隅にある樫（かし）の木の下に立ち、九十の歳（とし）とは思えぬ毅然とした態度で工藤を見つめ、やがて深々と頭を下げた。まるで神仏に成就を感謝するように。

工藤にあの五年前の場面が蘇った。その時だった。明代が工藤に頭を下げた。

明代は工藤の視線をとらえたまま、両手を胸の前で合わせ、踵（かかと）を合わせて真（ま）っ直（す）ぐに立ち、深々と頭を下げたのだ。

慄然とした。

スリッパを履いた足は泥の中に突っかかったように上がらなくなっていた。

明代が顔を上げた時、工藤を見つめるその目は闇の中の猫を思わせた。

その顔にはわずかに微笑みが浮かんでいた。

家に帰っても、小森明代の姿が頭から離れなかった。

大学病院を辞めたあと、アルバイトで深夜当直を繰り返した。小さな医院、人手不足で医者の前歴を問うことのできない病院。まともな医師が寄りつかないような、収益だけしか考えない病院も渡り歩いた。

この病院に来た時、あの呪縛からは解き放されたはずだった。それなのになぜ明代は俺に頭を下げたのか。

――俺はだれにも感謝されることなんかしていない。明代にもタネにも感謝される覚えなどない。

工藤は深呼吸をした。

坂下直弘は突然気管支狭窄を起こして心臓発作に至った。心室頻拍、心室細動、そして心停止。俺は安井医師と心臓マッサージをし、最善を尽くした。落ち度はなかった。だから警察も帰って――

思考が止まる。目をつぶり、息を止める。

警察――殺人予告のメール。

体中の血が引いて、工藤は新聞を鷲掴(わしづか)んだ。

部屋は静まり返っている。

高津千里を思い出していた。

千里は工藤が南条大学病院で、中根大善の死亡に絡み、殺人罪で訴えられようかという時押しかけてきた、テレビクルーの中の一人だった。

数日後、彼女は工藤のマンションを独りで訪れた。朝から雨の降っている日で、傘を忘れたからと、びしょ濡れのまま立っていた。

美人だった。長い髪を無造作に垂らしていた。脚が細い。それにひどく短いスカートを穿いていた。

部屋に入れ、バスタオルを渡し、温かい飲み物を与えた。服を乾かしたいと言うので、しかたなく、バスルームで一人座っていた。傘を貸してその日はなんとか帰したが、その日から彼女は工藤の行く先々に現れた。のちに聞けば、千里は、工藤をバスルームに追いやった間に、部屋に盗聴マイクを仕掛けたのだと白状した。

そうやって見え見えの口実で、見え見えの格好でやって来たその女を、工藤は拒絶しなかった。味方が欲しかった。女の体は温かく、寒さに震えるような工藤には何より安息に思えた。それが千里との始まりだった。

彼は立ち上がると、年賀状を引っ張り出した。

何を思ってか、彼女は関係が切れたあとも二年ほど年賀状を寄越した。葉書面の半分が住所と自宅の電話番号、ファックス番号、eメールのアドレス、携帯電話の番号、携帯電話のメールアドレスなどの連絡先で埋まっていた。最後に年賀状が届いた時、住所が変わっていることに気づいていた。彼はそれを自分のアドレス帳に転記しようとはしなかった。ただ、パソコンが大量生産した年賀状を、まるで仕事仲間にでも送るように送ってくる彼女の無神経さを、彼女らしいと思っただけだ。

彼女の年賀状を見つけた。わずかな隙間に押し込むように「最近仕事の幅が増えました」と書いてある。

年賀状を見つめて、記された携帯電話の番号を押した。呼びだし音が五回鳴って、電話は繋(つな)がった。

千里の声は、あのころとまるで変わらなかった。ただ、眠そうだった。

俺だよ、工藤だよ。

一息置いて、タカアキ？　と問いかける、怪訝(けげん)そうな千里の声がした。

そして「あとでかけ直すから」と彼女は言った。

千里は事件を記事にしようと俺に近づいた。それでも彼女は記事にしなかった。記事は書いたかもしれない。それが採用されなかっただけかもしれない。それでも千里はあの時、俺のたった一人の庇護(ひご)者だった。

あんたいい人なんだぁ。そう言って笑った千里の顔が浮かぶ。

出世しようと思ったら、いい人じゃいけないんだよ。いい人もほどほどにしなきゃ。

千里は自分とつきあっている間にも、他の仕事関係の男とつきあっていた。事件ののち東京を離れなかったとしても、関係が続いていたとは思えない。彼女には、自分の出世に利用できない男は必要ないのだ。

工藤は受話器を握りしめ、畳みかけた。

「あとっていつ？」

千里は困惑しているようだった。ささやかな苛立ちが彼女の声にこもる。

「用事は何？」

「長い話なんだ。でも君に助けて欲しい」

今、千里の顔にはほんのりと笑みが浮かんだに違いない。あれは下手（したて）に出られるのが大好きなのだ。人に恩を着せることも大好きだ。彼女の大好きなことをするのだ。

いや――と工藤は思った。本当に助けてほしいのだ。本当は、もう他のことは考えられなくなっている。俺は千里に助けを請うている。

ホテルのベッドの中かもしれない。隣で男が煙草を吸っているのかもしれない。それでもいいから俺を助けてくれ。

「ある事件のことを調べて欲しい。知的障害のある女の子が強姦されて、その犯人の一人が俺の病院で死んだ」

明代のあの含みのある目が思い出された。その瞬間、言葉が口からこぼれ落ちていた。

「疑われているんだ」

5

高津千里が工藤孝明から電話を受けたのは、実際間の悪い時だった。

彼女はホテルのダブルベッドの中にいたし、体に巻きついているものは、薄い毛布だけだった。隣では男がホテルの有料チャンネルを見ている。男なんてこんなものだ。テレビに出ている時はどんなにご大層な理屈を並べても、ホテルで女と二人になると、有料チャンネルをつける。

「こんなときにしか見られないから」

どの男もそういう。

家ではよっぽど聖人君子、よきパパとよき夫を演じていることだろう。そして女とホテルに入ってアダルト番組を見るのだ。一糸まとわぬ男と女が毎度毎度同じような格好をして、同じような声を出し、同じような映像があって、さしたるクライマックスもなく、終わる。

六十を過ぎたいい親父(おやじ)でも、やっぱりこんな映像に飽きないんだ。

多田徹(ただとおる)は二人でいても以前のようにジャーナリズム論を得意気に語ることはなくなっていた。テレビにもあまり出なくなり、ジャーナリズムの話もしなくなると、多田もただの初老の男だ。講演会ではいまだにダンディに決めてはいるが、風呂上がりはただのしけたオヤジだった。アダルトビデオで男性機能が充実するわけでもないのに、やっぱり見ている。面白いと思うのは、彼がその、すっぽんぽんの男女の、なんの新味もない行為を、あたかも難しい政治討論でも聞いているかのような顔で見入っていることだった。奇妙に真剣で、そのくせなんの感慨もない。

乗り換えようか。

しかし当てもない。

携帯電話はいつも電源を入れていた。新しい編集者から入る連絡は、いまや旬を過ぎた多田より有益だった。彼は新しく創刊される雑誌「ダーク・ダーク」に彼女の原稿を載せてもいいと匂わせたのだ。「ベッド力（りょく）」だ。

「新創刊雑誌は新しい才能を探しているんだ」――知ったようなことを言うが、編集長でもなんでもない。ぎりぎり最小限の権限があるだけだ。その最小限の権限をあたしのために行使してもらおうじゃないの。

携帯電話が小さくチンチロチンチロと音楽を奏でた。そこには見知らぬ番号が映っていたが、誰でもかまわなかった。このインテリ親父がアダルト番組を見るのと同じように、千里も惰性で携帯を受ける。何でも屋の宿命だ。片手でリモコンボタンを押してテレビの音量を消しながら、片手で携帯電話の通話ボタンを押した。多田は振り向きもしなかった。

聞こえた声は、いやに懐かしい声だった。誰だかは思い出せない。男は畳みかけた。工藤だと。

記憶を取り戻した。

生真面目な医師。融通が利かず、世渡りが下手で、嘘をつくと怒ったように顔が膨らんだ。金がなくてすぐむきになって下らないことで笑えて、自分が間違い電話をかけたことに気づくと「すいません、間違えました」と必ず言ってしまう男。愛していたわけではない。行きがかり上付き合った。かわいくていい男だったことは認めるが、千里には荷が重かった。生まれたばかりの赤ん坊の手に、きっちりと五本の指がついていることに、彼は感動するのだ。それほど高尚ならよっぽど頭もいいだろうと思うのに、いくら頼んでも競馬の予想を当てたことはなかった。

隣で多田は音の消えたテレビから目を離そうとはしない。一泊五万の高級ホテルの調度品の中で工藤の声を聞いた時、千里は一瞬奇妙な背徳感を覚えた。そんな感情を引き起こした工藤が、その瞬間疎ましく思えた。

千里は多田に背を向けながら「あとでかけ直すから」と答えていた。多田の目を気にしたわけではない。愛情もないし、お手当てを貰っているわけでもないのだからそんな義理もない。多田だって千里の交遊関係などにはなんの興味も示さない。ベッドのお相手などホステスでも女子高生でもファンの主婦でもかまわないのだ。ただ千里という存在がかつての花形ジャーナリストとしての自尊心を満足させてくれ、関係を開き直る危険もないという点で、重宝していただけのこと。だから千里が背を向けたのは、多田への気遣いではなく、反射的なものだった。その千里に、かの愚直な、要領悪い、短気できかん気な男は「あとっていつ」と挑むように問い返していた。

急用であることは察せられた。それもかなり苛立っている。「なに」と問い返しながら、千里は椅子の背に投げ捨てられていたバスタオルを身に巻き付けて、バスルームへと移動する。工藤は一方的にまくしたてた。千里は、それが極度の不安から来るものであることに気づいていた。

いまさらこの男の不安に、あたしが応える義務があるのかしら。

バスルームの便座の蓋に座り、千里はため息をつく。それでも千里には、今あのうっとうしいほど実直な男が、自分以外に助けを求める所がないのだということがわかるのだ。

あたしのことを仕事のためならどんなことでもする女だと責めたわね。

あたしのことを、どんな育ち方をしたんだとさげすんだわね。

あたしの着ているものにもいちいちケチをつけた。

ベッドの中では、そんなことをするもんじゃないと、あたしの楽しみ方に水を差した。

あら、男の人はこうすると喜ぶのよといったら、ベッドの上に座り直して説教を始めた。

工藤孝明――千里は一心に話すその声を聞きながら、電話の向こうにいるのは、あの時の彼だと改めて思ったのだった。

本宮龍二（もとみやりゅうじ）は高津千里から話を聞いても、何を調べろと言われているのかよくわからなかった。

「小森真奈美って子の暴行事件は、事件としてとりあげられなかったんだろ？　それの何を調べろって？」

千里は顔を上げた。「だから、立件はされていないんだけど、実際に強姦事件は起こっているわけよ。その事と次第を知りたいっていうの」

本宮は考え込んだ。それから言った。

「真奈美の母親は、工藤医師が坂下を殺したと思っている。なぜそう思うのか、理由を知りたいと工藤医師が言っている――と、こういうことか」

本宮は落ち着いた構えの男だった。柔道選手のように大きな体をしている。歳はまだ四十前だったが、多田徹が見てくれのいいジャーナリストとして注目され、ゴールデンタイムのニュースキャスターとして忙しくしていた時、彼の右腕となり、取材から原稿代筆までこなした男だ。多田の人気が落ちて、本宮にもかつての勢いはなくなったが、いまでも彼のゴーストライターとして地道に仕事をこなしている。体の動きは機敏ではないが、安定感はある。加えていえば、多田より、ベッドの上でも所要時間は短く、ホテルの入り口を入ってから出るまで、判で押したように一時間なのだった。独身だが、決して千里と一晩明かそうとしたことはない。彼とのセックスは、仕事の合間のコーヒーのようなものだと千里は思う。本宮は多田と千里のことを知ってはいるが、気にならないようだ。ちなみに本宮はラブホテルでアダルト番組をつけたことはない。

本宮は千里の苛立ちに対してバランスをとるように、ゆったりと話した。

「単に工藤って医者の被害妄想なんだと思うんだけどな」

千里は黙っている。本宮は続けた。

「小森真奈美の母親が、憎い男の死を知って、担当医に感謝したからって、医者には痛くもかゆくもないだろ？」

「だから言ったでしょ。あたしもそう言ったんだって。でも彼は警察が事情聴取に来たんだって、パニックになっているのよ。自分が真奈美の母親に同情的だったことも皆知っているからって」

本宮はぽりぽりと頭を掻いた。

「小森親子をかわいそうに思い、正義感から、坂下を死に至らしめた――と、誰かが思うんじゃないかと、君の元カレは怯えているということか」

千里は本宮を見たが、その目は、うんざりしながらも、どこか真剣だった。

「本宮さんには馬鹿げているかもしれない。でもあの五年前当時、工藤孝明は本当に追い詰められたのよ。死亡した患者が中根大善だったばっかりに、謀殺説が出て、孝明が頼まれて殺したんじゃないかって書いた雑誌だってあったでしょ。若き熱血医師、正義の鉄槌か――なんて。誰かから報酬をもらったんじゃないかと、彼の経済状態を調べたライターだって本当にいたのよ。あの人は死んだ患者が中根大善だってことさえ知らなかったのに。彼、また似たようなことになるんじゃないかって、縮み上がってる。駐車場の端の樫の木の下で一人の婆さんが頭を下げた。その話をあたし、何度聞かされたことか」

本宮は呆(あき)れたようなため息を一つ放出した。千里は言い募る。

「あたしは新しい雑誌の巻頭記事を書かなきゃならないって、本宮さんだって知ってるでしょ。本宮さんなら半日あれば調べられる。大体でいいのよ。あの男の気が収まれば」

「いいけどね。仕事抱えているのは高津くんだけじゃないんだよ。沢木のスキャンダルの取材を多田さんに催促されている」

「だから言っているんじゃない。沢木の取材で明日、藤原病院の近くまでいくでしょ。だから聞き込みをして帰ってよ。経費で全部落ちるじゃない」

本宮はヘイ、了解いたしましたと小さく返事をすると、早々に立ち上がった。

6

多田徹から指示されている沢木教授のスキャンダル追跡には飽きていた。そして千里のいうことはきいておいた方が安全に思える。加えていえば、いまだにその医者のことを気にかける千里を、ちょっとかわいいと思ったこと――。本宮は、千里の申し出を受けた理由を、表向きそう整理した。なぜならあの時の悲劇の医師、工藤孝明のその後に幾ばくかの興味が潜んでいると認めることに、ひそかに罪悪感を感じたからだ。

事件は五年前に遡る。当時二十四歳、南条大学の研修医だった工藤孝明は、中根積善会会長、中根大善こと中根伸治の医療スタッフの一人だった。研修医であった彼の仕事の一つに、側管点滴といって、決まった時間に決まった抗生剤を点滴液の中に入れる仕事があった。五年前の八月二十三日、中根伸治は心停止。工藤研修医が側管点滴のために病室を訪れていた最中の出来事だった。工藤研修医がナースセンターに緊急を知らせたのが午後一時八分。ナースセンターで中根伸治の心電図のモニターが、異常を知らせる緊急音を発したのは、その三分後の午後一時十一分だった。

緊急音で病室に医師が駆けつけた時、工藤研修医はすでに中根伸治にリドカインという薬を一〇〇ミリグラム投与していた。リドカインは、簡単にいえば、心臓が止まりそうになっている、ある特定の症状の場合に投与すればその症状を抑え、心臓の働きを元に戻す特効薬であるが、必要のない人間に投与すれば、逆に心臓を停止させる薬剤だという。

しかし工藤研修医が病室から緊急コールを押した時、ナースセンターで傍受している中根伸治のモニターにはさしたる問題はなかったのだ。

工藤研修医はなぜ、中根伸治に、劇薬リドカインを投与したのか。

工藤研修医の緊急コールから約三分後、アラームが鳴り響き、ナースセンターのモニターには激しい異常が映し出された。逆算すればそれは、工藤が中根伸治にリドカインを打った時間にほぼ一致した。

工藤の嘱託殺人が疑われた。当時、中根積善会は脱会者から恨まれていた。政治家の中には、政界にも手を伸ばしていた中根大善の口を封じたいと思う者もいただろう。会の内紛も取り沙汰されていた。大きな利権にかかわっているとも言われていた。誰かが研修医工藤を使って殺害したのではないか。

しかし工藤孝明は一貫して否定した。彼は、自分が入室した時には、すでに中根伸治は死にかけていたと言った。意識障害を起こし、中根伸治の病室に設置されていた心電図モニターは明らかに異常を——本宮は専門用語を思い出すことができなかったが——異常を映していたと、そのような意味のことを言ったのだ。

先輩医の到着を待ったが現れなかった。待てなかった。だから独断でリドカインを打ちました。

本宮は工藤孝明が殺意を持って中根伸治を死に至らしめたとは思っていない。しかし事件性を疑いたくなる節もある。大善の許には、死亡日付を予告した閻魔メールが死亡一カ月前に送られていた。そして中根大善は、予告通り、指定されたその日に死亡したのだ。

そして数週間後、事件は一段と混迷する。大善の死について、中根積善会被害者の遺族である本間タネが週刊誌で告白した。

「わたしがこれで、呪い殺しました」

九十歳の老婆の手には、胸に小さな釘を打ちつけた藁人形が握られていた。

大善は死亡した。老婆タネは自分が呪い殺したと「犯行声明」を出した。工藤研修医は、調査の結果、殺意については否定されたが、単独でリドカインを打った行為について責任を問われて大学病院を追われた。

一〇〇ミリグラムのリドカインでは人は死亡しません。多くの医療関係者はそう証言し、工藤医師を哀れんだ。ただ、大学病院側はそうでもしないと収拾がつかなくなっていた。

当時の工藤医師はまさに、荒れる海で揉まれる小さなボートのようなものだったのだ。

工藤孝明の人生を必要以上にかき回したのは自分たちジャーナリストであり、その先兵として多田がいて、そのコメントを書いた自分がいる。

それにしても、と本宮は笑ってしまう。当時、中根大善の死を受けて、突然話題の人にされた南条大学病院の若い医師、工藤孝明について、大善の殺人を請け負ったという筋立てをして、その裏付けを取るために取り入った、そのライターこそ、高津千里ではなかったか。

よくもまあ、人ごとのように——

あの事件では工藤医師は、スケープゴートだと早くから言われていた。それで病院の責任も問われることはなく、大善の宗教団体、中根積善会、通称中根会の内部紛争も表立って触れられることもなく、大善の死に伴い、彼の破廉恥極まりない噂を検証する意味も消えて（なぜなら死人の噂をとやかくいったところで、読者は白けるばかりだからだ）、彼がかかわったとされる数々の政界贈収賄疑惑の追及も沙汰止みになり、さて、だれが得をしたのだろうと考えを巡らせても詮ないこととなったのだ。

もちろん工藤の行為に犯罪性がないことがはっきりするまでは、警察といわず、マスコミといわず、先を争って工藤の身辺を調べた。特定の宗教団体に所属していないか。交遊関係に、過激な思想を持つ者はいないか。誰かから脅されていなかったか。借金はなかったか。公安警察まで動いて工藤孝明の身辺調査は続けられた。そして得られた答えは「白」だった。その上、工藤孝明は、大善死亡のニュースが流れるまで、自分の担当だった死亡患者「中根伸治」が、中根大善であったことを知らなかったということが証明されたのだ。

気の毒に——

彼を追い回したマスコミ関係者はそう思ったものだ。自分たちがどれほど激烈に彼を追い回したかをよく知っていたから。もちろん申し訳ないとは思わない。ただ、彼は間が悪かったのだ。

論調は変化した。「若い担当医が正義感に駆られて犯行に及んだという話もあるが」という、巷の噂としてしか扱わず「それを真に受けるものではないが、そう疑りたくなるほど、よくできた事故だ」と締めたものだった。そして辛うじて矛先を、「大善の罪」に移した。

大善の、宗教に名を借りた金儲けに、一家離散になるまで金を搾り取られた家族は数えきれないほどいた。大善の存命中は、それらは往々にして、そのような宗教団体にのめり込んだ者が悪いという風潮が強かった。自己責任だと、社会は冷たかったのだ。それを、マスコミは、死人の罪を追うに当たって、相応の大義名分が必要になって初めて、彼らを被害者として掘り起こしたのだ。

そこに、世間の目を引き、突出した「被害者像」となりうる老婆、本間タネが出現した。

彼女が同居していた孫夫婦は中根積善会に骨の髄まで搾り取られ、孫一家四人は首吊り自殺を遂げた。その老婆の年齢が九十歳だった。そして彼女は大善を恨み、古来伝わる呪いを毎夜大善にかけていた。

グロテスクな老婆の発想。弱者であること、無教養であることまで、大善の被害者としてはうってつけだったのだ。

しかし一方で、アウトローとしての位置を好み、俗悪であることに生き甲斐を感じている編集長というのも存在する。医者としても社会人としても赤ん坊のような二十四歳の青年医師のミスであるならば、不慮の事故や盲腸で死ぬのと変わりがない。大善の死が偶然であるなどと、そんな都合のいい話をそのまま通すほど我々は甘くはない。大体、読者が望まない。「特報出版」を筆頭とする彼らは、「工藤犯人説」を掘り返した。いかに白でもお構いなしである。噂を立てるのが仕事なのだ。自前で噂を立てて、その噂を有料で提供する。

その先鋒となり、かの青年医師のプライバシーを探るべく女が潜入した——という話は、マスコミ関係者でさえ呆れたものだ。

当時、まだメディアの中核にいた多田は、その現象を「悪趣味」といい、工藤を「報道被害の最たるものだ」と擁護した。そのくせ自分は、本宮に、工藤の等身大を知り得た千里に接触するように指示、自分の記事のエッセンスにしたのだ。

千里は抜け目がなかった。その縁をフルに活用して、多田との関係を築いたのだ。関係といっても、仕事上のそれではなく、じつにわかりやすい「肉体関係」であったのだが。

とにかく、千里は多田を踏み台にしてマスコミ界にその尻をねじ込んだ。

まあ、と本宮は思う。

確かにその工藤って医者は生きた心地もしなかったことだろう。あれから五年、やっと安息の地を得た頃に今度の事件が持ち上がった。そう——少々神経質になるのも、しかたないかもしれない。

千里がくれたメモには、波辺町と書かれていた。本宮はその波辺町の標識を左に見ながら、左には折れずにまっすぐに車を進めた。

そのまま車を走らせると、常磐(じょうばん)新聞社の支局前に車を止めた。

入り口近くの女性に伝えた。「大西(おおにし)さんにお目にかかりたいんですけど」

やがて階段から下りてきた男はその風体に一層の暑苦しさを加えていた。まだ三十前だというのに、腹も出ている。髪は洗いっぱなしで、その髪は毛深くて熊のようだ。大西は本宮を見つけても、大仰に笑って見せることもなく、ひょこひょこと近づいてきた。

支局の一階の端にある喫茶室は海水浴場の食堂を思わせた。頭に三角巾をまき、エプロンをした中年の女性が、丸いお盆に載せてアイスコーヒーを持ってくる。注文してから持ってくるまで、二分とかからなかった。スーパーで売っている濃縮アイスコーヒーを水で薄めたようなものに、氷が浮かんで出てくる。それでも一杯二百円で喫茶店気分が味わえるならありがたい。

大西はケーキも頼んだ。スポンジの端が少し乾いた小さなケーキは、アイスコーヒーよりも先に出てきた。

事件は単純明快なものだった。

　二十七歳の男が知的障害のある十五歳の少女の、成熟した肉体で欲望を満たした。少女は自ら男の車に乗っている。しかし少女が、車に乗って男についていくことの意味を理解していたわけではないので、もちろん合意でもない。怒った母親は男の所に乗り込み、刃物で切りつけたが、表沙汰にはならなかった。その男、坂下直弘が四日後に急死。死因は急性心不全。母親からの強い申し出で警察は動いたが、不自然と思われるところはなく、病院側の説明に納得して帰っている。

「それだけ？」

「はい」

「なんで警察が来たの」

「坂下の母親が息子の死後、警察に届けたんです。息子の携帯に脅迫メールが入ってたって。真実を語らなければお前は死亡するってやつ。それで、息子は殺されたんだって」

　大西はアイスコーヒーにシロップとミルクを全部流し込み、かき混ぜ、ストローで勢いよくその液体を吸い上げた。呑み下して、話し出す。

「養護学校の少女が強姦されたって話は、新聞社にも入ってましてね。デスクは即断でしたよ。調べても無駄だって。起訴されてもされなくても、記事としては載せられない。第一その子、その後も坂下直弘についていってるんです。確かにその男は最低な男だけど、少女がついて行くんだからどうしようもないでしょ。で、そんな話、腐るほどあるでしょ」そして本宮の顔をまっすぐに見据えた。

「一体、取材の目的は何なんですか」

本宮はウンと言い、もう少し聞かせてくれと言った。

「君の感触では、坂下直弘は病死だよね」

大西は呆れたように言った。

「他になにがあるんですか。坂下は大部屋の病室で急変して死亡したんですよ。少女の母親に何かできるような状況じゃありません」

そして大西は取材の目的を問い詰めた。どうしてこんな小さな町の、事件にもなっていない事件を、わざわざ調べにきたんですか。大体、なんで知ったんですか——

本宮は藤原病院へ出向いて行かなくてよかったと思った。大西に工藤医師の名前を出さずに済んだことにも安堵していた。その時、大西がふいに声をひそめた。

「まさかあの噂を真に受けたわけじゃないですよね」

本宮は虚を突かれて反射的に聞いた。「なんの噂?」

大西は即答した。「母親の小森明代が坂下を呪い殺したって噂」

——呪い殺し?

小森明代は事件後奇妙な宗教にはまって、毎夜祈禱(きとう)をあげていたというのだ。

本宮は大西記者に、ケーキをもう一つどうかねと慌てて勧めた。

「なんでも、警察から、事件として真奈美の証言は取り上げられないと通告を受けた後、丑(うし)

の刻まいりをしたって。えらく仰々しい装束に身を固めて。でも昔とは違います。夜中の二時だって、結構人目もある。目立っちゃって。うちの社が小森真奈美の事件を知ったのも、それが発端だったんです」

その奇妙ないでたちのため新聞社への情報提供が三件あった。それで調べてみると、養護学校生の強姦事件が浮かび上がったというのだ。

本宮は追加注文した安物の苺ケーキをフォークで忙しそうに突っつく大西記者から、小森明代の住所を聞き出した。

本宮龍二は思ったのだ。呪い殺しなんて、はなはだナンセンスだ。しかし五年前の中根大善死亡の際にも「呪い殺し」という言葉が行き交ったのだ。妙に気を引くではないか。

坂道を登っていくと、路地に真新しい家が建て込んでいる。一見モダンな家並みだが玩具のブロックを組み合わせたような危うさがあった。狭くて急勾配の土地に、いかに多くの家を建てることができるのかを競っているようにも見える。違法建築ではあるまいか。いずれにせよ、白い壁と洋風な屋根、そこに広い窓さえ付けておけば借り手は来ると踏んでいるようだ。

坂道を登り切ると、風景は一変した。

築三十年は経っているかと思われる県営住宅だった。平屋が長屋形式に建ち並んでいる。

午後三時、黄色い日が斜め四十五度から照りつけていた。小森明代の家は呼びだしボタンを押しても反応はなかった。三度目に押した時だった。隣の家のドアが開いた。

「留守だよ。仕事に行ってるから。娘さんも学校ですよ。お宅、どなた?」

顔を出していたのは初老の男性だった。彼はそう言いながら本宮を無遠慮に眺める。記者クラブの身分証を見せると、男の口はとたんに軽くなった。用向きを詮索しようともしない。一を訊ねると、十が滑り出た。

彼の言うには、隣から奇妙な読経が聞こえるようになったのは、ここ二カ月のことだ。

「まあ、真奈美ちゃんのことはわしらも昔からよく知ってますから。気の毒には思います。坂下さんの奥さんのやり方もひどいね。それにしても小森さんもかっとなる人だから。真奈美ちゃんもえらい勢いで殴られてましたよ、お前のおかげでわたしまで恥をかくってねぇ。それでも奇妙な祈禱が聞こえるようになってから、それもなくなってね」

小森明代の家には、見知らぬ女が出入りするようになっていたという。背の高い、やせた女で、俯き加減に猫背で歩く、暗い感じの女だった。彼女が来ると読経だか祈禱だかの声が二重になり、二人でやっているんだなと思ったと、その男は言った。

「そりゃあの坂下の息子は殺されたんですよ。小森さんが呪い殺したんです」

彼はさらりと言ってのけた。そのあときまりが悪くなったのか、薄笑いを浮かべた。「誰にでも聞いてごらんよ。あれはそうよ、藁人形をつくって、丑の刻まいりをして、警察の人に注意されて。その時に小森さんの持っていた藁人形の胸に五寸釘が打ち込んであったって、見た人がいうんだから」

町で坂下と小森のいざこざを知らないものはいない。そして皆がみな、坂下直弘の死を、明代の願掛けのせいだと思っていると男は言った。

「それが証拠に、小森さんは昔からの小さな土地を売って金を作ったって話だもの」

「なんのために」

男は笑った。「そりゃなんにしろ、ただでしてくれるところはないからだろう」

男が教えてくれたのは、守口（もりぐち）不動産という小さな不動産屋だった。

十五分ほど歩いた。急な坂道の途中の、開店休業状態の足袋（たび）屋と、長い間シャッターを開けていないと思われる食堂のような店舗の間に、守口不動産はあった。

間口は狭い。その狭い入り口にかけられた看板はペンキ書きで、かすれて読めなくなりかけている。店主は本宮を見て、迷惑そうな顔をした。

「小森さんの土地なら買ったよ。向こうがもちかけたんだ。買い叩いたわけじゃない」

「いつのことですか」

「あれは五日前、九月の二十五日のことだよ」

小森明代は突然店を訪れて、『あの土地を現金にしてくれ』と言ったという。

「現金ですよ、現金。いますぐ現金を用意しろっていうんだから、うちだって――」と店主は言葉を濁した。うちだって困ったんだと言いたいのだろう。

「そりゃ、あの土地を買いたいっていう客がいたのは確かですよ。でもそれはもう八年も前のことです。その時はなんだかんだと渋っておいて、今になって突然、現金で買ってくれってんですから。買い叩いたというんじゃない、こっちも用意できる現金に限度があるということですよ」

「いくらで買ったんですか」

店主はまた言いしぶったが、横手から、お茶を運んで来た妻が口を挟んだ。

「一千万です」

妻は坂下直弘死亡の事件も、明代の奇妙な信心の話も知っているようだった。夫より気味悪がっていた。

「すごい形相でした。今すぐ現金で用意してくれるんだったら、安くてもいいって」

店主とその妻は、代わる代わるに話を始めた。交渉の打診をしに来たのは九月の初めだったこと。その時は、それほどその気があるようでもなかったこと。その後二十五日に突然やってきて、現金を揃えろと、権利書をつきだしたこと。

「あの土地はゴルフ場を造るのに、業者が一帯を買い集めていたんですよ。大小合わせて五世帯の持ち主がいた。それを、一軒ずつ交渉していくんです。うちの会社を通して小森さんに売買交渉を始めたのは、もう八年も前ですよ。それを、小森さんは、頑として首を縦に振らなかった。現金にしたら娘にまで残せないと言ってね。そうこうするうち、ゴルフ場建設の話が頓挫して、そのままになっていたんです。それを突然、小森さんの方から売りたいって言って来たんです」

彼は自分の記憶に相槌を打つようにうなずいた。

「初めに来たのは九月の十日でしたよ。突然現れて、いくらになりますかって言うんです。買収業者の事情も変わってきていたから、こっちもとまどいましたよ。でも、ゴルフ場が駄目でも、一帯をまとめて持ってれば、大学のキャンパスにしようかという話もないことはなかった。どちらにしても、それには小森さんの土地は買い取らなくてはならないんだから。とりあえず売値は千二百万から千五百万の間だろうって、その日は帰したんです」

小森明代は九月二十五日に再びやってきた。そして今すぐに現金に換えてくれと、権利書を突きつけた。仁王立ちになったまま、その手が震えていたことを、彼は覚えていた。

「突然来て、現金に換えろと言われてもね。千二百万でいいというんです。でも土地の売買を現金でなんて、聞いたことはない。すぐなんて無理だと言ったんです。彼女は、いますぐ現金でないなら、あの土地は売らないと言った。『今すぐ金にしてくれ』――そう繰り返して権利書を突きつけてきたんです。今をのがせば、ほんとに手に入らないような気がしたこともあるし。実際、普通に売れば二千万円近くにはなる土地です。千二百万なら業者が買わなくったって、どこにでも転売できる。その場で取引銀行に電話をしましたよ。すったもんだして、一千万円ならいますぐ現金で融資するって言われました。しかたがないから、一千万で売ってくれるなら、いますぐ現金を用意しましょうと言いました。小森さんはまるで摑みかかるような形相で、『売るから金を用意してくれ』と言った。そして登記などは全部任せると言って、実印と印鑑証明を机の上に置いたんです。本気だなと思いました。それで銀行に走ったんです」

主人が銀行から帰ってくるのを待つ間、小森明代はものも言わず、妻が出した麦茶にも手を出さず、置物のように、じっと座っていたという。その目は興奮しているとも放心しているともつかない。笑っているのかとも思う。そのくせ思い詰めて泣いているようにも見える。どちらつかずに瞳を見開いて、しかし顔は能面のように表情がなかったというのだ。どこか一点を見つめたその目は、突然包丁をふりまわし始めるのではないかと思うようなエネルギーをはらんでいた。左の顋に打ち身の青痣（あおあざ）があった。そういえば、右のふくらはぎにも湿布を貼っていた。妻は怯えて、夫が早く帰って来てくれることを願った。

だから夫が戻って来た時、妻は大急ぎで金を包んだ。

目の前に積まれた一千万の現金を見ても、小森明代は表情を変えなかった。不動産屋の妻はそれを風呂敷に包み、隣町にあるデパートの紙袋に入れた。彼女は権利書をテーブルの上に置くと、無造作に紙袋を持ち上げ、挨拶もせず、出ていった。

振り返ることもない。

大きな尻を揺らして、日傘もささず、まるで近くのスーパーで買った食材でも提げているように、片手に袋をぶら下げていた。ただ、白い紙ひもが力一杯に握られていた。

彼女は肩を水平に保ち、その様子をみれば、片手にそんなに重い物を提げているなどと、誰も思わないような、そんなしっかりとした足取りだった。

あとには、明代に出した麦茶の氷が溶けて、小さなかけらになって浮いていた。

「坂下さんの息子が死んだのは、その三日後ですからねぇ」

店主が、小森明代が訪れた日を即答できた訳もまた、呑み込めた。それにしても本宮は、店主の口から発するヤニ臭さがたまらなかった。

守口不動産を出た時、もう日が暮れていた。


本宮は、電子メールで概要を千里に報告した。

学校帰りにバス停でバスを待っていた小森真奈美に、坂下直弘が声をかけ、車で近くの川原に連れて行った。町に川は二本あるが、川原があるのは一つであり、東を流れる井田川（いだがわ）、通称「東川」だと思われる。同乗していた坂下の友人と三人で、行為に及んだと思われるが、坂下、もしくは坂下の友人たちとの性交については、その日が初めてであったかどうかは定かではない。ただ、坂下の友人から聞いたという話によれば、坂下はその日の真奈美との行為について、車に乗せる時からさして不安を持っていた風でもなく、機嫌を取るのも慣れているようであったと言う。真奈美には川原に下りることを拒む様子がみられ、以前から同様のことが行われていたのではないかと疑われる。

比較的広い川原で、中に小さな野菜畑もある。そこに農機具を置いてある小屋が数軒見られるが、その中の一つで行われたものらしい。実際に中でどういう行為があったかについては、噂話の域を出ないのではしょるが、（実際にはこの話全部が、極めて信憑性の高い噂話に過ぎないのだが）その行為の内容についても、もし聞きたいというのであれば、口頭で説明する。

その後小森真奈美の母親、明代が、真奈美の様子がおかしいことに気がつき、娘を問い詰め、発覚。しかし母親が知る以前から、真奈美を連れ回す坂下の行動は、町ではひそかな噂になっており、母親が一番最後に気づいたようである。

犯人として真奈美が特定できたのは坂下直弘一人であり、「あと二人、お兄ちゃんがいた」という、その二人の共犯者については特定できない。

母親は警察に通報。坂下は車に乗せたことは認めたが、犯行は否認。「学校帰りをよく見かけ、家の方向も同じなので、時々送ってやっていた」と証言。市営バスの運転手も同様に、真奈美がバスに乗らず乗用車に乗っていくのを数度目撃している。ちなみにバスの運転手たちは、養護学校生のバス通学について、日頃から一定の心配りをしていた。

事件については、小森真奈美の証言が一貫せず、立件を断念。一連のいざこざは、その後、母親、明代によって引き起こされている。警察から、暴行事件として取り上げられないと聞いた日の午後、そのまま近所の産婦人科病院に、娘の処女膜を調べてくれと、待合室で暴れて職員に取り押さえられている。翌日、坂下の家へ怒鳴り込み、その後数回、坂下の家に直談判に行ったり、駐車場の前で坂下本人を待ち伏せたり、坂下の職場にまで現れて、事実を認めろ、娘に謝れと詰め寄っている。職場側は最後には警察に通報、警察では明代をたしなめて帰宅させている。

去る九月二十四日、工藤医師の勤める藤原病院で起こった騒ぎの発端は、同日再び坂下の家に乗り込み、そこで坂下の母頼子の暴言に逆上して、包丁で切りつけたもの（この包丁は、明代が用意して持っていったとも、坂下の家の台所から持ち出したものとも、噂ではっきりしない）。病院に運んだのは近所に住む男性で、車には坂下頼子と、坂下直弘本人、小森明代が乗車。状況については、後部座席に坂下親子が乗った後、明代が助手席に乗り込んだという。運転者も混乱して、明代を同乗させたまま、病院へと向かった。「車内、五分ほどは奇妙に静かだったが、病院について三人を車から降ろし、駐車場に車を置いて急いで病院の受付へ行くと、もう取っ組み合いが始まっていた」とのことである。二人の母親の喧嘩は工藤医師、藤原院長、看護師数名と、居合わせた人間たちによって収められたが、その後、双方の願い出により警察への通報はなされなかった。すなわちこれも「なかったこと」になっている。

以上、町の情報と、警察回り記者の情報を継ぎはぎして報告する。

第二章　疑　惑

1

近視、乱視、老眼。

木部美智子は眼科の待合室に座って、絶望感を味わっていた。

目が悪いのはわかっている。高校の時、通学バスの中で英単語を覚えたのが悪かった。視力は一気に落ちて、それでも近視だけだと思っていたのだ。

高校時代、女の子の間で乱視の子は淫乱なんだという噂が流行った。なんだかわくわくして一緒になって言いふらしていたら、五年ほどして眼科に行った時、

「乱視、入っていますね」

と言われた。

噂はあてにならない。最近、四十を超えると更年期障害が出ることがあるという噂がまた

仲間内で流行った。皆が口々に、更年期障害の症状を「カミングアウト」し始めた。目眩、立ちくらみ、生理不順と苛立ち。「最近怒りっぽくならない？」と問われて、昔から腹が立つ時は腹が立つと憤然と思う。四十なんて三十九の延長じゃないか。そう思っていた。

疲労で左顔面がヒクヒクと痙攣し始めた。とくに左瞼が引きつる。ついでに左の目の回りが痒い。花粉症かもしれないと思って薬局で「薬を下さい」というと、眼科に行けと言われた。眼科にいったら、顔面の引きつりも、目の回りの痒みも「皮膚科に行け」と言われた上で、宣告された。

「目の疲労は、眼鏡の度が合っていないからですよ。近視、乱視、それに」と医師は視力検査結果を眺める。そしてふいと顔を振り上げた。

「老眼も入っていますしね」

それで絶望感を味わう。

目眩も立ちくらみも生理不順もないが、老眼だったとは気づかなかった。

そういわれれば、時々腹が立つのは更年期障害だったんだろうか。

「目の痒みが消えたら視力を合わせに来て下さい」と言われて、ハイと素直に返事はしたが、そんな時間、あるはずがないじゃないか。

皮膚科にも行くまい。自分の自然治癒力を信じよう。底力は女の武器だ。

昼からフロンティア出版に上がった。「行った」のであるが、「週刊フロンティア」の編集室が七階にあるものだから、「上がった」と言いたくなる。

編集長の真鍋竹次郎は美智子の顔を見て言う。

「固い目、ない？」

これもマイナーな隠語の一つだ。主張のはっきりした社会ネタのストックは、なにかないかと言っている。

毎週毎週手品のように出て来てたまるものか。

「昨日送った原稿の校正にきただけです。すぐに帰ります」

原稿の赤を見る。隣でファックスがじーこ、じーこと流れて来る。電話が鳴って、一方的な話し声がする。一度に三人が電話で話していると、なんだか腹がたってくる。

老眼と言われたことは、三十の誕生日を迎えたときの次にショッキングだ。

最近、字を少し向こうに離して見るようになったのは、かすみ目かと思っていたら、老眼だったのだ。

老眼と老人はイコールではないと、自分に言い聞かせる。

真鍋は「何気なく」を装いながら、なお美智子に話を振る。

「沢木、新しいのがなくてねぇ」

沢木勝也の記事は出尽くしている。いまでは沢木の関係者も取材慣れしてしまい、返答に際して、表情にも、口調にも、なんの感情の経緯、起伏、動揺も感じられない。そして皆が口を揃えて沢木の悪かった所をあげつらうのだ。事件が表にでるまでは、イエスマンだったくせに。イエスマンだった彼らにも、責任の一端はあるはずなのに。

沢木勝也が循環器系疾病治療の第一人者でありながら特定医薬品会社に便宜を図り、重大な事態を引き起こすかもしれない薬品を回収せず、使用し続けた裏には、もちろん、金が動いている。彼が優遇した大手製薬会社は、彼の研究室に、総額一億円もの寄付をしている。しかし、それらの寄付は彼の研究室や彼の主宰する「総合治療普及会」になされたものであり、直接彼の懐を温めたわけではない。彼はそれにより、大学内、もしくは治療班の中で絶大な力を持つようになるわけだが、その金で家を建てたり株を買ったりしたわけではないのだ。すなわち、単純な「賄賂」ではない。しかしだからこそ根が深いともいえた。

特定の会社にのみ便宜を図るという行為が長い間続けられていた裏には、官僚組織が、その特定製薬会社を守ろうとしていたという経緯がある。なぜ守ろうとしたかということについては、諸説入り交じり、要は、「時代の波」と「人間の欲」と「その時代にそれぞれが信じた社会正義」の織りなす彩であり、今さら過去に遡ってその事情を断罪することはできない。

沢木の行為は官僚たちに支持され、彼に意見するものには圧力がかけられたとも言われる。権力と二人三脚を始めた沢木勝也は、その絶大な権力と後ろ楯に呑まれて、一人の人間としての良心のあり方を見失ったと言うことができる。

彼は医者としてやってはならないことをした。権力を笠にきて傍若無人に振る舞い、多くの医療者たちの善意と誠意を踏みにじった。そして彼の決定により、多くの死亡者が出た。

しかし彼に、それほどの自覚はなかったと思われる。多くの人間が死亡したということの責任を彼一人にかぶせることができるとは言いきれないのだ。

美智子は真鍋に向き直った。

「沢木勝也の問題は個人のモラルだけでは説明がつかない。システムに原因があるんです。私は、沢木は単に水質汚染を証明する奇形の魚にすぎないと思います。奇形の魚をつくより、それを生み出した業界の汚染を書いてこそ記事じゃありませんか」

真鍋は頷く。「まったく。まったく。木部くんはいつだって正しい。でもね」、と真鍋は隣から原稿の仕上げを受け取って、広げながら答える。

「そういう政治的なこと、つっついても結局あやふやにされるだけなんですよ。目に見えるもの。それが大事。誰と誰がどこかで密談をしていたなんて記事は、密談の内容がとれなきゃ駄目なんです。しかし日にさらされた奇形の魚は実に具体的だ」

そして、そのままの、気のない素振りで続ける。「入院先で、インタビュー取れたって言ったじゃありませんか」

「取れればいいんですけど、って言ったんです」

退避入院だ。心臓が悪いとのたまわって、入院なされた。七月二十日だったから、もう二カ月以上になる。沢木に、入院が必要なほどの心臓の不調はなかったと、彼の関係者たちは言っているのだ。しかしそれにしては入院先がひっかかる。南条大学病院は堅い病院で、仮病の患者なんか引き取らない。

「向こうさんはなんか言ってきたんですか?」

「二度電話しましたが、担当者がいないの一点張りで」

　真鍋はハイハイと頷く。「かけ直しますと言って、かかって来たためしはありませんからね。じゃ、かけるしかありませんね」

「幼児虐待記事の方は」と美智子は聞いた。

「沢木の潮が引いてから」と真鍋はあっさりと言う。そのくせ、言い足した。「原稿だけは用意しておいてくださいな」

　だからあたしは眼科に行けない。

　部屋を出ようとして、美智子は立ち止まった。それからおもむろに真鍋を振り返った。そのまま黙ってみていると、視線に気づいた真鍋は顔を上げ、美智子がそのまま眺め続けていると、気味悪そうに訊ねた。

「なんでしょうか」

　問われて口を開く。

「真鍋さん、五年前、南条大学病院で死亡した中根大善のこと、覚えています？」

「無論覚えていますよ」

「あれ、本当に事故だったと思います？」

　真鍋は驚いたように美智子を見返した。美智子はその反応に得心して、「いいんです」と一言言い残すと、踵を返した。

　編集室を出ると、廊下にある簡易応接セットの椅子に座る。

ポカンと自分を見上げた真鍋の顔を思い出していた。

本宮龍二と会ったのは、昨日のことだ。

彼が沢木勝也の病院取材の許可が取れたと言ったからだ。沢木の入院している南条大学病院は堅い病院で、金を積まれて沢木のような男を匿うというのは解せない。しかし沢木が、今この時期に、面会謝絶の病状だというのはもっとできすぎている。本宮はその沢木の病状について主治医の見解が聞けるのだという。ビッグニュースだから、仲間で寄って酒を飲んだ。

「木部さんのいう、沢木は水質汚染を証明するために釣り上げた奇形の魚のようなものって比喩、さすがにうまいこと言うなって思いますよ。もっとひどいのもいるのかもしれない。ただ、なかなか針にひっかからないんだな」と記者のひとりが言う。

――有罪になるでしょうかね。

――いや、官僚がかかわっているって話だから。梯子を外すね。

――そんなことなら、なんのための三権分立かね。

――古い言葉を持ち出すねぇ。

――古いといえば……

初めは五人いた。毎度のことで、途中からなんの話をしているのかわからなくなった。途中で二人抜けた。初めからハイピッチで飲んでいた本宮は、四軒めのその店では、かなり酔っぱらっていた。

一緒に残った男性記者は美智子を本宮と二人にするのは気の毒だと思ったのか、本宮を連れて帰ろうとしたが、本宮は座り込んで動かない。

美智子もその日は飲んでいたかった。

沢木の話には飽き飽きしていた。当節の児童虐待にも、本当は嫌気がさしていた。家に帰りついてもつまらない。朝読んだままに放置された新聞、飲みかけのままのコーヒー。ベッドのシーツは乱れたままで、汚れたコップが流しの端に残っている。それは毎日見慣れた光景であり、長い取材旅行から帰ってくると、ほっとする小さな部屋だが、電気を点けた時、あのままの光景が広がると思うと、それだけで帰りたくなくなる夜もある。

だから美智子は、気の毒そうに自分を見る記者に笑って答えた。

「タクシー呼んで引き上げますから、本宮さん、置いていってもいいですよ」

そして本宮は、美智子にからみ始めたのだ。

煙が部屋に満ちて、喧騒がある。主人が白い帽子を被り、煙たそうな目をして、網の上で厚揚げを焼いている。ジュウと香ばしい音がする。隣で本宮が、酒臭い息を吐く。

「――タクシーを呼ぶだと？」

本宮龍二は酔った顔を美智子に向ける。

「贅沢をいうんじゃない。世の中には不幸な人がいっぱいいるのに、タクシーとは何事だ。

終電に乗れ、終電が駄目なら歩いて帰れ、それが駄目なら、朝まで酔いつぶれてろ」

俺はね、と本宮は言った。

「俺は、貧しい家に住み、障害児を産んで離婚され、失業中の男に走ったがこれにも逃げられ、そういうことのたびに金銭で揉め、逆上しやすく、口が悪い、そんな女を責める気がしないの。父親は酒乱だったんだよ。母親は家族を捨てて、男と逃げたの。明代って女はね、そのために中学を出てすぐ働いてね。思わんかい、それ、長女だからね、大体、結局、あれよ、ほら、今時流行りでしょ。でも昔からあったやつ。女房がいなくて、長女が中学で、暴力なれしている男のね」

美智子は、家では酔うが外では酔わない。本宮はさっきからずっと同じ話をしている。明代という女の父親が酒乱だったというのは、本宮の創作だ。彼が想像し、断定している。中学しか出ていないというのと、母親が家族を捨てたというのは事実であるらしいが、「男と逃げた」というのは、多分推量である。長女というのはどうであろうか。恵まれない環境で育ったことは事実であるらしい。とにかくその日、本宮は明代という母親の物語に入れ込んでいた。

酔っぱらって言いたいことがまとまらない本宮のために、美智子は言ってやった。

「児童虐待ですか」

本宮の言うのは、当節の、三歳の子供の腹を蹴ったり、二歳の子供の口に未調理のそうめんを突っ込んだりする虐待とは違う。美智子の言葉を本宮は、ひどく荒っぽく遮った。

「きれいな言葉でいいなさんな。親父にやられていると言って下さい。俺、そういう暗くてイライラする話、大っ嫌いなの。無教養だから、馬鹿丸出しで、恥かいて回る。劣等感が、風呂場のかびみたいにこびりついている。そういう女がね、そういう女が——」

そうやって、美智子を見据えたのだ。酒に酔った、座った目で。

「藁人形を打つんだ」

本宮は「酒」と店主に言った。「ビール、下さい」とその巨体を折るように丁寧に言う。ただ、「下さい」が「くらさい」になっている。

「水、あげてください」と美智子が小さな声で頼むと、店主も苦笑いしてコップに冷水を注いでカウンターに置いた。

人権なんて世迷い事ですよ。人権を叫べるヤツは、タクシーを呼べる世界の人間だよ。俺はタクシー呼べるから、かかわり合いになりたくないね——そうごねる本宮を、店主と二人で通りまで引っ張って出て、タクシーに乗せたのだ。

美智子も酔っていた。家に帰り着いて、シーツに皺のよったベッドに座り込んだ。朝飲み残したコーヒーを飲んで、寝た。

そして夢を見たのだ。

色の浅黒い少女が姉さん被りをして、使い込まれた黒光りする広い板間を雑巾がけしていた。古い映画の場面のような映像だった。

本間タネだ。

本間タネが少女の姿で夢に現れたのだ。

その名前は、ずいぶん酔いが回った本宮の口から出た。

タネはね、と、本宮は言う。

タネって誰だろうと美智子は思う。

本宮はお構いなしに話し続ける。

酔っぱらった頭の中に、ぶつ切りに言葉が残っていた。

呪い殺し。

藁人形。

児童虐待。

妙に似通っていた。理不尽であること。非力であること。貧しいこと。

しかしそれだけなら寓話で済んだ。

美智子は外出着のまま、眠ってしまっていた。朝、そのままの格好でベッドの端に座って考えていた。

その母親は実際に一千万円を用意したのだ。

そして相手の男に閻魔メールが送られた。

そして心臓発作で死亡した。

その母親は一千万をどこにやったんだろう。本宮の話では、決して裕福な家ではない。

もともと明代という母親は、育った家庭環境が悪く、そのために中学を出てすぐ働いた。

彼女が父親から性的虐待を受けていたかどうかは断定できないが、本宮のいうように、昔は今より珍しいことではなかったのかもしれない。

本間タネの生い立ちも似たようなものだ。四国の貧農に生まれた。十歳かそこらで親に売られた。美人なら男相手の楽な仕事もできるが、色が浅黒かったというタネは過酷な下働きをさせられた。

戦前、人権などというものが、流行りのアクセサリーのように特権階級に出回り始めたころの話だ。でもいまでも、その真奈美という少女に人権があるのだろうか。坂下の母に暴言を吐かれて、悔しくて喧嘩を売っては自分の品位を落とすばかりの明代には、人権が守られているといえるだろうか。

閻魔メールは、坂下という男の死を予告した。

その男は、予告された通りに死亡した。

そして明代は医者に頭を下げた。

その医者は五年前、中根大善の事件の時、殺人を疑われた医者だ。

美智子はじっと頭をかかえた。

本宮の言葉を思い出す。

本宮はあの時、呟いた――なぜ明代は工藤に頭なんか下げたのだろう。自分が呪い殺したと信じているなら、人に頭を下げようなんて思うはずがないのに。

美智子はベッドの端から立ち上がると、部屋の片隅の机に向かった。カーテンはまだ開けていなかった。だから薄暗い。酔いがぬけなくて、夢遊しているような気分で、机にたどり着く。

電話帳から「楢岡」の名前を探し出した。

東亜日報の社会部記者、楢岡篤男は眠たそうな声で電話に出た。美智子は壁にかかった時計を見た。まだ八時半だ。

「木部です」と言うと、ちょっと驚いたようだった。

「起こしましたか」

楢岡が眠そうな声で「構いませんよ」と言う。美智子は常々、こういう時に申し訳なさそうな声の出ない自分のかわいげのなさを恨めしく思う。

「楢岡さん、二年前の音楽家の渡部喜一郎が突然の心停止で死亡した事件、詳しく調査しましたよね」

うんと楢岡は答えた。美智子は問う。「その時、事件に絡んでいた男がいましたよね。渡部に妻と娘を取られて、あげく娘が自殺して、渡部を車で撥ねた男」

また楢岡がうんと言う。「関口だよ。関口洋平。それがいまごろ、どうかしたのか?」

「その関口って男、多額の金銭が使途不明になっていると、当時、楢岡さん言っていませんでした?」

楢岡は目が醒めたのか、神妙にうんと呟いた。

「使い途、わかったんですか」

「いいや。でもどうしていまごろ、そんなことを聞くんだい」

「ええ、ちょっと気になることがあって」と美智子はあわててかわすと、改めて聞いた。

「あの時、関口は完全に白だったんですよね」

「そうだ」

「閻魔メール、渡部のもとにも送られていたんですよね」

それにも楢岡はそうだと答えた。

「そしてタネが、わたしがやったと名乗って出た。そうでしたよね」

楢岡は、そうだと言った。何かありましたかと重ねて問う。

「よくわからないんです。その、不明金、いくらぐらいですか」

「六千万円」

フロンティア編集部に行く道々、ずっと頭から離れなかった。

使途不明金の話は噂には聞いていた。しかしただの噂だと思っていたのだ。

音楽家、渡部喜一郎の突然の死の疑惑は、マスコミの人間たちなら皆覚えている。

ステージ音楽の世界は華やかだが、いまだ徒弟制度が根強い。先生と呼ばれる人物の口添えがなければ仕事を手に入れることは困難だったし、また、そういう地位にある人間に逆らうと、業界から締め出されるという体質が残っていた。渡部は声楽業界の第一人者だった。おのずと絶大な権力を持つ。渡部の暴君ぶりは陰で人の口に上ることが多かった。弟子からは上納金を巻き上げたし、自分の誘いを断った女性の門下生には仕事を廻(まわ)さなかった。

二年前、その渡部が死亡した。その死因が奇妙だった。

渡部は発作の三日前、車両との接触事故で病院に運び込まれている。渡部を撥ねたのは、彼に積年の恨みを持つと言われる関口洋平という男だった。

関口はバイオリニストを志してもう二十五年以上になる、四十過ぎの男だった。音楽大学から渡部の門下に入っていたが、いまだ一人立ちしていなかった。おとなしい関口はことあるごとに寄付を要求され、コンサートの券を買わされた。しかし妻はピアニスト、娘も音楽大学を目指す一家の主である関口は、渡部の無理をはねつけようとはしなかった。そうするうちに渡部は関口の妻と娘に手を出し、家庭は崩壊、あげく娘が自殺した。

二〇〇〇年七月に、関口は渡部の主宰する「音楽創世会」を脱会している。半年後の二〇〇一年一月、こじれた家族関係の中で娘が自殺し、その一カ月後の二月、渡部の無法な行為を非難する怪文書が流れた。その内容から、流したのは関口であると思われた。おそらく関口は渡部の不実を公にすることで彼に一矢報いようとしたのだろう。しかし渡部はそれを鼻で笑った。

そして怪文書から半年後の八月三日、渡部が、行きつけの飲み屋から出て来たところを関口が車で撥ねた。娘の自殺から七カ月後のことだ。

思い余った関口が、殺意を持って渡部を撥ねた——。渡部の事故の一報を聞いた時、皆がそう思ったものだ。

しかし渡部を撥ねた時の車の速度はわずか時速十五キロで、人を殺せる速度ではなかった。

現に渡部は大腿部の打撲だけで済み、過失事故として処理された。その三日後、渡部は病院で息を引き取ったのだ。

死因は急性硬膜下血腫だった。

死因について、担当医は、頭部の外傷はなく、直後の頭部X線写真には何も写ってはいなかったが、おそらく脳内に発生していた微量の出血が次第に量を増して脳を圧迫し、呼吸を抑制するに至ったのだろうと言った。事実、硬膜下血腫には転倒などのあと長期間経ってから初めて発症する例もある。

死亡は、事故を原因とするものとは断定できないと判断された。

渡部は死んだ。だが、あくまで病死であり、関口が殺したわけではない。

週刊誌はこの事件を興味本位に取り上げた。渡部の死の引き金になった交通事故を起こしたのが、妻を寝取られ娘を自殺に追い込まれ、むろん出世の道も絶たれて借金だけが残り、積もり積もった恨みを怪文書を流すことで発散しようとした男であったというのが彼らの嗅覚を刺激したのだ。

――そりゃ、ひき殺すつもりだったでしょ。

――でもね、それには速度が足りないの。殺意はなしよ。

編集者たちは顔を見合わす。そして鼻を蠢かす。A誌が記事にして、B誌もしたというのなら、うちもするしかないでしょう。それはマスコミに取り上げられた事件の宿命だった。

人は何につけ醜聞を好むものだ。吐き出される膨大な渡部の醜聞は、人々に一時の満腹感を与えた。そうこうして事件は雑誌の売り上げに貢献してその役目を終え、旬も過ぎ、人々が事件に飽きたころ、ライターの一人が本間タネを訪ねた。人を殺したいほど恨みに思う、その心理の共通性というテーマで、見開き二ページを埋めようという、安易な魂胆だった。そこで瓢箪(ひょうたん)から駒が飛び出した。

当時九十三歳であった耳の遠いタネに、渡部事件の概要を理解させるだけでも苦労だったことだろう、その記者によれば、問いと答えは大体においてかみ合わなかった。おそらくタネは、わけのわからぬその問答に嫌気がさしていたのではないだろうか。そしてそういう時、記者たちが、自分の求める言葉を引き出すまで帰らないという習性があることも、タネはその三年で学習していたのだろう。記者との問答を切り上げる奥の手だったのかもしれない。

とにかくタネはその記者に、渡部の死も自分の呪いによるものであると話したのだ。

「藁人形の心臓を釘(くぎ)で打つのや」

それは突然の心停止に符合した。記者は帰ってそれを三ページの記事にした。編集長はその記事にトップを飾らせた。かくしてタネの言葉は再び全国に広まった。

ただし、その言葉を真(ま)に受けるものは、業界内にはいなかった。なぜならタネはその当時、すでにそのまじないを飯のタネにしていた節があったからだ。結局は老婆の世迷い事、もしくは売名行為として理解されたのだ——

美智子はフロンティア編集室の前の廊下の椅子に座ったまま考える。

立ち上がり、編集室に戻ると、中川に合図して、彼を廊下へと呼び出した。

「五年前の本間タネの関連資料みたいんだけど、すぐ出る？」

彼が十分後にもってきたのは、厚みが十センチはありそうなファイルの束だった。

「そんなもの、どうするんですか」

中川に聞かれて、言葉を濁す。

美智子はそれを抱えて、釜川に向かう電車に乗り込んだ。電車に揺られながら、タネの資料を丹念に読んだ。

本間タネの所に人が集まるようになったのは今から五年前、タネが九十歳の時だ。

タネには息子が二人いたが、長男は六十年前に少年兵として出征、戦死した。その十年後、夫は肝硬変で死亡。稼ぎの全部を酒にして飲むような男であった。結婚した次男が十歳と八歳の二人の男の子を残して失踪したのは三十五年前で、その後すぐに嫁も出て行った。タネは六十歳から、二人の孫を一人で育ててきた。下の孫、和雄は学校を卒業すると家を出た。上の孫である郁夫が中根積善会に入ったのは一九八八年、もう十五年も前であり、郁夫はまだ三十歳になったところだった。

郁夫夫婦は仲もよく、男の子と女の子の二人の子供にも恵まれ、暮らし向きもそれほど不自由はなかった。ただ、郁夫の妻はタネの存在を疎み、当初郁夫夫婦とタネは同居していない。郁夫は十歳の時から親の代わりに育ててくれた祖母を、結婚を機に捨てたことになる。

タネが八十五を過ぎたころ、タネは郁夫夫婦と同居するに至る。長い間音信不通だった二人目の孫、和雄が小さな事業に失敗して戻ってきた。そして、タネと同居すると言い出した。その話の中で、タネが八十五年の人生の間に二百万の金を貯めていたことを知った郁夫の妻、ヨシ子がタネとの同居を申し出たのだ。

郁夫は「ばあちゃんもうちの嫁さんとはやりにくいだろ」と、和雄との同居を勧めた。しかしタネに蓄えがあるのを知ったヨシ子は、タネと同居すると言ってきかなかった。ヨシ子は中根積善会の熱心な信者であり、その時にはすでにかなりの「布施」をしていたと思われる。それはねずみ講的な会のシステムに取り込まれていたということだ。

郁夫は人のいいおとなしい性格で、二人の曾孫もタネには優しかった。帰ってきた和雄が癌を患い、戻ってきた理由が、タネの面倒をみるというより再びタネに身の周りの世話を期待してのことと知れた時、タネはその身勝手さを怒り、郁夫の家庭に身を寄せた。タネと郁夫の一家が同居したのは一家が心中する五年前のことだ。

その五年の間に、タネの二百万は中根積善会への「布施」として使い果たされた。それを巡っては郁夫の嫁とタネは摑み合いの喧嘩もしたと言われる。中根積善会の会員になったのは孫夫婦からの強要で、もともとタネ自身は信心する気はなかった。だからタネは、孫夫婦が会に「布施」し続けることに不満を持っていた。しかし郁夫夫婦は朝、夕に会則を読み上げるほどの熱心な信者で、ことあるごとに手弁当で奉仕した。郁夫夫婦の息子の就職をめぐって、金銭トラブルが発生したのはそんな中だった。

上の娘は中学卒業後、中根積善会の口添えでパン屋に就職していた。郁夫夫婦は、当然息子の勤め先も積善会に斡旋してもらえると信じていた。それに対して会の地区長は、いい口があるがなかなか競争率が高いと言った。夫婦はすでに地区長にはそれなりの金を包んでいたが、彼らはその言葉を布施の催促と受け取り、娘の勤務先のパン屋の主人から借金をして金を包んだ。地区長はその金を自分の右脇にするすると引き寄せながら、金でなく、会員獲得数で会に貢献するようにと言った。夫婦はパン屋の主人に頭をこすり付けるようにして調達した金が地区長の懐に引き寄せられたのを、生唾を飲むようにして見ていた。

しかし会員獲得は借金よりまだ難しかった。当時中根大善の悪評は週刊誌などで報じられ、一時期のようにはいかなかったのだ。頼める所には頼みきっている。それでも中根積善会への忠誠心を日々のよりどころとする夫婦は、息子の就職先について積善会関連以外を考えていなかった。「大善様の御光のあるところで」

期日が迫って、郁夫の妻は、会員を獲得したと報告した。夫婦の間では、あとから本物の会員を集めればすむと慰め合っていた。架空の会員の会費は郁夫夫婦の出費となる。月額三十万に及んだ。郁夫は町のローン会社から借金した。それもこれも、本物の会員を勧誘できるまでのはずだったが、会員は増えなかった。あとはローン地獄に陥った。妻は安場の風俗に勧めだした。

和雄の病状は悪化していった。和雄には死亡時、六千万円の生命保険をかけていた。タネはそれを郁夫には内緒にしていたが、いずれ和雄が死んだら、中根積善会からの改宗を条件に、その保険で借金を全て返済しようと考えていた。郁夫の息子が近くの自動車修理工場に就職が決まった時、タネは「えらい高うついた、大学にだせるほどの高い高い就職費じゃったな」と厭味を言った。それから数週間、ヨシ子はタネの食事を作らなかった。タネは怒って、わしの二百万を返せとわめいた。郁夫の嫁は、大善様の御光を一度でも穢せば、その恩恵は二度と降りかかってこないのにと、タネを絞め殺しそうにさえなった。「その口が大善様の御光を穢せば、あたしたちの苦労が水の泡になる」――タネは組み敷かれたまま力の限りの声で大善を罵倒し「信者を食い物にする神様が世の中におるものか」とヨシ子に摑みかかった。

郁夫も、自らの窮状に対して手をこまねいていたわけではない。郁夫は中根積善会の地区長にも世話役にもその窮状を訴えた。世話役も地区長も、郁夫が架空の会員を報告して、その会費作りに妻が風俗で働いていることまで承知の上で「大善様の御光は信徒の努力によって輝きを増す」と繰り返した。――苦しければ、大善様の御光を多くの人に広め、会員になってもらうことで溜まった穢れを落としなさい。

しかしもはや大善の「御光」を受けようとする者は見つからなかった。

夫婦と二人の子供が家の鴨居に紐を結びつけ、首吊り自殺した。息子が町工場に就職して十カ月後、借金取りが督促状を持ってやってくるようになって、八カ月目のことであり、大善急死の六カ月前の出来事だ。その一週間後、和雄も病死している。

大善の死後発掘されたこの話は週刊誌を喜ばせた。

美智子は覚えている。大善の死亡を受け、記者が郁夫家族の話を聞くべくタネの家に押しかけたころ、南条大学病院は死亡原因について、若い研修医のミスであると決着をつけ、マスコミ関係者の中でそれは不自然だとの声が流れはじめていた。

中根大善が極秘入院していた先で不審死を遂げた事件にマスコミが注目したのは、初めからスキャンダル、もしくは殺人の可能性を見いだそうとするものだった。大善の死に関しての、手回しのよすぎる病院の発表と対応は、かえって不審を招いた。得心のいかない彼らは、大善がいかに悪徳詐欺師であったかということを書き立てて、暗殺説を匂わせることでそのフラストレーションを解消しようとしていた。その中で九十歳の老婆を見つけたのだ。

孫一家を無理心中で失い、ひとりぼっちになった老婆、タネ。

戦死、失踪、新興宗教、主婦売春、ローン地獄。信仰することで思考停止状態になった人間がいて、地区長の甘言があり、世話役の冷酷さがある。しかしその被害者となった四人の家族もまた、一方の手で家族の和を尊びながらもう一方の手で育ててくれた祖母を放り出す。

郁夫の話はシリーズになり、三週にわたり誌面を賑(にぎ)わせた。

しかし当のタネは、大善への不平不満を言い立てるどころか、玄関先で記者を追い返した。

邪険にされるとますます闘志を燃やすのが記者の本能だ。記者はタネに取り入ろうとする。

そうこうするうち、タネの家を覗(のぞ)き込んだ記者が、暗い室内に、藁人形と赤い鳥居を見つけた。そして白い鉢巻で頭に蠟燭を巻きつけて祈禱するタネの写真が雑誌に載った。

タネはそれでもひたすら沈黙を守っていたが、ある日、何を思ったのか、大善は自分が呪い殺したと告白し、自分の部屋へと記者たちを招き入れた。そして彼らの前で、その儀式の一部始終を再現してみせた。

掌ほどの小さな藁人形に五センチ弱の釘をつき通し、小さな赤い鳥居の前に立てかけた。その際に押すだけで十分通るのに、わざわざ金づちのようなもので打ちこんだ。「中根大善」と書かれた木札をその横に同じく立てかけて、それに向かって正座し、数珠を巻いた左手を、拝むように前に立て、右手でカンコンと鉦をたたく。祈禱とも読経とも呪文ともつかない声は十五分も続いただろうか。彼女は終わったあとで記者たちに体を向き直し、「満足しんなさったかいの」と言ったという。

メディアはそれに飛びついた。

タネの藁人形が大善を殺したという意味でなく、中根積善会にかかわる人々、広くいえば新興宗教を信じる人々を特異的なものと位置づけるためだった。

しかしそれは読者には別の効果をもたらした。それぞれが思惑をもって座興として載せたタネの呪い殺しそのものが、奇妙なリアリティをもって受け入れられたのだ。

それからタネのところには、「殺人」の依頼者が引きも切らずやってくるようになったのだ。

風呂はない。戸締りらしい戸締りもできない。どうやって知るのか捜し当て、どこから聞きこむのか「御布施」を抱えて、信者たちはそのタネの家にやってくる。

彼らはそれを茶封筒に入れてくる。封筒の表には名前と年齢と住所が書かれている。

タネは依頼者たちと口をきくことはない。彼女はただ自分で作った祭壇に向かって鉦(こうべ)をたたき、声をあげ、呪文のような祈禱をあげているだけだった。彼らはタネの後ろで頭を垂れ、その声と音に聞き入り、そして帰っていく。タネは彼らと顔を合わせることもない。タネは足腰も弱り、杖(つえ)なしでは歩けず、しかし食欲は旺盛で、耳は遠かったが視力はすこぶるよかった。寒暖には鈍いが鼻は利く。

タネには松江(まつえ)と呼ばれる、付き添う女がいた。

タネは貧しい漁村の出で、売春がまだ合法だった時代にはそれを生業(なりわい)にしていたという噂だった。呪いのかけ方はそのころに先輩の娼婦(しょうふ)に習ったという話もある。松江はタネの娘だと人は言った。しかし似ているのかいないのか、九十五歳の老婆に顔だちなどあってないようなものなのでなんとも言えない。


美智子は電車を降りる。そしてタクシーに乗る。

取材で二度、訪れたことがあった。

タネは今も当時と同じ長屋に住んでいた。

住宅の板は黒ずみ、壁は所々ひび割れていた。三十棟もつらなる平屋の全てがそうだった。

屋根はトタンで、洗濯機は室外に設置してある。

戦後すぐ、墓場の隣に生活貧窮者がバラックを建てて住んだ。町はそれを取り壊して、住み着いていた人々に安価な住宅を供給した。五十年経った今も六軒ずつ五列、整然と並ぶ。

三十軒のうち、半数が空き家だった。空き家の半数が、朽ちていた。取り壊しは何度も議題にあがったが、町人の多くはその一画に対して無関心であり、町は、県境にある産業廃棄物処理場の改築、地元中学の学力低下対策など、優先すべき問題を多く抱えていたので、そのたびに先送りになった。

いまでは建て直しは居住者自身が反対する。建て直して新しくなると、家賃が上がるからだ。

角刈りの、目つきの悪い男が蛇皮の草履を引きずりながら歩いていく。軒の下に痩せこけた少年たちがたむろしていた。火のついた煙草（たばこ）を指先でゆらゆらさせながら、しゃがみこんでいる。そり込みをいれた茶色い頭で、かったるそうに煙草を持っている様が、この世で一番格好がいいと信じているかのように。そして道行く人を牽制（けんせい）している。

そんな若者たちの横を抜けて、長屋の棟の奥へと入っていく人間たちがいた。

彼らは一様に無表情で、虚（うつ）ろな表情をしていた。彼らは股を開いて座り込む若者たちの横を通る時も、道端に生えた雑草でもよけるように、自然に避けた。彼らは従順で無気力な顔をして、ただ奥への道をたどっていく。

美智子は彼らの後ろについて歩き出した。

進むうち、どこからともなく声が響いてくる。切れることなく、リズムもない。肺活量の少ない、乾いた、そして揺るぎなく単調な声だった。

それに合わせて鉦の音がする。かんかんかんとせわしなく高い音で、丁度雨漏りの部屋に置いた、アルミのバケツに落ちる雨垂れを思わせる音だった。彼らは、その声に吸い寄せられるように進み、近づくにつれて顔を上げ、やがて顎を前に突き出し始める。

彼らは一軒の長屋の前に立った。

ドアは、貼り付けられた化粧板のベニヤが所々はがれ落ちていた。足元の部分は木が腐って、角が丸くなっている。黄色いスプレーで落書きがされていた。

ババア　くたば
最後の「れ」は戸の部分からはみ出して、ひび割れた壁の部分に書かれていた。壁に取り付けられた窓は固く閉じ、薄汚れたカーテンがその窓を塞いでいる。

ドアを開ける。

異臭がした。わずかに鼻先に不快感がただようほどの、微量な異臭。死亡する数日前から人間は死臭というものを放ち始めると聞いたことがある。真偽のほどは知らない。ただ、そんなものがあるのなら、ちょうどこういう匂いかもしれない。

そして薄暗かった。

六畳ほどの薄暗い部屋の正面に祭壇のようなものがある。そしてその祭壇に向かって座る小さな背中が見える。座布団の上に座るそれは、ネズミがお行儀よく座っているのかと見紛（みまが）

うほど小さな老婆だった。

　畳んだ足は衣服の下にもぐり込んでいる。手も顔も、曲がった背中が抱え込むようで、後ろからは見えなかった。その丸まった背中に小さな頭がついている。

　雨垂れのような鉦の音も、絶えることのない単調な声も、この老婆から出ていた。

　肉が垂れ、喉は鶏の喉を思わせた。俯き加減に座るものだから、瞼も垂れ落ち、目の所在はわからない。皺だらけの手は爬虫類のような光沢を持ち、か細い骨にまとわりついている。右の手首に大玉の数珠を巻き、その手を拝むように鼻先に立て、左手で鉦を叩く。

　乾いた唇から歯ぐきが見えると、そこから口臭が漂うような気がする。その口から、特別な呼吸法を使っているのかと思うほどに単調に息が吐き出され続け、声は、その息に乗って空間へと流れ出る。

　老婆の後ろにはすでに三人の人間たちが座っていた。新たに加わった人々は、先客と顔を見合わすこともなく、空いた所に席を取り、同じく頭を垂れる。

　彼らが一歩足を踏み出すたび、畳が軋んできゅうと鳴った。

　老婆の前の祭壇には夜店の射的の景品のような金ぴかの仏像や、熊の置物や、大漁祈願の旗や花瓶や半分だけ開いた掛け軸が賑々しく並べてあった。金箔の縁取りをした座布団の上には象牙を模して作られた、白く光った大黒様が座っている。

　その祭壇の中央に高さが二十センチほどの小さな鳥居がある。毒々しい朱色で、子供のおもちゃのようだった。鳥居の両端には、巻物をくわえた狐像が二体向かい合ってある。右の狐は赤いちゃんちゃんこを着ていたが、左の狐は裸だった。そしてその鳥居の奥には、掌に乗るほどの藁の塊が置いてあった。

藁には針金で細工して作った五カ所の突起があり、人型を模していた。そしてその中央には、五センチほどの釘が刺してあった。

部屋を覆う薄闇の中で、大黒様の福々しく微笑(ほほえ)んだ頬が白く浮かび上がる。その目も白みを帯びて、その魂の抜け落ちたような目で大黒様がほの白く微笑む。鼻の欠けた狐と、金色に塗られた仏像と。

襖(ふすま)に隠れるように、背の高い女が座っていた。髪を一つに引っ詰めて、ひどく痩せていた。髪を黒いゴムでうしろで一つに束ね、猫背に座っている。薄暗い部屋で、背の高い体を折るようにして座っているので、歳(とし)はわからない。

女は、見慣れぬ美智子に視線を投げた。それは猫が忍び寄るような、ひどく密(ひそ)やかなものだった。

男が一人、腰をかがめて立ち上がると、その女に近づいた。女はわずかに顔を上げるとその男の顔を確認し、頭を下げた。男は女の前に座ると、頭を下げたままの格好で封筒を畳の上に置き、女の前に滑らせた。女は封筒を手に取り上げ、拝むように一礼する。そしてそのまま脇のアルミの箱に入れた。せんべいの空き缶のような箱だった。男は腰を低くしたまま後ろ向きに下がっていくと、やがて方向を変えて玄関に向き直り、立ち上がって玄関から出て行った。

再び畳がきゅうきゅうと鳴った。

美智子が本宮のもとに電話を入れたのは、夜もずいぶん更けたころだった。

携帯電話は繋がらなかった。自宅の電話は留守番電話になっていた。ピーッと合図の音が流れるまで、待った。

「渡部喜一郎の急死について、当時それを調べた記者が東亜日報にいて、聞いてみたんです。当時の渡部の弟子の関口は、渡部が死んでから、家を売り、田舎に帰ってカラオケ教室を開いているんですが、家の売却額は土地込みで推定一億」

真鍋の、あのポカンとした顔を思い出した。

「その一億のうち六千万円が使途不明金なんです。小森明代という母親が一千万用意したという昨日の話、詳しく聞かせてください」

木部美智子を見てやり手のライターだと思う人間はいない。

ちょっと成功した女なら、どこかに金を掛けて外見にかまう暇のない自分を慰めるものだ。スカーフが奇妙に高価だったり、時計が目を引くものだったり。行きつけのバーが恐ろしく優雅で高級であり、そこにいる時だけ人が変わったようにヒロイックな自分に浸るとか。

ところが木部美智子というのは、装身具はつけていないし、ズボンといい、単色のシャツカラーのブラウスといい、大きなレンズの眼鏡といい、十五年前から変わったところがない。変化しないことに、一つの個性を見いだすほどだ。男に混じって編集室のソファで仮眠を取るのは厭わないが、おしゃれな「カフェ」に誘うと居心地が悪そうな顔をする。金に執着せず、仕事ができた。しかし情熱家でもない。彼女がジャーナリズムについて熱く語っているのを聞いたことはない。飲み屋にいくとシシャモと厚揚げを頼む。化粧は基本的にしていないように見える。

社会派として鳴らした。新聞記者からフリーのライターになり、地味な仕事を好み、労を惜しまず、目先に走らず、今では硬派で知られる雑誌、「週刊フロンティア」の看板記者だ。その木部美智子がわざわざ訪ねてきた。そして坂下直弘と小森真奈美のレポートを、熱心に読んでいる。

自動販売機で買ったコーヒーを美智子の前に出しながら、本宮は考えあぐねていた。

俺はおとといの夜、何をしゃべったのだろうか。

確かに大善の事件も、渡部の事件も、恨まれている人が都合よく死んでいるという意味では似通っている。そしてそういう事件は数年、続発している。

評論家の小林茂は、筆の力を利用してゆすりまがいの行為を続けていた。本宮はその悪行をリアルタイムで知っている。頭のいい、分析力のあるジャーナリストだった。戦後の活字社会を引っ張った。しかし私生活では、極めて善悪の線引きが曖昧であり、気分屋で、女好きで、人の金で酒を飲むことが好きで、かつ、執念深かった。自分は何をしても許されると思っていたのかもしれない。

「世に絶対的価値はない」と説いて、戦後の混乱の中で一時を牛耳った彼は、若いときから、マスコミに取りあげられるようなことがらに関しては進んでその知性を発揮して、彼一流のやり方で断罪したが、そうではないことには極めて利己的に振る舞った。

　昭和五十二年、小林茂が広島に一週間滞在したときのことだ。肉まん専門店「ダイキ」の社長がそれを聞きつけて、彼をもてなした。そしてほんの少し「競争相手に押されて売り上げが落ちている」と、愚痴をこぼした。接待を喜んだ小林は、頼まれもしないのにその場で簡単に取材し「ダイキ」を持ち上げる記事を書いた。二日後、自家製の肉まんをあちこちに納品している競争相手の中華料理屋「眠々（みんみん）」の店主があわてて小林を接待した。彼は無理をして極上の宴席を設けた。小林茂は機嫌がよかった。ところが最後に用意した金を差し出すと、小林は、一変して怒鳴った。

「そんな金をわたしが受け取ると思ったか」

　翌日、地元新聞に、「眠々」のことを、材料の選択に問題のある店であるとでもいうような、思わせぶりな記事が、小林茂の署名で載った。数行であったが、小さな食品店には些細（ささい）な風評被害でも命取りだ。「眠々」の売り上げは落ちた。店主は小林に非礼を謝ろうと毎日通ったが、小林は会おうともしなかった。そして「眠々」の取引先の一軒に電話をかけて、遠回しに「眠々」を中傷した。

そこから噂は輪を掛けて広まった。

「眠々」側は、あれは事実無根だと言って回ったが、間に合わない。社長は弁護士に相談した。しかし記事の表現が遠回しで、具体的なことが書いてないので、訴えるのは難しいと言われた。取引先は、電話があったことを否定した。

注文が減るということは、その注文を別の店にとられているということだ。取り戻すのは大変なのだ。小林が東京に戻った後も注文は減り続けた。困り果てた「眠々」の社長は、上京し、彼の家の玄関先で土下座して謝った。小林は着物姿で出て来て、社長にバケツの水を掛けて、黙って入っていった。小林茂が五十二歳の時の話だ。

その後「眠々」は倒産し、一家は広島を離れた。「眠々」の店主から相談を受けた弁護士から発覚した話だ。

歳をとると、彼のその「癖」は一層露骨になった。金を包んで持っていくと、記事の内容が突然変わる。変わり方にも松、竹、梅とランクがあるようだった。それに添い、「偏屈」は「信念がある」と評価が変わり「約束を守らない」ことは、「鷹揚である」と理解された。一度憎むと、その人間のあらゆる行為に「悪意」を塗り付けて書いた。美談を醜聞にすることも、またその逆も、彼には簡単なことだった。そしてその日の気分で人を悪人にも善人にもした。

一流のジャーナリストの顔を持つ彼は、同時に、そうやって弄ぶように人々を苦しめた。なにより不思議なことは、彼が自分のその行為に、一抹の罪悪感も感じていないように見えることだった。彼は、まるでそれが真実であると思い込んでいるように、臆面もなく、人を陥れたり、持ち上げたりする記事を書いたのだ。

その彼がある日突然死亡した。

産婦人科病院長の長瀬典子は入院患者に不必要な手術を施し、収益を上げた。癌と偽って、新婚の妻から卵巣を摘出するのも厭わなかった。裁判は長引いて、金にあかして雇った弁護士たちは執行猶予のついた結果を勝ち取り、その後病院は典子の息子夫婦に受け継がれ、つつがなく経営を続けた。彼女は裁判の一カ月後、心不全で死亡した。

貸金業の野田道夫は手練手管を使って人を陥れて金を集めるのが趣味のような男だった。検察は有罪判決を勝ち取れなかった。彼もまた判決の数カ月後、突然死している。

他にも「疑惑」と勘繰りたくなる事例は数件ある。

しかしだからどうだというのだろう。全てに「閻魔メール」が確認されたわけでもない。おおよそ十件ある疑惑事件のうち、メールを受け取っていたと確認できたのは、小林茂、長瀬典子、野田道夫、中根大善、そして渡部喜一郎の五件だ。いずれも発信者は特定できなかった。

レポートを読み終わって、美智子は顔を上げた。

「坂下頼子も、息子の携帯に閻魔メールが送られていたと言ったんですね」

本宮は答えた。「メールそのものは、直弘が削除して残ってはいないけど、携帯電話に送信されたそのメールを数人の同室者が見ている」

美智子はわずかに頷いた。そして彼女は自分の鞄（かばん）を開いた。中からファイルをとりだすと、その中から一枚のコピーを抜き出して本宮に指し示した。

真実を語らなければ　お前は八月二十三日に　死亡する。　閻魔

本宮は見入った。話に聞いたことはあったが、実物をみるのは初めてだ。

「これが噂の閻魔メールですか」

「ええ。大善のパソコンに入っていたメールをプリントアウトしたものです。大善の死後発見されました。送信されたのは七月二十日。彼はこの予告にある通り、翌八月二十三日に死亡しています」

当時、メール発信者についての警察発表は、本宮には理解不能なものだった。自社のパソコン管理室にその説明を求めると、技術者は丁寧に説明してくれたが、結局本宮にはどういうことだかわからなかった。

この発信者はメールを相手にではなく、一旦自分のメールサーバに発信し、そこから相手のメールサーバに発信したと思われる。その発信者は、自分が登録していないメールサーバを使って送信している。いまはそういう第三者の送信をブロックするシステムができているというものの、そのシステムを利用していないメールサーバも残っている。それを利用した手口だと思われると、警察は発表したんです。それだけでなく、発信者はメール送信時にプロバイダに記録されているＩＰアドレスまで誤魔化している、というんです……云々。

わからなかったが、早い話が、素人ではなく、熟練者の手口なのだということだけは理解できた。

しかしこの閻魔メールはマスコミに取り上げられてから、すっかり流行ってしまったのだ。中学生が消しゴム一つ取られても「お前は死亡する」とメールを送る。机に落書きをするような感覚で、このメールが出回った。そういわれれば、正義の文面は子供が喜びそうな文面でもある。

本宮はおもむろに切り出した。

「閻魔メールがどうあれ、これは事件じゃないんですよ。坂下直弘は殺されたのではなく、病死――すなわち自然死したんです」

しかし美智子は訊ねた。

「母親は、その一千万円をどうしたのだと思いますか」

本宮は美智子を見つめた。

「もし金が動いたと考えるのなら、受け取った相手が事件にかかわっているということになります。容疑者は誰ですか」そして本宮は訊ねた。

「もしかして工藤医師を疑ってます？」

美智子は答える。「いいえ」

そして目を本宮に上げる。「ただ、奇妙にからんでいるとは思いますけど」

そして訊ねた。「本当のところ、呪いで人が死ぬって、あるんでしょうか」

本宮はため息を漏らした。「そんなこと、あるはずないじゃないですか」

しかしその時、美智子は本宮を覗き込んだのだ。

「本宮さん、おとといわたしに言ったこと、覚えてないんですか?」

動揺した。覚えていなかった。ずっと感じている居心地の悪さは、それから来るものにちがいなかった。

「俺、おととい、何を言いました?」

その後彼女から聞いたことは、本宮には衝撃的だった。彼は坂下の死を「呪い殺しだ」と断定した上で、小森明代は父親に近親相姦を強要されたかわいそうな生い立ちで、そういう社会から置き去りにされた人間が人に呪いをかけて殺すというのは、彼らの権利であるとぶったというのだ。我々ジャーナリズムが社会の不条理に向かって戦っていると思うのは「真っ赤な間違い」で、我々は多くの不条理を摘発しながら一方で、それと同じほどの不条理を生み出している。工藤は無実だ。漫然とした事実だけで喜ぶようなハイソな読者は少ない。誰もがそこに「お話」を求める。そこで工藤のような犠牲者が発生する。タネは藁人形の胸を釘で打った。だからみな心不全で死亡する。これほど歴然とした事実を書けないというのは、我々みなが、えせ文化人であるという以外、どこにもその解答を求めることはできないはずだ。真奈美が男とやる楽しみを覚えて何が悪いか。恋愛じゃなきゃやっちゃいけない、あんた、そんなこと思っているでしょ。だからあんたには男ができないんだよ――

「いや悪かった」

　本宮は美智子の淡々とした言葉を遮ると、厚ぼったいその手をテーブルに着き、深々と頭を下げた。

「いえ。本宮さんの発想、おもしろいかもしれないと思ったんです」

　本宮は困惑した。が、美智子は真面目に見えた。本宮は奇妙な気持ちになった。

「何がおもしろいんですか」

「あの死んだ人間たちは間違いなく、タネの手になる殺人である。そんなこと、わかりきったことじゃないか。という発想です」

　本宮は美智子を見つめる。

　それは酒の上の話だ。少年犯罪が連続して起きた時、犯行手口がどんなに似通っていても、一匹の悪魔が次々にとりついて複数の少年にそれをなさしめていると書く奴はいなかった。

　それでも美智子の視線は真摯なものだった。美智子は続けた。

「子供の頃、悪い人はお巡りさんに捕まると教えられましたが、現実は違う。犯罪であるかどうかは法律によって決まり、有罪であるかどうかは証拠によって決まるんです。違法でなく、もしくは違法性を立証できなければ、彼らは罪を負うべき人ではないということになる。一昔前ならそれでも、社会的制裁というものがあった。でもいまやそれもあてにならない。法が罪を認めなければ、彼らが社会生活を送るのに支障はない。もしも陰口をきかれたら、名誉毀損だと訴えればいい。もともと人間関係が希薄ですから、さほど居心地も悪くない。

手記など書いて儲ける人間までいます。わたしたちは無力感を味わう。そこに登場したタネは、わたしたちにとって、犯罪者ではないんです。あるべき社会の治安を守るもの。彼女がカンカンと鉦を叩けば、たちどころに『処罰されるべき人たち』が死んでいく。ご丁寧に『真実を告白しなければ死ぬ』と閻魔メールの通告まで受けて。これこそ正義だと、人は心の中で思うんですよ。これが犯罪であるなら、これ以上巧妙な犯罪はないと思いませんか」

本宮はじっと俯いた。やがて重い口を開く。

「――犯罪であるならば。でも考えてもみてください。皆がそのストーリーを欲しがった。悪い人間がタイミングよく死んでいくんだから。だからその東亜日報の楢岡って記者だって、渡部事件に張りついたんでしょ。しかし現実には、何もない。みんなが調べました。いまさら、何をするんですか」

「いいえ。みんなはただ、工藤医師と大善のかかわりを調べただけ。だれもこの一連を事件だとは認識しなかったんです」

本宮は美智子を見つめて言った。

「死因に不審がない限り、事件ではあり得ない。そして死因に不審はないんです」

「では本宮さん、その母親の一千万円はどこにいったのですか」

不動産屋の親父のヤニの臭いを思い出した。彼ははっきりといったのだ。『すぐ売るから、今日中に用意してくれ』小森明代はそう言って、現金で一千万を用意させた。明代はその金の入った紙袋を摑んで、事務所を出て行った。――あれほど売るのを嫌がっていたのに。娘に残しておかないといけないなんて言っていましたが、それをね。急にね――

今まで多額の金が動いているという噂はあった。しかしあくまでソロバン上の金であり、当人たちは否定した。しかし明代の一千万円は違う。間違いなく、紙袋に入った一千万という現金が、あの日、不動産屋のテーブルの上に置かれたのだ。

「問題は現金が動いているということなんです」

それは、依託殺人がそこにあると考えるということだ。誰かが金を貰って(もら)いる。その誰かが人を殺して歩いている――と。

藁人形が金の入った麻袋を肩に引っかけて、コミカルに歩く図が見えた。本宮はまいったなぁと呟いた。

「呪い殺しねぇ……」

彼の呟きが頼りなく、天井に向けて拡散しながら消えていく。

2

本宮と別れたあと、美智子は東亜日報の記者、楢岡に改めて渡部喜一郎死亡の事件についての概要を教えてほしいと申し出た。

音楽家、渡部喜一郎はその地位を利用して、自分の弟子、関口洋平から金を巻き上げ、妻を寝取り、それだけでは飽き足らず、娘をも差し出させた——しかし巷（ちまた）で言われているほど単純ではなかったと、楢岡は美智子に語った。

眺望のいい喫茶店で落ち合った。彼の背に東京のビルの密集地帯が一望できた。

人の一生は長いものだ。そしてほとんどの場合、つまらない。それをやりくりして格好をつけているのが生活であり、人生だ。それを全部まとめて丸裸にされれば、誰だって気の毒だ。楢岡の語る関口洋平の人生は、そんな哀れを思わせた。

なぜならそもそものことの起こりは、関口にバイオリニストとして自立する力量がなかったということであったから。

「簡単にいえば、渡部喜一郎は関口洋平を持て余していたんだよ」

渡部の評判はすこぶる悪い。一部の関係者は音楽界の癌とさえ言う。しかし若いころに、低迷するクラシック業界に光を当てたその功績は大きい。歌劇において、衣装をシンプルにし、歌よりドラマの演出を重視した。彼の声は美声ではなく、声に潤いもなかったが、小柄な体のどこから出るのかと思うような力強い声は、それが歌劇であることを忘れさせるような野性味があった。彼はその声とワンマンな体質で歌劇界を引っ張り、歌劇を一握りの人々の「趣味」から、大衆の娯楽へと変貌させ、一時市場を広げた。ただ、彼の舞台はそのころから、共演者と分かち合うものではなく、彼一人を成功させるためのものでしかなかった。

彼は「自分が成功することが、歌劇界を、ひいてはクラシック界を復興させることになる」と言ってはばからなかった。大きなリンゴの木が豊満に実を成せば、その木の下に集う多くの人々がやがてその実を味わうことができる。彼はそれをやってのけた。「歌劇は品格を失った」と嘆く人々の声は、当時大きなリンゴの木のはずれで鳴く鳥のさえずりのようなものだったのだ。

「そりゃ自分の先生の公演ごとに自腹を切って切符を捌くってのはあの業界では当たり前のことで、年間百万や二百万の持ち出しは関口に限らずやっていることだよ。それでも皆、プロになりたいんだから。でも金持ちの道楽ならいざ知らず、養うべき家族がいるってのに、そんなことを続けるのも結局坊っちゃんだよな」

関口の家庭はとりたてて裕福ではない。母親は町の自転車屋の娘で、そもそも関口にバイオリンを習わせ始めたのも、母の教養人への憧れからだった。その後、母親は関口の父と離婚、彼女はなお息子の英才教育に執念を燃やすようになる。しかし関口の才能が評価されたのは十五歳までだった。当時生徒が少なかったバイオリン教師としては、大体の生徒を褒めたのだ。

「いまだってそうだよ。バレエを習いにいったって、ピアノを習いにいったって、教師はちょっとうまければ、褒めそやす。月謝がかかっているんだから」

母親はそれを真に受けた。もともと関口自身は、音楽大学を受験したかった訳ではなかったが、バイオリンの練習に明け暮れ、いまさらどこにもいけない成績だったのだ。

関口は音大の後輩だった志保と結婚した。志保はピアノ科の学生で、大学時代に研修のためウィーンに留学したことのある、お嬢様育ちだった。ただその留学というのも大学の推薦ではなく、自費である。志保と渡部の関係は、なるべくしてなったようなところもあると、楢岡は言った。

「志保は、色気はあるが、肝心のピアノは本当のところ大してうまくはなかった。それで伴奏しか仕事がなかった。しかしそういう人間のさがだろう、現実を認められないんだよ。結果的に渡部はそこを突いてきた」

関口に対する厭味や嫌がらせとは別に、志保に興味を感じた渡部は、チケットを捌けだとか、コンサートの楽屋に花の手配をしろとか、些細な用事を思いついては、それを志保に直接言いつけるようになった。

「その時点で関口もわかっていたと思うよ。ボスの渡部のやり口は承知しているんだから」

しかしそれにすら、関口は渡部に一言も苦情を言うことはなかった。

「妻はそれで渡部の機嫌を取り結びたいと思っただろうし、夫も、口にはださなくてもそれを期待していただろう」

渡部は独身だった。彼は志保がやってくると、舞台に飾る花の下見と名目をつけて連れ出し、志保に花を贈った。その帰りには高級レストランで食事をする。渡部の家の家具はヨーロッパ調で、赤い革張りの椅子は志保の好みにぴったりだった。

「志保だって、いやいや身をまかせたのとは訳が違う。事の成り行きに戸惑ったのははじめだけで、みるみる服装や化粧が派手になり、彼女は平然と朝帰りをするようになった」

当時志保はもう四十になろうとしていた。渡部は志保のウィーン留学当時の話を熱心に聞いてやり、ピアニストとしての才能を巧みに褒めた。それは志保の不完全燃焼になっていたピアノへの情熱——いや、プライドを再びくすぐった。志保は夫より自分の方が才能があるのではないかと思うようになっていった。渡部はあたしを愛し、自分でさえ気づかなかったあたしの才能を開花させてくれる——女のそんな大いなる錯覚さえ、渡部は恋愛ゲームの小道具として使ったのだ。一方、夫は妻が家に帰るたび、それとなく妻の顔色をうかがう。志保の帰りが遅くなっても、酔って帰っても、夫は何も言わなかった。彼はただ黙って二階へ上がっていく。妻は渡部の家から帰ると、洒落(しゃれ)たワンピースを脱いで、洗い晒(ざら)しのジャージーに着替える。十二時を過ぎたシンデレラだ。

美智子は、彼女を痛々しいと感じさえした。大体、妻をみやげ物みたいに簡単に上納する男に操を尽くせる女がいるものか。見事な調度品に囲まれた渡部の部屋から、情けない夫の待つ自分の家に帰る。女はそのうちその落差に我慢がならなくなるだろう。

だとすれば、彼女は本気で、バラ色の一時を楽しんだのだ。現実をふりきって自ら幻覚の中に飛び込むように。

「あとは簡単さ。ほどなく渡部は志保に飽きる。反比例的に志保が渡部に夢中になっていく。まあ、そこまでなら、関口も、身から出た錆(さび)と、あきらめをつけたかもしれないな。なんたって、おとなしい男だったから」

楢岡の言うには、関口の悲劇はその後大きく飛躍する。志保に飽きた渡部は、次には志保に似た十六歳の娘に目をつけた。娘は母親の音楽的資質をついで、ソプラノの才能がある

――そう言って、渡部はレッスンに来させるようにと関口に言いつけるようになった。

「で、娘は行ったんですか」

「そう。行ったんだよ」

美智子はため息をつく。「その家、どうなっているんですか」

楢岡は笑う。「まさにその通り。ここまでくると、かわいそうというより、バカじゃないかと、そういう気になる」

楢岡の話は続く。

娘はおとなしく優しい父親になついていた。少し取り澄ました母親は苦手だった。ただ、娘は、両親の諍い（いさか）を漠然と母の不貞が原因だとは理解するものの、母親の相手が、父の師匠である、あの渡部だとは知らなかったのではないかという。

娘には渡部は雲の上の人間でしかなかったのだ。十六歳の少女がその音楽界の権威から、ソプラノの才能があると褒められる。それが本人にとってどれほど大きな意味を持つものか、大人にはわからぬところだろう。渡部が娘を手玉にとるのに時間はかからなかった。

「あわれ十六歳の娘は、五十過ぎの男に女にされたのさ」

渡部と肉体関係をもった娘は、母親と渡部の関係を知ると母親に対抗心をむき出しにするようになった。女っぷりなら母なんかに負けない――少女は母親と渡部を張り合うこととなる。その間も渡部は関口になにかと金を要求し続け、関口はそれに応えている。

「その間の関口の精神状態というのは、どんなものなんでしょうか」

「そりゃ、引くに引けず、進むに進めずってやつよ。ここで完全な敗北を遂げるか、なんとか渡部のお墨付きを貰って職業として成りたつところにこぎつくか。なんたって、金も、妻も、娘も、バイオリニストになる夢に賭けちゃったんだから。ま、負けの込んだマージャンみたいなもの」

関口は結局耐えた。母親の実家の自転車屋は、関口の度重なる金の無心のために、事件の三年前に店を畳んでいる。援助を続けていた妻の実家からも、その年、あと三年だけと期限を申し渡された。一方、関口の母娘が渡部をめぐってむきになっていく中で、渡部の興味は別の女に移っていた。やがて渡部は母娘に見向きもしなくなり、関口にも、渡部から仕事が回ってこなくなる。関口はそのころになってやっと渡部との決別を決意する。二〇〇〇年七月、母娘関係となると修羅場のような様相で、結局その半年後、関口の娘は自殺している。それからしばらくして渡部を糾弾する「音楽創世会」を脱会したのだ。しかし夫婦関係は修復しようもなく、からしばらくして渡部を糾弾する怪文書が出回った。渡部の交通事故は二〇〇一年八月、娘の死亡から七カ月後のことだ。

「大金が消えたという話があるっていってましたよね」

楢岡は新しい煙草に火をつけた。一息吸い込むと、慎重に答えた。

「消えた金というのが適当かどうかはわからないが、電話でも言ったように、妻の志保が当時俺にその話を持ち込んだ。関口は渡部の死後、成城にあった自宅を売り払い、山梨県に小さな中古住宅を買ってカラオケ教室を開いているんだが、あの人は家を売った金のうち、六千万をどこかにやったって。成城の家を一億二千万で売って、三千万足らずで新しい家を購入した。自分の母親への借金返済が約一千万、妻の実家への返済が五百万。前の家のローンは一千五百万だけ払って、いまでもローンの返済をしているそうだ。奥さんは、前の家のローンの返済額を知って、六千万円の不明に気付いた」

「殺人予告のメールが渡部のところに届いていたんですよね」

楢岡の美智子を見る目が注意深くなる。

「『閻魔』を名乗るメールならあったよ。二〇〇一年七月頃だったと思う。でも、あの当時、関口がばらまいた怪文書を一部マスコミも取り上げ始めたころだったから、その手の嫌がらせは引きも切らずって感じだよ。まあ、なかでもあのメールはちょっと異様ではあったがな」

「関口はそのメールの発信者であることを否定したんですよね」

楢岡はそうだと言う。

「その後、本間タネが、あれは自分が呪い殺したと名乗りを上げた。それについてはどう思っているんですか」

楢岡が要領を得ない顔をした。美智子は畳みかけた。「本間タネの関与について、現場ではどう考えていたんですか」

「どうも考えなかった」

「なぜですか」

「タネばあさんは当時でさえそれで食っているんだ。誰かが死ねば、あたしが呪い殺しましたといえば、安上がりで効率絶大の宣伝になる。当時九十三歳だよ。ばあさんになにができる」

美智子は楢岡に、坂下直弘死亡の顚末を語って聞かせた。そして美智子は、仮に母親の明代が通っていたのがタネのところだったらの話だが、と前置きしてから聞いた。

「だったら、やっぱり少し不自然じゃありませんか」

楢岡は興味深く聞いていたが、ううむと一言唸った。

「本間タネは知っての通り、中根大善のひきいていた宗教法人中根積善会の会員だった。積善会というのは全国に根を張っている。一部に成り金もいるが、独居老人、未亡人、低所得者がその会員の多くを占める。そして彼らは常に会員獲得のノルマを課せられている。だから、その小森明代という母親自身が中根積善会の会員でなくとも、どこかからタネのことを聞き込む確率は高い。小森明代が人を呪い殺すために通っていたところがタネの所だったというのは、高い確率であり得ることだよ」

マスコミは多くの不条理を暴き出すかに見えて同数の不条理を生み出しているという本宮の言葉を美智子は思い出す。人を呪うなら本間タネに頼め——そこにはなんの根拠もないのだ。にもかかわらず、結果的にマスコミがそれを喧伝している。

呪い殺しの運営について、本当のところはわからないと楢岡は言った。タネの所に集まる信者は、部外者に事情を話さない。集まる人たちの大部分は、会費感覚で二、三万を包み、しょっちゅうやってきて自分も拝む。本気な依頼者は一回にかなりの額を包んで、二度と来ない。

「かなりっていくらくらいですか」

「百万から五百万」

「要求されるんですか」

「こころざしらしい。相場ってどこからともなく決まるものよ」

「効力がなかった時、どうなるんですか」

楢岡は美智子を見つめて「それが不思議と問題にならない」と言った。

「仮に自分がその立場になったと考えてごらんよ。死ぬほど憎んでいる奴がいたとして、誰かが、『あの木の下に百万円包んで、こんな呪文をとなえれば思いが通じる』と言うとする。正常な神経なら、やらない。仮に木の下に百万包むとすれば、論理的な判断でないことはわかっているんだから、効力がなかったことに文句は言わない。木の下の金はなくなっているわけだけど、それはそれ、お供え物を取り返しに行く奴はいないだろう」

確かに、神頼みというのはそういうことかもしれない。

楢岡は言った。

「自分も取材の一環で呪い殺しを依頼してみようかと思ったことがある。だけど実際やろうと思ったら、できないものよ。大体、相手を誰にすればいいかが決まらない。たとえどんなに効力がないと思っていても、その相手の死を望むというわけだから。万が一間違って、死んだらどうするんだとか。偶然そいつが死んだら、それをどんなに偶然だと自分に言い聞かせても、どこかでひきずるんだろうなとか。大体、いくら運勢なんか信じないといっても、たとえば子供の名前をつける時に字画を考えるでしょ。ああいうものだな。

やっぱり人間には、生死は神秘的なことなんだよ。だから非論理の世界にお伺いを立てる。そこに運という概念が入るすきがある。同じように、呪いの入るすきもある。タネの呪いはそんな世界さ」

「その話通りなら、タネのところにはかなりの額のお金が集まっていると思うんですけど、そのお金はどうなっているんですか」

楢岡は「そうなんだよ」と、そこではじめて不思議そうな顔をした。「どう低く見積もっても、二千万や三千万は集まっていると思うんだよな」

楢岡は言う。「しかし金が出ていっている形跡はない。身の回りをしている女がいない。大体タネは足腰が弱って一人では歩けないんだ。銀行屋も出入りしていない。松江というんだが、それだって、三十年以上も前の八十万円ぽっちの定期預金の証書を後生大事に仕舞い込んでいるという地味な女だ。それもどうやら偽名らしい」

「偽名？」

うんと楢岡は言う。「タネのところに集まる金を目当てに日参していた近所の銀行員から聞き込んだ話だよ」

——タネさんは全く預金をしてくれません。何度も足しげく通っていたら、松江さんから一度妙なことを頼まれました。死んだ父の名義の定期預金証書があるんだが、印鑑がない。彼女はそれを自分の名義に変えたいといいました。見せてもらうと、古い定期預金証書で、前畑元治（まえはたげんじ）とあった。印鑑紛失届を出して、新たに印鑑を登録して、その上で解約して、それから新規契約という手順を踏みました。彼女は証書を作る時、前畑伸江（のぶえ）と名前を書いた。いわくがありそうだとは思いましたが、別に聞きただす気もありませんでした。年末で、定期預金のノルマがきつかった。

「彼女は前畑元治の証書を父のものだといい、それを解約して八十万円の証書を前畑伸江名義で新たに作った。住所もなんだか全然違う場所で、東北のどこかだったそうだ」

美智子はあわてて手帳を開くと、メモをとった。

「もしかして、背の高い女性ですか」

楢岡はうん、そうだと頷く。

「彼女が書いた住所、教えてもらえませんか」

「あとでフロンティアのパソコンにメールしておくよ。でも何度も聞くようだけど、なんで今頃、そんな話に興味をもったの？」

美智子は楢岡の顔に見入った。答えようがなかったのだ。

「大善とか、小林とか、一連の事件をね、俺もさんざんやったんだよ。何かが動いているんじゃないかって」そして大きな大きなため息をつく。「でも、わからなかった」

そして再び顔を向けた。

「確かに関口の事件だけを取り上げれば、渡部には道義的な責任はある。しかしそこにはそれぞれの生い立ちと思惑が絡んでのことで、志保も娘も別に強姦されたわけじゃない。それが人間の意志ってもんだろ。ただ、渡部が悪だったってのは、紛れもない事実だ。畳の上で天寿を全うするのは間違いだと思うね。渡部のことが知りたければ、俺のレポート送るよ。世の中、そういう悪い奴がいるものだよ。それが急死していく。マスコミ仲間はみなキナ臭いものを感じている。でも調べたってなにもないよ」

「タネへの御布施として、一千万は相場の範囲ですか」

楢岡は目を上げると、驚いた顔をした。

「――いや。きいたことがない」

美智子はそれを聞くと礼を言い、伝票を摑んで立ち上がった。

高層にあるその喫茶店から下りていく、高速エレベーターの中で、美智子の携帯電話が鳴った。真鍋からで、ちょっと編集室に来てくれと言う。

フロンティア出版の七階で、真鍋にああでもないこうでもないと言われて、それはああです、これはこうですと返事をする。真鍋はそれを聞いて「ああ、そうなの」と納得して、今度はどこかに電話をかけ始めた。

中川が自分のデスクの前に座って、パソコンを眺めている。美智子は中川に聞いた。

「あたしにメール、来てない？　東亜日報の楢岡って人から」

「来てますよ」

そこには秋田県のある住所が記されていた。それをプリントアウトすると、中川に「ちょっと」と目配せして、廊下に連れ出した。

遅れて、何食わぬ顔で中川が廊下に出てくる。そして美智子を見つけると、ひょいと頷く。

中川は何事にもそつのない男だった。

好奇心旺盛で、仕事が早く、逃げ足も早い。へまはやらない。真鍋に顎でこき使われることに、半ば喜びを覚えている。そして、彼はパソコンを操るのが魔法使いのようにうまい。

オタクねと美智子が言うと、「標準っす」とすましている。

「お願いがあるんだけど」

中川はまた、ひょいと頷く。

「本間タネの家に居候している松江って女の本名が、前畑伸江というとして、その父親の名として、前畑元治というのが上がっている。その前畑元治の住所がこれ」と、美智子は楢岡からのコピーを中川に渡した。

「それだけの手がかりで松江の身元、調べられる？」

中川はしばらく考えていたが、「はあ、やってみます」と気のない素振りで答えた。

「真鍋さんに内緒にして」と美智子がそっと加えると、「了解っす」と、やっぱりなんでもなさそうに返事をするものの、それはちょっと嬉しそうなのだった。編集室に帰る彼は、どことなくいそいそしている。

「中川くん」と美智子は呼び止めた。

彼は立ち止まり、美智子を振り返った。ひょろりと背が高くて、猫背だった。空気を踏むように軽やかに歩く。彼が背後から近寄っても、まず気づかない。

金庫番というのは本来、こういう空気のようでそつのない、それでいてドライな人間がなるものではないだろうか。

「あなた、メールの発信源を消すことができる？」

中川はなんのことかと注意深く聞いていたが、その意味を解釈するやいなや、憮然として答えた。

「できませんよ、そんな真似」

それはほぼ、即答だった。

3

工藤孝明は時計を見た。

約束の一時はとっくに過ぎていた。――そう。千里は時間に遅れる女だ。二時までなら彼女には「定刻通り」だ。

工藤はホテルのロビーの片隅に座っていた。

敷きつめられた毛足の長い絨毯(じゅうたん)は、足音を吸い込んで、天井は見上げるほどに高かった。柱はきれいに磨き上げられた大理石であり、凝った照明に演出されたやたらに大きい絵画は幅が二十センチもありそうな立派な額縁に納まっている。ロビーの中心には花が飾ってあった。その人の背丈ほどもある花は一つ一つが色艶(あで)やかに大きく開き、花瓶からあふれんばかりに盛られている。まるで美貌を見せつける女優のように。

千里はどんな格好でくるのだろう。まだ、ビニ本の中のアイドルのような短いスカートを穿(は)いているのだろうか——。ついさっきまで頭の中は小森親子のことでいっぱいだったというのに、ぼんやりすると彼女の脚を思い出している。

五年前、取材陣から逃げ回っていたころ、有吉が気を利かせて用意してくれたビジネスホテルに、千里は派手な服装でやってきた。ロビーには会社の休憩室にありそうな簡素な応接セットが一つ置いてあるだけだった。酒と煙草の自販機が正面にあった。フロントのベルを鳴らすと、奥から男がもっさりと出てくる。

部屋には小さなテレビがあった。天井は低かった。風呂場の水はけは悪かった。便器の蓋は黄ばんで色が微妙に違っていた。

歩く人の足音さえ吸い込む真紅の絨毯を眺めて、あの安ホテルに、場違いな格好で、しゃなりしゃなりとやってきたあの千里のことを思い出す。

俺の部屋に盗聴器をつけた女。俺の預金通帳をフィルムにおさめようとしていた女。

それでもなぜか、裏切られたとは思わなかった。彼女は俺を裏切ったと思っているかもしれないが、千里が近づいたその時から、彼女の目的は見え透いていたから。あなたのことをとっても上手にだましているでしょと一人で悦に入りながら、それでも彼女は安ホテルに通ってくれた。

天井の低い、十四インチのテレビしかないあの狭い部屋で——ベッドの脇には人一人がやっと通れるほどしか幅がないようなあの狭い部屋で。窓は小さく、壁に押しつぶされそうなあの狭い部屋で、千里の温かみだけが救いだった。それがどんな目的であれ、彼女は俺のためにコンビニで温めた弁当を買ってきてくれたのだ。

荒い足取りで男が行き過ぎた。工藤は反射的に、記者じゃないかと身を固くする。あいつらはいつだって、獲物に躍りかかるように俺の行く手をふさぐのだ。

——すいません、南条大学病院の工藤先生ですよね。

紳士的に対応しても、非礼な態度をとっても、彼らが変化を見せることはない。そして用意していた言葉を繰り出すだけ。

本間タネさんから報酬を受け取ったというのは事実ですか。

中根大善の死亡に対して、ご自分の責任をどう考えておいでですか。

工藤は目をつぶった。

工藤の知る限り、患者は中根大善ではなかった。中根伸治という、成人病を多く持ち、最近心臓の調子が悪いと言って入院した、五十六歳の男性患者だった。五年前のあの日、工藤はただ、抗生物質を投与するために彼の病室に入ったのだ。研修であった工藤に課せられた日課だった。八月二十三日午後一時――

ベッドに横になっている患者を横目に、まっすぐに点滴液に向かった自分を思い出す。あの日は急な用事で、いつもより一時間遅れていた。だから急いでいたのだ。

患者は点滴液のラインに繋がれていた。頭上には心電図のモニターが静かに動いていた。いつもの午後だった。

抗生物質の点滴薬を手に持って「点滴を替えますよ」と声をかけながらベッドに近づいた。日中の患者は、睡眠剤でも服用していないかぎり、ただうとしているだけだ。だから声をかけられると、返事はしないまでも、何か反応するものなのだ。こちらに顔を向けるとか、寝息のような声を漏らすとか。それがなかった。工藤はもう一度声をかけた。「点滴、替えますよ」

十秒に満たない、慣れた行為だった。工藤は三方活栓に点滴薬を繋いだ。

液が流れた時、ふと背中を過った感覚は、不安などというはっきりとしたものでなく、漠然とした違和感だった。患者の顔を見た。口が半分開いていた。目は開いていたが、虚ろだった。その時、認識が事態に追いついた。患者は意識障害を起こしているのだ。

工藤は患者のベッドの上の名札を確認し、顔を近づけて大きな声で名を呼んだ。「中根さん、中根伸治さん！」

患者は反応を示さなかった。虚ろな視線はただ、天井に向けて投げられていた。

気が動転した。

血圧を確認するために目を上げ、そこに心電図を見た時、彼は事態を理解した。

血圧は八〇を切っていた。脈は一九二。心電図の波は完全に崩れていた。心室頻拍を起こしている。

患者はアラームを切りたがる。寝返りしただけで、シャックリするだけで、けたたましく鳴るから――。アラームが切られているんだ。

工藤はナースコールを摑んだ。「急変――救急パックを持ってきてください」

モニターに映る波動は激しい心室頻拍を示していた。心室細動から心停止を起こすのは時間の問題だった。

心室細動は、心臓の痙攣のようなものだ。本来の、血液を全身に回すポンプ力を失い、心臓の筋肉がただ痙攣するのだ。細動が起きて血液が回らなくなった体は、二、三分で死に至る。死を免れたとしても、脳に血液の回らなかった時間が長ければ、重篤な後遺症を残す。

工藤は緊急用の電話を摑んで、医局への直通コールを押した。担当医の有吉は医局にいるはずだった。

――三八二号室の患者が心室頻拍です。脈拍は二〇二、血圧は七二。すぐ来てください。

有吉は工藤の電話に、わかったと短く答えた。

もともと軽い心臓疾患の患者だった。事務局から、VIP患者だと注意されていた。特によく診ろということですかと問うと、有吉は笑った。「病院側の都合だから。気にすることはない」

待つ間は長かった。工藤は患者の顔を覗き込み、心電図を見上げ、脈を触った。脈はおどり、速過ぎて数えられなかった。救急パックを積んだカートを押して飛び込んで来た看護師は、最年少の阿木江利子だった。しかし医師は来なかった。

工藤は、リドカインが心臓頻拍をいかに劇的に治すかを、実体験としてよく知っていた。有吉が処置するのに何度も立ち会ったことがあるし、有吉の立ち会いのもと、処置をしたこともある。そのリドカインのアンプルは阿木の持って来た救急パックの中に常備されている。それでも工藤は、リドカインの使用を一人で決断したことなどなかった。リドカインは一つ間違えれば心臓を止めてしまう薬でもあったから。

有吉を待つのだ。

それでも有吉はこなかった。他のどの医者もこなかった。モニターの心動は激しく変化し、心室頻拍を示していた心電図の波動の下から、小さな山が顔をだそうとしていた。まさに心室細動が起ころうとしていた。

心臓が痙攣する——

工藤孝明はホテルのロビーに座って、目をつぶった。どうすればよかったのか、教えて欲しい。細動を起こすまで、手をこまねいて待っていればよかったのだろうか。目の前にリドカインのアンプルはあった。中根伸治は間違いなく心室細動を起こしかけていて、リドカインを打てば、嘘（うそ）のように心臓の動きは戻るはずだったのだ。

工藤は思う。リドカインを打たないで、先輩の医者が来るのを待てば責任を問われることはなかっただろう。事実、事件後、病院側はそう言ったのだ。「研修医の身分で患者にリドカインを投与するという判断は、性急に過ぎたと言わざるを得ないだろう」

しかし目の前に死にかけた人間がいて、助ける技術を持っていて、助ける道具もそろっていて、それでも見殺しにしろと、そう言うのだろうか。

待ったのだ。ずっと、待ったのだ。

阿木にリドカインを求めるときも、まだ待っていた。リドカインの入った注射器を握っても、待っていた。

医者は次の瞬間に来るかもしれなかった。しかし中根伸治の心臓も、次の瞬間に細動を起こすかもしれなかった。

工藤はワンショット――一〇〇ミリグラムのリドカインを管注した。横井（よこい）医師が駆け込んできたのは、その五秒ほどあとだった。

患者があの中根積善会の代表者、中根大善であったことを知ったのは、死亡の後だった。

気がつかなければよかったと思うこともある。あの側管点滴の時、彼の意識障害に気づかなければよかったのだ。

工藤の言葉を裏付けるものはなかった。阿木が工藤の電話を受け、救急パックを押して飛び出した時、詰め所でモニターのアラーム音を聞いた人間はいない。中根伸治の心状態を映し出しているナースセンターのモニターが緊急音を発し、記録紙が回り始めたのは、阿木が飛び出した二分ほどあとだった。その音に驚いて横井医師が飛び出し、看護師たちが飛び出したのだと、複数の看護師が証言した。

それまで、ナースセンターでの中根伸治の心電図には、警戒音がなるような異常はありませんでした。

工藤先生がリドカインを打ってから患者の容体が急変したと、証言された。

工藤は抗議した。自分が行ったときには中根の心臓はすでに急変を起こしていた。

しかし証明するものが何もなかった。中根の頭上の心電図は記録紙が回っていなかった。

普段なら、時間薬の投与といえども看護師を連れていくものだ。しかしあの日、いつもより一時間遅れていたから、工藤はそれも連れていなかったのだ。

なぜ死亡したのか。

看護師の阿木は問い詰められて、小さな声で言った。

わたしにはよくわかりません。患者は眠っているように見えました。慣れていなかったので、指示されたことに一生懸命で、心電図まで見ることはありませんでした。

工藤は阿木を憎みはしなかった。新米の看護師に心電図を見る余裕がないことを、責めることはできない。しかし院長の言葉には憤りを覚えた。「ナースセンターのモニターに異常がなかった以上、中根さんの心臓が異常をきたしていたとは考えられない。研修医である工藤医師が、軽い心不全を深刻なものと誤って理解をしたうえでの、治療ミスであったのではないか」

この五年、ずっと考えていたのだ。

間違いなんかじゃない。俺が行った時には患者はすでに意識障害を起こし、心電図は激しい心室頻拍を起こしていた。今でもあの脈拍数と血圧値が目に焼きついている。のちに有吉は、ナースセンターでの電波受信時の混信の可能性を指摘した。「工藤くんは若いが、慎重かつ有能な医師であり、彼がモニターを見て心室頻拍を起こしていたというのなら、その通りだと私は信じる。彼の医療行為は一〇〇ミリグラムのリドカインを患者に投与したということであり、一〇〇ミリグラムのリドカインで人が死に至ることはあり得ない」

全てが工藤に不利な中、有吉だけが最後まで弁護してくれた。

彼は電話でも患者の脈拍と血圧の数値をはっきりと伝えており、嘘をつく事情も考えられない。間違いは工藤医師の処置ではなく、ナースセンターの受信状況だ。彼に責任を取らせるのは間違いだ。

ホテルのロビーで、工藤はポツリと呟く。

「でもモニターの誤受信なんか——あり得ない」

ナースセンターの受信機は、患者につける電極側送信機の電波を受信してモニターに映す。受信機は、大学病院内部ならどこからでも、間違いなく指定された送信機の電波を受信するのだ。

機械の、緊急異常を知らせる高い音は、やがてフラットになって、横井が工藤を突き飛ばす。

――どけ！

三人の医師と数人の看護師が患者を取り巻いて、心臓マッサージと人工呼吸をし続けていた。血圧はいくつだ――挿管の準備して――イノバン、増やして――張りつめた声が遠く近くに聞こえる。

飛び込んできた有吉は、工藤の顔を、驚きをもって見つめた。

お前はなにをしてくれたんだという、憤怒を含んだ有吉のあの顔。

医師たちに取り囲まれて、ゆらゆらと揺れた大善の手――

宿泊客のトランクを運ぶボーイが工藤のそばを行き過ぎて、我に返った。二時半を過ぎていた。一時間半も同じ所に座っているのだ。向かいのソファに座る中年の男性客が自分を見ているような気がして、居たたまれなくなった。その時、向こうから派手な女がやってくるのに気がついた。

まだ十月の初めだというのに、毛足の長い毛皮のコートをそでも通さず肩に引っかけて、踵の高い靴を履き、気取った足取りでやってくる。

千里だった。

真っ直ぐな長い脚をしていた。そしてやっぱり短いスカートを穿いていた。

彼女を見ながら工藤は思うのだ。

彼女を信じているわけでも愛しているわけでもない。ただ、涙を流すのも、みっともなく半狂乱になったとしても、千里にはその姿を見せることができる。なぜだかはわからない。ただ一人、自分を温め続けてくれた女だからかもしれない。もしかしたら、永遠に自分の苦悩を理解できない女だからかもしれない。

工藤は立ち上がった。


ホテルの喫茶室の一番端で、工藤を前に、千里はすれっからしの女優のように傲慢（ごうまん）に座っていたが、それはただ、彼女が他の座り方を知らないからだった。千里は本宮龍二からメールで受け取った、事件の概要をまとめたものを、そのまま工藤に手渡した。

工藤は二度、読み直した。それを千里はうんざりとした面持ちで眺めていた。

「気にしすぎよ。小森明代って女は誰かに感謝したかったんでしょ。誰も問題にしていないのに、あなた一人が騒いでいる」

そして千里は言った。

「思うんだけどね。あなたに殺人の可能性なんてないでしょ」

しかし工藤は、その面持ちを和らげなかった。

「五年前だってあんな騒動に巻き込まれるなんて思わなかった。ミスの可能性を取り上げられても、殺人の容疑者にされるなんて、思いもよらなかったんだ。入院患者が急変して死亡することはそんなに珍しいことじゃない。気づくのが遅かった。だからあの患者は死亡した。ただそれだけのことじゃないか」

そして工藤は千里を見上げた。「ただそれだけのことだったんだよ」

頭を下げた老婆の名前も知らなかった。数週間後に、週刊誌にあの老婆の写真が載った。大善に呪いの願掛けをしていた老婆として「本間タネ」と名が載っていた。それだって、ただそれだけのことのはずだった。その老婆と自分を結びつける記者がいるなどと、工藤には思いもよらないことだった。タネの、癌で死んだ二人目の孫の死亡保険金の六千万が、実際にはタネの懐に入っていないという事実から「嘱託殺人」を発想する記者がいて、それに便乗するその他大勢の記者がいて、大学病院が自分に全ての罪を背負わすなどと、あの時は思いもよらなかったのだ。

千里が白けた目をしている。それでも工藤は言い続けた。

「タネの時よりたちが悪いんだ。真奈美には知的障害があり、その彼女の強姦事件というのはタネの時より、さらに興味をひく。その上、今度は小森親子と俺は顔見知りだし、『力になりたい』と漏らしてしまった。一度疑われたら――」

本当ですね――明代の言葉が耳に蘇（よみがえ）る。

「あの明代は、五年前の俺の事件を知っているんだ」

それでも千里の工藤を見つめる目は、注意深くはあったがなんといって変化はない。それがたまらず工藤は畳みかけた。「あの人は、俺が力になってくれたものと、だから俺が坂下を殺したと、そう信じているんだ」

「警察は帰ったんでしょ」

「大善の時だって警察は動かなかった。それなのに記者たちが寄ってたかって俺を攻撃したんじゃないか。――俺、また――」

涙があふれそうになっていた。工藤は俯いた。

しかし千里の強い視線は、自分の苦悩となにものも共有していない者のものだった。

その、見知ったわかり易さが、いとおしかった。どうせ裏切られるなら、こんな女がいい。そう思った五年前の自分がふいと喉元に迫り上がる。愛していたわけではないのに。

机の上には渡されたメールのプリントが置かれたままになっている。

「このレポート書いた奴な。お前に隠し事をしてるぞ」

千里が工藤を見た。

「小森明代は、坂下を呪い殺そうと願をかけていたんだ。町中が知っている噂だよ。これだけ聞き込みをした奴が、それを聞かないわけがない。これ、故意に伏せているよ」

千里の顔がこわばった。

工藤は思った。明快な文章を書くこの記者と千里がどういう関係であるのかは知らないし、知りたいとも思わない。しかし彼女の回りにはいつも小さな駆け引きがある。信じることもできず、突き放すこともできず、互いに効率的な利用法を探っている。もう遠い女ではあったが、彼女が、自分が選んだその世界で、せめて溺れずに渡ってほしいと、くやしいけれど思うのだ。

千里はやがていらだたしげに俯いた。

考えていることだろう、この記者が明代の祈禱のことに一行もふれなかったその訳を。その意味と、それを逆手(さかて)にとる策を。

のし上がっていく奴はお前のようなわかりやすいことはしないんだよ。

俺やお前のような、わかりやすい人間じゃないんだ。

千里が恨めしげに工藤を見た。工藤には、あの日駐車場の端から深々と頭を下げた明代の姿が頭から離れない。明代とタネがなぜ同じ行為をしたのか、そこに何の意味があるのか、工藤にはわからない。ただ工藤には確信があった。

災難は思いがけないところに出没し、襲いかかってくるんだ――

工藤はアパートの下の駐車場に自分の車を入れ、五日ぶりにエレベーター横の郵便受けを開けた。

郵便受けは、いっぱいになっていた。ほとんど誰にも言わずに越して来た。勤務が決まって引っ越す時、親に電話を一本入れただけだ。父はそうかと一言言った。あとは何も言わなかった。それがありがたくて、ふとんの中で、無性に泣けた。

だから手紙なんか来るはずもない。それなのに郵便受けは三日放っておくといっぱいになる。そのほとんどはどこで住所を知ったのかわからないダイレクトメールと、毎日投函(とうかん)されるチラシだ。地域のミニコミ誌、畳替えの広告、アダルトビデオのチラシ、電話とカードの使用明細。マンションの売り込み、自動車会社の新車の「ご案内」。

工藤は郵便物を全て摑むと、二階への階段を上がりながら、封筒を破って一枚一枚確認していった。

自分の部屋の前に立ち、最後の一枚を開けていた時だった。

「工藤先生でいらっしゃいますか？」

工藤は後ろからそう声をかけられて振り向いた。

そこには見知らぬ女が立っていた。

パンツに白いシャツブラウスを着ていた。流行遅れの大きな眼鏡をかけていた。化粧気のない女だった。髪はパーマっけのない洗いっ放しで、それが乾燥して光っている。

女は控えめに微笑んだ。「わたし、木部美智子といいます」

彼女はそういいながら、名刺を工藤に差し出した。

そこには「週刊フロンティア」記者と肩書があった。

雑誌記者——

背筋に冷たいものが走った。その冷たいものはどこにも抜けず、背筋にぴっちりと溜まり、ある一瞬で身のすくむような絶望感に変質した。

女はじっと工藤を見ていた。彼の動揺を感じて、困っているように。

「少しお話が聞きたいんです。大したことではないんですが」

郵便受けの名前を確認し、それを開ける男が現れるのを、どこかからじっと待っていたんだ――

彼らはどこでも待ち伏せる。そしてだれにでも取材した。大学病院の医者がだめなら、大学の同僚、高校の友人、小学校の友人。塾の先生、担任の先生、引っ越す前の近所のお菓子屋のおばさん。欲しい証言が得られるまで、群れをなす魚のように、彼らは大挙し方向を定める。そしてテープに吹き込まれた証言は都合のよい演出をほどこされ、活字になっていくのだ。

女の微笑みが、彼にマイクを向けたあらゆる記者たちの作り笑顔に重なった。

――彼らに人間的な感情などない。あるのはただ、利用できるものとできないものの二つだけだ。

「先日、先生の病院で死亡した坂下直弘という患者さんのことで」

工藤はポケットをまさぐった。鍵を――鍵を。

部屋に逃げ込むのだ。

ダイレクトメールが手から滑ってざらざらと床に流れ落ちた。工藤はそれに目もくれず、ドアを開けた。

玄関の向こうに体を入れて、ドアを閉めた。驚かせたなら、謝ります――声が分厚いドアの向こうに消えて、工藤は立ちすくんだ。耳の中で女の声が反復する。

先日先生の病院で死亡した、坂下直弘という患者さんのことで――

インターホンが鳴った。

玄関に立ったまま、工藤には五年前の日々が否応(いやおう)なく突き上げた。毎日毎日電話が鳴った。電話番号を変えても電話は鳴った。

再びインターホンが鳴った。

次はドアを叩いてくるんだ――工藤は部屋の一番奥へと逃げ込んでいた。ドアを叩く音が今にもしそうな気がした。

もう一度、インターホンが鳴った。

そのあと何時間部屋にいたのかわからない。部屋を出ればそこにまだいるような気がした。醒めない悪夢のように、ドアをあければそこにいるのだ。

しかしとうとう深夜になっても、再びインターホンが押されることはなかった。

翌朝、工藤は郵便受けの中に、封を切られたたくさんのダイレクトメールを見つけた。

昨日床に落としたものだった。それが全部、郵便受けの中に戻っていた。一番下に名刺があり、その下に手書きのメモがあった。

工藤はメモを手に取った。

『なにかあったらご連絡下さい。病院にはうかがいませんのでご心配なく。木部美智子』

――脅しだろうか。

工藤はそのメモを握りつぶした。

4

道は、どこから湧き出したんだろうと思うほどの車で埋められている。本宮龍二もまた、その中に紛れて、内堀(うちぼり)通りを走っていた。

五年前に買った時は高級外車だった。しかし今は、ただの金食い虫だ。

昔、アメリカ車はコインを窓から投げ捨てながら走ると言われていた。それほどガソリンを使うということだった。

子供のころ、路上にアメリカ車がとめてあれば、覗き込んだものだ。サンダーバードという車がいつも同じところにとめてあった。　国産車の二倍もありそうなサンダーバードのその長さは圧倒的だった。　車体は目の覚めるようなブルーで、父の背中を思わせる大きなそのボンネットいっぱいに、黄色い炎のペイントがほどこしてあった。中のシートは革張りで、小学低学年であった本宮は、運転席に座ってもボンネットが長すぎてとても運転などできないだろうと思ったものだ。

それはまるでお話の中にでてくる龍のようだった。

大きくて、強い。

品の良さはなかったが、いっぱいに膨らんだエネルギーと陽気さがあった。貧乏だった子供時代の後遺症かもしれない。本宮は、いつか外車に乗りたいと思っていた。ガソリンを垂れ流そうと、走行中にハンドルが取れようと、そんなことはなんでもないことだった。

多田がテレビで顔を売り、彼が多田の右腕として幅をきかせるようになった五年前、不覚にも、自分がその憧れを手に入れてもいい成功を遂げたと錯覚したのだ。金があった。銀座の女にももてた。後輩の記者たちには持ち上げられた。テレビプロデューサーには偉そうに注文がつけられた。サンダーバードとまではいかないが、穏当にヨーロッパ車なぞ、買ってみるか——彼が五年前に外国車を買ったのは、そういう錯覚の中でであったのだ。

車に当たり外れはつきものだ。思い上がりの代償は「大外れ」の現実に姿を変えて彼をさいなんだ。たった五年で、蓄積した修理費は、安い国産車なら軽く買えるほどになっていた。

憧れなんてこんなものだ。

新聞記者になって、よく学習しましたよ。

そう。あのサンダーバードはどこかのやくざの兄ちゃんの持ち物だったに違いない。ブルーのボンネットに黄色い炎などと、いくらなんでも悪趣味だ。

皇居を回って、内堀通りから新宿（しんじゅく）通りに抜けると、麴町（こうじまち）四丁目の角で木部美智子は待っていた。

本宮の車に乗り込む。

そして車は走り出す。

それにしても沢木の取材、南条大学病院からよくオーケイが出ましたねと美智子は言った。

「わたしは何回交渉しても駄目でした」

本宮もうんと頷く。

許可が下りるとは思わなかった。物おじせずに正面からあたれというのは、新聞記者の時代に教え込まれたことだった。身元をあきらかにして、いかに相手の反応がわかっていても、手順をぬくな——葬式の取材で「いまのお気持ちは」などと問うのはバカに見えるが、あれが取材のイロハだから仕方がない。思い込みを捨て、愚直であれというのが新聞記者の鉄則だ。

だから、どうぞおいでくださいと言われたときには、本宮は思わず問い返したものだ。

「え？　沢木勝也の病状についての取材ですよ」

電話口で女性は、ハイと軽やかな返事をする。それは大会社の受付嬢のような無味乾燥な軽やかさだった。

本宮はその前に三度電話をかけたのだった。だが、電話に出た男性は三度とも、担当者がいないのでわからないと言った。おいで下さいというその電話は病院からかかってきたのだ。

薄気味悪いと思わないでもない。それでも、沢木の新しい情報が取れるというのは、ほっとすることでもある。まったく、報道人にとって、新たに流す情報のないニュース番組を構成するほど苦しいものはない。出尽くした情報を右に置き換え、左に置き、レイアウトだけを変えて新味をだすのも、限界がある。

「本音を言えば真鍋さんだって沢木の事件にはもううんざりしていると思いますよ」

美智子は助手席で言う。「それこそ人格攻撃に切り換えればいいんですよ。教授時代はかなり部下をいびったって話じゃないですか」

本宮は茶化した。「これはこれは。木部さんらしからぬご発言」

それでも美智子は、本宮の挑発にものらず、憮然としている。

「無関係じゃありませんよ。沢木はあんまり不遜な態度をとるからマスコミに目をつけられた。嫌われたから叩かれた。沢木は法律的には問題がなかった。それでも我々が追い回すのは、彼が憎まれていて、人の腹の虫がおさまらないからです。だったらいっそのこと、人格攻撃に切り換えた方がわかりやすい」

道は混んでいた。車は渋滞で止まり、信号で止まる。美智子はその車の流れを見つめながら話す。

「実際、正義って誰のためのものかって考えることがあります。個人の正義と社会の正義は別なんですよ。

この世に絶対的被害者と絶対的加害者の図は、もうないんです。シンナーを吸った若者が人を無差別に殺す。そこには絶対的加害者と絶対的被害者がいるように見える。でも、何が、そして誰がその若者をそうさせたか。生まれた時からシンナーが好物な人間はいないでしょ。母親は言いますよ、あの子は学生時代、苛(いじ)められて、引きこもりになり、こういうことになった。そうすると、母親にすれば、息子は、被害者なわけです。単純に肉食動物が草食動物を食い散らす時代ではないんです」

でもねと本宮は言った。

「やっぱりいますよ、どうしようもなく悪い人間って。そりゃ沢木は白かもしれない。でも、保険を請求するために、必要もないのに新婚の女性の卵巣を切り取った女医や、店の経営が立ち行かなくなるようなことを気分次第で書き立てる評論家。裁かれないのは絶対に間違いだと、そう思うことって、ありますよ。二十時間ほど悶絶して死ねばいいのにって思うやつ、絶対にいる」

美智子は笑った。「確かにいます」

本宮は言う。

「世間は正直だよ。渡部は悪人で、彼が死んだ時、業界のやつらが、あの死は天誅だと溜飲を下げたのは事実だけど、関口にはさして同情は集まらなかった。彼は妻を寝取られて、金取られて、娘を自殺に追いやられた。でも関口にはその悲劇を回避するチャンスはいくらでもあったんだ。そうなると、人は同情しない。だからあれだけ沢木が憎まれるということは、やっぱり沢木は悪いということだよ」

「二十時間の悶絶死が相当ですか」

「判決はどうあれ、あいつのおかげで二十三人死亡している」

その沢木は病院という安全圏に逃げ込んだ。

意趣返しに沢木の悪口雑言特集を作りますかと本宮が言う。いいですねと美智子が言う。でも、相手が気にしなければ、意味ないよね。タネに殺してもらいますかと本宮が言うと、美智子は笑った。ええ、カンパを募って、金を集めて頼みますか。

いくらでしょうかね。

さあ。関口は六千万円包んだと言われ、小森明代は一千万円でしょ。交渉次第ですか。

本宮は笑う。交渉次第で命の値段が変わるのはかなわないな。

車は走り出したかと思うとすぐに赤信号に引っかかって減速した。どこまでも車の列が続いている。美智子は思い出したように言った。

「この車、こうやって都内を走るだけじゃもったいないみたいですね」

本宮は指摘されてちょっと誇らしい。

「そうです。こういう車は加速がすばらしいんです。日本車の滑るような加速はなくても、アスファルトを摑むような剛健な実感がある。この唸りと加速は、生きた相棒だと実感できる」

そして本宮は思い出す。下取り査定を受けたら、あのディーラー、せいぜい三十万だと言った。俺の成功の証(あかし)が値崩れを起こしている。

十五分で南条大学病院に到着した。

南条大学病院には駐車場が三つある。全部で三百台収容というから、東京の一等地であるというのに、小さなテーマパークの駐車場なみだ。

しかし実際、ここは病院としてテーマパークのような多様さを誇っているともいえた。脳外科から心療内科まで、どんな専門分野も建物のどこかにある。「移植用肝臓科」というセクションがあったと聞いたこともある。そしてそれぞれが先端だった。エリート医師たちがこぞってこの病院にやってきた。医者仲間ではその雇われ先をステイタスとして誇れる数少ない病院の一つだ。

本宮は見上げた。

古い。

その古さには威厳がある。

ここに沢木勝也は二カ月以上もこもっているのだ。

振り返ると、美智子はその駐車場の端を見つめていた。

大学病院の玄関をくぐって驚いた。外観は古くても中は最新設備だ。正面には巨大なスクリーンパネルが一から百までの数字を点滅させている。本宮は受付を探し、進んだ。

「本宮と言います。三時に有吉先生にお会いする約束なのですが」

女性が受話器を上げる。

正面にある、番号が並んだパネルは、薬の出来上がりを知らせるものだ。映画館のように並んだ席に座る人々は、スクリーンを眺めるようにそのパネルを眺めている。パネルに映し出された番号を確認して、人々はため息をついたり、大急ぎで立ち上がったりする。斜め向こうでは精算窓口が五つほどならび、そこからそれぞれに名前を呼ぶ。声はひっきりなしに人の名前を呼び、人々は小さな渦を作るように動いている。それを見ていると、機械が選択した人間だけが動くことを許されているような錯覚を持つ。ここでは指揮権を持つのは、あの巨大なスクリーンパネルなのだ。

腰の曲がった一人の老女が立ち迷っていた。まるで駅で迷子になった子供のようだ。流れていく人の波からはじき出されている。

ふと、本宮は、老婆が長生きしたことを悔やんでいる、と思った。

そこには四十年後の自分たちがいるような気がしたのだ。めまぐるしくかわっていく社会に追いつけるものだけがその恩恵を受けることができる。追いつけなくなったものは、はじいていけばいい——それが今の社会のシステムなのだ。思えば老人たちの何割が、地下鉄の切符を買うことができるだろう。四十年経ったときの自分も、あの老婆の後悔と同じものに苛（さいな）まれるのだろうか。

そんなことを考えていると、通りがかりの看護師が腰をかがめて老婆に話しかけた。そしてゆっくりと彼女をどこかへ誘導していった。覗き込み、にこやかに話しかけながら、老婆の腰に軽く手を当てて。老婆のために人々はそれとなく道を開ける。

本宮はやれやれと安堵（あんど）した——悲観的でありすぎることはよくないことだ。

女性が内線電話を置き、本宮に伝えた。

「ただいまご案内致します」

一階はオートメーション化されていたが、応接室は外観と同じく古かった。応接室というより、研究室の一部のようだった。壁一面に書棚があって、所狭しと本が並べてある。椅子もテーブルも古く、見すぼらしいほどだ。

やってきた男性は白衣を来ていた。本宮が立ち上がると、会釈しながら再び腰かけるようにすすめる。彼は名刺を差し出した。そこには助教授の肩書がある。

沢木勝也の主治医、有吉大生は陸奥大学医学部を卒業したあと、南条大学病院に勤務し、三年前、三十九歳で助教授になっている。それを、本宮の友人の医師は、大変早い昇進だと驚いた。それでも南条大学の卒業者でない限り、その病院で教授になることは難しいだろうと、彼は付け加えた。

病院内部は思ったより派閥争いが激しいというのだ。

「考えれば、偏差値から言えば、南条大学の医学部を出た奴より、国立大学を出たその医者の方が優秀なはずなんだけどね」

それから彼は、有吉大生のことを関係者に聞いて、本宮に電話をくれた。

理屈屋で潔癖な男だという。付け届けの類は一切受け取らない。しかし偏屈ではなく、地味ではあるが、人望はあるらしい。閉鎖的で、自然、損得で動く人間が多い大学病院内で、好奇心を持って誠実に医療に取り組む有吉のことを、病院関係者の中には煙たがる者もいる。しかしそういうのは、大体が、早い出世をした人間に対するやっかみであると、彼は言い添えた。

——しかし時々いるんだよね、有吉のような医師が。

ため息まじりに言うものだから、どう言うことかと本宮が問うと、友人は教えてくれた。人を病気から救うということが本当に好きな医師。医業を職業ではなくて、探究心の対象として見ている医者。論文を出世の道具としてではなく書ける人。

しかしそれだけでは出世できまいにと、本宮は思ったものだ。こういうのを「やっかみ」というんだろうなと思いながら。

本宮は美智子の同席について、有吉に許可を求めた。美智子の名刺を見た時、一瞬であったが、有吉の顔に困惑が浮かんだような気がした。

本宮は、沢木勝也のことについて切り出した。

「率直に申し上げて、入院の必要のある状況なのでしょうか、それとも、ある種の退避入院なのでしょうか」

匿名取材でもない限り、この質問に正直に答える病院関係者はいない。もちろん瓢箪から駒という万が一に対するわずかな期待や、病院がこの取材を許可したことに対する興味もあるが、基本的には相手の反応をみるための質問だった。

「面会謝絶というのは、かなりの病状だと思うのですが、それほど悪いのですか」

有吉は物静かで好意的な顔をしていた。

「おっしゃる通り、今が、面会謝絶にあたるほど悪い状況だからという意味ではありません。面会謝絶にしないと、悪くなるだろうという判断による処置です。あなたのような方がいつ面会に来るかもしれないと思えば、まあ、ストレスですから」

「入院は必要ですか」

「入院というのは、どうしても必要な患者さんもいるし、念のために様子を見るため必要という場合もあり、その両方を、我々は『必要』と表現します。不必要でなければ必要です」

「沢木勝也さんに関しては、どちらですか」

「後者です。高齢でいらっしゃいますから、必要がないとはいえないということです」

なるほど、理屈屋で潔癖であると、納得した。それにしても現場の医者が、沢木のような人間を退避入院させているとはっきりと認めることはない。どうしてこの医師は答えをはぐらかさないのだろう。

有吉は警戒もしないし、饒舌(じようぜつ)にもならない。中肉中背で、町を歩いていればなんの印象も残らない男に思える。ただの温和な医者である。

「しかし入院を認めた病院が面会謝絶にしているということは、病院が沢木さんを社会から隔離しているということにはなりませんか」

「結果的にはおっしゃる通りです」

「そういう病院側の対応の、社会的責任については、どうお考えですか」

有吉はゆっくりと頷いた。そして、それと同じ、おっとりとした調子で言った。

「社会的責任については問題はないと思いますよ。警察の事情聴取を断るための診断書を書いた覚えはありません」

本宮がはっとする。それを見て有吉はまた、微笑んだ。

「どこも悪くない患者を収容するベッドはありません。特別な人には特別な配慮をするとか、金さえ払えば診断書を書くように思われるのは不本意です。沢木さんは、心臓がお悪い。はじめに来られた時は通院でした。それが、この一連の過熱報道のせいでしょう、だんだんと病状が悪化しているのが現状です。

正直申し上げて、一番はじめに入院なさった段階では、上からの指示で入院は許可したものの、一週間の期限をつけました。うちは三食医者つきの別荘ではありません。今では、わたしたち医師の判断で、帰すに帰せない状況が続いています。沢木さん御自身は多分、無理に居すわっていると思っておいででしょう。特別待遇を受けていると錯覚していることと思います。しかしこれは我々医師の判断なのです。もし今の状況で、本人が帰るといえば通院に切り換えます。今の沢木さんと全く同じ状況の別の患者さんがいても、我々の対応は同じです。健康な人間が、不安があると訴えても、それが誰であれ、たとえ社長でも俳優でも総理大臣でも、入院という形でそれに対応することはできません。税金を使って運営している病院ですから。しかしその不安に医学的根拠があり、入院の必要性を否定するわけにいかないとなれば、患者の健康を第一義にしながら、状況を判断するということになります。沢木さんは、正当な入院です」

　本宮はしばらく黙り込んだ。そののち「申し訳ありませんが」と言った。

「先生のお話を疑うわけではないのですが、どういう状況か、医学的根拠を示してもらえませんか。知り合いの医者に聞いて、わたしとしても先生の話を得心したい」

　有吉は申し訳なさそうな顔をした。

「医者には守秘義務がありまして、第三者に患者の病状についてお話しすることはできないんです」

　固いんだか柔らかいんだかわからんなと本宮は思った。ただ、毅然（きぜん）とした男ではある。

「何回かお電話した時にはいいお返事をいただけなかったのですが、突然お電話をいただきました。有吉先生のお考えですか」

　有吉は、微笑んだ。「病院側の意思です」

　本宮は「では」と言ったものの、しかし、こうなるともう他に聞くこともない。

「要は沢木の対応に苦慮していると」

　何が「要は」なんだか、自分でもわからなかった。まったく、土俵の外に押し出されているというのに、食い下がるからこんな無様なことを言わなければならなくなる。しかし有吉は、それに対して神妙に頷いたのだ。

「そうです。本音を言えば、なんで別の病院へ行ってくれなかったのだろうと悔やまれるほどです。しかしこの病院にいる限り、我々の患者ですから」

本宮は、お話はよくわかりましたと言った。実際、話はよくわかった。ただ、煙に巻かれたような気もする。

有吉は腰をあげていた。その時だった。美智子が「先生」と声をかけた。

物静かな声だった。しかし強い意志を感じる。記者会見の取材などで、相手を振り向かせる声だ。

「ここに五年前、工藤という医者がいたのをご存じですよね。中根大善死亡時の不手際を責められてここを辞めた、若い医者です」

有吉は向き直ると、美智子を見つめた。そして「ええ」と短く答えた。

「本人をご存じですか」

中根大善が死んだのがこの病院だったことを本宮は思い出した。そう言えば美智子が見つめていた駐車場の端には、大きな樫の木があった。

五年前大善の死によってスキャンダルに巻き込まれた時、この誉れ高き病院は、自らを守るために工藤を人柱にしたのだ。

有吉の顔から笑みが消えた。余裕や心遣いというものが掃いたように消え去った。しかし不快感ではない。怒りでもない。有吉のその表情は、沢木の話の最中には一度も見せたことのないものだった。その表情からうかがえるものはなんだろう。強いていえば――悲壮感。

本宮がその言葉に行き当たった時、有吉は口を開いた。

「中根さんは私の患者でした。工藤くんはわたしが指導する研修医でした。大学病院では、若い医者にはそういう先輩医がつくのです。もちろん当時のことにお詳しそうですから申し上げますが、わたしは今でも工藤くんの処置が間違っていたとは思いません。彼はベストを尽くした。わたしにはそう断言できます。あれは防ぎようのない成り行きだったんです。彼は有能で、優秀でした。工藤くんの名誉にかけて、わたしは断言します」

本宮は工藤を最後までかばった医師がいたことを思い出した。大善の治療グループの中核にいたその医師は、医療器具の不具合に患者の発作が重なった、不幸な事件だと言った。

この男だったのだろうか。

有吉は立ち上がり、美智子に一礼した。

有吉が廊下を歩き去っていく。小さくなる彼は、ただ忙しそうな医者に見えた。医療のために私生活を擲（なげう）つような、正直で一本気な医者。

窓の外、駐車場の端には大きな樫の木が一本立っている。

本宮は確信していた——美智子がここへ来た本当の目的は、沢木ではなく工藤のことだったに違いない。なぜなら着いた初めからあの樫の木を見ていたから。

「あれが、タネが立っていた樫の木ですか」

美智子は「ええ、たぶん」と答えた。そして言った。

「右も左もわからぬうちにこの病院を去らねばならなかった工藤という若い医者は無念だったことでしょうね。彼が、タネを連想させるもの全てにヒステリックな不安を感じたとしても、不思議ではないのかもしれない」

　美智子は外から廊下へと目を転じると、歩き出した。「本宮さん、取材に応じたのは病院の意思だといったのは、嘘だと思いませんか」

「なぜですか」

「わかりません。彼の考えだったような気がします。でも、なぜ突然応じたのか。あの医師はわたしを警戒していたような気がするんです」

　そう言われればそんな気もした。

　病院を出るとき、最後に一度樫の木を振り返った。

　本宮は、そこに老婆タネの姿を見た。樫の下に小さな老婆が立っていたのだ。腰を曲げ、足はマッチ棒のように細く、遠目にはまるで田んぼに立つ鶴のようだった。瞬(まばた)きすると、消えた。樫は高く豊かにそびえ、影をつくり、葉をそよがせる。木の下には二人の若い女性連れが歩いているだけだった。

5

　小森明代の家は、古い県営住宅だった。半分は空き家だろうと思われた。工藤孝明はその明代の家の前まで来て、なお踏み出せずにいた。

　俺は何をしにここに来たのだろうか。

緒方雅樹は、放っておいたらどうですかと言った。

工藤に請われて、緒方はあの日の廊下での明代との会話を、丁寧に再現した。

「あの人はほとんど何もいいませんでしたよ。放心していて、時々泣いていました。俺が一方的に喋(しゃべ)っていたんです。なんとかなだめようと思って。自分だってそんなに心のきれいな人間じゃない。だけど『お前の娘の首に縄をつけろ』なんて言葉を聞けばかわいそうだと思う。真奈美って子は見たことがないから、娘の方にはなんの感情も湧かないが、あの母親がああまで怒ったことにも理はあるんだろうと感じた」

その上で緒方は、「放っておいたらどうですか」と言ったのだ。

「工藤先輩が大善を、殺意を持って殺したと思っている人間はいませんよ。あれはあくまで一部のマスコミが面白がって作った筋立てです。今度のことにしたって、坂下直弘を診察して、縫合して痛み止めを処方したのは非常勤の医師だし、入院を決めたのは院長じゃありませんか。先輩が坂下を殺害したというのは、誰が聞いてもこじつけですよ」

緒方は、小森明代が頭を下げたことについて、彼女は誰かに感謝したかったのだと言った。

彼女にとって、坂下の存在は恐怖だった。娘がこの先も坂下のおもちゃにされるのかと思うと、居たたまれなかった。坂下が死んで憎しみも、今後の不安もいっぺんにふっ飛んで、それで先輩に頭を下げた。たぶん、工藤先輩が親身になってくれたと思ったから。世話になった人に頭を下げるというのは、自然なことじゃありませんか。

工藤にはそれはなんの慰めにもならなかった。あの時の明代の目——先生の噂は知っていると言った時のあの目を緒方は知らない。先生は弱いものの味方だということを知っているんですと言った時の、あの目。

本当ですね——いまでもあの言葉を思い出すと身震いする。

また誰か死んで、関係者が俺に頭を下げたとすれば——例えば中島登美江さんが不意に死亡して、中島さんのお嫁さんがそっと頭を下げたとしても——決して今回のようには動揺しないだろうと思う。自分があの明代の行為にこだわるのは、人が坂下直弘や中根大善の死に正義が下ったと思っているからだ。そして一度正義の剣を振るった者は、世の中のあらゆることに同じく正義の剣を振るうに違いないと人が思うことを恐れるからだ。自分は決して清算されることなくどこまでもついて回るその「善意の噂」に、怯（おび）えている。

工藤は、事実をはっきりさせようと思った。それでもここに来て、足がすくむ。

放っておいたらどうですかという緒方の声がなんどもなんども回ってきた。

こういうことは、下手に動けばますます奇妙なことになりますよ。

工藤は目をつぶった。

逃げてはいけない。実際に小森明代がどう思っていようと、俺は、彼女が俺を疑っていると思っている。そして永遠についてくるその自意識が俺を壊していくのだから。

いや——と工藤は明代の家を見据えた。

間違いなく、小森明代は俺が坂下に手を下したと信じている。その間違いを正さなくてはならないのだ。

やっと踏み出した人生を守るために。

気がつくと後ろに真奈美が立っていた。

彼女は青いジャージの上下を来て、中に学校指定の白いブラウスを着込んでいた。そして工藤を見上げている。

以前より少し太ったような気もした。それは、あの日の診察室の彼女ではなく、それ以前の、二年間工藤が見慣れた真奈美だった。彼女は工藤を見上げ、「せんせ」と言った。そして、にっと笑った。

笑みは部分的で、顔の筋肉にどこか不具合がありそうな、ぎこちない笑みだった。それでも彼女が精一杯の笑みで工藤を見つけたことを喜んでいるのがわかる。

工藤も真奈美に笑いかけた。

「お母さんはどこ」

真奈美はすぐに答えた。「しごと」

「遅い？」

真奈美が工藤を見つめた。考えているようだった。母親の帰る時間だろうか、それとも俺の質問の意味だろうか。

人がみればそれは、ただ相手の顔をぼんやりと見つめているだけにしかみえないだろう。だが工藤にはわかるのだ。彼女が今、工藤に答えようとして頭の中の途切れがちな電流を一生懸命に流そうとしていることが。

「いいよ。またくるから」

真奈美はその言葉を聞いて、不意に後ろを振り返った。そして少し日の傾いた夕暮れの空を見た。

「もう帰る」

工藤も夕焼け空を見た。真奈美はこの空の色によって、母の帰る時間を計っているのだ。子供のころのことを思い出した。日の傾き具合と空の色で、家へと帰り始めたものだ。

真奈美は首から白い紐をたぐりだし、その紐の先についた家の鍵を取り出した。そして玄関の鍵を開けると、一人で中へと入っていった。

玄関の前に立ち、ちょっと困った。真奈美が中から鍵を締めなかったのだ。ついて入ってくるものと思っているのかもしれない。このまま帰ると、真奈美はそのまま鍵を締めないかもしれない。不用心だなと思った。工藤は玄関から部屋を覗き込んで、言った。「真奈美ちゃん。また来るから。戸締りして」

真奈美の返事はなかった。じっと耳を澄ませているのかもしれない。さっきのように、答えようと思いながら、何を答えればよいのかわからぬままに。彼女の世界は、他の誰が考えるより、一つ一つに時間がかかるのだ。そして彼女が懸命に答えをだそうとしていることも理解されぬままに、皆が彼女を置いていく。

真奈美に野良犬を連想した自分を思い出したとき、胸が締めつけられるような気がした。このまま置いていけなくなって、工藤は部屋を覗き込んだ。

真奈美は部屋の中央に座り込んでいた。そして思ったとおり、じっとこちらを見ていた。目があっても、なんといって反応があるわけではない。ただ、目をそらさないというだけだ。しかしそれが多分、真奈美の拙い意思伝聞方法なのだ。

部屋の中は、窓のカーテンが締め切られていた。電気の点いていない部屋は薄暗かった。壁にそった中央部分に、白い布の掛けられた台があり、写真が立てかけてある。暗いのでその写真の中の人物は見えなかった。ただ、その写真の縁が黒いのだ。そしてその写真の前にお供え物を置くように、何かが飾られている。

真奈美の父親とは離別したと聞いた。仏壇ではないはずだ。

工藤は目を凝らした。

写真の前に小さな鳥居のようなものが立っていた。赤い鳥居――

彼は靴をぬぐと、部屋に上がっていた。そして電気を点けた。

真奈美がまぶしそうに顔を伏せた。五十センチ角の台の上にあったものは、間違いなく赤い鳥居だった。そして玩具のような小さな鳥居の前に、お供え物のように置いてある物――それは五年前、本間タネの家の祭壇の前に飾られていたものと同じものだった。

小さな藁人形だ。

人形は粗末な作りだったが、それは白い襦袢(じゅばん)を着ていた。そして胸には釘が打ち込まれている。

工藤は壁に立てかけてある黒縁の写真を見た。それは坂下直弘の顔写真だった。目の所がペン先でつついたように、穴が開いている。

人形の右横には小さな鉦とそれを叩く撥(ばち)、そしてもう一方には、柄に錦糸織りの端切れを巻き付けた大ぶりの金づちのようなものが置かれている。一ダース入りの蠟燭の箱が見えた。そして数珠があった。白い鉢巻があり、台の前にはきちんと座布団が敷いてあった。そして坂下直弘の写真は、マジックで黒く縁取りされていた。

工藤は家を飛び出した。

車に飛び乗ると、セルを回すのもまどろっこしかった。安全確認もせずに発進した。通行人があわててあとずさるのを横目に、工藤は車を走らせた。見慣れた道路へ、見慣れた場所へ。

五年前、本間タネの呪い人形を見せられたことがある。悪趣味な記者が持ってきたのだ。呪いの藁人形とは、普通は、しっかりした藁を束ねて太いロープのようにして、それを十字に組み合わせて人の形にしたものだ。足が二つに分かれていることもある。どちらにしても、頑丈な作りなのだ。それが、タネの藁人形は違っていた。藁くずを、手で折って糸で巻き、五つの突起を作っただけだった。田んぼに落ちている藁を拾ってくれば、ものの三分で出来上がりそうな。

それには日晒しの案山子(かかし)のようなもの悲しさがある。その胸に、釘を突き刺している様子は、写真で見る、頑丈な藁人形に五寸釘を刺されているものより、生々しく見えた。

タネの藁人形は、「呪いを掛ける」という大仰な言葉にはそぐわない。子供の手遊(てすさ)びのような人形に釘が刺されているのを見ると、その藁人形を作る人間の、業の深さを見るようで、ひどく恐ろしく感じたのだ。

赤い鳥居になんの意味があるのかは知らない。その記者は、タネはそれらしい道具立てを並べていると言った。タネは読み書きが満足にできない。彼女は金だの銀だのという派手な色を尊び、帯の端切れを金づちに張り付けた。その心の有り様は、人形の髪をとかす少女を連想させる。

あの儀式の形態はタネのものだ。小森明代はタネと通じていたのだ。

ハンドルを摑み、懸命に走る。

目を開けているのに、瞼の奥で、頭を下げたタネと明代の姿が重なる。

部屋に帰り着くと、電気も点けずに座り込んだ。ソファの上には新聞が投げ置かれている。とりこんだまま、畳んでいない洗濯物。溜め込んだ雑誌は部屋の隅で重なり、うず高くなっている。

帰り着いた部屋は彼の日常のはずだった。それでも工藤の心臓は暴走しつづけていた。

工藤には、白い台の前にきちんと置かれた座布団の上に座った明代の姿が見えた。まっすぐに前を向き、背筋をのばしている。彼女は白い鉢巻をつけ、飾りたてた金づちを振り上げる。坂下が死んだ今でも、蠟燭の炎の下で人形に釘を打ち、写真の目をえぐる。

工藤は身震いした。立ち上がり、部屋の電気を点けた。

――タネも小森明代も、人形の胸に釘を打ち込み、思いが遂げられる日を待ち望んでいた。

大善と坂下直弘が死んだとき、俺が彼らの思いを遂げたと思った。だから二人は俺に頭を下げた。

大善と坂下直弘が心臓発作で死亡したのは偶然であると、誰が信じてくれるだろうか。千里にあのレポートを渡した記者が、明代が信仰していた拝み屋が本間タネであると知った時、また悪夢がはじまる。鳴りやまぬインターホンと電話――病院周りの張り込みと取材――彼らは状況に斟酌（しんしゃく）することなく、テープを回すように同じ問いを繰り返す。ドアの隙間に靴をねじ込み――

いや。と工藤は思った。

彼女はドアは叩かなかった。

工藤は思い出した。あの記者はドアを叩くことはしなかった。彼女はインターホンを三度鳴らし、帰っていった。『病院にはうかがいませんのでご心配なく』――彼女はそう、メモに残した。

彼女は俺が落とした手紙の束を拾い、メールボックスに返していった。

控えめに微笑んだ、化粧気のない女の顔が思い出された。

工藤は机の引き出しをかき回した。あの時、メモは破り捨てた。しかし名刺はもって上がったような気がするのだ。

引き出しの中にはいろいろなものが詰め込まれていた。つめ切り、定規、修正ペン、電卓、去年買った電気ストーブの保証書まで。それをがらがらとかき回す。そして端に、工藤は真新しい名刺を見つけた。

週刊フロンティア記者 木部美智子

6

カーテンは閉め切っていた。電話は留守電にした。千里は部屋に一人で座り込み、爪を噛(か)んだ。

工藤孝明の言葉が頭から離れなかった。——このレポート書いた奴な。お前に隠し事をしてるぞ。

本宮龍二はなぜ、小森明代が、死亡した坂下直弘に呪いの願掛けをしていたことを知らせてよこさなかったのか。

町中が知っている噂だよ。これだけ聞き込みをした奴が、それを聞かないわけがない。

工藤はそう言った。だとすれば、本宮が故意に伏せたのだ。

その母親が坂下に呪いをかけていたということが、なにか大きな意味を持つに違いない。

しかし千里には、それにどういう意味があるのかわからないのだった。

千里はクッションを窓に投げつけた。クッションは、窓にかかったカーテンにあたってふわりと床へと落ちた。

千里は肉体関係をもっている男に裏切られるのが我慢できない。「利用する」ために関係を持っている。そしていつも「利用されない」ように気をつけている。学歴もない、能力もない、後ろ楯もない、そんな自分のたった一つの武器を逆手に取られるのは、千里には受け入れがたい屈辱だった。

千里は爪を嚙み、考えた。

おいしいものだから隠すに違いないのだ。幼いころ、戸棚の中に饅頭(まんじゅう)を隠した母は、その日に限ってきっちりと戸を閉めた。だから千里は弟より早く、こっそりと、その戸棚を開けたものだ。

あのエリートたちはなぜ明代の呪いがけを隠そうとするのか。

しかし千里は思いついた。

本宮がそのネタを隠した理由はどうだってよい。要は、そこにとても「おいしい」ネタがあるということだ。

そう思いつくと不意に体が軽くなった。

中根大善は呪い殺されたという筋を蒸し返すのだ。そしてその、知的障害のある少女——千里はその少女の名前も覚えていなかったが——その少女のことをとてもかわいそうに書くのだ。そして母親が呪いをかけた男がまた一人死ぬ。

「恐怖！　呪い殺しの実態」タイトルさえ浮かんで、千里はにんまりと笑った。

あたし一人を除け者にしようったって、そうは問屋が卸さない。

千里はべそをかいたようなあの工藤の顔を思い出した時、一瞬心が痛んだ。この記事を書けば、再び孝明は災難に巻き込まれるのだろうか。

そして千里はすぐに自分に対する弁解を思いついた。

この記事は孝明の責任を追及するものではない。あくまで、その母親が念をかけて殺したという筋立てにするのだ。だから孝明がこの記事で被害を被るはずがない。

我ながらうまい逃げ文句だと思った。

千里は思ったのだ。孝明は若くてハンサムな医者だ。それに比べてあたしはなんの取り柄もない、田舎出の女だ。神様がはじめに不公平なことをしたのだ。だからあたしのような人間が本宮や多田のような頭のいい連中と肩を並べるべくのし上がっていくために、その不足分を、少しずつ人を傷つけていくことで補わなければならないのは仕方のないことであり、それはあたしの罪ではなく、強いていえば、これは神様の不手際によるものなのだから――と。

千里は翌十月六日午前十時、本宮龍二をホテルに誘った。午前中になったのは、三時から大事な病院取材があると、断られそうになったからだ。

本宮の滞在時間はかっきり一時間。シャワーは二回。衣服はソファの背に掛ける。そして初めのシャワー時間よりあとのシャワー時間の方が長い。ベッドの上でくつろぐ代わりに、彼はバスルームでくつろぐのだ。千里はベッドサイドに腰掛けて、煙草を吸いながら、何食わぬ顔で本宮をバスルームに送り出した。バスルームのドアが閉まったのを確認すると、千里は素早くソファに移動した。時計を見て時間を確認する。彼がバスルームにいる時間は五分から七分。本宮の背広のポケットを探った。

手帳の場所も決まっている。左側の内ポケットだ。彼も分厚いシステム手帳を持っているが、大事なことは小ぶりの手帳に細かく書き込むのだ。本人でないとわからない暗号のような短文が多い。手帳はいつもの場所に納まっていた。

千里は懸命にその手帳をめくった。

波辺町に行ってから今日までに書き込まれていることを探すのだ。彼が自分に伏せていること。千里は最後に「関口」の名を見つけた。本宮の汚い字で、「関口不明金６０００」と書いてあった。

関口――

音楽家、渡部喜一郎が死んだ時、関与を噂された男の名だった。多田もその事件を追いかけていたことがあったから覚えていた。

本宮が風呂場から出てくる気配を感じて、千里は手帳を閉じた。そして左の内ポケットに元通りにしまった。経過時間は六分だった。

渡部は生前、「音楽創世会」の会誌として「音楽創世界」を刊行していたはずだ。千里は多田の事務所に戻ると、大学生アルバイトに、二年前の「音楽創世界」の最終号を探してくるように命じた。

アルバイト生たちは、ブラウン管の中のキャスター多田徹に憧れていたり、多田が講師を務める大学の特別講義を聞いて事務所のドアを叩いたりした学生たちで、本宮には従順であったが、千里にはよそよそしい。まるで間違って混入した異物を見るように彼女を見た。だからおのずと、千里は学生たちに用事を言いつける時、高飛車な命令口調になる。

「すぐ探してちょうだい」千里は片手を腰に当て、片手を机につき、アルバイトをにらみつけた。そして資料室がわりの物置部屋に消えるまで、そこに立ったまま見届けた。

彼はものの五分でそれを持って来た。彼女の前に置く時「こんなものも自分でみつけられないんですか」というような顔で千里をにらんだが、そんなことはまるで気にならなかった。求めるものが手にはいれば、誰にどう思われても構わない。

千里は名簿の登録者一人一人に電話をかけ、関口の消息を聞いた。何人目かで、「知りません」とは言わず、「今頃なんですか」と聞き返してきた。それは、知っていることを前提にした言葉だ。そこで千里は「借りたままになっている楽譜を返したい」ととっさに切り返した。納得しているようではなかったが、それ以上隠す義理もないと考えたようだった。

山梨県大森市滝野町。

その住所を見つめたまま千里は声をあげる。

「ねえ、山梨って中央自動車道だよね」

千里は彼の方を向かない。部屋には彼女とアルバイトである自分しかいない。それを確認すると、アルバイトは憮然として答えた。

「そうです」

「山梨って東京からどっち」

声に軽蔑がこもる。

「普通は西です」

千里は立ち上がり、事務所の車のキーを貸せと言った。

アルバイトの学生が千里に、憎しみに近い感情を抱いている。千里は視線をそらさなかった。

彼はノートを突き出した。

「使用目的を書いて下さい。時間も」

その顔には、お前は多田徹と寝ているからこの事務所に出入りできるのだと書いてある。

使用目的　取材

ノートを突き返すと、彼はそのノートを受け取ろうとせず、言った。

「名前も書いて下さい」

千里はノートをひったくると、その下に乱暴な字で記入した。

本宮

アルバイトが茫然（ぼうぜん）と見ている。千里は口の端に笑みを浮かべた。

お前みたいなアルバイトが逆立ちして言いつのったって、男はあたしを怒ったりしないのよ。悔しかったらやってみれば。

千里は視線にたっぷりと厭味を含ませる。それから事務所のワゴン車のキーを持って部屋を出た。

カーナビに目的地を入れると「ただいまからナビゲーションを開始します」とアナウンスが流れる。

首都高四号線を走り、そのまま中央自動車道に入る。三時間ほど走った。高速道路を下りると、そこは東京とはまるで違う風景だった。

田舎の安らぎもない。都会の活気もない。料金所を下りるとすぐのところにラブホテルが建ち並ぶ。そこを過ぎると、少しずつ建物は減っていき、道沿いに一軒、二軒と、古いスタイルの喫茶店がある。閑散としていた。

ＪＲの駅前に着くと、そこにはほんの一角だけ、繁華街があった。バスの発着場とタクシーのりばと、大手スーパー、パチンコ店が並んでいる。しかしナビゲーションの言いなりに、そこから県道を北へと入ると、ものの五分で田畑と家が混在し始めた。

私道だか公道だかわからないような細い道がきれいに舗装されて、田畑の周りを回っている。すれ違うためにはどちらかが止まって道を譲らなければならない。見晴らしはよく、視界を遮るものはただ二階建ての家屋だけだ。こちらの道沿いには喫茶店一つない。山ははるか向こうに見える。その道なりに、安普請の建売住宅がまばらにある。

関口洋平の家は、田んぼと畑に囲まれたその一角にあった。

玄関には表札の隣に『関口カラオケ教室』とペイントされた、モダンな木製の板がかかっていた。

千里は呼び鈴を鳴らした。返答はすぐに戻ってきた。

聞こえて来たのは男の声だった。庭の端に中型のセダンが止めてある。千里は声の主が関口洋平本人だろうと察しをつけて、営業用の声を繕った。そして雑誌「ラタン」の記者だと偽って、渡部喜一郎について話を聞きたいと告げた。そんな雑誌はない。しかし千里は気にしなかった。

多田の事務所の人間たちは馬鹿にするが、それは千里に記事が書けないからではない。千里の書くものを記事と認めていないからだ。

それまで、食べ物関係の記事なら多く手がけてきた。おいしいラーメンの店とか、変わった餃子(ギョーザ)を出す店とか、千円でたっぷり食べられるランチメニューの店などは、各雑誌、週刊誌が定期的に一ページか二ページは載せるので、常に需要があるのだ。カメラマンに付いて店に行き、店主の話を聞いて帰って来る。食べないで記事にすることもままある。某社の「旬のサンマを食べる」と銘打った企画を受けた時には、夜行寝台で北海道まで行って、その日のうちに夜行寝台で帰ってきた。食事は列車の中で食べた冷たい駅弁だった。食感の表現は、グルメ雑誌の記事の中にあるそれらしいものを並べて繋いだ。事務所は依頼主に原稿を渡したあと、何枚も取りだめした写真を、時期をずらしていろいろな雑誌に回し、また稼いだ。

冬の街頭に立ち「おすすめのイタリア料理店」のインタビューを五時間し続けたこともある。彼女が多田に接近したのは、そんな仕事から抜け出したいがためだった。

彼女はその料理記事を作ることについて、誰に教わったわけでもなかった。だから自分がグルメ記者として認知された時、千里は、同じように社会派記者にもなれるのだと思ったのだ。足掛かりがあればなんとかなる。それが、独力で成り上がっていった千里の信条だった。だからその日、このようなインタビューが初めてであるにもかかわらず、経験がないということについて、千里はそれほど不安を感じていなかった。

いや、経験がないという自覚さえ持っていなかった。街頭で人をキャッチするのは誰よりもうまかった。店主の話を聞き出すのも、とても順調にこなせた。彼女はインターホンを押して「奥さんはどんな料理器具を使っていらっしゃいますか」と問うのと「かつて殺人の関与を取り沙汰された渡部喜一郎の死についてお話をうかがいたいのですが」と問うのと、インターホンの向こうの人間は、同じように返事をするものだと思っていたのだ。だから相手が躊躇(ちゅうちょ)するにしても、拒絶するにしても、自分にはなんとでも対応はできるのだと。

インターホンに出た男はすぐに切った。

千里はもう一度押した。

窓のカーテンが薄く開いて、その隙間から男がこちらを覗くのが見えた。千里は男ににっこりと微笑んだ。そしてジャケットの胸ポケットの中にそっと手を入れると、中の録音機が動いていることをもう一度確認した。しつこい印象さえ与えなければ、人は取材に応じるのだ。なぜなら人はいつだって取材されたがっているから。

ドアが開いた。千里は満足した。しかしドアには、チェーンがかかったままだった。

「帰ってもらえませんか。お話しすることはありませんから」

千里は「ライター」と書かれただけの名刺を、その細い隙間から無理やりつきだして、受け取らせた。そして微笑みの上にこってりと微笑みを塗り付けた。

「カラオケ教室を開いていらっしゃるんですね。大変評判のいい教室だそうで」彼女はにっこりと笑ったまま、録音機の入った胸ポケットをドアの隙間にこすりつけた。男の目は冷やかだった。千里はバッグの端を、気づかれないようにドアの隙間にねじ込んだ。

「本間タネという老人と、当時どういうやりとりがあったかということをちょっとお話しいただければ」

男の目が少し変わった。驚いたようだった。千里はかまわず続けた。

「実は、ある町で養護学校の少女に暴行をはたらいた男が死亡しましてね。死因は心不全なんですが、その母親が、やっぱりその男に呪いをかけていたというんですよ。それで果たしてそんなことで人が死ぬものかなと思いまして、当時タネさんは、あなたに依頼されて渡部を呪い殺したと言いましたよね。それはあの、どういう手順で」

千里は、細い隙間から見える男の形相がみるみる変わっていくのを目のあたりにしながら、何がいけないかを考えるより、どうしたらいいのかを考えることに追われていた。

「そんな人は知りません」

鞄がずり落ちる。それを支えて、千里はかっとなった。「知らないはずはないと思うんですけど」声だけは精一杯のにこやかさを演出しながら、千里は、なぜこの男がこれほどかたくななのか、ひどく腹を立て始めていた。あんたのことを聞こうっていうんじゃない、渡部が死んだ時、タネとの間にどんなやりとりがあったのかを知りたいのだ。

男は言った。「タネという人と当方はなんのかかわりもないんです。お引き取り下さい」

千里は細く開いたドアを閉められないように、なおも鞄を押し込んだ。

「向こうは認めているんですよ」

「警察を呼びますよ」

「呼べばいいじゃないですか」

「ダーク・ダーク」の編集者の顔がちらついた。この記事をものにできれば、ラーメンの取材からおさらばできるのだ。あのアルバイトたちを、いや多田本人を見返してやることもできるのだ。

「タネに頼んだんでしょ。タネに頼んだって罪にはならないんです。だから安心して話して下さい」

男は冷やかだった。「タネって人は知りません」

「本間タネさんが死んだお嬢さん、真代さんの霊を呼び出して、あなたに渡部への恨み言を並べたというのは本当ですか」

ドアの隙間から覗く関口の顔色がゆっくりと変わっていった。血の失せた驚愕から、やがて冷笑へと。それから関口は千里を眺めた。改めて相手を品定めでもするように。

その表情に千里はかっとなった。

タネの降霊は確かにライターの作り話だ。あの当時は何を言っても許されるという風潮があった。タネは何も否定しなかったし、抗議もしなかった。あたかも全ての俗事に興味がないというように。

降霊はでまかせだが、これは事実だ——千里は口走った。

「じゃ、どこに六千万を支払ったんですか」

ドアは閉められた。

それはじつに呆気ないものだった。金の話をした時、千里は、関口の、あの小馬鹿にした表情が一変するものと思っていたのだ。しかし彼は千里を一瞥もせずにドアを閉めた。あとはもう、呼び出しベルを押してもドアを叩いても、中から返事が返ってくることはなかった。

千里は茫然とドアを見る。

あの六千万の話は、タネの降霊と同じく、根拠のない悪のり話だったのだろうか。ちょうど工藤が、タネから報酬を得て大善を手にかけたというのと同じような。

千里は関口の、あの侮蔑を含んだ冷やかな視線を思い出した。多田の事務所のアルバイトが自分を見る目を連想させる。彼女は自分の服装を眺めた。グレーのパンツスーツに真っ白なシャツ。髪も一つに束ねてきた。アイシャドーも茶色にした。それでも関口は冷たい目をした。

千里は胸ポケットから小型録音機を取り出し、スイッチを切った。

帰るしかない。高速料金を払い、ガソリンを満タンにして。千里は恨めしげに関口の家をもう一度見上げた。その時だった。後ろから呼びかける声がした。

「雑誌社の方でしょ」

それは中年の女だった。女はすばやく後ろを振り返ると、ささやくように言った。

「お話ししたいことがあるんです」

そして車のドアを開けろとその目で激しく催促する。千里は思い出した。関口と押し問答をしている時、彼の肩ごしに、女が立っているのが見えた。廊下の突き当たりの辺りで、身を隠すようにして立っていた女だ。

彼女はサンダル履きだった。玄関は関口が締めた時のままだ。彼女は勝手口から飛び出してきたに違いない。

これが渡部と関係を持った関口の妻、志保なら――

千里は大急ぎで助手席のドアを開けた。車が走り出すと、女は一息ついて、こう言った。

「夫が娘の降霊をあのタネに頼んだって本当ですか」

多田を思った。そして本宮を、工藤を、蔑んだ全ての男たちを思った。——こういうでまかせにひっかかる人種だっているんだよ。

千里はほくそえんだ。

関口洋平は本間タネを知らないと言い続けた。しかし志保はタネに激しい憎しみを持っているようだった。彼女は千里を駅前の喫茶店に連れ込んで端の席に陣取ると、聞いた。

「主人が六千万を誰かに払ったというのは、事実なんですか」

駅前通りにあるガラス張りの店は、広いが店内に客は少なかった。志保は、通りに面した隅のテーブルに腰掛けた。こちらから通りが見えるように、通りからもこちらが見える。居心地の悪さを感じながら、千里は録音テープを膝の下でそっと回し、聞いた。

「ご存じないんですか」

志保は苛立たしそうに、机の端を見つめていた。

きれいな顔だちの女だった。剝き立ての卵のような白くて薄い肌を持ち、鼻骨は高く、そこにその薄い皮膚が張りついている。昔は魅力的だっただろうと思われる、切れ長の目をして、眉は細く刈り込んで、きりりと上がっている。腺病質に痩せていた。挑みかかるような目をして、その奥には、ヒステリックな不満と不安が入り交じって燃え立つようだ。取り澄ました所作が身についていた。

それでも人はいつまでも二十代ではいられない。頰はすこし弛んでいた。肌には張りがなく、異性は気づかないだろうが、千里は、志保の髪の生え際が後退していることに気づいた。髪も痩せている。顔だちはきれいだが、印象はもう美しくはなかった。ただ本人が、かつての美しさをいまだ現実のものとして常に意識していることは容易に見て取れた。彼女は多分、自分のヘアースタイルがもう時代遅れなことも、服装がこの田舎町には似合わないことも、理解していない。盛りを過ぎた女とはこういうものだ。

「娘を降霊したというのは本当ですか」

さっきの轍は踏まない。千里は慎重に言った。「そんな話があるというだけです。死人の霊が降りてきて喋るなんてことはありえないでしょう。ただ」、と千里はいい足した。

「本間タネが演技をすれば、御主人が真に受けるということはあるでしょうけど」

志保の娘は学校の屋上から飛び下りた。遺書には母親への恨みつらみがいっぱいに書き込まれていたという。自殺の原因は、渡部の心変わりだった。渡部の心が変わった時、娘は、渡部の関心だけでなく、あらゆる物を同時に失った。父の愛、母の愛、家庭、自尊心。

しかし十六歳の少女に、自らがはまった迷路の解明は無理だった。彼女は父親も呪ったが、なにより凄まじかったのは、母親への敵愾心だった。生前、娘は渡部との性行為さえあからさまに口にして、自分の方が愛されたのだとわめいた。

わたしは母とは違う。母は弄ばれたのだ。でもわたしは、渡部と愛し合ったのだ。

母と娘は心の底から傷つけ合った。そして娘は、母親に恨みのたけをかぶせて自殺した。

「夫は自分の出世のために私を先生に渡した男です。あの男は渡部先生のために家庭が崩壊したと吹聴しているようですが、そうではない、あれはあの男の、先生に対する個人的な恨みで、渡部はあの人がいうような人ではありませんでした。あれは関口の逆恨みです」

千里は考えていた。この証言が二年前に得られていたならば、「ダーク・ダーク」の編集者は喜んで記事にしただろう。しかしいまさら関口とその妻と渡部の痴話喧嘩に興味を持つものはいない。この証言が巻頭を飾るには、目を引く新事実が必要だった。それもできるだけグロテスクなもの。

「夫は資産を食いつぶしてもなお、男として一家を支える収入を得る道を手にすることができないという、甲斐性なしでした。わたしは離婚を申し出ましたが、あの男は受け入れようとはしませんでした。あの男が渡部を殺したのは、渡部とわたしの仲を嫉妬してのことです」

本当ですかと千里は聞き返した。妻はその瞬間、目を輝かせた。そして誇らしげに言った。

「本当ですとも。渡部はわたしと結婚すると言ったんです」

「いえ」と千里は言った。そうではなく、

「あなたの夫である関口洋平が渡部喜一郎を殺したという話です」

関口が車で渡部に接触したのは事実だが、死因は事故とは関係がない。時速十五キロで走行中、路地から出てきた渡部に当たった。そこには多少の故意をうかがわせるものはある。しかし大したことはないという渡部の言葉を振り切って、救急車を呼んだのは関口なのだ。

渡部は午後十一時頃、救急病院に搬送された。その場で頭部、胸部、腹部など全身のレントゲン検査を受けた結果、大腿部の打撲だけだと診断された。歩くのに少し痛みがあるということで入院した。数日後、急性硬膜下血腫で死亡した渡部の死因について、警察も、医師も、関口の事故との関連を認めることはできなかった。弁護士もあきらめた。

あの男が渡部を殺した――その言葉に千里は身を乗り出した。

確かにこの手合いの人間はいる。追い回されている時は逃げ回るが、追われなくなると蒸し返しにやってくる。この女は、田舎町に引きこもる生活に耐えられず、再び話題に上りたくなっただけかもしれない。しかし千里には彼女の事情はどうでもよかった。氷山の一角という言葉がある。本宮や多田はまさに、海に浮かぶ小さな氷から、その下に埋もれたものを暴き出す。しかし自分は、海に浮かぶ氷のかけらがあれば、あたかもその下に見えざる氷山があるかのように作り上げる。そのはじめの氷片を今、この、時代に忘れられた女が提供してくれようとしている。動機や背景はどうでもいい。これを利害の一致というのだ。

「どうやって殺したんですか」

志保は値踏みするように千里を見た。それは志保の夫が千里に投げかけたものと同じだった。

グレーのパンツスーツに白いシャツ。髪は後ろに一つに結んである。いや、何より、今彼女の話を聞こうとするものは、記者を名乗る自分しかいないに違いない。

しかしその瞬間、志保の態度は豹変した。

「さあね。それを言えばあたしは殺人者の妻になるわけで」

志保は曖昧な笑いを浮かべた。

自分が口走ったことを後悔しているような、そのくせ自分の発言に身を乗り出す相手のその様(さま)に満足しているような。千里は胸の中で懇願した。嘘でもいいから何かそれらしいことを話せと。ここまでくれば、それがお前の役回りだろうがと。

志保の曖昧な態度に口が滑った。「それは、間接的ですか、直接的ですか」そう聞いて、慌てた。もし間接的だと答えたならば、元の木阿弥(もくあみ)だ。

ところが志保は、それに答えようとはしなかった。

「あたしは確信があるんですよ。あなた、玄関で言っていましたよね。養護学校の生徒に暴行した男が死んだって」

千里は志保の顔に見入った。見つめた志保の唇から言葉がもれる。

「あたし、その男性がなぜ死んだか、心当たりがあるんです」

そして千里の顔を見た。「みなさん、たくさんのお金を支払っていませんか」

千里は息を呑んだ。頭の中に本宮の手帳の中の『六千万』の記述が蘇っていた。

本宮が欲しかったのはこの証言ではなかったか。

「御主人の六千万円の行き先に心当たりがあるということですね」

千里は膝の上のテープに意識を集中していた。「ダーク・ダーク」でなくても、このテープ一本でテレビ局だって金を出す。限りなく殺人の可能性がありながら、とうとう誰もその確証を摑むことのできなかったもの——

志保は言った。

「それを記事にすると、いいお金になるんでしょ」

ジャーナリストは取材対象に金は払わない。それは本宮にも多田にも一貫していることだった。金になると思ったら、無意識でも、取材者がよろこぶような脚色をし始める。それが現金の力だ。本宮はそう言った。だから、喉から手が出るほど欲しい情報でも、情報提供の報酬として現金を払ってはいけない。

千里はそういう彼の話をいつも右から左に聞き流していた。

全てのものを円に換算してこそ資本主義でしょうに。情報の価値だって円に換算して何が悪いのよ。結局、自分たちの仕事を、他より崇高だと位置づけたい、ただそれだけのことなんじゃないの。

ジャーナリズムは資本主義の方程式に当てはまらないだなんて、もうおとぎ話。

だから千里には、罪悪感など全くなかった。ただ、相場を知らなかった。

千里は慎重に言った。「ええ。奥さんがリスクを負うというのはよく理解しています。それに見合うものというほどにはいかないでしょうが」

そう言って、千里は志保の顔色を見た。

ところが顔色を見ているのは、どうやら志保も同じようだったのだ。双方が、値踏みを相手に任せているように。

しばらくして、志保が千里にそっと指を三本広げた。

三万——三十万——三百万。

千里は目まぐるしく考えた。その千里の顔を見ながら、志保は広げた三本の指の一本を折った。

二十万——二百万——二千万。

志保の指は、二のままで止まっている。

「二十万円——ですか」と千里は言ってみた。

志保はホホと笑った。

否定的な笑いではなかった。笑いながら、千里の様子をうかがっている。

二十万の持ち合わせはない。二十万を二万に値切ることもできないだろう。しかし志保の、使途不明の六千万円にまつわる証言を収めない限り、このテープに価値はない。テレビ局も買わない、本宮も驚かない。

「お金は後日ということで」千里がそう言うと、志保の顔つきが微妙に変わった。ホホと笑った女は、そのうわずった緊張をゆるめることなく、乾いた声で言った。

「それではお話も後日ですよね」

表情は消えて能面のようだった。

千里は自分の預金通帳を思った。銀行に下ろしに行ったって、二十万は用意できない。

しかし千里には「スクープ」という一言が何度も閃くのだ。志保はそんな千里を遠巻きに見つめている。しかしその目は、やはり苛立ちと憎しみに照り輝いている。

千里は「明日」と言った。

「明日、会っていただけますか」

憎々しい気もした。またこの女は、ほほと笑うだろうと思ったのだ。

しかし志保は笑わなかった。

女はそう、確認した。千里は耐えがたい脱力感をもって、答えた。「二十万ですね」

「明日二時に渡します。この喫茶店のこの席で」

志保は歩いて店を出た。千里はただ、どこで金を工面しようかと考えた。

関口志保は家に向かって歩いていた。すれ違った男性が志保の顔を見て会釈したが、志保は気づかなかった。関口カラオケ教室に通っていたことがあった男性は、見間違いでもあるまいにと行き過ぎる志保を目で追った。彼女は通りを横切って公衆電話ボックスの中に入っていく。

男は盗み見するつもりではなかった。妻とともに買い物に来て、妻が現像に出していた写真を取りに写真屋に入ったので、外で待っていた彼としては、彼女の姿をなんとなく目で追っただけなのだ。美人ではあるが、好みではない。彼女を見ると、妻の憤りを思い出す。

「吉崎(よしざき)のダンナさんも、不動産屋の谷(たに)さんも色目を使われたって」

そう言われれば確かに男に誘いを掛けるような節はあるような気もする。しかしそれも、生徒確保のためのサービスを、男の方が勝手に「色目」と見ているだけかもしれないではないか。何より彼は、カラオケ教室が気に入っていたので辞めたくなかったのだ。しかし妻はきりきりと金切り声を上げた。「冗談じゃない。そんな所に、いくら朴念仁でも、自分のダンナを通わせられますか。おちおち夕食の準備もしてられない」

関口カラオケ教室は、定年後の彼の唯一の気晴らしだったのだ。先生は丁寧だし、教室のあと、皆で焼鳥屋で一杯やるのも楽しかった。先生の妻が少々美人だったからって、なんで俺がやめなきゃならんのだろう。

しかし近くのラブホテルから出てくる関口先生の奥さんを見たとか、他人の車から人目を避けるように降りてくるのを見たとか、とかく噂は聞く。

自分の夫の教室の男を釣り上げているんだから、タチが悪い。そう言って女連中はご立腹だが、彼は、それほど魅惑的な美人だとも思わないのだ。痩せすぎているし、話題がかみ合わない。バッハだとか、ショパンだとか、そんな話ばかりして、大川栄策とか、三橋美智也など、鼻にもかけないのだから。彼女はカラオケ教室で夫が懸命に彼らに歌を教えていても、決して伴奏しようとはしなかった。ピアノに向かえば「リスト」を弾く。そんなものが弾けるなら美空ひばりも弾けるに違いないと思うのに。

彼女が実際に、自分のカラオケ教室の男を一本釣りしていたかどうかわからないが、それにしてもと彼は思う。歌ったあとの焼鳥屋のビールはうまかったと。

　そんなことを考えて彼は通りの向こうの電話ボックスに入った関口の妻をぼんやりと見ていたのだ。

　奇妙だった。関口の奥さんは、鞄から携帯を取り出すと、その画面を見ながら公衆電話からかけているのだ。それもかなり思い詰めた表情で。

　写真屋から妻が出てきて、ぼんやりとしている夫を見つけ、その視線の先を追いながら、問いかけた。「なにしてるの？」

「いやぁ……」と夫は、通りの向こうに目を凝らしたまま口ごもり、それから妻に向き直った。

「関口先生の奥さんが電話ボックスに入ったんだよ」

　妻は、そんなことが珍しいかといわんばかりに電話ボックスを見て、それからやっぱり夫と同じく目を凝らした。「えらい形相だわよ」

　夫も同じく、ボックスの中を見つめる。「そうだろ」

　夫は呟いた。なんで公衆電話なんだろ。あの奥さんの携帯電話の中には、通って来る男性生徒さんの番号がばっちり登録されているってよ。女の生徒のは登録しないんだって。

　すると隣で妻が言い上げる。携帯電話を持ってるくせに。

　ボックスの中で志保は、受話器を両手で摑み、何かひどく声を荒らげているようだった。財布から硬貨を取り出し、投入口に滑り込ませる。

　妻が声をひそめた。「それにしても、尋常じゃないわね」

妻は出来上がった写真を夫に見せた。日帰り旅行の時の写真だ。孫が車に飽きて、憮然としている。三歳児のその顔に、老夫婦は頬をゆるめた。

そして二人は写真を見ながら歩き始めた。「目薬買うから、薬局に寄るの忘れないでね」

夫は振り返った。電話ボックスの中の志保の表情は、遠くなりすぎてもう見えなかった。ただ、また硬貨をいれていた。

「市外だな」と夫は呟いた。

妻は写真を見ながら、言った。

「あの奥さん、死んだ渡部って男の代わりを探して、生徒さんの間を渡り歩いているんだって。娘さんが死んでから、ちょっとおかしいって話よ。まともな生徒さんはみな辞めてる。残っているのは、やもめとか、下心のある男ばっかりよ」

妻のその声は、なんだか楽しそうだった。ちょうど孫の話をする時のようだ。

二人が角を曲がり見えなくなったあとも、志保はまだ受話器を握っていた。

片手は受話器を握りしめ、片手は電話機そのものを摑んでいた。爪をたてるようにしっかりと。その声は湿っているようで甲高く、威嚇とも恫喝（どうかつ）とも取れる。

志保は言った。

「――もしあたしとあんたのことがばれたら、あの男はあんたのことも殺すように頼むわよ。

あんた、殺されるわよ」

　彼女の目は光っていた。それはまるで相手が殺される、その様を心に描いているかのようだった。そしてその様に興奮する自分に、彼女自身が気づいていない——そんな、無意識の中に飼われた獰猛（どうもう）な輝きだった。

　公衆電話の前を人が行き過ぎていく。しかし電話ボックスも、志保も、彼らの視界には入っていない。志保はどこからも孤立したような小さな空間の中で、体中の関節に力を入れる。受話器を握りしめる指の関節は骨が浮きでて白くなっていた。受話器の向こうから電波に乗って聞こえる相手の声は、志保が聞く志保自身の声に比べれば、あまりにも無機質だった。

　その声に、志保は一層苛立ちと残忍さをエスカレートさせた。

　あたしの話を聞く気がないなら、聞く気になるまで、お前を追い詰めてやる——

　志保はまた、百円玉を流し込んだ。

7

　沢木勝也は本当に心臓が悪いのだと、本宮龍二は多田徹に報告した。しかし多田は納得しなかった。そんなはずはないだろうと声を荒らげた。

　多田は、巨悪に立ち向かうにはもう歳を取り過ぎた男なのだ。

しかし本宮は思い直す。「巨悪」という言葉自身、若き日の多田たちが作り上げたものではなかったろうか。若き日の多田たちの、ジャーナリストとしての出発点がそこにあった。多田はいまでも、ステレオタイプなその「巨悪」を求めてやまない。しかし老成したこの社会には、そんなロマンチックなものはもう存在しないのだ。

総務兼経理の横川がつかつかと本宮に歩み寄ると、毅然とした声で言った。

「本宮さん。車はちゃんと止めてください。隣の駐車スペースとのラインを踏んで駐車しています。苦情が来ますから」

本宮は驚いて顔を上げた。「使ってないよ」

二十五歳の横川絵美は、相手がたとえ多田であっても、経理と総務の仕事に関しては毅然とものを言う。それがかわいいと、おじさんの間では受けている。その横川がいつものように言う。「でも、ちゃんと書いてあります」そしてノートに視線を落とす。「昨日の午後十二時から。返却時間は書いていませんね」しかし顔を上げた時、それは奇妙な顔になっていた。本宮を見つめて、声が頼りない。

「本宮さんのと、字が違う」

「それ、高津さんですよ」とアルバイトの花田が言った。

横川と本宮が同時に花田を見た。花田は言う。

「昨日、貸してくれって。強引に持ってってたんです」

横川が花田を睨んだ。潔癖な彼女にすれば、本来事務所の人間でない高津が車を使い、ノートには他人である本宮の名を書いて、それを見過ごす花田がいるという、三重の「不正」が許せないし、その上、止め方が悪いときている。花田は、俺が悪いんじゃないと言いたげにムッとしていたが、言い訳はしない。

本宮は不思議な気がした。千里は自分の車を持っているし、大体、必要なときには自分か多田に言って都合させる。

「何に使うって言ってた？」

花田はムッとしたままで言う。「さあ。わかりませんけど、山梨に行ったんじゃないですか。山梨はどっちだって聞いてましたから」

昨日会った時にはそんなことは一言も言っていなかった。

本宮が考えていると、花田も申し訳ないと思ったのか、気を取り直したように話し出した。

「昨日、高津さんが来たんです。事務所には俺しかいなくて。高津さん、事務所の車を貸せって。断りきれなくて、使用目的をノートに書いてくれっていったら、あの人、本宮さんの名前を書いちゃったんです」

「何しに山梨まで」

「楽譜を返しに行くとか言っていましたよ」

「楽譜？」

「はい。『音楽創世界』の最終号を出せっていわれて。その会員名簿に片っ端から電話をいれていました」

「なんて電話を入れていたのよ」

「関口洋平って人の連絡先を知らないかって」

「それで、電話口で、楽譜を返したいからとそう言ったのか」

「そうです。嘘っぽかったですけど」

——そりゃ嘘っぽかったに違いない。誰がきいても嘘っぽい。

花田はまだ元の場所に戻していなかった「音楽創世界」を本宮に手渡した。

本宮はパラパラとめくる。主幹に渡部喜一郎の名があった。

千里から電話があったのは、その日の午後十一時を過ぎていた。

「二十万、貸してほしいのよ」

様子からして、あちこちに電話して断られたと見えた。無論多田にも断られたということだ。どうしてもいるのよと、千里は不快を隠そうともしなかった。本宮は椅子の背に体を押しつけて、くつろいだ。

「高津くん、俺の手帳見ただろ」

一瞬千里が絶句する。そして誤魔化す。本宮は手帳の位置が違っていたと言った。すると千里は、あなたの思い違いでしょと言った。挟んでいた領収書が床に落ちていたと言った。するとと千里は、自分で手帳を見た時落としたんでしょと澄ました。

「そうだなぁ。じゃあ仕様がないな。俺、見たの。高津くんが俺の手帳をみて、パタンと閉じるとこ」

千里は押し黙った。本宮は彼女が手帳を閉じるところなど見てはいない。しかし間の悪そうな沈黙は、彼に、その当て推量が事実だったと確信させた。

「関口洋平のところに行ったんだろ」

「そんなの知らないわよ」

千里が言い訳を始めようとしていた。しかし駆け引きは面倒だった。

「まず二年前に廃刊になった『音楽創世界』のバックナンバーを花田にださせた。それから関口洋平の住所を訊ねて何件も電話。電話を切ったあと、山梨の方向を聞いて、強引に事務所のワゴンを借り受けた」

「何が言いたいんだか知らないけど、車を借りたのは新しい雑誌の記事を書くのに必要だったからよ。関口なんて男の住所を聞き回ったりしていないわ。なんの話だか」

「じゃ、山梨に行かなかったって言うんだな」

「そうよ」

「あのな。事務所のカーナビな、消さない限り、通った道の履歴が残るようになっているんだ」

千里が瞬間、「うそ」と呟いた。本宮は嘘をつき通そうとする千里が腹立たしいのに、思わず苦笑した。

「首都高四号線で高井戸（たかいど）。高井戸から中央自動車道で大森、そこから滝野町三丁目。カーナビ上にしっかりと黒い点々が残っていたよ。なぜかは知らんが君は俺の手帳を見て、関口を訪れた。全部ばれているんだよ」

本宮の車にはカーナビゲーションがついていない。千里の車にもついていない。だから事務所の車でなければならなかったのだ。

「なんで二十万、いるんだ？」

本宮のキャッチホンが鳴り始めた。多田に違いなかった。沢木は仮病のはずだから取材をしなおせといきまいている。しかし沢木が悪人だから、病気まで仮病でなければならないというのは、無茶だ。キャッチホンは鳴り続け、一方で千里は電話口で押し黙っていた。

「もういいよ。金はどこか他で借りろ」

千里は一度自己破産しているから、町のローン会社からは工面出来ない。俺が断るということは、彼女には用意できないということだ。

本宮がキャッチボタンを押そうとした時、千里の声色が変わった。

「わかった。話すわよ」

それは恨めしそうな声だった。そして返す刀で食ってかかった。

「でもネタを盗んだのはどっちよ。工藤孝明と小森明代と本間タネの関係を隠して、自分のものにしようとしたのはあんたじゃない」

一瞬たじろいだ。

工藤孝明と本間タネ、工藤と小森明代は、それぞれ二つははじめからつながっていた。しかし木部美智子との話でも、明代とタネの関係はいまだはっきりしていない。そして、彼は自分の手帳にそんなことは一言も書いていない。

——どこで話を拾ってきたんだろう。

キャッチホンのコールは鳴り続けていたが、無視した。

「俺が何を隠したって？」

「小森明代が坂下に呪いをかけていたって話。あなた、事細かに連絡して寄越したけど、それには一言も触れていなかったわよね」

確かに呪いの話は書かなかった。その若い医師を気の毒に思ったからだ。

「呪いはどうでもいいと思ったんだ。噂だから」

しかし千里の嗅覚はそれに納得しなかった。

「じゃ、なぜ関口のことを調べだしたの」

「調べてはいない。話題に出ただけ」

「誰との話題よ！」そして千里はいきり立った。「このネタ、誰と組むつもりだったの」

まともな記事を千里と組む馬鹿はいない。人のネタを横取りするなどといやしい根性もない。ただ、それが元々千里のネタであり、それに付随することを、故意でないにしても伏せて、かつ、その伏せたことに対して別の人間——木部美智子と追跡調査をしていたとすれば「横取り」と言われて釈明のしようはない。彼はあわてた。しかしこういう時の女にかかずりあっていては話は前に進まない。彼は強引に聞いた。

「それでその二十万円っていうのは、何に使うの？」

千里は電話の向こうで苛立ちをみせた。しかし金を工面する方法は、もうここにしかないということも、彼女はよく知っている。

「あなたの手帳に、関口の使途不明金六千万円の書きこみがあったでしょ。関口の妻の志保がその金の行方に心当たりがあるって言ったのよ。それが、あたしがその話に身を乗りだしたとたん、態度を変えたの。金を出さなければ話さないって。それが二十万円」

関口の六千万の行方――

本宮は美智子の言葉を思い出していた。問題は現金が動いているということなんです。もし金が動いたと考えるなら、受け取った人間が事件にかかわっているということになる――

そう、自分が答えた。

そこに嘱託殺人があるということだと。

彼女は電話口で話し続けていた。明日までにいるのよ。明日の二時。今日会った喫茶店に持っていかなければならないの。都合してくれないと――

本宮は「わかった」と、彼女のとめどない言葉を遮った。

「ただし条件がある。君が金を払うことは知らないことにして、同席させてくれないか。もちろんメモはとらない」

いきり立つ千里に本宮は言った。「二十万、他に用意するあてはないんだろ」

彼女は怒りながら、考えているにちがいない。本宮は背中を押した。

「君がそれでどんな記事を書こうが、一切かかわらないから」

電話の向こうから千里の声がする。

「取材テープはあたしのものよ」

本宮は千里の申し出を了承すると電話を切った。

キャッチホンが鳴り続けていた。多田が癇癪を起こしている。


昼過ぎの喫茶「アルジェロ」大森市駅前店の店内は閑散としていた。午後一時、本宮は喫茶店の中が見える位置に車を止めた。

——わたしは離婚を申し出ましたが、あの男は受け入れようとはしませんでした。あの男が渡部を殺したのは、渡部とわたしの仲を嫉妬してのことです。

千里がテープを切る。

「言ってるでしょ」と、千里は誇らしげだ。志保は色っぽい声だった。なにかしら悪意のある声でもあった。自分の作ったドラマを人に納得させようとやっきになっているとも聞こえる。本宮はテープを続ける。

——さあね。それを言えばあたしは殺人者の妻になるわけで。

今度は本宮がテープを切った。

今朝から車中でもう五回も聞いていた。本宮は呟く。「夫の殺人の事実より、渡部が自分にプロポーズしていたということの方を強調したいようだな、この奥さんは」

そして娘の死より、渡部の死を惜しんでいる。

「それにしても夫を殺人犯にするのに、妻のリスクが二十万ってのも」と本宮が呟いた。彼はやはり、同じところで同じことを呟くのだ。

「旦那と別れたいのよ。新しい男でもいるんじゃないの？　今考えれば、いくらでもよかったような気もする」

千里は、志保のあとから店内に入りたいと言った。人待ち顔で落ち着きのない様子を彼女に見られたくないのだと言う。

「感じのいい女じゃないわね。上品ぶっててさ。ああいうのが主婦売春なんかやるのよ」

あとでも先でもいいから、とにかく二時には喫茶店にいるべきだと千里に言った。しかし千里は折れなかった。ほほと、人を馬鹿にして笑ったと言って聞かなかった。女の自尊心は手に負えない。こうやって母と娘も張り合ったのだろうか。

一時四十分を過ぎた時だった。千里が声をひそめた。

「あの女よ、ほら。黄色いストールを巻いた女」

通りを、向こうから小柄な女が歩いてくる。毛布のような大きなからし色のストールを巻き付けている。女は車の中の千里に気づかず、喫茶店の中に入っていった。

志保は、千里が言っていたように、窓際の席に腰を下ろした。ウェイトレスがやってきて志保のそばに立つ。注文を聞いて向こうに行ったあと、志保は鞄を開けて煙草を取り出した。

髪はきれいにロールして、かなり時間をかけて整えたものと思われた。

「あたしに対抗してるのよ。歳幾つだと思ってるんだろ、あのババア」

そう言うと、千里はカメラを志保にむけ、二回シャッターを切った。志保は遠目には美人だった。煙草の吸い方にも品がある。

ガラスの向こうで、志保は鞄から携帯電話を取り出した。それから、画面を眺めてそのまま鞄の中にしまい直した。

コーヒーが届くとテーブルの上の小袋を取り上げ、口を切り、コーヒーに流し込んでかき混ぜ始める。

「昨日もあんなに派手だったのか」

「昨日は普段着のままあたしを追っかけてきたのよ。靴はつっかけ。辛うじて化粧をしていただけ」そして志保を眺めて呟く。

「いい歳してあんなに作ったらみっともないってこと、わかんないのかしら」

千里はもう一枚撮ると、カメラを本宮に突き出した。

「あたしと彼女が話しているところの写真を、間違いなく撮ってね」

本宮は、俺が席に着くまで本題には入るなとクギを刺した。千里はわかったと一言言って車のドアを開けた。

踏み出した千里の脚は、モデルなみだった。確かに志保は千里に対抗心を持っていたかもしれない。

千里が店のドアを開けようとする。

その時だった。窓際の志保の席で、彼女のコーヒーが卓上で横に跳ねた。

本宮の目には、志保がテーブルの上にあったコーヒーカップを、手で払いのけて転がしたと見えた。黒い液体が卓上を横へと広がっていく。そしてその液体の上に、志保がうつ伏したのだ。

女の手が弾みで卓上のカップにあたったか、あるいは意識的に払いのけたか——

千里は入り口にいて、事態に気づいていなかった。いや、その時には店内の誰も、事態に気づいてはいなかった。再び志保を見やった。志保は本宮の見ている前で、体をくるんだストールをはねのけて、ぐらりと体を起こし、そのまま横へ、座っている長椅子へとどうと倒れ込んだ。

水の中にいるように髪が乱れた。そして皆が異変に気付いた。店内で、千里が志保を見つめて立ち尽くしていた。志保の二つ向こうにいた二人の女学生が反射的に椅子を蹴って立ち上がり、身を寄せてあとずさった。悲鳴を上げたように見えた。厨房から飛び出してきた男が、志保の方に近づこうとしたが、その瞬間、店のソファに沈み込んでいたはずの志保は、もう一度まるで何かに引っ張り上げられるように上体を起こした。

後頭部を後ろに落とし、顎を上げ、それはまるで髪を引き摑まれて振り回されているようだ。出てきた男がその場に立ちすくんだ。

志保の体はテーブルに倒れ込んだ。

そしてそのまま、ピクリとも動かなくなった。

きれいに整えられていた髪が乱れ、藻のように彼女の顔を覆っていた。

第三章　当惑

1

『山梨県大森市大森のＪＲ大森市駅近くの喫茶店で、昨日午後二時ごろ、客の女性が死亡したとの通報があり、大森署で調べたところ、死亡したのは大森市滝野町に住む主婦、関口志保さん（四十二歳）で、関口さんは注文したコーヒーに口を付けたところ突然苦しみだし、まもなく死亡した。関口さんが飲んだコーヒーからはシアン化ナトリウムが検出され、警察では、自殺、他殺の両面で事件を捜査している』

地方紙の片隅に載った記事はそれだけだった。それに比べてテレビのワイドショーはその一報を、時間を割いて取り上げた。

現場となった喫茶「アルジェロ」の周りは混み合った。警察とマスコミ関係者がせわしなく出入りする。本社の営業責任者は色を失っている。ウェイトレスは店の前で、やってくるマスコミの取材に対して同じことを繰り返し言わされ、見かねた店長は彼女を家に帰らせた。テレビは代わりに、店長の苦悩の表情を流す。

「コーヒー屋が、店内でコーヒーを飲んだ客に死なれては――」

大規模チェーン店であったので、放送では本社に対する嫌がらせを取り沙汰した。しかし本音のところでは記者、プロデューサー、警察関係者は関口志保という名に反応していた。

被害者保護から、死んだ志保にまつわる過去の事件をとやかくは流せない。しかし志保絡みの話を伏せたままで事件を分析することは、ひどく間が抜けている。そういう事情で、一報が流れたあと、各社は事件を敬遠した。

「まあ、過去の女ですからね。渡部が生きていれば、事件もおもしろいかもしれないけど、青酸カリ――実際に使われたのはシアン化ナトリウムらしいけど、とにかくそれがセンセーショナルなだけで、実際のところ、関口志保って名前だけじゃ、各社もう一つ触手は動かないようですよ。まだ二十四時間しか経っていないから、展開はわかりませんけどね」

世間様はなんの変哲もない女が青酸カリで死亡したってことぐらいでは、興味を示さないということだ。

それでも俺には大事件なんだ。

本宮龍二は多田徹の事務所に座り込んでいた。一番初めに情報が入るところにいたかった。もしくは、情報収集に精を出していても怪しまれない部署に。

事務所は大手新聞社の分館のビルの四階にあった。本社から歩いて五分の、五階建てビルで、一階、二階には系列出版社の雑誌編集部が入っている。

多田が売れっ子だったころに、独立するという彼に無償で場所の提供を申し出たのは社の方だった。ほんの二部屋のスペースを提供しただけで、当時彼らはフリーになった多田を優先的に使うことができた。以降十三年、多田は自分のスペースとして確保している。この階を占拠していることについて、多田は自分が邪魔に思われているなどと想像したこともないだろう。いまだに彼は、自分のことを、社を支える看板だと思っているのだ。

確かに昔は多田に憧れる記者たちの情報交換の場として賑わった。多田は自分を慕ってきていると思っていた。今も思っている。

しかし本宮にはわかる。もう、若くて生きのいい記者はここを訪れない。過去の辣腕記者と、少し歳を取り過ぎて現場に居づらくなった現役記者と、チャンスをうかがうライター。多田の名刺を持っていれば仕事に有利だと思っている輩。酒場で「多田さんに付けといて」という瞬間だけ、高揚を感じられる者たち。

多田は優しい男だった。若いものの話をよく聞き、説教をせず、よく面倒をみた。人の痛みにも敏感だった。いまでもそれは変わってはいない。だから彼自身、悩んでいることだろう。なぜ最近、自分のコメントに、昔のような反響がないのか。なぜ酒場で後輩たちが、自分のコメントについて意見を交わそうと挑んでこないのか。

やりがいを感じる仕事は潮が引くようになくなった。それでもかつての看板はまだ使えた。新機軸を求められない仕事には、気難しい気鋭のキャスターよりおきまりのコメントしか言わない馴染みのあるキャスターの方が使いやすいのだ。事務所のステイタスは落ちても、まだまだ人の出入りはあった。多田が自分の価値の変化を正しく認識できないほどに、人は暇つぶしに立ち寄った。

その事務所に本宮は、朝から根が生えたように陣取っていた。

彼は思いついたところに電話をして、手を変え品を変え、志保の事件の情報を収集しようとした。やってくる記者に、世間話でもするように話しかけて、話題を志保殺しに振ってもみた。しかし誰も情報を摑んではいない。本宮のいつもと違う様子に「なんかあるんですか」と、かえって不審がられる始末だ。現場にいたとは言えない。表立って聞き回るのはまずい気がした。しかたなく常磐新聞社の大西に頼んだ。

山梨県の小さな事件だ、大西も奇妙な声を出す。

「なんなんですか、今度は」

「あとで教えてやるからさ」

大西はやだなぁと言った。そう言いながら、彼は渋々引き受けた。

大きな事件があると、普段は来ない多田がやってくる。それを当て込んで記者仲間がくる。しかし今日のような何もない日は、アルバイトの花田が一人で書籍、書類の整理をしているだけだ。静かで、窓から日がさしていた。

大西への電話を切ったあと、本宮はあの時の光景をゆっくりと巻き戻す。関口志保は椅子に座り、コーヒーを頼み、煙草を吸い、携帯電話を取り出し、眺めて、鞄に戻し、――。しかし本宮は彼女が倒れる直前を見ていない。本宮が見た時には、彼女はコーヒーをテーブルの上に転がしていた。

青酸化合物なんて、何となく古臭くて、安易だ——そう思った時、事務所の電話が鳴った。大西にしたら早すぎるし、高津千里か多田の電話なら取りたくない気分だった。

千里はあのあと逃げ出した。千里には、捜査協力の意思はなかった。時間が欲しい——本宮にそう言い捨てて、車を発進させて逃げたのだ。

電話が鳴っている。電話を取ろうとしない本宮を、アルバイトの花田が怪訝な顔をして見た。

面倒なことになったな。

本宮は、彼の視線に促されるように受話器を取り上げた。花田は再び、ぎっしりと詰まった本棚に向き直った。受話器の向こうから聞こえて来たのは、「木部です」と名乗る、明快な声だった。

「関口の奥さんが殺されたの、知っていますか」

本宮はため息をつく。「他殺って断定されたんですか」

「ええ。ほぼ」

「なぜですか。警察は自殺の可能性は考えてないんですか」

「ないみたいです。彼女はどう見ても、一人で時間を潰しにきたようには見えないらしいんです。精一杯に身なりを整え、人待ち顔だったと店員が証言しています」

本宮は改めて思い出した。あんなにしっかり髪をセットして、誰かに会う以外考えられないじゃないか。

「でも木部さん、青酸化合物でしょ。彼女は喫茶店に一人で座っていたわけだし、誰がそれを彼女のコーヒーに混入できるんですか」

美智子が奇妙な間を置いた。今朝からそんな間の悪さはずっと体験している。皆が、おかしいと思うのだ。彼が狼狽していたり、落ち込んでいたり、入れ込んでいたりする気配を感じるから。

美智子は、仕切り直して話を続ける。

「ええ。入れるとすれば、志保自身か、もしくは店内の者。昼過ぎで、客は少なかったそうです。あの時間帯はアルバイトの数が減る時間だそうで、店長とウェイトレスが二人。ウェイトレスは洗い場も受け持っていて、店関係は三人です。警察はその三人にも事情は聞き終えていますが、いまのところ問題はないようです」

「じゃ、自分で入れたっての？」

またわずかに間が空く。

「カップの中に残っていたコーヒーからはシアン化ナトリウムが発見されましたが、従業員の話から、コーヒーが厨房から出て来た時には入っていなかったと考えられています。砂糖やミルクがテーブルに据え置かれていれば、そこに混入するということも考えられますが、アルジェロでは全部使い切りのパック容器のものを出すそうです。チェーン店は特に安全対策に敏感ですから」

昔は気の利いた磁器の入れ物にコーヒーシュガーが入っていて、小さな白いミルクポットを可愛い店員が置いていった。最近は喫茶店で飲んでも昔のような風情がないと思ったら、ミルクと砂糖が密封容器になっていたのだ。妙なところで妙なことに気づく。

しかしこれで無差別殺人の線は消えた。もし誰かが店の評判を落とすために、青酸カリを混入するとすれば、美智子の言うようにテーブルの上の砂糖壺しかないのだから。しかし志保を狙ったとすれば、一体誰がどの瞬間に彼女のコーヒーに毒物を入れることができたのか。

本宮は美智子の話を一つ一つ確認しながら、頭の中で、昨日のシーンをゆっくりと再現していた。彼女はコーヒーを頼むと、鞄を開けて、煙草を――いや、正確には煙草とライターと、何か小さなものを指先で摘んで、鞄を閉じる。煙草に火をつけて、コーヒーが来るのを待つ。携帯電話を取り出して、眺めて、戻す。そしてコーヒーが来ると、煙草を灰皿に置いて、小袋を破って――

電話の向こうで美智子が言った。「志保は店のシュガーパックを開けていません。また、志保のテーブルの上に残っていた使用済み密封ミルク容器からも、毒物は検出されていません。ただ」

志保が小袋を破るところで、本宮の記憶の画像が停止した。彼女は小袋の封を切っている。しかし今、美智子も電話の向こうから言っている。彼女はウェイトレスが持ってきた甘味料には手をつけなかった。――では志保が封を切っている、あの小袋はどこから現れたのか。

美智子の言葉が続いていた。「テーブルの下に店の物とは違う人工甘味料の空袋が落ちていたんですよ」

美智子の声がよどみなく聞こえる。

「その甘味料の空袋から志保の指紋が検出されました。袋の中から青酸カリが検出されたそうです。早い話が志保は店に備えつけのものとは別のダイエット甘味料をコーヒーに入れ、毒物はその中に仕込まれていた」

やっと本宮は気がついた。

志保は鞄を開けた時、煙草とライターと一緒に、あの小袋を取り出してテーブルの上に置いていたのだ。

美智子は言葉を続けている。

「毒物は工場出荷時に仕込まれたものか、誰かが彼女の甘味料だけに入れたものか。そしてその甘味料は志保が自ら持っていたものなのか、それとも何者かがそこに置いていったのを関口志保が間違えて使ったのか。志保がコーヒーに毒物の入った甘味料を入れた経緯について、捜査に入っているようです。また、封が切られていたものなら、誰かが彼女を狙って毒物を混入したとも考えられますが、封が切られていなかったとすれば、工場から出た時点で入れられていたことになり、毒入り甘味料は複数出回っている可能性が高く、騒ぎが拡大する恐れがあります。出荷元は特定されているようですが、まだ名前は入ってこないんです。下手に情報を流せば、小さな会社なら潰れてしまうからだと思うんですけど」

あの小袋はライターと煙草と一緒に取り出されていた。そして志保はその口を破り開けた。彼女は煙草を灰皿に置いて、細い指で、破った。

「もう一つあるんです。事件前日、志保は女性連れでその喫茶店に来ていたそうです。前日も同じ席に座っていたのと、一緒にいたのが目立つ女性だったのとで、店員が覚えていたそうです。二人は一時間ほど話をして、出て行った。払いは連れの女の方がしたそうです。友人ではないだろうということでした。志保が喋り、連れの女が興味深げに聞いていた。警察は、前日に同席していたその『目立つ女』というのを探しているようです。歳は三十前。グレーのパンツスーツに、白いシャツ。髪はうしろで一つにとめていたそうですが、若いウェイトレスに言わせると、派手作りの人がわざと地味にしていたみたいな感じで、中に着ていた白いシャツが、間違いなくブランドものだったから、よく覚えていると。若い女の子はそういうことには目敏いですからね」

本宮はうちのめされたような気分だった。関口は今頃、前日に千里が家を訪ねてきたことを喋っているだろう。彼女は関口に名刺を渡してきたに違いないのだ。そして警察は、その名刺の主を当たって、『志保が前日会っていた目立つ感じの三十前の女』と人相風体が全く同じ女を発見するというわけだ。そして参考人として呼ばれた千里の口から「六千万」の話が出て、坂下直弘の死について捜査が入り、渡部の事件が蒸し返される。

美智子は青酸カリというのは、強いアルカリ性で刺激が強く、とても飲めたものではないそうだと言った。コーヒーに入れても、口に含んだだけで気付くはずだと。

「それなら大体わかるんだ――」と本宮は呟いていた。「彼女はあの時、まったく別のことに心を奪われていた。やってくる二十万円と、記者。もう一度自分に光があたる瞬間。彼女が興奮状態にあったのは、そういう理由からなんだ」

美智子が黙った。電話であるから様子はわからない。呆気にとられているのだろうか。初めて耳にする話にただ、驚いているのだろうか。

「その甘味料は志保が持っていたものです。封の切られていない、新しい甘味料の袋を、彼女は自分の鞄から出し、その場で封を切った」

間をあけて、美智子が聞いた。

「なぜ知っているんですか」

「前日、志保がその喫茶店で会っていた、目立つ女、俺の知り合いなんです。それだけじゃない」

本宮は長々とため息をつく。

「俺、昨日その現場にいたんですよ。いえ、喫茶店の中じゃない、外でね。車の中で待っていたんです。だから彼女が死亡するその現場を、車から、見ていた」

美智子は、すぐ今からそちらへ行きますと言った。

四階の隅に自動販売機が二台並んでいる。そしてその前には、コーヒー会社の名前の入った小さなコーヒーテーブルと、固い椅子が四つある。美智子はいつもの丸眼鏡をかけて、実用的な黒い鞄を持ち、白いシャツを着て、茶色いズボンを穿いていた。そして真剣な面持ちで本宮を眺めている。

「俺の知り合いが俺の手帳を盗み見て、関口の記述を見つけ、彼に突撃取材した。関口はなにも言わなかったが、その女性記者が帰ろうとすると、志保が追いかけてきたんだそうです。彼女はあの喫茶店にその記者を連れて行き——」

美智子は遮った。「その女性というのは、工藤さんの元の彼女、工藤さんに取り入って記事を書こうとした、高津さんって人ですね」

本宮は、美智子がどうして気づいたのかよくわからないまま、うんと答える。美智子がそれでと促した。

「志保は夫の六千万円の行方を知っていると言ったんだ。そして、情報料として二十万円を要求した。それでその女性記者は、翌日二時に、同じ喫茶店の同じ席で待ち合わせたんだ。ところがその女、二十万の持ち合わせがなくて、俺に貸してくれと言ってきた。そこで俺もついて行った。時間より早くついたが、その記者、志保より先に入って人待ち顔で座っているのが嫌だといって、俺と二人で彼女の来るのを車の中で待っていたんだ。志保が来て、椅子に座って、その女性記者が店のドアを開けた、その時だったよ、志保が倒れたの」

解放感が押し寄せていた。よく、大きな事故に遭った人に、カウンセラーに話せと言う奴がいる。本宮は今、やっとその意味を理解した。腹の中に溜まった空気を全部押し出そうとするように、なにもかもが我先に口から溢れてくる。そして話すほどに解放感が押し寄せ、そして話すほどに記憶が鮮明になる。鮮明になった記憶が口から飛び出すと、腹に溜まっていた空気がぬけていくように肩が楽になる。放出することにより、局部肥大を続けていた記憶がバランスを取り戻す。

「全く。人ってあんな死に方をするもんかね。毒殺なんていうと、喉を掻きむしってっていうのが映画でも小説でも定番だけど、いや、みてみろよ。違うんだ。まるで水の中で踊っているみたいだった。いや、ものすごく激しいセックスの中で身悶えするみたいというべきかな。そしてものすごくあっけない。その女記者、逃げちまった。俺だって言いだせない、記者が取材に金払っただなんて。俺が払ったわけじゃないが、資金を提供しようとしたんだ。えらいことになったよ」

人心地ついた。木部美智子が良いライターであり得た一因は、彼女が無地に見えるからかもしれない。それも白無地である。そう言われれば、白無地は看護師の色だなと思う。昔の看護師の白無地は、優しさより厳しさが印象に残っているのはなぜだろう。患者のためと思えば、気絶しそうに痛がる患者でも押さえつけた。看護師は警官より怖かった。木部美智子は、怖い——瞬間、本宮は思い出した。

「どうしてその記者が高津くんだとわかったの」

美智子は顔色を変えず、説いた。

「本宮さんの手帳を見ることができる人間。あなたはいとも簡単に『俺の手帳を盗み見て』

と言いましたから。でも普通だったら手帳に『関口』の文字があっても、それだけでは取材には走らない。事の経緯をある程度知っている人間。その人は三十前後の派手作りの女で、本宮さんは、自分との関係を、手帳を見られるほどの距離にいる人であるにもかかわらず、『知り合い』と表現した。『仕事仲間』でも『事務所で使っているライター』でもなく、漠然とした『知り合い』。高津さんというライターが多田さんの事務所に出入りしていることは、皆知っています。彼女が中根大善（だいぜん）の事件の時に多田さんとのコネを確立したという、その経緯も。坂下死亡の件についての調査を工藤さんが高津さんに頼み、高津さんがあなたに頼んだ。自分の持ち込んだ事件だから、高津さんは反応が早かった。他に、いまさら関口に取材に行く人がいますか」

その冷ややかな分析に、心を包んでいた解放感が溶けて流れて消えていく。

「それより、気になることがあるんです」と、美智子は言った。

本宮は身構えた。

「事件前日に、高津さんが、二年前の六千万のことで関口洋平に会いに行ったということですよね。その話をして、玄関先で追い返された」

本宮はそうだと答える。美智子は神妙に考える。そして呟いた。

「でも関口はその話を警察にしていないんです」

本宮はえっと聞き返した。「してないの？」そして改めて思いついた。

「木部さんは、どうしてそんなに詳しいんですか」

朝からいろいろなところに聞き回った。が、誰も情報を持っていなかった。美智子がなぜ前日の千里の服装まで、それほど正確に知っているのか。

美智子は答えて言った。

「以前、関口のことをよく知っているという東亜日報の記者のことを話したことがあったでしょ。楢岡（ならおか）というんです。被害者が関口志保だということで、事件後すぐに山梨県警の刑事から彼にお呼びがかかった。知っていることがあれば捜査協力して欲しいって。鰐淵（わにぶち）という刑事はとにかく情報を求めていたそうです。無差別殺人か、志保を狙ったものか、少なくともそれだけは早急に判断しなければならなかったんでしょう。その話が私のところに流れている。もし事件前日、関口を取材した記者がいることを捜査官が関口から聞いていたなら、それは誰だか心当たりはないかと、いの一番に楢岡さんに聞くと思いませんか。絶対に聞くと思いますよ」

本宮はぐっと考え込んで、「うん」と得心の呟きをもらした。

美智子は言った。「警察は、前日志保と喫茶店で待ち合わせた女の服装についてまで、全て記者の楢岡さんに話して、情報提供を求めた。でもその日に関口の家を記者が訪ねていた話は、出なかった。ということは警察は、前日志保が喫茶店で会っていた女が何者であるのか、まだ知らないんです」

本宮には、頭の中を整理するために、しばしの時間が必要だった。

それから本宮は、事件前に五回も聞いたテープの内容を覚えているかぎり忠実に美智子に伝えた。

「確かに志保は、六千万の行方を話すって言って、殺されたんですよ。妻が変死したというのに関口洋平が警察に高津くんの訪問を黙っているとすれば、高津くんが来たことは関口には都合が悪いことだったということだ。だとすれば、高津くんに話されると困ることがある関口が、志保の口を塞いだと考えられないか」

「前日に危険を察知して、彼女の甘味料に青酸カリを仕込む。一日でできますか？」

「そういう言い方をすれば、志保の死は高津くんと無関係だということになる」

しばらくの沈黙がある。

「でももしその使途不明金の六千万円がどこかに支払われているとすれば、それがどこなのか、妻なら知っていますよね」

美智子はそう言うと、しばらく考えていたが、やがて言った。

「本宮さん。高津さんを連れて、志保が殺される前にすでに高津記者に話をしていたことにして、関口洋平を揺さぶってみませんか」

本宮はぼんやりとした。美智子は続ける。

「志保は話す前に殺された。志保が話そうとした秘密が何であるのかはわかりません。でもその秘密を私たちが摑んでいると、関口に思わせる。彼にやましいところがなければ無視するでしょう。でも何かあれば動きます。仮に志保殺しに関口がかかわっていないとしても、行方のわからない六千万について秘密があれば、それだけでも彼は動く」

「——それは、嘘をついてみろということですか？」

美智子は強く見返した。

「明代とタネが繋がったんです。昨夜、工藤さんから電話がありました。彼は小森明代の家で明代が自宅の祭壇に飾っていたものが、本間タネのものと形態が一致していることを、確認したんです。わたしはそれで、今から工藤さんに会いに行くんです」

本宮龍二は高津千里を乗せて車を走らせる。千里は関口洋平を脅す切り札に使えるから連れて来た。

助手席で、志保を殺したのは洋平だと千里は言った。渡部が死んだ後も夫をないがしろにし、浮気を繰り返す彼女に腹を立てた洋平が、妻を殺害したのだと。本宮はそれを聞き流す。

志保は夫に、記者の話をした。そして、明日あなたの秘密をばらすと言う。洋平は、その話をされては困る誰かにそれを伝えたのかもしれない。六千万の渡った先に。

そして志保が殺された——

本宮の携帯電話が鳴った。

常磐新聞の大西からだった。彼の話では、関口洋平はすでに家に帰されている。

大西は言う。現場の床には開封された甘味料の袋が落ちていた。それを見せられた「アルジェロ」の店員は、自分の店で使っている物ではないと言った。警察のコメントはなし。発生数時間で、警察は神奈川県厚木市内にある「遠山貿易」に飛んで行った。ダイエット甘味料にかかわりがあるものと思われる。そして続けた。

「これ、オフレコですけど、どうやら関口の所に匿名電話があったんだそうです。その電話は志保のことで話があるから二時に駅前の喫茶アルジェロに来てくれというものだった。関口は、その時間はカラオケ教室があるからと断ったそうです。警察は、誰かが関口洋平を現場に引き出そうとしていたと見ています。その電話が気になった関口は、一旦断ったものの、家を出ています。でもその喫茶店の場所がわからなくて、志保の携帯に電話をしているんです。志保は電話に出なかった。カラオケ教室が三時からで、洋平はなんだかわからないまま、自宅に戻っています」

――確かに二時前に志保の携帯電話には着信があった。彼女は相手を確認すると、それを無視したのだ。

「関口洋平の線を警察は捨てかかっているということなんだな」

「はい。興味のあるのは志保の交遊関係のようです」

「関口は、前日に誰かが訪ねてきたって、供述してないか」

大西が「はぁ？」と聞きなおした。

一体誰が志保の体をあれほど激しく揺らしたのだろう。

関口の家の前に着いた時、もう四時半になろうとしていた。

畑の中にポツンと立つ洋風建築のその家は、安普請なだけに哀れに見えた。一度贅沢を覚えた志保にはここは地の果てとも映っていたことだろう。庭の、ひさしもない場所に小型の大衆車が止まっている。本宮は玄関まで進んだ。

『関口カラオケ教室』の木板の下に、張り紙があった。

「家人に不幸があったためカラオケ教室はお休みに致します」

律儀だ。この愚直さを渡部が憎んだとすれば、それは相性の問題だ。ただ、本宮でさえ、この愚直さを愛することはできないだろうと、そんなことが頭を過った。必ず借金を返すこと、絶対に時間に遅れないこと。それだけで愛されはしない。杓子定規なその文面は、天から愛される要素を貰わなかった致命的な不幸を放っている。

玄関のベルを押すと、男が顔を出した。

千里が言ったように、男はドアチェーンをかけたまま、その隙間からこちらを覗き見た。おとなしく控えめな印象だった。草食性の大型動物のようだ。生存を脅かされるようなことでもない限り、決して攻撃には出ない。

本宮は名乗った。関口は名刺を受け取ると、それを眺めて「はい」と呟いた。本宮を追い返す気配はない。

「奥さんが、殺される前日、ある雑誌記者に会っていたことをご存じですか」

関口はじっと本宮の顔を見た。その顔はうすぼんやりとしたものだった。なんの話だろうというような。

その瞬間、この男は本当に千里と志保が会っていたことを知らなかったのだと直感した。

この愚直な男に嘘をつくことへの罪悪感が膨らんだ。

しかし後戻りはできなかった。

「その記者は志保さんから、情報提供を持ちかけられました。なんの話だかはご存じですよね。二年前、渡部喜一郎が死亡した時、あなたはある人に六千万円の現金を渡していた。志保さんは、その六千万の支払先を教えてくれたんです。その記者は前日の奥さんとの話の一部始終をテープにとっていました。奥さんはあなたの秘密を記者に売り渡した、そのあとに殺された。僕もそのテープを聞きましたが、その中で奥さんははっきりと『これを話せばわたしは殺人者の妻になる』と言っています。警察は今、奥さんの交遊関係のもつれだと考えているが、その話を聞けば、方針も変わる」

関口の顔色が変わっていく。

顔の筋肉が強張り、表情がそげ落ちた。それは見るも無残なほどの変貌だった。

「話を聞かせてくれませんか」

関口はパタンとドアを閉じた。

ドアに張られていた張り紙が目の前に垂れた。「家人に不幸があったためカラオケ教室はお休みに致します」

庭にコスモスが咲いていた。風が吹いて、花がふわふわと揺れた。芝生はところどころ禿げて、小さな石がごろごろしている。よくみれば、「カラオケ教室」と書かれたカントリー調の板も、雨風に端が黒ずんでいた。

小さな乗用車に西日が当たる。

本宮は車に戻った。

千里は戦果を聞きたがった。

本宮は黙っていた。

千里はもう一度聞いた。「関口はなんて言ったのよ」

関口は名刺を見て「はい」と言っただけだ。他には何も言わなかった。

本宮は黙っていた。千里もやがて黙り込んだ。

風に揺れる庭のコスモスを眺めていた。

一時間ほど待っただろうか。街灯がパチパチと二度ばかり瞬き(まばたき)すると、一斉に灯(とも)った。それから数分後のことだった。関口の玄関の扉がわずかに開いた。

人影は、ドアを開いたまま家の中から外の様子をうかがっていた。そして外に出てくると、用心深くドアを閉め、鍵を掛けた。

関口は車に乗り込む。

関口は確かに、志保が外部に何かを洩(も)らそうとしていたことは知らなかった。だから志保の行動に脅威を感じたという動機はあり得ない。しかし彼は確かに、本宮の話のどこかに反応したのだ。

警察の方針が変わる。

これを話せばわたしは殺人者の妻になる。

いや——と本宮は思った。彼が色を失っていったのは、もっと前からだった。話のはじめから。ちょうど、六千万円のあたりから。

六時六分。関口の車がゆっくりと発進した。

2

木部美智子という記者は、工藤孝明が電話をした翌日にやって来た。

初めてやって来たときと同じ、大きな眼鏡をかけていた。大きな鞄を肩から下げて、パンツを穿いて、シャツを着ていた。

自宅のそばの喫茶店で話をした。

さえない女性に見えるのに、その目は注意深かった。そしてその物言いは柔らかかった。

「小森明代は、五年前の事件について、あなたが本間タネに代わって中根大善を殺したと思っているに違いないと、あなたはそう考えているんですね」

工藤は俯いた。

うまく言えないのだ。

「宗教とか、信仰とかあるでしょ」工藤は顔を上げて言った。「人が何かを信じる力ってあるでしょ」

美智子は頷きながら「はい」と答える。

優しい眼差しではない。何ものをも見逃さぬ目。優しさはないが、邪心もない。慢心もない。美智子はそんな目をしている。

「週刊フロンティア」の記者だということも工藤の心を動かしていた。フロンティアは堅い雑誌だ。彼を苦しめた雑誌社のほとんどが、千里が所属していた特報出版のような、三流のところだった。大手出版社は早い時点で工藤のことを論点から外した。フロンティアもまた、工藤と大善の死を結びつけようとはしなかった。ただ彼らも本間タネのことには興味を示した。

人権保護団体や福祉事務所が、もしくは差別撤廃運動家たちがどんなに丁寧な網を張っても、その網の届かぬところにいる人々はいる。その細やかな「人権の網」にかからない人々は、自分の人権が守られていないことに怒るよりも、むしろ自分の満たされていない人権について認識することを避ける。彼らは全てを、自分たちのような小さなものを動かす大きなものにゆだねたがる。彼らは「強者」の抑圧に苦しみながら、同時にその「強者」がより強大であることを望む——フロンティアはそういう論調で、中根積善会を分析した。

太古の昔から、詐欺師、山師の類はあとを絶たない。その彼らを育てる土壌として、本間タネを拾ったのだ。

「信仰は、常識を受け付けないところがある。アダムの肋骨(ろっこつ)の一本からイブが生まれたことを否定すると、宗教裁判にかけられて殺されたりする。でも僕が怖いのは、タネや小森明代がそんな信仰の中にいることじゃないんです。そんな単純なことを怖がっているんじゃないんです」

自分でも、怖がっているものの正体がはっきりとしないのだ。

彼女の落ち着いた声が聞こえた。

「ええ。ゆっくり話してください」

工藤は美智子を見つめた。

「彼らは、とても冷静なんです」

我ながらそんな言葉が出てくるとは思いもよらなかった。それでもその言葉を発した時、工藤は力を得るのを感じた。

「どう言ったらよいのかはわかりませんが、彼らは決して狂信的ではないんです。でもなにかを信じ、確信を持っている。その彼らの思いの核心部分に僕が組み込まれている」

彼女が促しているのがわかる。しかし工藤には言葉が続かなかった。

「タネも、小森明代も、呪い殺しなど信じていないと、そう言うのですか？」

工藤は頷いた。「てるてる坊主をぶら下げるけど、それで本当に雨が上がると信じはしないでしょ。でも信じなくても、ぶら下げるでしょ」

「では彼らは冷静に、あなたが殺したと確信していると、そう言いたいのですね」

工藤は黙った。美智子は訊ねた。

「なぜですか」

タネの目が、そして明代の目が、しっかりとしたものだったから――そんな稚拙なことが言えるだろうか。

「タネは呪い殺しなどしていないと僕は思うんです。彼女がそう言ってみせたのは、成り行きとか――」そして工藤は顔を上げた。

「僕を助けるためだったように思う」

美智子が見据えている。工藤は続けた。

「呪いごっこをやっていたのは事実でしょう。てるてる坊主の理屈で。九十の老婆が家族に死なれて、その捌け口をそんなものに求めた。でも彼女はそんなことで人が死なないのを、経験的によく知っているはずです」

美智子の脳裏に本宮の言葉が蘇る。――なぜ明代は工藤に頭を下げたのだろう。自分が呪い殺したと信じているなら、人に頭を下げようなんて、思うはずがない。

本宮は酒を飲んで酔っぱらったあの日、坂下も大善も、タネの呪いで死んだのだと言い募っていた。その彼も、明代が工藤に頭を下げた件になると、突然つきものが落ちたようにコトンとして、呟いたのだ。

でも、それならなんで頭なんぞ下げたのだろうと。

タネの家に行ったことがありますかと美智子は聞いた。工藤は少し顔を強張らせて「いいえ」と答えた。

「どこに住んでいるのですか」

「千葉県の釜川市内です。車を飛ばせばここから一時間強。小森さんは車をもっていないので、バスと電車を乗り継いで三時間弱というところでしょうか。いまからタネさんのところに行ってみますか」

小森明代の祭壇の上にあったものの型式とタネのものが本当に一致しているか、確認して欲しいと美智子は言った。

二人は小森明代がしたと思われるように、列車を乗り継ぐ。

二両編成のディーゼル車に一時間半揺られた。

各駅停車の窓の外に流れる風景はどこまでも平坦（へいたん）だった。テレビで見る、ロシアを走る鉄道の車窓から見える風景に似ていた。広々しているのではなく、ただ焼け野原のように殺伐としているのだ。

駅のほとんどが無人駅で、使われなくなった線路には雑草が高く生えていた。乗客は皆おとなしく、行儀よく、ほとんどが化粧気のない年配の女性で、彼女たちは時々、時間潰しに工藤を見た。そして目的の駅につくと、しっかりとした足取りで下りていく。

その後二回、乗り換えた。乗り換えるにつれ、駅周辺は活気を帯びて来る。乗客が若くなり、背広姿の男たちの姿が増えて、雑踏は力強くなる。彼らは動物の群れを思わすようにホームを踏みしめるのだ。

それにしても往復の運賃だけで五千円ぐらいだろうか。週に二回行けば、月に四万かかる。往復で約六時間。仕事も休まなければならなかっただろう。明代にとっても、気軽な移動ではなかったはずだ。

彼女がどんな思いでこの道を通ったのか――明代のやり切れぬ胸の内を見せつけられるようで、工藤はうなだれた。

釜川の駅前からタクシーを拾った。恵比寿町（えびすちょう）方向に行ってくださいと美智子は言った。

「工藤さん。渡部は、急性硬膜下血腫で死亡しました。事故の三日後です。そういうことって、あるんですか」

工藤はその意味を取りかねた。彼は美智子を見、考え、それから得心して話し始めた。

「あります。全然不自然じゃありません。硬膜下血腫は、重篤な場合は脳ヘルニアを起こすことがあります。脳ヘルニアで脳が下がれば呼吸中枢を圧迫し、呼吸不全を起こして死に至ります。呼吸中枢は脳幹部といって後頭部の奥にあるのですが、後頭部を棒などで強く殴り、直接呼吸中枢を強く圧迫すると、呼吸が止まって二分も生存できません。脳ヘルニアが起これば、そういう場所を、棒のような外圧的なものではなく、下がってきた脳が圧迫することになるわけです。

その脳の下降は、硬膜下血腫などの、脳内出血によって引き起こされます。出血により脳内に溜まった血は、脳の体積を増やすことになる。人体の自然な内循が狂ってしまうのです。密封された頭骨内で、そういう状況が起きることを一般的に脳圧が上がるというのですが、そういう場合、結局脳は溜まった血に押されて下へと下がっていく形になります。それにより脳幹部が圧迫され、呼吸中枢が機能できなくなった時、呼吸不全で死亡するんです。だから、血がゆっくりと溜まっていけば、呼吸中枢が機能できなくなるまでに時間がかかるということになります。

極端な例では、三カ月というのもあります。出血初期には血量は微量でも、ある日突然増えるということだってあります。それは脳の血管の老化と、血圧のかかわりなんです。だから渡部という患者の死亡にいたる状況は」と工藤は困ったように美智子を見ながら、申し訳なさそうに言葉を滞らせる。「不自然じゃない」

タクシーの運転手の声が割り込んだ。

「ここ、入るんですか」

タクシーが止まっていた。そこには黒く低い屋根がつらなっている。

美智子は運転手に降りるむね告げて、工藤に言った。

「この先にタネの家があるんです」

運転手が言った。

「ああ、お客さんたち、あの婆(ばあ)さんにご用ですか」

馬鹿にした響きがあった。

美智子が財布を開け、小銭を数えている間、運転手はぼやいていた。

あんなことで金儲(かねもう)けできるんだから。宗教にだまされた婆さんが、宗教で人をだますんだからどうにもならん。あの婆さん、座ってもじゃもじゃ言ってるだけで金貰うんだから。

　料金を受け取ると、走り出す前に、運転手は、工藤の顔をチラと見た。冷たい視線だと思った。

　道まではみ出して花を育てている家がある。錆びた自転車が二台、もたれ合うように玄関先に止めてある。廃屋かと思うのに、小さな窓から明かりが洩れている。割れた窓に、ダンボールが張り付けてあった。

　どこからともなく臭気が漂う。そしてどこからともなく、鉦の音がした。

　路地に似つかわしくないドイツ車が道端に駐車してあった。

　その車を見て美智子が驚いた。

「私の知り合いの本宮という記者の車です」

　本間タネの家の玄関は開いていた。たくさんの靴が玄関の外にまで溢れていた。鉦の音と声と、垂れ込めるような暗さと臭気が一気に骨まで浸透してくる。

　美智子が入って行った。工藤も続いて足を踏み入れた。二人は部屋の右の端の、空いた所に座った。

　正面にはあのタネの後ろ姿があった。工藤には五年ぶりの姿だった。

　あんなに小さな人間だっただろうかと、工藤は驚いた。

まるめた背中はまるで実験用のラットだ。その彼女が粗末な祭壇の前に座っている。そしてその祭壇は、やはりあの日、小森明代の部屋にあったものと同じだった。赤い鳥居も、その安手な飾りつけも。

脇に、小学生の学芸会で使う打出の小槌のようなものがある。老婆は祭壇に向かって俯いて、甲高い声を抑揚なく放ち続けた。タネの後ろに座っているのは十人ほどだろうか。彼らは催眠術にかかっているように頭を垂れてその声を聞いている。

美智子が工藤に耳打ちした。

「あそこに関口がいます」

彼女の指し示したのは、部屋の隅にいた四十過ぎの男だった。彼は、女と話し込んでいる。その女は、案山子かと思うように痩せていた。

工藤は反対側の端に千里を見つけて驚いた。彼女も関口を盗み見している。

彼女の隣には体の大きな男が座っていたが、彼もまた、信者には見えない。

視線に気づいたのか、大柄な男がこちらを見た。美智子がその大きな体の男と視線を交わしたのがわかった。そして二人は申し合わせたように視線を外す。

美智子が「あの人が本宮という記者です」と耳打ちした。千里に、小森親子の詳細をメールで教えた記者だ。そう思ったとき、工藤は、人々の間に、見覚えのあるブラウスを着た女を見つけた。

白地に紫色の花柄のあのブラウス――

千里が工藤に気づいた。

工藤に対して、千里の眉がきりきりとつり上がる。その顔にはなんであんたがここにいるのよと書いてある。

しかし工藤はブラウスに気を取られていた。

顔が見えなかった。工藤は女を見ようと、丸めた背中を伸ばした。

視線を感じたのか、女が彼に顔を上げた。

明代だった。

坂下頼子ととっくみあいの喧嘩をした日、着ていたものだと思い出した。

明代は静かに工藤から視線を外すと、そばの鞄を身に引き寄せて、抱き込み、立ち上がった。

自分に気づかなかったのかと思った。それほど明代の動きは自然だった。工藤は思わず腰を上げ、明代を追おうとした。

立ち上がろうとした工藤の膝の重みで畳がぎしっと鳴った。その瞬間、工藤は、明代が自分に気づかなかったのではなく、自分から逃げようとしていることを理解した。

明代の動きが素早くなったのだ。

なぜ逃げるんだろう——工藤は動揺した。明代は振り返ろうとはしない。顔を伏せ、体を低くして玄関に向かう。工藤は人目を気にする余裕もなくその後を追おうとした。

関口が顔を上げる。そして彼は千里に気が付いた。

関口は逃げるように立ち上がる。千里は立ち上がると、関口より早く外へと出た。部屋が全体にざわめいた。タネの声だけが、何ものにもとらわれず発せられ続けている。

工藤は明代を追って外に出た。

明代は背を丸めたまま歩いて行こうとしていた。工藤は、小森さんと声をかけようとした。その時、工藤の背後でカメラのフラッシュが光った。振り返ると、光の中で関口がまぶしそうに顔をしかめたのが、目に焼きついた。目を転ずれば、千里が逃げる関口に向かってシャッターを切っている。

工藤が再び明代の方を振り向いた時、明代は、身を低くしたまま足早に向こうの角を曲がっていた。

「どうしたんですか」と美智子の声がした。

工藤は明代の後ろ姿を見つめていた。

「小森さんです。俺から——逃げた」

向こうで関口の車が発進していく。千里はなお、彼の車の後ろから、カメラのフラッシュを光らせた。

路上に漂う臭いは、染みついたアンモニア臭に、生ゴミの臭いが混じったものだ。室内よりはましだったが、それでも四人はより臭いの薄い所まで、無意識に避難していた。

四つ目の電信柱の角で立ち止まる。裸電球の下に、大きな蛾が三匹舞っていた。

本宮から「関口は志保のテープの話を聞いて、まっすぐここに来た」と聞かされた美智子は、驚いたようだった。美智子は本宮に、隣に立つ工藤を紹介した。それから本宮と美智子はお互いの事情を手短に聞き合ったが、千里は美智子と本宮のその分別臭さが気に入らないようだった。工藤へ向かって、千里のヒステリックな声がひびいた。

「関口はその六千万円をタネに渡したのよ。たぶんその小森って母親もタネに金を払っている。その小森明代があんたに頭を下げたんだから、あんたとタネがグルだと思ってるってこと。他に何があるのよ」

本宮が狼狽して千里を制止した。しかし千里は本宮の制止を振り切った。

「だってそうでしょ。六千万の話を蒸し返されると聞いて、関口が人目を忍んでまっしぐらにやってきたのはタネの家よ。タネがその金に無関係であるはずがないでしょ」

そして底意地の悪い目をして、工藤に言った。

「小森明代もタネに金を払って思いを遂げたってこと」

工藤は千里を見つめた。

「坂下直弘は病死だ」

「死んだことには変わりはないでしょ。でも大丈夫よ。殺したのがあんただと明代が信じていても、信じるだけなら無害だから。立証できないんですもの」

工藤は言葉を詰まらせた。

「身の潔白を証明できないってことが、どんなに辛いかお前にわかるのか」

千里の目は冷やかだった。

「お前なんかに――」

工藤は有吉の怒りのこもった目を思い出すのだ。

横井医師に突き飛ばされて、床に尻をついた自分を思い出す。大善の手はベッドから落ちてダラリと垂れた。

工藤の頭の中で、心電図のモニターの波形はフラットになり、スピーカーは警告の高音を発する。

説明を求められて、工藤はあらゆることを繰り返した。自分の見たこと、自分のしたこと。有吉を病室のベッドの横まで引っ張りだし、覚えている限りを話した。

恐ろしかった。

毎日、自分を信じる勇気を懸命に絞り出した。

「お前なんかに――」

体が震えて拳に力が入った。その力をどこにも発散できず、なお体が震えた。

美智子の声がした。

「大丈夫です。警察は坂下の死に不審を感じていません。あなたは関口の事件ともかかわりはない。あなたが矢表に立つことはありませんよ」

振り返れば彼女は、あの冷静な目をしている。その訳知り顔が腹立たしかった。

「木部さん。病院というところはね、白衣さえ着ていれば、人は自由に行き来できるんですよ。薬を持って、白衣を着れば簡単に殺人はできるんです」

自分が暴走しているのがわかる。それでも工藤は言った。「だからいつだって、俺は容疑者に仕立てられるんだ」

美智子は工藤を見つめた。「それならあらゆる医者が容疑者ですよ」

工藤は美智子を見据えた。「噂がたっているのは俺だ。小森明代は『先生の噂』と口を滑らせた。その噂を振りまいたのはあんたたちじゃないか」

本宮が居心地の悪そうな顔をした。そして思い出したように千里を叱りつけた。

「なんであんなところで写真なんか撮ったんだ」

それは自らの罪悪感に対する苛立ちを、手近なところに放り投げたようだった。しかし千里は、本宮のそんな罪悪感などお構いなしだった。

「タネの家から出てくる関口の写真よ。スクープでしょ。死んだ関口の奥さんの写真と並べれば、大スクープよ。関口は二年前の渡部の事件で味をしめて、身持ちの悪い妻、志保の殺人も依頼したんじゃないかしら」そして美智子をチラと見た。

「こちらの堅そうなお方は、そんなストーリーには目もくれないでしょうけど」

本宮が言う。「志保の死因は薬物中毒だ。彼女は青酸カリを盛られたんだよ」

千里はその指摘に機嫌を損ねたのか、吐き捨てるように言った。

「何だって同じよ。死んだんだから」

　そして工藤に向かって言い放った。

「なんでこんな所に来たのよ。あんたは医者なんだから有料道路を走るみたいに快適な人生を送ってればいいでしょ。あんな女の子に同情なんかするからよ。人間だれしも目一杯ってのがあるんだよ、あんたみたいな生き方ができないからって、あたしを否定するのは間違いよ！」

　そして本宮に向き直った。

「あたしはあのときのテープとこの写真で新雑誌の原稿書くからね」

　本宮が申し訳なさそうな顔で美智子を見た。その様子を見て、千里はなお毒舌を吐きたそうだった。

　工藤は千里の言葉を聞きながら、それでも明代が消えた路地を見つめた。

　そして美智子は、工藤のもの悲しげな顔を見ていた。


　翌日、診療を終えたあと、工藤孝明は小森明代の家の前で彼女を待っていた。

　明代の家には人の気配はなかった。

　工藤は待ち続けた。

　坂下直弘の死が自然死であることを言い聞かせなくてはならない。彼はただ急死したのだ。

そこにどうしても意志があるというのなら、それは神の意志だ。

中根大善の死にも、小林茂の死にも、渡部喜一郎の死にも、他に死んだ人々の死に関しても、そこにあるとすれば、それは人が運命の一言で片づけたがる、神の意志だ。

日が傾き、西が黄金いろに輝きだしても明代も真奈美も戻ってこなかった。

やがて日が落ちて、薄暗い街灯が点く。小森明代の家の斜め前の電灯は切れかけて、痙攣するように瞬きを繰り返していた。

あらゆる人が忘れても、俺はあの大善の死の瞬間を忘れることができない。

そして、それを逆手にとるような明代の視線が怖く、憎い。

工藤は不規則に瞬きする電灯の下で明代を待ち続けた。

しかしその夜、明代は帰ってはこなかった。

3

テレビ画面の中でさえ、沢木勝也の顔が高揚しているのがわかる。

アナウンサーは、沢木勝也が最高裁で無罪判決を勝ち取ったと告げた。いわく、この事態を招いた責任の一端は担っていたとしても、事態全体をみれば関与の度合いは少なく、その権限を考えた時、一部長の立場でこの事態を進んで招き入れたとは断じにくい。

問題とされる疾病は、本件発生の一九九〇年当時にはまだ広く知られたものではなく、またこのように広く感染する可能性があるとは予見できなかったと考えられる。故に薬品を回収しなかったために起こったその後の被害について、回収の判断をしなかった被告に全ての責任を問うのは、無理があると言わざるを得ない。

その日、事務所には多くの人が集まっていた。最近では滅多に顔を見せない多田徹もいた。皆、テレビの前に陣取り、画面を見つめていた。中にはすでに一報を聞いて、知っているものもいた。それでもその瞬間、事務所の中に、ああと失望の声が漏れた。

多田は目を凝らして画面に見入っていたが、アナウンサーの言葉が終わると、コメンテイターが語りだす前に、テレビに向いたまま怒鳴った。

「『被害者の会』のコメント、取って来い！」

テレビ画面は中継からスタジオに切り替わり、そこにはすでに、本宮たちには顔見知りの『被害者の会』の広報担当が座っていた。多田はその顔を見て再び憤怒(ふんぬ)の声を発する。

「あいつの言うことは原稿の棒読みみたいなもんだ、被害者のナマの声だ、ナマの！」

本宮もまた、驚いていた。無罪放免はないだろうに。

高揚して赤脹(あかぶく)れしたような顔で、沢木は微笑(ほほえ)む。その口許(くちもと)は上へとぐいとひん曲がり、お前ら俺に指一本触れることはできないんだぞと、今にも勝利に高笑いしそうに見える。

「こういう面の皮の厚い奴は、後ろ指さされることなんざ屁(へ)とも思わないからね。開き直って記者たちに向かって言いたい放題がはじまるんだろうね。訴訟までは起こさないだろうけど……」

「無罪と言われちゃこっちもやりにくいよな」

　真実が証明されたことは、まことに喜ばしいことでございます——沢木がその老いた顔を喜びにくちゃくちゃにしながら、朗々と語り始めた。

　記者の一人が画面を見ながら呟く。「バカか、こいつは」

「沢木も歳だからって、大目にみてやったってこともないだろうに」

『被害者の会』の代表が、我々は戦い続けますと涙声で言った。

　戦う相手はもうないんだよと記者の一人は呟く。

　画面は再びスタジオに切り替わり、医療ジャーナリストに意見が求められた。最近よく出る米田俊介という男だ。本宮も、多田の番組にゲストで何度か呼んだことがある。医者ではないが、コメントがしっかりしていることと、国内外を問わず、活動範囲が広く、故に情報量が多く、また、クールでグローバルな視点を持つことが視聴者に受けている。その上話術に長けていて、まだ四十になったところだというのに、へたなキャスターより上手にまとめる。しかし彼がマスコミ業界に重宝されている本当の理由は、ただ彼が約束を守るからだ。コメントの期日も、その長さも、間違いなく守る。作家くずれだから、そのあたりは心得ているのだ。

　彼がいつものように、うまく事態を分析してみせていた。深刻な顔を繕って、毒にも薬にもならないことを、上手に、聞きやすく、言う。

——司法の限界だったのでしょうね。ただ、もう少し踏み込んでほしかったような気がします。これで、沢木より上部、すなわち当時の厚生省の責任という所に行く前に、道を断ったということでしょう。今後はどんな形で被害者の救済を考えるかということが、現実的には問題になるべきではないでしょうか。

——一応の決着と考えるべきなんでしょうか。

——日本では、最高裁で無罪を言い渡された人間に対して、それ以上罪を追及する制度はありませんからね。

本宮は米田俊介のコメントを聞き流しながら、美智子の言葉を思い出していた。〝沢木は水質汚染を証明するために釣り上げた奇形の魚のようなもの〟

確かにある種の生贄（いけにえ）だったかもしれない。だから沢木は役目を果たしたのかもしれない。彼が奇形であったことは確かだが、自ら望んで奇形になったのではなく、それは池の水が汚かったからだ。彼の奇形を彼の責任に帰することはできない。国は二度とこのような奇形が生まれないよう、ひいては今度のような事態を生まないよう、あらゆる池を点検し、その水質改善に努めるように。

それが判決文だ。わかってはいるが世の中不公平じゃないか。

じゃ、あいつは、悪くなかったっての？

再び沢木の録画が画面にリピートされた。

私の主張が認められましたことは、司法の公平さ、中立を——

記者の一人が呟いた。こいつ、長くねぇぞ。ずいぶん痩せてら。

そう言われれば痩せていた。背広の肩が突き出ている。マスコミに叩かれて痩せるほど神経の細い奴でもないというのに、悪役なら悪役らしく、豚のように小太りしてやがれ――。うんざりしている本宮の肩を叩く者がいる。

千里が立っていた。奇妙に嬉しそうだ。顔がてかてか光っているように見えた。

千里は顔を本宮の耳に寄せると囁いた。

「見せたいものがあるの」

多田はやたらに興奮していた。そんなに熱くならなくても、ニュース制作プロダクションは、結果が出る前から、有罪無罪どちらに対しても準備を整えている。米田のような男に頼んでコメントは作られているし、有罪、無罪のそれぞれの場合に流すためのテープも、録画し終わっているのだ。

彼は人がいいから興奮する。そして同時に、時代についていけなくなっているから興奮するのだ。

千里が部屋を出ようとうながしている。本宮はそっと部屋を抜け出した。

休憩室に自動販売機のコーヒーを持ち込んで座った。

飲みたくもないコーヒーだ。手持ち無沙汰を解消するための煙草が、いつの間にかコーヒーに変わっただけだ。千里は本宮の後ろに回ると、コーヒーカップの横に紙を一枚、すっと滑り込むように置いた。

Ａ４の紙に二行。電子メールの印刷だった。

タネの「呪い殺し」の舞台裏を教えてあげます。
情報交換しませんか。

閻魔(えんま)

本宮はそれをしばらく眺めた。

「これ、何」

「昨日ね、あたしのパソコンに入っていたの。返信したら、場所と時間を言ってきた」

そういうと、千里は本宮の手からその紙を引き抜いた。行って、会って来るわ——彼女は得意気だった。

「誰からですか」

「閻魔さんでしょ」

本宮は後ろに立つ千里を、ぐるりと顔を反転させて見上げた。

「本気か」

千里の顔は喜びにはち切れそうだ。

「なんで君の所に来たんですか」そして言い直した。「閻魔さん、なんで君のことを知っていたんですか」

千里がたじろいだ。

「情報交換って、なんだと思いますか」

　千里は黙っている。

「君に、そんなことと交換できる情報がありますか」

　その瞬間、千里はとても楽しそうな顔をした。

「罠（わな）だといいたいのね」

　発信者のところがマジックで黒く消されている。本宮は「閻魔」の文字を見つめた。

「この発信アドレス、教えてくれ」

　千里はじっと本宮を見た。

「いやよ」

　その瞬間、本宮の脳裏に閃（ひらめ）いたのは、志保だった。身をくねらせて、俯（うつぶ）したあの女の死の瞬間。

「あんた、あの木部って女と組むつもりでしょ。あたしね、あの女記者でもこの誘いを受けると思うわ」

「木部くんならアドレスを誰かに伝えてから行くね」

　千里は笑った。「そんなことをするのは度胸がないからよ」

　千里は紙をひったくると、身をひるがえす。

「写真を撮ってやるよ。写真係として雇う気、ない？」

　そう言って、本宮は千里の気をひこうとした。しかし千里は振り返りもしなかった。

「木部さんと組みなさいよ」

ドアが閉められた。

本宮はいつもの駆け引きかもしれないと思っていたのだ。だとすれば、決して動じている態度を見せてはならない。だから本宮は千里が戸惑う瞬間を待っていた。しかしその思惑は見事に外れた。彼女はなんの未練もなく、出て行った。

本宮は立ち上がると千里を追いかけた。

エレベーターが下がっていく。本宮は階段を駆け下りた。

追いかけて、玄関を出たところで車に乗り込む千里に追いついた。距離はまだ二十メートルほどあった。本宮はその場から叫んだ。

「そのアドレス、工藤くんにだけでも残していけよ。元カレだろ」

車に乗り込む千里がチラと本宮を見た。利かん気な顔をしていた。

彼女はバカだ。しかし果敢だ。その意地は評価していた。脚線がきれいだからだけじゃない。あからさまに工藤孝明の懐にもぐり込んで、それでも彼を商売のタネにできなかったその女を、どこかでいじらしいと思っていたのだ。

千里の車が走り去る。

本宮は手帳を繰ると、藤原病院の電話番号を見つけた。

「親族の者ですが、高津千里という患者のことで、工藤先生とお話がしたいのですが」

本宮はタネの家で子供を叱るように千里を怒ったことを後悔していた。千里にもプライドがあるのだ。

　工藤が電話に出た。

「高津千里さんから、何か連絡はありましたか」

　工藤は怪訝な声を出した。

　本宮は事情を説明した。「気になりましてね。その閻魔を名乗る人物が高津千里となんの情報交換をしたいかは知りませんが、なぜ彼女を交渉の相手にしたのか。高津くんの携帯電話になんども電話をしているのですが、僕がかけても電話を取らないんです。あなたが聞けば、何か話してくれるかと思いまして」

　工藤は声を落とした。「わかりました。今ナースセンターなんです。とにかく電話してみます。あとで連絡します。あなたの連絡先を教えてください」

　しかし工藤から、連絡は来なかった。


　千里の声を聞いた時、工藤に、怒りがこみ上げた。

　この女、いったいどこまで俺を食い物にする気だ。

　──俺がこの女に連絡を取るのは、この女の身を案じてのことではない。

　ついさっきまで、彼女が電話をとる瞬間まで、工藤は彼女のことを心配していたのだ。

　お茶と弁当をぶら下げてやって来た昔の彼女を思い出していた。一つのベッドにもぐりこんだ、あの女を思い起こしていた。電話の声は、なぜだかその全てを打ち砕いた。

いま工藤の脳裏に浮かぶ彼女は、工藤のタンスの引き出しをそっと開け、預金通帳をカメラに納めた、あの日の女の後ろ姿だった。

「お前、今日予定あるか」

千里は声に得意気な笑いを含んだ。「これはプライベートな電話？」

工藤はわきあがる怒りのエネルギーを声色の変化に費やした。

「予定あるのかって聞いているんだ」

千里は電話の向こうでくすくす笑った。

「会いたいのね」

俺は高速道路を走るように快適に生きてきたんじゃない。親に無理な学費を都合させ、友人たちが車を乗り回して遊んでいる間もひたすら机に向かい、流行り(はやり)の靴も買えず、医学部に入っても、寝る暇もなく病院の中を走り回ったのだ。診療と学業に追われて、友人を作る暇さえなかった。孤独と疲労の淵(ふち)で立ち上がり、立ち上がり、ここまでやってきた。

「空いてるのか」

「夕方からちょっと人に会うの。それまでだったら、都合がつかないわけじゃない」

彼女は持って回った言い方をした。ご機嫌なのだ。その返事だけで、工藤には十分だった。

「残念だな。俺は夕方からしか空いてないんだ。何時に帰る？」

千里が怪訝な声を出した。「……わからないけど」

「じゃ、また近くに行ったら連絡する」

電話を切った。時間は午後二時だった。千里の家まで、車を飛ばして二時間。土曜なので午後の診療もない。工藤はあとを院長に頼むと、白衣をぬぎすてた。

ウインカーを右に出して、工藤の車は発進する。しかし高速道路に乗る手前で、彼はハンドルを切り直し、車を路肩に止めた。停車灯が点滅する。時刻は二時半。うまくすれば、千里の家に四時過ぎには着ける。それでも千里の後を追って彼女の会う相手を目撃したとして、俺はどうしようというのだろう。胸ぐらを摑んで喧嘩（けんか）でも売るのか。

彼はハンドルを握りしめた。そして携帯電話を取り出した。

緒方が電話に出る。工藤は苛立った声で聞いた。

「今、どこにいる」

「はあ。自宅ですけど」緒方は彼の勢いに驚いたのか、聞かれる前になんですかと言った。

「ビデオカメラ貸してほしいんだ。お前んち、暗くても撮れるのがあるだろ」

緒方は間の抜けた声で「はあ」と言う。「いいですけど」そして怪訝げに聞いた。

「何撮るんですか」

工藤はその時には、再び車道に乗り出していた。

「千里が閻魔って名乗る男に会うんだ。今日の夕方。行って、正体を確かめてやる」

緒方が、何を言っているんですかとすっとんきょうな声を上げた。

「やめて下さいよ、そんなこと。そんなことにかかわってどうするんですか。大体、誰から

「誰でもいいだろ」

緒方は言った。「閻魔なんて」そしてちょっと怒ったように言い足した。「閻魔なんて実在するはずがないでしょ。悪戯ですよ。そうやってことを大きくしていることに気づかないんですか」

——こいつらにはみな、人ごとなんだ。

「もう千里さんには近づかないって、五年前、そう言っていたじゃありませんか。あの女にはもうこりごりだって」

加速して、ウインカーが点灯するよりも早く、目の前を走っていた一台を抜きさった。

「世の中にはいろいろな奴がいる。ゆすり、たかり、詐欺師、人殺し。あの閻魔メールの主もまともじゃないのはわかっている。俺だってできることなら、いかれた連中とかかわり合いになんかなりたくはない。でも現実には、結局、俺に降りかかってくるじゃないか。坂下直弘がなぜ死んだかなんて、ただ心臓がおかしくなったという以外、わからない。でも坂下に送られたメールは、誰かの意志であるように匂わせている。その矛先が俺に向くんだ。自分が自分の身の潔白を知っているだけじゃ、間にあわないんだよ。こんな話、君にしたってしょうがないさ。君の理解を得ようとは思わない。俺はただ、自分の身を守るために——」

ビデオカメラを借りる交渉が済めば、電話を切るつもりだった。説明する必要も、説得を聞く気もない。人は結果には同情するが、それに至る過程には無関心なのだ。自分だってそうだった。誰が好き好んで人のいざこざに力を貸そうなどとするものか。それでも工藤は言い募っていた。この期に及んでもまだ俺の気持ちをわかってくれと叫ぶ自分がいじましかった。

その工藤の言葉を、緒方が遮った。

「あれ——僕なんです」

理解が追いつかなかった。そこにできた奇妙な間に、ポツンと緒方の声がする。

「あの、坂下のもとに送った閻魔メール——ｍａｆｅ、僕なんです」

車の速度を上げていた。もう百キロにもなっているというのに、一瞬、運転から意識が離れた。

「なんだって？」

「だから坂下に閻魔メールを送ったのは僕なんです。死ぬなんて思ってもいなかった。あんまり憎たらしい奴なんで、彼が警察で事実を認めさえすれば、小森さんの溜飲も下がるだろうと思って。閻魔メール、週刊誌に載っていたのを真似て」

工藤は茫然とした。

緒方は泣きそうな声を出した。「だからあの閻魔は、実在しないんですよ。坂下直弘だけじゃない。入院していた中島さんが、坂下の共犯者を知っていた。それでその二人にも同じものを送りました」

謝りますと、言った。だから行かないでくださいと緒方は言った。

「坂下は病死です。よくわかっています。坂下の死について、もし閻魔メールが問題になれば、僕、名乗って出る覚悟はあります。先輩がこれ以上面倒に巻き込まれるのは見ていられない。坂下のことはもういいじゃありませんか。何を好んで首をつっこむんですか。すぐに引き返してください」

工藤はゆっくりと息をする。

「小森明代はタネに金を払っているんだ」

「あの閻魔は僕なんですよ。お願いします。これ以上、僕に罪悪感を抱かせないでください」

工藤は電話を切った。電源も切った。

速度は再び百キロになろうとしていた。緒方の哀願が、ひどく工藤の頭をかき回した。

緒方は確かに中島登美江の話し相手をしていた。そして彼はパソコンの操作が得意だ。僕、ハッキングできますよと笑っていたこともある。彼ならなんの痕跡も残さずに通信できるかもしれない。彼が坂下に閻魔メールを送った——

血の巡りが止まったようだった。

坂下の死。大善の死。

嘱託殺人を疑われたこと。

小森明代が俺に頭を下げたこと——自分が何にやっきになっているのかがわからなくなる。

いや。

今日、千里が誰かと会うということは事実なのだ。千里と、タネのからくりについて情報交換をしようとする誰かがいるという事実。

常磐(じょうばん)自動車道の入り口の表示が頭上に出ていた。工藤は車の速度を六十に下げた。そして緒方に電話した。緒方はすぐに電話に出た。

「話はわかった。ただ、俺は今日、千里が誰と会うのか確かめたい。ビデオカメラを貸してくれ」

緒方は抗(あらが)わなかった。

工藤はゆっくりと加速する。

大善の死の瞬間が再び蘇って、モニターの警告音が巨大な耳鳴りのように頭の中を圧迫する。

手が、ベッドサイドから垂れた、魂の抜け落ちたはずの指が、あの瞬間動くような気がした。いや、動こうとしているような気がした。

俺はまだ死ぬ必要はなかったのに。お前、殺しただろ。

お前が殺したんだろ。

工藤はなお加速した。

死の瞬間、指がその最後の意識を持ち上げて、ささやくのだ。言語が壊れていく、その最後の瞬間を迎えながら、冷やかに発電する。

オマエガコロシタ。

俺に罪があったというのなら、俺はその罪を聞きたい。

緒方の家に寄ったあと、千里のアパートの前に着いたのは五時過ぎ、まだ日が暮れる前だった。玄関の見える位置に車を止めて、工藤は千里を待った。

午後七時、町中に街灯が点き、車道がまぶしい光の川になるころ、千里は玄関に現れた。おでかけファッションだ。短いスカートに踵(かかと)の高いブーツを履いて、丈の短い革のジャケットを羽織っている。

ビデオカメラの準備はできていた。工藤はそれをいつでも動かせるようにして、助手席に置いた。

千里が車に乗り込む。グレーの軽自動車だった。彼女が何かを警戒する気配は全くなかった。工藤の携帯が鳴る。液晶画面に「本宮」と文字が浮き上がった。工藤は無視した。千里が発進する。

工藤は追尾し始めた。

千里は町の混雑を抜けると、都心へと進む。彼女の軽自動車は、間に車が一台割り込むと見えなくなる。工藤は懸命に追いかけた。中央線の高架下の信号で待つ間、彼女が携帯電話で話をしているのが見えた。その直後、左に出ていたウインカーが消え、右のウインカーが光りだした。千里は携帯電話を持ったまま、右へとハンドルを切っていく。千里の車は割り込むように強引に右車線に入り込んだ。

工藤もまた、右方向にタイヤの先をねじ向ける。工藤は、後ろの車が、工藤と千里の車の動きに合わせて、同じく右車線に乗ろうと割り込みを試みていることに気づかなかった。ウインカーを右に出し、タイヤを右方向にまわし、右角を車列に突っ込むようにして、その上いらだたしげにハザードランプを点滅させて、無理にでも右に乗り込む様子であることに、気づいていなかった。

千里の車は外堀(そとぼり)通りを進んでいく。

そして道路沿いの公園で止まった。

背後に墓地がある。一本道を向こうにいけばラブホテル街だった。公園には砂場とブランコがあるだけだ。ベンチが三つあった。二つのベンチには一人ずつ、ホームレスが座っていた。他に人はいなかった。

千里が運転席に座ったまま、再び携帯電話を取り上げた。それからしばらくして、千里が車を降りる。

暗い公園だった。北側に墓地が見える。公園の中には街灯が三本立ってはいたが、周りの道より暗かった。その公園へと千里は入っていった。

二十メートル四方ほどの小さな公園で、車の中からでも千里の姿ははっきりと見える。見通しが良すぎて、降りると千里に気づかれそうだった。相手が来たら車を降りて追跡しよう。撒(ま)かれたとしても、写真さえ撮れば、木部美智子に頼めば調べはつく。そう思うと、それを追いかけるように緒方の言葉が蘇る。

──あの閻魔メール、僕です。週刊誌を見て、真似た。

じゃあ、今ここに現れようとしている人間は誰なんだ。

千里を見てもホームレスは動かなかった。千里は三つあるベンチの、誰も座っていない一つに腰かけた。

工藤は見つからないように、身を低くしてハンドルの間からビデオカメラを覗かせた。ほとんど座席に寝ころびそうになっていた。

やがて千里の首が、右に回ったまま、停止した。

彼女はその方向をじっと見て、やがてにっと笑った。

待ち人が来たのだ。

工藤は息を止め、一層身を低くした。彼はズームアップできるようレンズに手をかけたまま、千里の見た方向にじっとカメラを向けていた。

カメラの中には、千里が相手に向かってにっと笑うのが映っている。とてもうれしそうな表情だった。もう数秒もすれば、千里が笑いかけたその相手はカメラの視界の中に入る──

彼がそう思った時だった。窓ガラスを拳で叩く音がした。

運転席の窓ガラスに顔を押しつけるようにして男が二人、車の中を覗き込んでいた。男の一人が窓ガラスに向かって手帳を押しつけた。

「窓を開けなさい」

それは警察手帳だった。

4

取調室というのを見たのは初めてだった。

部屋は四畳半ほどの広さだ。中央に机が一つ。その上に首がどちらにでも回るような卓上蛍光灯がある。中央の机の斜め後ろ、出口に近い所に人が一人座れるだけの小さな机がある。そこに座っている男は無表情だった。そして工藤の前に座った鰐淵という刑事は、まるで古本屋の店主のようだった。慣れてすれて、人を食ったような顔をして、そのくせ観察眼が鋭い。

彼の背中の上方には小さな窓があった。その三十センチ四方ほどの窓には鉄格子がはまっていた。工藤は今、自分がその窓と向かい合わせに座っていることが信じられなかった。

刑事は向かいの椅子に座り、机に両肘をついた格好で、ちょっと身を乗り出して、そのひねた顔で工藤を眺めまわす。無遠慮だった。まるでこの場での優位を工藤に見せつけるようだ。しかしすぐに、そんな必要などないことを彼は悟ったようだった。工藤は椅子の上に小さく座り、顔さえまともに上げることができない。刑事は工藤の運転免許証をまた、ひととき眺めた。そしてやがて声をかける。

「あんなところで何を撮っていらしたんですか」

言葉だけが丁寧で、それがひどく厭味だった。「それは」と工藤は口ごもった。

「さっきも話しました通り、友人が誰かに会うというので、誰に会うのかを確かめようと、後をつけていたんです」

刑事はフムと気のない返事をして、また免許証を暇を持て余しているようにいじる。「あの」と工藤は少し顔を上げた。

「僕はなぜ、ここに連れてこられたんでしょう」

刑事は片肘を机について、斜め向こうを向いたまま、また気のない顔でフムと言う。

「妙な具合でしてね」

そしてその斜めの姿勢のまま、視線だけを工藤に投げた。全ての動作はあたかも暇を持て余しているようでありながら、その眼光だけが瞬間射るように厳しいのだ。

「あなた、十月七日の午後二時ごろ、どこで何をしていましたか」

工藤は相手の顔を見た。刑事は工藤から視線をそらすと、今度は自分のライターで手遊びを始める。

「手帳に何か書いてあると思うのですが。多分――」そして工藤は突然はっきりと聞いた。

「何曜日ですか」

刑事は顔も上げず、言う。「火曜日です」

工藤の言葉に力がこもった。「診察していました。外来患者の診察です」

「前日は」

「当直だったと思います。月曜は当直なんです」

刑事はやっぱり、オイルライターの蓋を開けたり閉めたりしながらフムと言った。

「藤原病院のお医者さんでしたね」

公園で奇妙な行為をしていた——連行された理由がそれだけではないことに、工藤は気づき始めていた。

「小森明代って、ご存じですか」

工藤の体から血の気が引いた。刑事はオイルライターの蓋を開けたり閉めたりしている。それから彼は突然真っ直ぐに工藤に顔を上げた。

「あなたをここに引っ張ったのは、交番に匿名の電話があったからです。ストーカーに追われているって」

「でも来たのは、交番の巡査じゃなかった」

刑事は、ちょっと工藤を見た。見直したような顔だった。

「そうです。そんなことで取調室には呼ばない。実は昨日、さっき言った小森明代って女性から訴えがあったんですよ。藤原病院の工藤孝明っていう医者に命を狙われているって」

刑事はついている肘を変え、その無遠慮な視線のままに工藤を見つめていた。

「十月七日って、なんの日か心当たり、ありません？」

彼の厭味な口調など、もう厭味だと感じる余裕もなかった。目の前には格子のはまった窓があるだけだ。分厚いコンクリートの壁に覆われた小さな部屋で、犯罪者と向かい合い、ねじ伏せてきた男が、その刃を向ける瞬間を狙っている。

「ありません」彼の声は小さく、しかし悲痛なほど懸命だった。

刑事はじっと工藤を見つめていたが、再びふうむとため息まじりに声を発する。

体の震えがそのまま瞼にのりうつったように、彼は目を瞬いた。

「小森さんは僕の患者のお母さんです。なぜ——なぜ彼女が僕に殺されそうだと」

刑事はちょっとまともに工藤を見た。

「さあ、それが。彼女の言うところによるとね、あんたに金を払ったっていうんだ。それも一千万円。それで、あんたに殺されるっていうんだよ」

刑事は続けた。「それだけならまあ、なんだろうってことになるんだけどね」そこで言葉を切ると、そこでまたオイルライターの蓋をパチンパチンとやりだした。

「なんなんですか」——工藤がたまらず催促する。刑事はその瞬間、またあの視線を投げた。

「関口志保って主婦がいてね。それが死んだんですよ。知りませんか。ワイドショーでは結構派手に扱ってましたよ。小森明代はそれもあんたがやったと言った」

男の視線は、そのまま工藤の前にとどまった。凄味があった。その瞬間、これは殺人事件の捜査なのだと直感した。

工藤はうわずった。「俺がやったと——誰が——誰が言ったというんですか」

刑事の顔は、再び、持て余し気味の顔になっていた。「その小森ってご婦人」

工藤は言った。「俺、アリバイがあります。第一、関口志保が誰だか知らない」

刑事は身を乗り出すと、工藤をはっきりと見定めた。

「いいかね、誰だってはじめは否定するんです。だから君のそんな言葉にはなんの意味もないんだ。アリバイってもね」そして彼はふうと大きなため息をつく。

「工藤先生。あんた小森さんから一千万も、貰ったの？」

工藤は顔に血が上るのを感じた。「貰っていません」

「でもね、小森って女性は、君に追い回されたって言っている。家で待ち伏せされたって。そして、彼女が言うには、関口志保は、君が、誰かから成功報酬を貰って殺したんだって」

確かに明代の家には二度行った。行って、彼女を待っていた。

刑事は大きな息をつく。「彼女が言うには、君は自分の渡した一千万の金で車を買ったんだそうだ」

工藤は、明代が頭を下げた時、彼の買ったばかりの車の隣に立っていたことを思い出した。あの時彼女は、俺の犯罪を知っていると仄(ほの)めかすために、車の横に立っていたのか――

刑事は言う。「まあ、医者にしたら地味な車だよな。医者は高い車を乗り回しているから。ただあの小森って奥さんは、君の経歴に詳しくてね。関口志保の夫、関口洋平は昔、ある死亡事件の関係者じゃないかと騒がれたことがある。その時に名乗りを上げた婆さんがいて。知っていますね。本間タネのことです。あなたが病院を追い出されることになった事件にも本間タネはかかわっている。確かにつながりがあるんですよ。君はね、自分の身の潔白を、真剣に語る必要があるだろうな。私の言うこと、わかるね」

厭味な口調は消えていた。彼は本当に、持て余していたのかもしれない。

「何を言えばいいんですか」

「なんで金なんか貰ったの？」

「貰っていません」

「志保との関係は」

「そんな人、見たことも聞いたこともない」

「それはね、完全否認って言って、なんの説明にもならない」

「説明の仕様もないんです。僕が聞きたい、なぜ僕の名がでるのか」

「では話をもどしますが、あの公園で何をしていたんですか」

閻魔メールを――それを送った相手を見届けようとしていた。しかしそれを言えば、坂下直弘の死に話が行くのだった。そしてその死の事件性を疑われる。工藤にはそこに、身の潔白を証明する手だてがない。

「その志保って女が死んだ時、僕は診察室にいたはずだ。調べてもらえばわかる」

「お医者さんって、賢いんですよね」

刑事はじっと彼の顔を見た。

「小森明代に会わせて下さい。金なんて、貰っていません」

「なぜ彼女があなたに金を払ったと言ったか、心当たりはありますか」

工藤は絶句した。男の目が怖かった。一つでも嘘がばれれば、全てが嘘にされそうな気がした。

「彼女の娘が僕の患者なんです。その娘に暴行を働いたと思われる男が僕の病院で急死しました。心当たりと言われれば、それだけです」

それは刑事の興味を引いたようだった。彼の目が先を促す。工藤はそれを無視した。刑事が言葉で促した。

「要は、あなたが殺したと」

工藤は黙った。刑事も黙った。工藤は、その沈黙の中で自分の涙腺が緩んでいくのを感じた。

「僕は――」工藤は俯いたまま言った。

「僕は五年前もそう言われました。それで僕は、彼女が何か誤解をしているのではないかと思って、何度か彼女の家を訪れたんです。でも会えなかった」

悔しくて唇が震えた。声をあげて泣きたかった。

刑事は工藤をみてため息をついた。

ドアが開いて、顔を出した男が刑事を呼んだ。「鰐淵さん」

一旦席を外した鰐淵が取調室に戻った時、彼は工藤に対して、型通りの口調で言った。

「お帰りいただいても結構です。また来ていただくかもしれませんのでその時はよろしく」

工藤が部屋を出ると、そこには木部美智子が立っていた。

警察に連れて来られてすぐ、美智子に電話をしたのだ。彼は美智子の顔を見るなり廊下のソファに座り込んだ。あの小窓の部屋から解放されただけで、体中の力が抜けていくような気がした。

「驚きました。小森明代は、あなたに金を払ったとはっきり言ったそうですね」

「自分が渡した金で僕が車を買ったんだと言ったそうです。でも、あれ、五年落ちの中古車です」

彼は顔を両手で覆った。震えていた。

「関口志保が死んだ時のアリバイを聞かれました」そして美智子に顔を上げた。

「アリバイはあるんです。僕はその時間、外来の診察をして、診察室から一歩も出ていない。志保って女は、少なくともその女は、俺とはかかわりがありませんよね」

美智子は静かに隣に座った。

「そのアリバイを言った時、刑事はなんて言いましたか」

工藤は記憶の中からその部分を掘り起こした。そして答えた。

「——何も言わなかった」

美智子はそれを聞くと、工藤を警察署から連れ出した。

道路に出ると、美智子は工藤を前に、言った。

「そのアリバイは意味がないんです」

工藤は美智子を見つめた。彼女は本当に気の毒そうな顔をしていた。

「青酸カリで殺されたんです。おそらく持ち歩いていた甘味料に混入されていたんです。だから死んだ時間にあなたがどこにいたって、犯人でないという証明にはならないんです」

工藤は茫然とした。

美智子が聞いたところによると、家の前で待ち構えている工藤に恐れをなした小森明代は、娘を養護学校の寮に預けて、昨日の夜、警察に駆け込んだ。その一、自分は工藤医師に一千万払った。その二、だから彼は自分を殺そうとしている。その三、関口志保も、口封じのために工藤に殺されたのだ。だから自分も殺される。自分には娘がいて、今死ぬわけにはいかない。

工藤は茫然として呟いた。「……なんでそんな嘘を言ったんだろう」

「警察も困ったみたいです。ただ、関口志保のところに引っかかったんでしょうね、明代が訴えたのは茨城県警なんですが、山梨県警の関口志保殺害の捜査本部にその報告が回った。あの鰐淵刑事は、山梨県警の関口志保殺害の捜査本部の刑事なんです。結局、警視庁麴町警察署の協力を得て、あなたの取調べを行ったようです」

そして工藤を見た。

「まずいことに、志保の死亡にはあの高津千里さんがかかわっているんです。高津さんと待ち合わせていた喫茶店で志保は死亡した。ただ警察は、多分まだ高津さんのことは摑んでいない。彼らは今、関口志保の交遊関係、主に男性関係から洗っています。そこにあなたが飛び込んできた。それでも、不思議なのは、小森明代は、あなたに金を払ったと言ったけど、一言口を滑らせたきりで、その事に関しては二度と喋らなかったそうです。確認しても、もうイエスともノーとも言わなかった。だから警察もそれに関しては懐疑的です」

そして工藤を見た。「高津さんが会おうとした閻魔を名乗る人物、確認できたんですか」

工藤は首を横に振った。そうですかと美智子は言った。工藤は、迎えに来てくれたことに対して、改めて美智子に礼を言った。美智子は工藤を気づかうように、笑顔を作った。

「『週刊フロンティア』の名刺が効いたんです。マスコミが絡むと警察の対応は慎重になります」

工藤は呟いた。「警察は、嘱託殺人の可能性を考えているようだった。俺、やっぱり容疑者なんでしょうか」

「心配しなくてもだいじょうぶですよ。嘱託殺人なら、あなたのような医者がわずかなお金のために犯罪に走るってことはない。警察だって、そこはわかっています」

美智子は先を行く。工藤は後ろから畳みかけた。

「正義のためと、週刊誌は騒ぎました」

美智子は立ち止まり、工藤に向き直った。

「自分の利害ならいざしらず、他人のために殺人なんて簡単にできません。物乞いを見てかわいそうに思い、お金を上げることはあります。でもそれは財布の中のお金をあげるのであって、その物乞いのために、家を売ってまでお金を作ったりはしない。それが健全な、善意とか、人が人を思いやる心のあり方です。それを超えた正義感とか、義侠心を持つ人がいないとはいいません。でもそれは純粋な善意とか自己犠牲だけではない。そこには理由があるんです。そういう思いを持つに至るその人自身の歴史が」

工藤はぼんやりと美智子を見た。「どういう意味ですか」

美智子は視線をそらさない。

「あなたはハンサムです」

工藤はびっくりした。美智子は続ける。

「聡明で、善良で臆病で、自分の人生に執着がある。スーパーマンになるタイプじゃないんです。人から愛される人間は自意識過剰に陥りません。自意識過剰に陥らない人間は偏らずに周りが見える。その上あなたは成績は優秀、職業は医者。それもかなりなエリート。人格障害でも抱えていない限り、あなたが請負い殺人などに手を染める要素はないんです」

工藤は、犯罪とは誰もが落ち得る落とし穴で、頭の善し悪しから犯罪者になる確率を計算できるなどとは思ったこともなかった。大体そんなことは考えてはいけないことのはずだった。美智子は工藤を見つめて続ける。

「よく、お金が欲しくて人を殺すという話がありますが、普通の人は、追い詰められても人なんか殺せません。人を殺して金を奪うのは、金が欲しいからだけではない、本人も気づかない理由があるんです。社会不信かもしれない。人間不信かもしれない。破滅を望む心、人を傷つけたいと思う心が、そういう形で噴出するだけだと思います。

前向きに生きる力は、自分が存在する社会を信じることから生まれる。そして社会を信じる力は、身の周りの人々から愛されることで培われる」

漠然としていた。教条主義的でうさん臭い。しかし反論もできない。工藤は彼女の講釈が腹立たしくなって、ちょっと厭味を言った。

「社会ってそんなに小さいんですか」

美智子はまっすぐに工藤をみている。

「ええ。個人が認識する社会なんて、小さいものです」

なおさら腹がたった。

「ハンサムな僕は、人を憎むことはないと言いたいんですか」

美智子は真顔で答えた。

「いいえ。憎んだって、傷つけはしないと言っているんです」

突然痒み(かゆ)が鎮まるように、苛立ちが収まった。

二人は並んで歩き出した。

「第一、大善を含む一連の事件が嘱託殺人だったとすれば、この五年の間に、似た事件は六件あります。あなたがその六件にかかわっているとも思えないし」

「閻魔メールが送られた事件のことでしょ？　本間タネが名乗りを上げた」

美智子は笑った。「まあ、タネは全部に名乗りを上げているわけではないんですけど」

そして言った。「タネはさておき、あの閻魔メールが絡む死亡には、大きなお金がかかわっていると思われる節がある。だからわたしたち記者が調べるんです」

「大きなお金って――いくらですか」

「殺人を依頼しただろうと思われる人物と、嘱託殺人を疑われる人物がペアではっきりしている事例があって、そこで動いたお金が六千万円だといわれています。殺された関口志保の夫が依頼者で、それにより殺されたのではないかと思われているのが、武蔵(むさし)が丘(おか)病院で死亡した、渡部喜一郎。今回、妻の志保はその金の行方を話そうとした直前に死亡したんです」

工藤は茫然として、立ち止まった。

「でもあれは――お話ししたように、脳ヘルニアを発症して死亡したんです。病死です」

「ええ。わかっています」

美智子が笑ってみせる。そして再び先へと歩き始めた。あわてて工藤は美智子を追いかけた。

半歩後ろまで追いついて、そのまましばらく無言で歩いた。

時刻は深夜の一時になろうとしていた。

肌寒かった。

夜の東京はほこりにまみれた電飾が雑多に光を放ち、年中無休の巨大で薄汚いクリスマスツリーのようだ。肌に触れる風の寒さだけが、街を歩いているという実感を与える。不意に美智子が言った。

「もし六千万あれば何をしますか」

「思いつきません。親に、学費にかかったお金を返してやりたいと思いますけど、それだって、六千万に比べれば大したお金じゃないですから」

美智子は本当ですよねと笑った。

それからまた、しばらく歩いた。

「現実とはシビアなものだと思います。美談も、自己犠牲も、正義も、ないとは言いません。だけど長い間報道の世界にいて思うことは、誰かが何かに正義の鉄槌を振るったとすれば、それは振るう方に個人的な理由があるということでした。過去に行ったことに罪悪感を持っていて、それを相殺したいと思っていたとか、虐げられた経験があって、人ごとだとは思えないだとか。もしくは誰にも顧みられない人間がその人生に嫌気がさして、一躍ヒーローに成り上がろうとするとか。本人がどう自覚しているかは別として、思うほど純粋な発想ではないんです」

工藤は困惑した。「義憤に燃えて、自らの利害とかかわりなく、悪人をこらしめるっていうのは、僕らは――なんだか――鼠小僧っていいなと思うように」

工藤は言葉を切る。美智子は工藤の言葉のその先を心得て、言った。

「そんな絶対的な悪人と被害者って存在すると思いますか?」

そして美智子は畳みかけた。「道を一つ間違えればまっすぐに地獄へ行き、もう一つの道を行っていればまっすぐに天国に行ける。そんな単純な道は、人の世にはないんですよ」

そこには一瞬、美智子の苛立ちのようなものが見えた。

「鼠小僧はね、経済的な制裁なんですよ。金は取っても命は取らない。少々判断を間違えたって、かまわないんです。しかし殺人は違う。相手が間違いなく死に値すると、あなたには判断ができますか?」

美智子は立ち止まり、工藤を見つめた。真面目(まじめ)なまっすぐな声だった。

「わたしは死刑廃止論者なわけではありません。殺される者の悲哀なんかを言っているんじゃありません。この事件に関しては、わたしだって殺された者をかわいそうだなんて思いませんよ、仮に殺しだとしてね。殺された方に興味はない。わたしはただ、殺人の正義について考えているんです」

――殺人の正義。

考えたこともなかった。

確かに自分は正義の人にはなれない。人のことを親身になって考えるほど清く正しくもなく、出来合いの正義感と論理性しかもちあわせていないから。でも、もしそんな人間がいたら。

昔見たテレビの中のヒーローのように、世直しをしようと考える正義の人がいたら。中根大善のような人間を殺し、渡部のような人間を殺し……。

しかし坂下に死をもたらすことのできる人間はいない。いつでもどこでも超能力者のように人を殺すことができる人間でもいないかぎり。

そんな超能力を持つ人間がいないかぎり。

ふと、思考が滞った。

タネは本当にそんな能力を持っていたのだろうかと、そう思ったのだ。

タネなら、正義の定義などに縛られることなく、殺人する相手を決めることができる。いや、誰だって、人を殺す超能力があればさほど悩まずに殺していくだろう。道を歩いていて肩が当たった相手に念力を送って心臓を止める。行列に割り込みをした人を通りすがりにみつけて、横から念力を送って殺す。楽しいかもしれない。

本当に楽しいだろうか——

月が高く上がっていた。星は出ていなかった。ビル街の人通りは絶えて、自分たちの靴音が響いて聞こえた。歩道の端に汚れた身なりの男が横になっていた。垢(あか)の重みで鎧(よろい)のようになった顔と髪と衣服で、重装備しているようにみえた。ラーメン屋のネオンが明る過ぎて、目を向けると、客のいない店内で、調理服の男が、一人黙々とテーブルを拭いていた。

殺人の正義と大金。鼠小僧とタネ——

頭の中が一杯になって、工藤は自分の靴先に目を転じた。

下を向いて歩くのは好ましくはない。それでも自分の靴先だけを見ていたい時もある。かつかつと前へ放り出される靴先。そのたびに自分が道を前に進んでいるという現実。それだけで十分だと思う時。

しかしその時、不意に美智子が顔を上げた。

「ねえ、工藤さん」

さっきまでとは違う、ほんの少し高い声だった。

「あなたが見た高津さんはとても嬉しそうだったと、そう言いましたね」

工藤は「ええ」と答えた。

「緊張感などまるでない。おでかけリカちゃんのような格好をして、ひどく嬉しげでした」

工藤もまた、思い出しながら呟いた。

「まるでデートの相手でも待ちわびるように見えました」

美智子は足を止め、工藤の顔を見た。彼の言葉を反復しているようだった。それから、また歩き出す。工藤は後を追いかけた。彼女が歩くのが速くて、一旦立ち遅れると、追いついていくのが、大変だった。

5

なぜ、小森明代は金を払ったなどと嘘をついたのか。恩を仇（あだ）で返すという言葉がある。恩を売ったつもりはないが、そんな仕打ちをされる覚えもない。

工藤孝明は小森明代の家へ行く道々、彼女のことを考えていた。

明代は、事件が起きるまで真奈美に人並みの愛情を持って育てていたとは言いがたい。真奈美に付き添って病院に来ていたのも養護施設の職員であり、明代ではなかった。それが真奈美のハンディキャップのせいであるかどうかは、実際のところ、わからない。しかし明代という母親は、自分の人生のあらゆる負を、真奈美にかぶせていた節がある。男ができると真奈美を施設に入れる。その男にためた貯金を持って逃げられると、「お前さえいなければ」と真奈美を責める。そうなればそれは単なる八つ当たりを超えて、彼女の劣等感のバロメーターにもなる。

その明代が、真奈美を傷つけられたと知った時、気が触れたように怒った。

そして坂下が死んだあとも、目をえぐった坂下の黒縁の写真を飾っている。

工藤は、明代が身勝手な母親だと思うわけではなかった。明代には真奈美が自分であり、坂下が世間なのだ。自分自身への憤りと怒りは真奈美に向けられ、真奈美を馬鹿にされるということは、自分の劣等感を直撃されることになる。しかしそれは、明代は、自分の腹から産んだわが子に一体化するほど愛情を注いでいるからだともいえる。

果たして親の愛とは何ものなのか。

人の愛は、何を終着点にしようとするのか。

工藤にはわからなかった。

ただ、明代を追い詰めたものは「子供を施設に預けて男を家に引き入れている」と陰口を叩いた、世間の目なのではないかとは、思う。

工藤は、こんな事件に自分を巻き込んだ明代を恨めしくは思う。しかし、憎しみはないのだ。町の人々は彼女を障害者の母親としか見なかった。障害者の母親は哀れで健気(けなげ)でなければばならなかった。狭い地域社会では、障害者の母親は、わが子のことをひとときでも忘れれば冷たい目で見られた。明代の家に、いまだ目のえぐられた坂下の写真があるのは、彼女の願いが成就していないからなのだ。だからいまだに明代は、藁人形の胸に釘を打つ。工藤は、そんな明代を哀れに思う。

そして一方で、恐ろしくも思う。坂下への復讐が真奈美のためのものではなく、世間に対するものであるならば俺は真奈美の復讐ではなく、明代の復讐を遂げたヒーローになっているのではないだろうか。

そのくせ、いとも簡単に、俺のことを警察に言いつける。

人を恨み殺しても、自分の命は惜しいのだ。

明代の感情と行動は、ぐるぐる回る矛盾を抱えていた。いくら歩いても先には進めない。必ず入り口に戻ってしまうような。そこにはどんなに懸命に歩いても、出口に辿り着けないような、構造的に、一貫した矛盾がある。

明代に対して恐れや瞬発的な怒りはあっても本質的な怒りを感じないのは、そういう矛盾を人ごととして糾弾できない自分があるからだと、工藤は思う。事情はどうあれ、出口のない矛盾の中に放り込まれた人間の存在そのものが、胸を突くのだ。そして彼女を許すことは、なんだか自分が許されることのような気がするのだ。

自分が彼女を受け入れるのは、たぶん、自分が社会に受け入れられることを夢想するからだと思う。

すなわち偽善でもある。

いや、明代のことだけではない。中島登美江に寛大であったのも、自分に寛大であって欲しいという社会への欲求の裏返しに違いないのだ。

俺のどこかがそれに気づいていた。だから俺は、そんな自分にちくちくと罪悪感を感じ続けてきたのだ。

やっぱり俺は、正義の人にはなれないということだ。

木部美智子は言った。——ええ。個人が認識する社会なんて、小さいものです。

明代には自分と真奈美と坂下の位置関係がそのまま社会の縮図であり、今の俺は、明代を許す自分を、自分を許す社会に見立てている。

本当に、なんと小さなことだろう。

工藤は明代に事情を話そうと心に決めていた。ひざを突き合わせて、身の潔白を真摯に語ろう。彼女は俺にとって社会の縮図なのだ。そして俺の思う社会は、真実の通る場所でなければならないのだ。

工藤はそんなことを考えていた。

そして小森明代の家を訪れたのだ。

悲劇だった。

小森明代の家は、玄関が開きっぱなしになっていた。

工藤は、開けられたドアのそばに立って「小森さん」と声を掛けた。

返事はない。玄関には靴が蹴散らしたようにある。工藤はもう一度声を掛けた。

「小森さん。藤原病院の、工藤です」

カサコソと音がした。

不安になった。工藤は重ねて言った。

「工藤です」

返事はない。工藤は耳を澄ませた。カサコソと音がした。

かすかに豆腐の匂いがした。

自分が何のために来たのかを忘れて、工藤は不安げに彼女の名を呼び、玄関から中を覗き込んだ。

真奈美に引かれるように覗いたあの日と変わった所はない。壁沿いの部屋の中央には祭壇がわりの机がある。目をえぐられた坂下直弘の写真はなくなっていた。

部屋の中央に座布団が一枚見える。目を凝らすと、その上に何かが載っている。工藤はそれが何であるかに気づいた。派手な色の端切れを張り合わせ巻き付けた、成り金趣味の、あの金槌だ。

それが片づいた部屋の中央で、座布団の上に乗っかって、ポツンとある。

障子の陰に、畳の上に投げ出したような衣服の端が見えた。

古ぼけたセーターだった。その裾から、手が覗いていた。それが人間の手であることを理解するのに、ひどく時間がかかったような気がした。

あとは早かった。衣服の手前、重なるように見える黒いものは頭だ。それが乱れてみえるのは、畳の上に髪がこぼれ落ちているからで、その髪の一部は溜まった血の中に——血——

血溜まりがある。

工藤は小槌を振り返った。小槌の右側にはべっとりと、血の黒い照り返しがあった。

工藤は踵を踏みつけながら靴を脱ぎ捨て、倒れ込むように部屋の中に飛び込んだ。

小森明代はうつ伏せに倒れていた。

極めて多量の出血だった。その出血の元は一目で判断できた。後頭部から首筋にかけて濡れそぼっているのだ。

頭蓋骨が大きく陥没している。

南条大学病院にいたころ、経験にと救急外科に通ったことはあったが、その時にもこれほどのダメージを受けた人間を見たことはなかった。

明代の足が動いた。角度で言えばほんの三度。コンクリートの上で直射日光に当てられた瀕死の蟹が、その足を動かそうと試みるような、緩慢な動き。畳の目にすれて、カサコソ音を発する。

まだ生きていた。

生きていて、多量の血を流しているのだ。

脳外傷で死に至るプロセスは二つ。一つは延髄が破壊されること。工藤は明代の頭を左手で支えると、右手で肩を摑み、上向けにひっくり返した。

しかし延髄が破壊されれば、呼吸は止まり、もう生きていないはずだ。延髄破損を免れた人間が死亡するとすれば、脳圧が上がり、脳ヘルニアを起こした場合だ。明代の脳は割れていて、多量の血を流している。ということは、急性の脳ヘルニアも免れる。

下から明代の頭を支えたてのひら全体に、生暖かい感触がベッタリとへばりついた。生きた薄い膜のようだった。頭骨の確かさはない。一本の指先は、その腹に骨を感じない。手に、脳を抱えている。

工藤はその感覚におののきながら、それでも明代の後頭部を下げ顎を上げさせ、喉の奥を見た。気道に障害物はない。呼吸はあった。そして首筋の脈が動いている。

工藤は、片手に明代の頭を支えたまま、ポケットから携帯電話を取り出した。一一九番はすぐにつながった。

「住所は正確にはわかりません。波辺町南の、町民交流広場の向かいの県営住宅群の中、小森明代という女性の家です。アパートじゃない、古い長屋形式の家屋です」ひっくり返した明代の鼻からは水のようなものが流れていた。しかし耳からは血は流れていない。

「頭部陥没して出血がひどい。意識はありませんが、まだ生きています。呼吸、循環とも微弱。延髄の損傷、および頭蓋骨折の可能性がある、すぐに来てください」

電話の向こうから声が聞こえる。

——もう少し場所を正確に。

手帳には彼女の住所を書き写している。しかし今、明代の頭を支えた手を外すことはできなかった。指の一本は脳の中にくわえ込まれている。工藤は片手で明代の頭を支えたまま、携帯電話を畳の上に置いて、ポケットの中の手帳をまさぐろうとした。しかし左手を固定するために畳に片肘をついた時、鼻先にきた明代の呼吸が浅くなっているのに気がついた。

工藤はとっさに、顔を明代の鼻に押しつけるようにして近づけた。

急速に呼吸が弱くなっている。

——今、場所を確認して救急車を出しています。お名前を。

畳の上に転がした携帯電話から声が聞こえた。

あなたの名前を言って下さい——

脈はあった。明代はまだ、生きていた。

工藤は明代の顔を見つめて、一気に頭から手を抜き出した。薄い膜の生き物が、手にまつわりついてきた。血ばかりではない。粘液が血と混じり合ってまだらに指に絡みついている。手洗いとおぼしき部屋を見つけると、そのノブを掴んでドアを開けた。トイレットペーパーを掴むと、一気に紙を巻き取っていく。芯だけを持って、そのまま、明代の元に戻った。

人工呼吸と心臓マッサージは同時に一人ではできない。そのくせ表裏一体なのだ。心臓が止まると呼吸も止まる。

あなたの名前を——

畳の上で携帯の声は言い続けていた。工藤は再び左手を明代の頭の下に突っ込んだ。今度は首の下に手を差し込んだつもりだったが、それでもぐしゃと手応えがした。脳が、割れた骨の間から垂れ下がっている。指に骨のかけらが当たった。しかし工藤はどれにも構わなかった。

彼は顎を上げた明代の顔に覆いかぶさるようにして、その口にトイレットペーパーの芯を突っ込んだ。明代の鼻をつまみ、芯のもう一方の端をくわえる。

目の前五センチのところに、鼻から髄液を流した、血みどろの顔があった。脳は頭蓋骨からはみだしている。それでもすぐには死にはしないことを工藤は知っていた。延髄がやられていなければ、生還する可能性はあるのだ。

工藤は心の中で一、二、三と数えて自分の呼吸を整えると、吸い込んだ空気を吹き込んだ。明代の胸が膨らんだ。もう一度ふきこむと、筒から手をはなす。両手を重ねて心臓の上に置くと、体重をかけて十五回、押す。

それから大きく息を吸って、筒をくわえ直し、明代の鼻をつまんで、二度空気を吹き込む。そして心臓を十五回、押す。

何度繰り返したことだろう。

工藤は、徒労に気がついた。

彼女の肺が膨らみ、うまく空気が入ったのははじめの三回だけだった。彼は途中から筒を放り出して、心臓を押した。やがてそれもやめた。

彼女は死んでいるのだ。

呼吸は止まっていた。脈もなくなっていた。

彼女は死んでしまったのだ。

工藤は畳の上に座り込み、ぼんやりと明代の顔を見た。

彼女は殺されたのだ。後ろから殴られて。明代のひざの下には座布団があった。座敷の小槌の下にも座布団がある。座布団の上にのっている小槌には、べっとりと血糊(ちのり)がついていた。

小槌の握りが濡れていた。

手に、薄い粘膜の感触が残っていた。ざらついた髪の間から漏れた、脳の感触。

工藤は放心して座っていた。

さっき、座布団にのった小槌が小さなタネに見えた。彼女は座布団の上に座り、明代の方にお行儀よく体を向けて。

明代を見ていた。

豆腐の匂いがした。

サイレンの音が聞こえた。

工藤は自分の両手を見た。

血に濡れていた。

——俺が、犯人にされる——

工藤は息が止まった。初めて、明代が死体に見えた。ゆっくりとした速さで、頭に血が昇り始める。

血流が大きな塊になって頭に昇り切った瞬間、工藤は、飛び上がるようにして駆け出していた。畳に投げ出した携帯電話を引っ掴むと、一目散に逃げたのだ。あとは一度も振り返らなかった。

立ち止まれば、救急車のサイレンが背中から襲ってくるような気がした。

6

関口志保殺害事件の捜査員は事件発生から三時間で、神奈川県厚木市内にある、貿易会社にやってきた。

従業員五名の小さな事務所だった。隣に小さな工場を持っている。

玄関先で問答する。

即日、工場、会社とも閉鎖された。

工場に鑑識と科学捜査班が乗り込んだ。

二日後、営業は再開された。

十月十二日。

フロンティア編集長真鍋は、編集室で契約記者からその顚末(てんまつ)を聞いて、言った。

「工場から毒物は発見されなかったということですか」

　記者は、撮って来た工場の写真を真鍋の前に並べた。そして首を振る。

「なんにも出ないし捜査官もなんにも言わない」

「工場や会社の営業が再開されたということは、怪しい所はないからじゃないですか」

　年かさの記者は、真鍋の机の斜め角を見つめて考え込み、やがて、不審そうに首を振る。

真鍋はその様子をじっと見た。

「少なくとも、無差別殺人じゃないと踏んだということですよね」

「それはそうだと思う。しかし離れる様子もない。無関係ではないのは確かなんだ。でも我々が付近の人に聞き込みをしても、それらしいことはなんにも出て来ないし、捜査員にいくら聞いても、なんにも言わない」

　締め切りが近かった。今週、この事件の詳細を載せる雑誌があるかどうかが問題だった。その際の「関口志保」の名前の扱いもまた、問題だった。

「関口志保の亭主は容疑者のリストから外れたということでしたよね」

「わからない。もう一度引っ張るという話も聞いた」

　真鍋は黙って記者を見る。

　記者は彼に見つめられるままになっていたが、やがて口調を変えて語りだした。

「前日志保と会っていた女がいるのは確かなんです。当局はどうやらその女の氏名を特定したらしいが、ライターらしい。だということは、志保の死は、旦那の二年前の事件にかかわるんじゃないかと思われる。その一方で、毒入りの甘味料なんですが、科研で事件現場から発見された切れ端と、テーブルの上に残っていた本体とを破ったあとがきれいに一致したそうです。ということは、口の開いたものでなく、まっさらのものをその場でちぎって開けたということになる。不審な穴も発見されていない。毒はあとから封を切っていれたとか、穴を開けていれたとかではなく、密封された状態の時にすでに入っていたことになる」

写真の中の工場は、五十平方メートルほどの小さなものだった。それをいろんな角度からとった写真が真鍋の前に並んでいた。出勤する従業員の姿が写っているものもある。工場の入り口には「遠山貿易」と縦型の看板がたっている。地味で手堅い印象だった。

真鍋は注意深く聞いていたが、わかったと一言いうと、写真を受け取った。

遠山芳樹（よしき）——美智子が東亜日報の玄関横の応接に座って、紙に書かれたその名前を見つめたのは、翌十月十三日のことだった。

前には東亜日報の記者、楢岡が座っている。美智子は「確かなんですか」と訊（たず）ねた。

楢岡は頷いた。

「遠山の容疑が濃いのは間違いないようです」

捜査当局は犯人探しもさることながら、むしろ犯行目的を特定することにやっきになった。志保が死亡したのは、目的を志保殺害に特定した犯行の結果であるのか、それとも偶然であったのか。もし毒物が甘味料に混入したのが工場段階ならば、そこから出荷した毒入り甘味料は、不特定に犠牲者を出すことになる。

遠山貿易は小さな貿易会社で、食料品、雑貨を輸入、販売している。主にヨーロッパで、倒産品や売れ残りの在庫品を捨て値で買いつけて、パッケージを整えて売り出す。買値が安いから、売値もその分安くなり、小さな雑貨屋は喜んで置くのだ。ただ、倉庫に長い間放置されていたものが多いため、買いつけた時の状態が悪い品物が多い。それを選別し、売り物にならないものを廃棄し、残りを小さな自社工場で見栄えよく整える。箱が汚ければ箱を捨てる。鉛筆などは一本一本丁寧に拭く。袋の破れた粉石鹸(せっけん)などは、中身を取り出して新しい袋に詰め直す。

「志保がコーヒーに入れたダイエット甘味料のパッケージを作っていたのがその遠山貿易だった。そこで、志保狙いの可能性が高いと読んだ」

そうして楢岡は言葉を切る。美智子は問う。

「なぜですか」

楢岡はその問いを待っていたように答える。

「その遠山貿易の入り婿の遠山芳樹ってのが、引っ越すまで、関口のカラオケ教室の生徒だったからだよ」

そして美智子の反応を確認した。

「志保と遠山芳樹は不倫関係にあったというんだ。半年ほど前に遠山は厚木に家を建てて貰って引っ越している。問題の甘味料は、原産国はブラジル。日本には大量輸入されているものでなく、遠山貿易が細々と買いつけているマイナーなものだ。志保が死んだ原因となった甘味料の中継ぎが、その遠山の会社だったのが、偶然というのは出来過ぎだって話だ」

「一袋だけの毒入り甘味料は作れるんですか」

「遠山貿易はその甘味料を十キロ詰めの缶で購入して、自社工場で小袋にパッケージし、得意先の雑貨屋と飲食店に卸していた。一つでも、三つでも、百単位でも、工場のラインを動かせば簡単にできるということだ。ちなみに誤って混入する可能性はほぼない」

楢岡は続けた。「問題は、志保がどういう経緯でその毒入り甘味料を使ったかということだ。志保はあの日、あそこで待ち合わせをしていた。彼女が持ってきたのか、それを知っていた誰かが置いたか。しかし直前に不審な客はいないし、卓上のシュガーケースに一袋だけ毒入りを混ぜたとして、志保がそれを使うとは限らない」

美智子は一息、考えた。

「この遠山芳樹という男を視野に入れるのはわかるとしても、絞り込むには、根拠が乏しいと思うんですが」

楢岡は頷く。

「目撃証言があったらしい」

——殺された関口志保は、夫のカラオケ教室に通っている生徒の電話番号のうち、かなりの数を自分の携帯電話にメモリーしていた。警察は頻繁に使っている番号を何件か絞り込んでいた。そこへその目撃証言が飛び込んだ。関口のカラオケ教室に通っていた男が、事件前日、妻とともに、志保が公衆電話から市外電話をかけているのを見た。

「志保はすごく怒っていたそうだ。その目撃者が言うには、彼女はその電話をかけるのに、電話番号を携帯から引き出していたというんだ。そしてコインでかけていた。それがまた、えらく早い勢いでコインを投入していたというんだな。だから市外だったのは間違いがないと、こういうんだ」

時間から、それは「アルジェロ」で若い女と会った帰りだと思われた。すなわち志保はその女とアルジェロで会ったあと、携帯電話にメモリーされている、市外に住む誰かに電話をして、その相手に対して激しい感情をむき出しにしていたということになる。

「携帯からかけず、わざわざ公衆からかけたのは、通話記録を残したくなかったか、発信者が自分だとわかると相手が電話に出ない可能性があったからか。何にしろ事情がある相手であるということは確かだ。志保の携帯のメモリーの中に、それにぴったりの男がいた。とうに教室を辞めて、転居しているのにまだ通話記録が残っている。そしてその男には全部非通知でかけている。その相手が志保の甘味料を作っていた遠山貿易の入り婿、遠山芳樹だった。志保は十月七日、殺害される一時間前にも遠山に電話をかけている。遠山に一件、本間タネに一件」

「タネに？」

「うん。松江は、その時間に、志保から嫌がらせの電話を受けたと、電話があったことを認めている。志保は渡部事件以降、タネを目の敵(かたき)にしていたようだから」

「警察は痴情のもつれと考えているんですね」

「だからって夫の容疑が晴れたわけでもないけど」

そしてそのまま「それがな」と不可解そうな声を出した。

「昨日、俺の所に山梨県警のその鰐淵って刑事から電話があった。高津千里って女を知ってるかって言うんだ。ジャーナリストの多田徹の女だって噂はあるよって教えてやった。それから、君のこと、聞くんだよ。木部美智子ってフロンティアの女記者、どんなのって。それで、こうも言うんだ。あんた、タネと、工藤って医者のこと、どう思うって」

鰐淵の言葉の意味するところは、小森明代事件だけでなく、志保殺害にも、工藤の名が取り沙汰されているということだ。

——美智子は、小森明代が撲殺死体で発見されたことを、今朝のニュースで知った。追い掛けるように本宮が電話をかけてきた。

「昨日十二日午後四時五十二分、小森明代の家で重症者がいるとの一一九番通報があった。救急隊員が駆けつけると、小森明代はすでに死亡。頭部打撲の出血多量。凶器は、そばに落ちていた金槌。後ろから数回殴打したものと思われる。救急隊員が到着した時、通報者の姿はなかった。通報者に関してわかっていることは、彼女の住所をはっきり言うことができなかったということ。医学的知識のある人物だということ。男性。声から推測して三十歳前後。明代のそばには血のついたトイレットペーパーの芯が落ちていた。それから、遺体は動かした跡がある。監察医の所見では、トイレットペーパーの芯は人工呼吸に使ったんだろうということだ。一方には流れた血が、一方には唾液が付着していたが、小森明代の血液型と合わないため、第三者のものと思われる。ちなみに、芯についていた血というのは、飛び散ったり流れたりしたものでなく、血に濡れた手で摑んだものであり、指紋が取れたそうだ」

美智子は、人工呼吸にトイレットペーパーを使うとはどういうことかと聞いた。

それに対して、本宮は、人工呼吸はマウスツーマウスでやるより、そういう物を使った方がうまく空気は入るものなのだそうだと説明した。「一方を患者の口にいれ、一方をくわえて、それで送り込む。遺体の様子からその行為をした者は、うつ伏せの明代をひっくり返して人工呼吸を試みた。トイレにはロールから引き出された紙が大量に残っていたそうだ。ノブにも血がついていた」

玄関は開いていて、室内に荒らされた跡はなし。来客があったらしく、部屋には座布団が二枚あり、台所の流し場には、飲み残しのお茶が入った湯飲みが二つ、洗われないままに置かれていた。室内に靴跡のようなものが残っていたとも聞いたが、未確認。捜査本部は事件当日の明代の行動について調べているが、詳しいことは入ってこないと本宮は言った。

そして本宮自身も、工藤孝明だろうかと言ったのだ。

「工藤が小森明代と口論になり、近くにあった小槌で殴り殺したんだろうか。そして我に返って救急処置を施した」

美智子はそれに対してただ、「私には想像のつかない図ではありますけど」と答えた。美智子が思いつくとすれば、明代を助けようと走り回る工藤の姿だけだ。

「それにしても間が悪いよ」と本宮は電話口で続けた。

「小森真奈美の強姦事件が発覚したのが七月下旬。夜中の二時に神社の裏で白装束で藁人形に釘を打ちつけて警察に通報されたのが八月。その後九月の初めに、小森明代は八年間売る気のなかった土地の売買価格の確認に行っています。坂下に怪我を負わせたのが、九月の二十四日。そこで工藤孝明が『力になりたい』と漏らし、小森明代が『ほんとうですね』と念を押す。そして守口不動産に現金を用意させたのが翌九月二十五日。その夜、坂下直弘に『真実を話さなければ死亡する』と閻魔メールが届き、三日後の九月二十八日、直弘は死亡した。そして小森明代は工藤医師に頭を下げ、警察には彼に金を払ったと漏らす。こう並べると、工藤くんには気の毒だが、小森明代に頼まれた工藤くんが坂下を殺したという筋書き以外、考えられなくなる。そして警察に保護を求めた小森明代が殺されて、現場に彼が居合わせた」

美智子はその後、何度も工藤に連絡を取ったが、自宅電話は留守電になっていて、携帯は繋がらない。藤原病院に問い合わせると、工藤医師は数日お休みですと、受付の女性の事務的な返答が返ってきただけだった。

関口志保殺害事件について、工藤はどの程度関与を疑われているのだろうか——

美智子は落ち着いた面持ちを繕って、楢岡に言った。

「それで、楢岡さんは、タネと工藤のことをどう思うかと聞かれて、何て答えたんですか」

「工藤って医者のことはよく知らないって言った。確かに、連続する不審死について興味があったから、その一つとして渡部の事件を追いかけた。でも工藤という医者には、大善事件の初めから興味はない。だから知らないと、そう言った」

そして楢岡は美智子の顔を見た。

「工藤って医者が大善を手にかけたというストーリーは、現実的ではないよ。しかしね、その高津千里というのは、その医者に取り入って、そいつの懐具合を探ろうとした女だろ？　だとすれば、今度の関口志保殺しは、大善事件と、メンバーが共通し過ぎている」

そしてなおも美智子を見つめた。

「君がはじめに関口の事件について詳しい話を聞きたいと言ったのは、志保が死亡する前だ。木部くん、君は、志保の身に何か起きることを予測していたんじゃないのか」

「そうじゃないんです。別件で調べているうち、関口にぶつかったんです」

楢岡が少し、身を乗りだした。「別件って、何？」

それは、坂下直弘が死亡し、小森明代が、病院の若い医師に頭を下げたことから始まった。

「ここでその話はしたくないんです」

楢岡はため息をついた。「俺、そんなに信用ないかね」

楢岡を失望させるのは辛かった。しかし美智子には、はじめて工藤のマンションを訪れたとき、怯(おび)えて部屋に走り込んだ工藤の姿が、目に焼きついている。それは怯えきった子供の目だった。

美智子は、記事を書く時一つのルールを持っていた。それは、自分で見たことを忠実に書くということだった。

しかし美智子は今、それができないのだ。

「アリバイがなくて動機があって、古くから事件にかかわっている人が、また殺人現場に居合わせてしまった。彼がなぜそこにいたかを説明していけば、一見それは不合理で、誰も彼の話を信じない。そんな人がいればどうしますか」

楢岡はゆっくりと問い返した。

「それは、警察には言えないことがあると、そういうことかい」

美智子は頷いた。

楢岡はふうむと声を洩らす。そしてしばらく美智子の顔を見ていたが、やがて苦笑した。

「しょうがないな、今しばらく質問に答えるか」

美智子は頷いた。

「どうやって警察は、高津千里の名を割り出したんですか」

朝の電話で本宮も言った。高津千里が最近調べていた事件は何だと聞かれたと。本宮は、それに対して、そういうことはお互い人に話さないものだ。だから聞いてないと答えた――警察が高津くんの名を割り出したということは、関口はやはり、高津くんの訪問を警察に話したんだろうか。

楢岡は答えて言った。

「聞いてない」

　美智子はそんな楢岡に食いついた。

「調べてもらえませんか」

　美智子は楢岡を見ている。

「お祭しのとおり、志保死亡の前日、志保が会っていた女というのは、高津千里です。志保は報酬を要求して、その金と引き換えに情報提供すると言った。提示されたのは二十万でした。しかし高津千里が初めに取材を試みたのは志保でなく、夫の関口洋平だったんです。夫は取材を拒否しました。帰ろうとする高津記者を志保が追いかけ、その話を持ちかけた。その翌日、情報と二十万を引き換える直前に志保は殺されたんです」

「なんの情報ですか」

「高津記者の取材は、タネと六千万円をめぐる二年前の事件にかかわるものでした」

「――二年前のあの六千万か」

　楢岡がゆっくりと興奮していくのがわかる。

「問題は、関口が当初、高津記者の訪問を警察に隠したということなんです。なぜ隠す必要があるのかがわからないんです。考えられることは、興味を持たれたくないということ。彼がその訪問を、警察に話すほどもない、とるに足らないことだと考えている可能性はありません。その後、別の記者がそのことで関口に取材しましたが、彼は六千万の話に触れたとたん、顔色を変えたんです。でも、関口が話していないのなら、どうやって警察は高津千里の名を特定したんでしょうか」

美智子は、じっと見つめる楢岡から目をそらさず、言った。

「警察が、志保と会っていた女を高津千里と確定した経緯を知りたいんです。正確に言えば、関口洋平は高津千里の訪問を警察に話したのかどうかを知りたい。できれば遠山に取材をして、志保が遠山に最後に話したことも聞きたいのです。

警察の求める情報を持っています。甘味料は、志保が持ちこんだものです。煙草とライターを出す時、一緒に鞄の中から出した。封の切られたものではありませんでした。関口志保があの場で甘味料の封を切ったんです。志保死亡の一部始終を見ていた人間の証言です」

楢岡は茫然として美智子を見ていた。美智子はやっと、卓上のコーヒーに手を伸ばして、飲み干した。

すっかり冷えていた。

東亜日報の楢岡が小森明代の事件に気づいたのはその日の夜だった。

山梨県警の鰐淵刑事は、小森明代の事件に対して、最重要参考人が行方不明だと答えた。工藤孝明が容疑者かと問う楢岡に、鰐淵刑事はあいまいに答えを濁した。

明代は殺される前に「殺される」と言って警察に保護を求めてきた。明代の名指しした相手が藤原病院の工藤医師であり、ただいま行方不明でもある。——としか言えませんね。

櫛岡は「なるほど」と呟いた。

「なんですか」

「いや、アリバイがなくて動機があって、おまけに殺人現場に行き合わせてしまった間の悪い人間ってのがだれだか察しがついたと思ってね」

鰐淵は驚いた様子もない。

「ジャーナリストを名乗る方々はみな、工藤という医者に肩入れするようですね。でもお忘れなく。五年前彼を追い詰めたのは、俺たちじゃない、お宅たちだからね。こっちが冤罪を作っているような言い方はいただけません」

「うん。そこでその円滑な捜査のために情報を提供しようと思って電話をしました」

そういうことならぜひ聞かせて欲しいですねと鰐淵は言った。

櫛岡は喋り出す。

「お察しの通り、あの日志保が待ち合わせていたのは、高津千里ってライターです。彼女、自ら高津に近づいて、渡部の事件について、関口の嘱託殺人を匂わせた。そして話が核心に近づくと、情報提供料として二十万円要求した。翌日、金と情報を交換しようと待ち合わせ場所のアルジェロに現れて、殺されたってことです。高津は逃げ出した。前日の話で、志保は、あたしも殺人者の妻になるわけですからって、そう言ったそうだ。だからそれなりの報酬を払えって。それだけじゃない、高津千里を現場まで送った人間が事件の一部始終を見ていた。志保は、自分の鞄から未開封の甘味料を取り出して、自分の指で封を切って開けた。

甘味料は志保自身が持っていたものだということです」

　鰐淵はしばらく何も言わなかった。そして次に口を開いた時には、その声色は変わっていた。

「確かな話ですか」

「高津千里から直接聞いた人間の話です」

「二十万って、桁、間違えてないですよね」

「間違いない。二十万円ですよ」

「それを話したら、あたしも殺人者の妻になるわけですからって、そう言ったんですね」

「高津はそれをテープに録っているそうです」

　電話の向こうでメモを取る、鉛筆の音が聞こえ始めていた。「そのテープは今どこですか」

「高津千里が持っているそうです」と答え、楢岡は続けた。

「ところで教えて欲しいんです、高津の名はどういう経緯で出たんですか。僕が聞く限りでは、関口はその名を出さなかったはずなんだが」

　鰐淵はなおも鉛筆の音を響かせながら、言った。

「うん。関口は出しませんでしたよ。管理人から聞いたんです」

「管理人？」

「録音はしてないですよね」

「録音はしてません。メモは取りますが。今の情報は十分に捜査の役に立ったと思うんですがね」

それでも栂岡は、鰐淵の鉛筆の音が止まるまで、待たなければならなかった。やっと鰐淵が話し出す。

――工藤って医師には、あの十一日の朝から山梨県警の尾行がついていた。その前日の十日、小森明代が警察に飛び込んで来て、関口志保を殺したのは工藤であると言い出したんでね。だからあの日工藤が動いたのは、山警の捜査員の前だったんです。先生、えらいスピードで環状線をすっとばした。ネズミ取りにひっかかったら元も子もないなと心配するほどでしたよ。警視庁に借りは作りたくないから、見のがしてくれと事前連絡まではいれませんでしたけどね。天現寺で高速を下りて、目黒三丁目の友人宅でビデオカメラを借りた。その時、そのカメラを貸した若い男が『考え直してくれ』というのを、捜査員が聞いている。それから高速に乗り直し、沼袋の一軒のアパートの前で止まった。しばらくしてえらい若作りで派手な女が出て来て、グレーの軽自動車に乗った。工藤はそれを追いかけて、外堀通り沿いの公園の前で捜査官に捕まった。我々の尾行とは別に、交番に若い男から電話が入った。女性がストーカーに狙われているって。その男が今、車に潜んでいる。助けてくれと。捜査員はもう少し様子を見ていたかったんだが、電話を受けて巡査がやってきて、そうもいかなくなった。その、グレーの車に乗った女が、志保が会っていた女と特徴が似ていた。アパートに戻って管理人に聞いた。あの部屋に住む女は誰ですかって。そこで高津千里という名の三流のライターだとわかった。

楢岡は「なるほど」と呟いた。「確かに管理人だ。身元は明々白々ですね」

そして問い直した。

「ところで遠山の逮捕状を取りますか」

「まあ、そういうことなら、そうなるでしょうね」

「それなら一つ頼みがあるんです。逮捕前に、本人に取材したい。少し目を瞑ってくれませんか」

鰐淵は間を置いて、問い直した。「あんたが取材するんですか」

「いいや。木部って記者です。木部美智子。今の話は全部彼女から聞いた」

ああ、と呟くと、鰐淵はちょっと考えた。

「工藤のシロを証明するために、遠山から直接話を聞きたいと、こういうことですか。木部という記者には、他に犯人の心当たりでもあるんだろうか」

それに対しても、楢岡は丁寧に答えた。

「さあ、どうでしょう。詳しくは聞かなかった。でも木部くんの目的はなんであれ、捜査の手間を省いたということで、いいんじゃないですか」

「まぁ目を瞑りましょう」

そして鰐淵は言った。

「遠山には、未開封の甘味料を志保自身がもちこんだということについて、捜査当局にばれていることを明かすなと言って下さい。明日の午前中に済ませるように」

7

美智子が訪れた遠山貿易の社長の入り婿、遠山芳樹は、神奈川県厚木市の端、関口の住む町から六十キロほど南東に位置する町に住んでいた。

真新しい大きな洋風の家だった。塀を高くめぐらして周りを背の高い木で囲み、田舎(いなか)の洋風御殿という具合だ。玄関の囲いの向こうにはかわいらしい三輪車があった。原色の色使いは、どこかのブランド品と見えた。ガレージには小型の外車が止まっていた。全ては妻の——正確に言えば妻の父親の所有物である。

遠山芳樹は流行りの眼鏡をかけた若作りの男だった。背が高くて、人当たりは極めてソフトだ。まだ二十代といっても通用しそうだが、たぶん三十半ばを超えていると思う。美形を思わせるのは、眉の線が女性的に切れ上がっているからだろう。

彼は美智子を近くの公園に連れ出した。

「こんな取材は困るんです」

遠山はその、ほぼ美しいとも言える眉根を寄せて、そう言った。

「あの関口カラオケ教室には確かに通っていましたよ。接待で飲み歩くことが多くて。カラオケがうまいと間がもつんです。でも辞めたのは、ずいぶん前です。それに毒物のことなら、警察が来て調べましたが、問題はないと言われましたよ」

「ええ、わかっています。毒物のことで来たんじゃないんです。志保さんの死亡時間は二時三分なんですが、彼女、その一時間ほど前に電話を二本かけていましてね。そのうちの一本があなたにかけられたものだとうかがって」

遠山の顔色が明らかに変わった。遠回りはしたくなかった。これが遠山に取材できる最初で最後のチャンスだ。

「その時、彼女、あなたに何を話しましたか」

遠山はしばらく俯いていた。おそらく無意識だろう、受け取った名刺を眺めていた。名刺の文字を眺める目には、思い詰めたものがあった。

「約束して欲しいんです。お話はします。だから、二度と来て欲しくないんです。僕のことも記事にしないで欲しい」

「ええ。お約束します。二度と来ませんし、記事にもしません。少なくともあなたのことだとわかるようには、しません」

遠山はすんなり納得した。その後は、饒舌（じょうぜつ）だった。

「電話はありましたよ、確かに。古い話ですが、肉体関係もありました。黙っていたって、調べられてちくちくやられるんでしょうし、何か大きな隠し事があると思われたら心外だ。でも彼女が男女関係を結んでいたのは僕だけじゃないですよ。彼女と別れたのはもう半年も前です。妻の両親と同居することになりましてね、二世帯住宅を建ててくれたんです。それが関口志保がしつこくて。教室を辞めても電話がかかるし、家も変わったってのに、まだかかる。はっきり言って、迷惑でした。あんなのストーカーですよ。僕もやましいところがあるから、さすがに警察には行けませんでしたけどね。それでも本当に」と遠山は言葉を切り、どことなく遠くを眺めて、それから美智子を見て、うんざりとしたように言った。

「しつこかったですよ」

「亡くなってほっとなさったようですね」

遠山は美智子を見つめ、やがて頷いた。

「正直言ってほっとしました。もうあの電話がかからないと思うと」

そして美智子に言い訳がましく訴える。「僕にも家庭がある。向こうだってそれをわかっていたはずだ。それを、うぶな少女じゃあるまいし」

そして遠山は言った。「手短にしてください。ご用件はなんですか」

「事件当日に志保さんからかかったという電話です。なんて言ってましたか」

困ると言いながら、遠山はよくしゃべった。

「彼女、雑誌の記者に自分のことを売り込んだと言って鼻高々でした。一時ごろでした。今から会うのって。そんな電話でしたよ。それで旦那は自滅するって。まるで、そうなったらまたよりを戻そうと言わんばかりで。取材されるのは慣れてるのって、全く、そういう鼻持ちならない感じで。まあ、元々お高くとまった女ではありましたが」

早く切り上げたいと言いながら、遠山はすっかり話し込みたくなっているようでもある。

「お高くとまっていた？」

遠山はうんざりとした顔をしていた。しかしそれは美智子に対してではなく思い出した志保の姿に対してのようだったのだ。

「どこかのお姫様気取りですよ。初めはそれが新鮮でもあったが、いい歳をした女ですよ、限界があるでしょ。酒が入るとずいぶん傲慢（ごうまん）になってね、このあたしが付き合ってあげてるんだからって、そういう態度ですから」

「恋愛感情はお持ちでなかったんですね」

「恋愛感情なんて芽生える前に即肉体関係ですから。それで二回もそうなると、まるで自分の情夫のようにベタベタする。渡部って音楽家の男の話も聞かされましたよ。どんなに偉い人だか、あんたなんかにはわからないでしょうけどねって」

遠山の話からすれば、志保は渡部と不倫関係にあったことを、女としての勲章だと思っていたようだ。

「あたしは一流のピアニストなのって。御主人のカラオケ教室を馬鹿にしていましたね。自分は一流の音楽家に愛された一流のピアニストで、わけあってこんな田舎に身を落とさざるをえなくなったけど、元々は、あんたなんかに手の届くような女じゃないのよ。そこまで口に出しては言いませんでしたけど、まあ、そう言わんばかりです。そのくせ連絡しないと泣きつくように電話してくる」

遠山は心底嫌がっていたようだった。

彼が玄関を出る時、女性が不審気に顔を出した。妻だろう、小柄な美人だった。彼が出ようとすると、毛並みのいい大型犬が二匹、じゃれつくように玄関先に顔を出した。妻は、それをおしとどめるようにしながら、不安げな顔を夫である遠山芳樹に向けた。

嫌な男だと、美智子は思った。四十女がお姫様気取りをするのは、限界を超えたものがあると言いながら、妻を裏切り、志保とホテルに通ったのではなかったか。

「彼女がその女記者に何を話すつもりだったかって言うんですね」

美智子の最後の質問に、遠山はしぶしぶ答え始めた。

「五年ほど前に、中根大善って詐欺の宗教家が死んだでしょ。あの時、自分が殺したという老婆がいたのはご存じですか。関口志保は、旦那の関口先生が金を払ったのはそこだと言っていましたよ。関口先生がそこに金を払って、渡部喜一郎を殺させたんだって。彼女、金を返せってそのばあさんのところに掛け合いにいったけど、返してくれないって、いきり立っていましたから。貰った覚えなどないって言われたって。事件の一時間前、全部ばらしてやるって、その、本間タネの所にも電話をしているはずですよ。そう言っていましたから」

美智子は失望していた。

全てがタネに戻っていくのだ。

音楽家、渡部喜一郎の死因は硬膜下血腫だった。

脳の中の血管が切れて、脳ヘルニアを起こし、延髄が圧迫されて呼吸停止。実際、脳内の血管が切れた原因が、関口の起こした事故にあったのかどうかはわからない。渡部は再三医者から警告を受けていたのだ。高血圧、高血糖、暴飲暴食に喫煙。ある日突然脳の血管が切れる要素は、揃っていた。

しかし翻ればそんな五十過ぎの男はごまんといる。ではなぜ突然、渡部の血管は切れたのか。

タネが金を受け取り、呪いをかけ、そして相手の脳の血管がある日突然、ぶちっと切れる

―

「そんな記事、ボツです」

初冬だというのに、編集室には難しい顔をした編集者が腕まくりしてパソコンの画面を睨んでいる。机の上にはファイルと原稿が、バラバラな方向を向き合いながら上手に小山を作っている。

真鍋は疲れ果てた様子で、しかし声だけは、いつもながら明快だった。

「そりゃそういうこともあるかもしれないよ。呪って、殺す。いいでしょ、個人的に信じるかどうかは。しかし、記事としては、ボツです」

「わたしは」と美智子は遮ったが、その言葉を真鍋はまた遮った。

「いいえ、荒唐無稽だといっているんじゃない。そりゃ、とっても真面目に書くことだってで

きるんでしょうよ、木部くんのことだから。そうじゃないの。真面目に書けば書くほど、どうしようもないの。やるとすれば詐欺です。殺してやるといって金をだまし取る。でもね、タネの場合、たちが悪いのはね、詐欺でもないってことです。だって相手は実際死んでいるわけだから。その話、ボツです。製薬会社贈賄の沢木教授の取材に戻ってください」

美智子は座り込んで動かなかった。真鍋は、強情な子供に手を焼くように、再び天井を眺めていたが、やがて根負けしたように、大きなため息とともに言った。

「いいですか、必要なのは目に見えるものですよ。正確に言えば死体か金。不明な金の流れがあることをつかめれば、それは死体ほどの価値がある。しかし肝心のその金はどこにあるんですか。金がタネのところに行っていると言われながら、その痕跡はない。実際タネに金を払っただいたい、誰が、本間タネが金を受け取るところを見たんですか。多少の御布施じゃない、一連の死亡とはっきりとした因果関係のある単位の金の話ですよ。噂どおりだとタネは一体いくら抱え込んでいることになると思っていう人がいるんですか。全部が『らしい』じゃ記事にならないことぐらい、よくわかっているでしょ。信憑性のある記事でなきゃだめなんです。そんなくだらん話にかかずりあっていないで、いつもの木部さんの記事を書いてくださいよ」

美智子はなお食い下がった。「殺人が二件、絡んでいる可能性があります」

「まだ噂の域をでないでしょ」

「追跡取材の価値はあります」

真鍋はとうとう匙（さじ）を投げた。

「ご自由にとしか言いようはないでしょ。だめならただ、ボツになるだけですから」そして半分投げやりな声をあげた。「沢木は？」

「そんなもの、新聞の記事を繋いで張っつけておけばいいじゃないですか」

捨てぜりふのようにそういうと、美智子はデスクを離れていった。

真鍋は椅子の上で体をだらしなくのばしたまま、眠たそうなまなこをぱたぱたとしていたが、やがて、妙に得心したようにこくんと頷いた。

「そういわれれば、そうなんだよねぇ。でもね」と真鍋は呟く。

「クリスマスの日にクリスマスツリーを飾ってなきゃ、馬鹿にされちゃうんだよ」

美智子は編集室を出た。

中川はそれを横目で見ていた。彼は美智子が部屋を出るのを見届けると、何食わぬ顔をして部屋を出た。そして通路で追いついた。

「木部さん」

美智子が振り返る。

「前畑元治（げんじ）の娘の前畑伸江。調べましたよ」

忘れていた。あの背の高い、透かし模様のような存在感のない女のことを。真鍋に内緒で調べてくれと言っていたのだ。彼女の名前が偽名だったから。松江——前畑伸江——前畑元治。

「わかったの？」

中川は得意気に頷いた。

彼が言うには、まず大手数社の保険会社の友人に頼んでこっそりデータを見せてもらったのだそうだ。「インターネットの不正侵入ではありませんから」と真顔で言う。

ところが該当する氏名の加入者はいなかった。前畑元治というのは、民間の保険に入っていなかったらしい。

「でね、一番確実な手を使ったんです」

彼は、秋田の契約記者に頼んで、前畑元治の住所を訪ねてもらったというのだ。

そこにはただ小さな廃屋になった家が一軒、あったという。海のそばで、潮風がまともに吹きつけるところだった。四方二キロに家はない。二キロ離れた隣家の住人に聞いたところ、二十年以上も前、そこにはたしかに前畑元治という男が家族とともに住んでいたという。娘が一人、息子が一人。隣家の住人はその家族の顚末をよく知っていた。いや、この村の人間なら、知らないものはいないのだそうだ。

「その娘の名が、伸江。無口で、電信柱みたいに背の高い少女だったそうです」

二十年前に少女だったと言えば、年齢も松江に合う。

「十八年前に母親が殺されて、一家は離散したそうです」

「――殺人？」

「ええ。そうなんです。それも殺したのが、娘の伸江。前畑伸江は十八年前、十七歳の時に母親を殺していたんです」

前畑伸江の父、元治は漁師だったが、あまり働かなかった。働こうにも、天気が悪いと漁には出られず、たとえ漁に出ても、当時から漁獲量は全国的に減り始めていた。その上元治の船は古くて小さくて、網も傷み、天候がよい日でさえ満足に船を出せなかったのだ。母親は、酒を飲むことが多くて、飲むと暴れたそうだ。そういう家庭環境の中で、家事も弟の世話も、幼い伸江がずっとこなして来た。

そしてある冬の日、警察がやってきて、前畑伸江が母親を殺したと聞いたという。

狭い村の中で、すぐに噂は広まった。伸江は十二の歳から五年にもわたり、父親から性的暴行を受けていたというのだ。

五年間も自分の娘と夫がそんな行為をしていることを、母親が知らぬということがあっただろうか。狭い家の中だ。母親が酒を飲んで荒れたのは、それが原因だろうと、村人は声をひそめたという。

「周り、ほぼ二キロ四方家のないという僻地(へきち)ですからね。伸江は助けを求める隣人もいなくて、母にも助けてもらえず、一人で思い悩んで、そして挙げ句殺害に及んだのだろうということです」

そして名を変えて、暮らした。

「でもなぜか殺したのはその父親じゃなく、母親なんですよね。弟はそれを機に大阪に出て行った。元治はその後五年ほどして、死亡したそうです」

そう言うと中川は心持ち顔を寄せた。

「その手口なんですが、後ろから、後頭部を殴打してるんです」

前畑伸江は、十七歳の冬、酒に酔った母親の頭を、後ろから殴打した。

中川が囁く。

「小森明代の殺人と手口が一致していますよ」

美智子は中川をぼんやりと見返していた。

小森明代の殺人現場には、二人分の座布団と湯飲みが残されていた。来客があったということだ。そして現場に争った形跡はない。明代の家を訪れたのが松江なら、明代は座布団を出してもてなしただろう。彼女にならず警戒せずに背も向ける。

美智子は手帳を開くと、手帳の中に残された、前畑伸江という文字をじっと見つめた。

タネの家の、祭壇の隅に小さく影のように座った、案山子のような女、松江。

信者たちは、何かあると彼女の方へ腰をかがめて寄っていく。彼女の横にはアルミの四角い缶がある。彼女は、まるで付き従うようにその缶の隣に座っていた。

噂どおりだと、タネは一体いくら抱え込んでいることになると思っているんですか——彼女に支払われる御布施は、一口五万円から百万円だと聞く。月百万として、一年で約一千万、五年で五千万。いや、関口の金がタネに流れていたとすれば、それだけで六千万円。

警察に駆け込んで、御布施の話を明代が洩らした。

松江こと前畑伸江は、このままでは、一千万をタネに払ったということを、小森明代が警察に話すと思った。

タネの行為に「詐欺」の一言を当てはめた時、信者たちは催眠術から醒めたように、タネに興味を失う。そして御布施という金銭を巡るトラブルがタネから神秘性をはぎ取った時、そこにはただの耳の遠い老婆しかいない。集金機タネがただの老いて醜い老婆になる。金が集まらなくなるばかりではない。松江の過去もまた、暴き立てられることだろう。名を変えて、タネのもとに居ついた松江。十七で親を殺した娘は、狼狽した時、十八年前と同じ手法を使ったのか――

美智子は中川に言っていた。

「山梨県警に鰐淵という刑事さんがいるから、中川くん、その内容を至急、電話で知らせてあげて」

美智子が松江の素性を告げた時、本宮は茫然と呟いた。

「あの松江がですか」

そして「まさか」と不安そうに美智子の顔を見た。

「高津くんがあれから行方不明なこととは、かかわりはないだろうな」

高津千里は「閻魔」と名乗る男と会うとあの公園に行ってから、連絡が取れないのだ。

「山梨県警には事情を通報しました。とにかくいまから本間タネの家にいって、松江に話を聞きましょう」

二人はタネの家に向かう。

千葉県内に入り、国道四六四号線を東へと取ると、道幅が狭くなり、停滞し始めた。

本宮が、ポツリと言った。

「やっぱりあのテープだろうか」

本宮はぼんやりと前を向いたまま、言った。

「高津千里はないことをあるかのごとく話すのが得意で、中味は空。しかし千里は中根大善の事件にも、関口の事件にも、かかわっていない。『閻魔』と名のる人物がわざわざ情報交換したいと思うようなことは知らない。その彼女にメールが入り、そのまま姿を消した。心当たりといえば、志保が殺される前日、彼女の話を録音したテープなんだ。その時、高津くんの手許にそのテープがあることを知っていたのは、当の高津くんをのぞけば、俺と君と、あの関口だけだ」

道は停滞して、車の長い列が止まった。その先を見ながら、本宮は言う。

「しかし千里が言うように、タネが実際に呪い殺しをする力があったとすればだけど、だとすれば、法の正義に楯突いた本間タネは、個人の正義の体現者であり、それはそれで正義の人だと言えたかもしれない」

美智子は本宮を見つめた。しかしそれは、ちょっと呆れた顔だった。

「なにをいまさら。本宮さん。あなたは小森明代の取材から帰ったあの日から、ずっと呪い殺しの信奉者だったんですよ」

　本宮が驚く。美智子は続けた。

「あなたは酔っぱらって、小森明代のことをこう言った。——無教養だから馬鹿丸出しで、恥かいて回る。劣等感が、風呂場のかびみたいにこびりついている。そういう女が藁人形にはまる。本間タネがそうだったように」

　本宮は思い出した。沢木のことで病院の取材のオーケイがでたことを祝って、泥酔して、美智子と店の主人にタクシーに押し込まれた日だ。

「あの時あなたはすでに小森明代に本間タネを重ねていた。わたしはあの日のあなたの呟きに、妙に心引かれたんです」

　美智子は本宮を見つめて、続けた。

「一週間前、南条大学病院に行く道々、あなたが『許せんやつは確かにいる』と言って名指しした、ジャーナリストの小林茂と産婦人科医の長瀬典子。両方とも急性の心不全で死亡しています。小林は、ジャーナリスト協会の副理事に就任した直後、そして長瀬は、執行猶予がついて出てきた直後です」

　車列が少し動いた。本宮はあわてて車を動かした。

「何が言いたいんですか」

「わたしたちも個人的には彼らは罰せられるべきだと思っていた。もしタネが呪い殺したのであれば、わたしたちは正義の人だとか、社会的正義の体現などと言って溜飲を下げる、傍観者でいることができる。でももし誰かの手による物理的な殺人であったとすれば、金が動いて、物理的な死の方法が取られていれば、悪であり、犯罪なんです。ならばタネであって欲しい。いっそのこと、呪い殺しであって欲しい。すべての社会的不条理をタネの人生一つに集約して、タネの呪いによる殺人の権利を言う時、あなたは自分たちの社会の、法によらぬ浄化をどこかで正当化しようとしていた。言い換えればあなたははじめから、この六つの事件が自然死ではないと思っていたということなんです。だからあなたは殺す権利を、語った。それも自分たちとは別の世界のことだと何度も前置きしながら」

「――なんのことですか」

「あなたはあの時、自分はタクシーを呼べる人種だから、弱者とは別枠のところにいると言った。でもあれはただの強がりだったんじゃないでしょうか。あなたは自分も、正義の恩恵に浴さない人間だと、心の底で思っていた。いや、あなたは今、社会の人々みんなが、どこかで正義の恩恵を受けていないと、そう思っているんです」

本宮は思い出していた。――初めて小森明代の取材をした日、千里に「拝み屋」の噂を隠したことを、彼女は怒った。本宮はあの時、それは工藤という報道被害者が再びいわれなき好奇の目にさらされるのを恐れたからだと理解した。しかし美智子の言葉を聞きながら、本宮は思うのだ。

自分が千里に「拝み屋」の存在を隠したのは、その存在を本能的に守ろうとしたからなのだろうか。

「絶対的被害者と加害者はいないと言いながら、許せない人間はいる。個人的感情は社会秩序を乱すのは事実ですが、やっぱり不満は残るんです。人間は時に凶暴でなければならない。しかし現在は、そういうことに目を背けている。子供のころ、わたしたちは閻魔さまという言葉に恐れを感じた。赤い目をした鬼の姿をして、問答無用で悪い人間を地獄に落とすんです。あのメールの閻魔はそれを踏まえている。だから私たちは彼らを糾弾したくないんです。でも恐ろしいのは、そこに多額の現金が動いているかもしれないという現実なんです」

美智子は自分の言葉に苛立ちがあるのを感じる。それは社会に対するものではない。もちろん、本宮に対するものでもない。自分自身への苛立ちだった。

その姿を白日の下にさらした時、自分はどうするだろうかと思うのだ。

記事は何かを間引きし、何かを残す。犯罪の背景を拾えば、殺人に正当性の余地を残す。被害者の悲しみと怒りを書けば、糾弾することを本旨とする。

いままでの自分なら、後者を選んだ。

殺人に正当化されるものなど、あってはならない。そう信じて記事を書き、記者として生き続けた。自分は今、それを変えるつもりなのだろうか。

これは自分が思うような正義の殺人なのか、そうあって欲しいと思う妄想なのか。

工藤に責任を感じるからこの事件を追うのか。

見極めたいから事件を追うのか。

よい記者は生身の人間であるということを感じさせないものだと思っていた。大衆は木部美智子を望んでいるのではなく、事の真実を望んでいる。そう信じてがむしゃらに生きてきたものを、今、言葉を連ねるうちに、懸命に守ってきた自分の信念を崩そうとその根底を揺さぶりにかかっているのが、他ならぬ自分自身であったことに気づくのだ。自分が説得している相手は、本宮に見えて、実は自分を説得するために懸命に言葉を操っている。話しながら美智子は戸惑い、そして戸惑う自分に怒りを感じる。

車はやがて住宅地近くの路地に幅寄せして止まった。

汚臭が鼻をつく。

がらの悪そうな若者が三人、目の前を横切った。まだ十六、七に見えた。皆、頭には剃り込みをいれて、眉がない。時代遅れな不良だった。

そう思えば、この地区全体が時代遅れだった。美智子は自分が子供だった時代をここに見る。

人間の感情がもっと生々しく行き来していた時代。しかしその中でも、ここはその負の部分だけが凝縮されているような気がする。憎悪、嫉妬、絶望、怒り。神様が、そんなものばかりを集めて、ここに押し込めてしまったような。

第四章　老婆の呪い

1

畳はぎぃと鳴った。湿った不気味な音だった。

本間タネの後ろには三人の男女が座っていた。以前来た時と同じく、彼らは本宮龍二と木部美智子が入っていっても、振り向こうともしなかった。

この匂い。

路地に漂う汚臭やアンモニア臭とはまた違う。

腐敗臭だった。

松江は、いつもの背の高い体を折るようにして、祭壇の斜め横に佇(たたず)んでいる。彼女の横には、古いアルミ缶が、膝元に引き寄せるように置いてあった。

男の一人が立ち上がった。腰を低くしたまま、松江の前へとにじり寄っていく。本宮の視線が男の行く先を注意深く追っているのが見えた。男は松江の前に膝をつき、畳の上に茶封筒を置くと、すうっと松江の前に滑らせる。松江はそれを手にとると、押しいただき、恭しく一礼してからアルミ缶の中にしまう。それもまた、前に見た時と同じ手順だった。そしてタネはただ鉦を叩き、声をあげる。

男がまた腰を低くして戻ってくる。一足ごとに畳がぎぃと鳴って、美智子は、匂いが強くなったのを感じる。

畳が湿って膨らんでいるのだ。それが、男の一足ごとに沈む。そして、ゆっくりと戻る。

畳は色あせて、茶色くすり切れていた。

縁は変色した緑だ。美智子は、畳の間に黒いものが挟まっているのに気がついた。タネの後ろ、部屋の端だ。

美智子は畳の縁から小さく飛び出したその黒いものをじっと見つめた。

このにおい。

「本宮さん、あの下に」

本宮は何のことだかわからぬようだった。美智子は指さした。

「あの下に何かある」

本宮はそのビニールの端を凝視していたが、立ち上がると、黒いビニールを見据えて、畳の縁に手をかけた。

畳はびっちりと敷きつめられて、指を入れることができない。本宮は祭壇に奉ってある金づちを摑んだ。

その時初めて本宮は、祭壇の上にあるたくさんの藁人形を見た。

人形は大きさも仕上がり方もばらばらだった。頭の部分に白い布を巻いたものも巻いていないものもある。人形だけでなく、中には写真も混ざっていた。その全てが、どこかに釘を打ち込まれていた。その位置は全てが心臓部ではない。顔に打ち込まれた人形もある。足に打ち込まれたものもある。心臓部の次に多いのが股間だった。そしていくつかの人形は、複数の場所に打ち込まれていた。

タネは祈禱を上げ続けていた。本宮が、タネの頭上を越して手をのばし、その釘抜きのついた金づちを摑んでも、タネはカンカンと鉦を叩き、祈禱を続けていた。

信者の女の一人が動転し、悲鳴を上げた。もう一人は壁に張りついて逃げ出す。本宮は動じず、畳の縁に、釘抜きの先を打ち込んだ。

金づちが畳の間にざっくりと食い込んだ。黒いビニール袋の端が、プルリと揺れた。

松江が、声をあげて、本宮にしがみついた。

美智子はその時松江の顔を初めてはっきりと見た。影の薄い、なんといって変哲のない顔
――本宮は、彼女をはね除けた。

釘抜きをてこにして畳を持ち上げる。畳が床から浮いていく。

強烈な匂いが鼻をついた。

本宮の持ち上げた畳はそのまま、彼の後方へと落ちた。ドンと大きな音をたて、家が振動

するようだった。

畳の下は板だ。その五十センチ下方に地面がある。本宮は、その板を外した。板は釘で止められてなく、差し渡してあるだけだ。

本宮が縁に片膝をつき、下を覗く。

美智子はにじり寄った。人ひとり入りそうなほどの黒いビニール袋が、床の下の地面に置いてある。

匂いに、胃が躍り上がるように反応する。

本宮がビニール袋の端を摑んだ。松江が何か叫ぶと、立ち上がり、祭壇から大黒様の置物を摑み取った。彼女は仁王立ちになるとそれを振り上げた。本宮はビニール袋から手を離し、松江に摑みかかった。大黒様を取り上げ、投げ捨てると、松江を部屋の向こうに突き飛ばした。白い大黒様はにっと笑ったまま、畳の端に転がった。

本宮は再び袋の端に手をかける。「見ますか」と本宮は美智子に声をかけた。美智子は「はい」と答えた。

死体を見たことは何度かある。それでも瞬間、目をつぶった。

ガサッと大きな音がした。

もう一度ガサッと、音がした。

しかしそれきりだった。

悪臭は、突風のように襲っては来なかった。

本宮が「はああ」と息だけの感嘆を上げる。

美智子は目を開けた。

そこにあったものは、腐りかけた死体ではなかった。

札束だった。

一つ一つを丁寧に輪ゴムでとめた一万円の札束が、黒いゴミ袋の中に、大掃除の後のゴミのように入っていたのだ。

本宮は脱力したように、腰を下ろした。

タネの祈禱の声と鉦の音が止まっていた。音のない部屋は、まるで上映の終わった映画館の館内のように、奇妙に白けていた。

タネは、祭壇に背を向けて、こちらに向いていた。

ちいさな縮んだ婆さんだった。後ろ姿を見るより、ずっと人間らしかった。

「この匂いは――」と本宮は呟いた。

美智子は床の下のあちこちに、人の拳ほどの黒いものが転がっている。

「ネズミですよ。ネズミが腐っていたんです」

床下のあちこちに散らばっていた、人の拳ほどの黒いものは、ネズミの死骸だった。

タネは、ふいに声を上げた。

「だからゆうとったやろ。ネズミには気ぃをつけぇて」

誰に向かって言っているともわからぬ、そのくせ小姑のような、意地悪さを含んだ声だった。

一体いくらあるのだろう。十枚ごとに丁寧に輪ゴムでとめられていた。札の裏表も上下もきちんと揃っている。それが、両手ではとても抱えられないほどにあるのだ。地面の下には瓶が埋まっていた。ビニール袋で封をしてあったが、中にも同様に札束が詰め込まれていた。

ビニール袋の一つに、古びた大学ノートが一冊入っていた。

本宮は札の上にあったその古いノートを取り上げた。

左横書きに、小さな字でびっしりと書き込まれていた。

日付があって名前があって、その横は算用数字の羅列だった。数字の末四つは全部ゼロだ。

「頭が日付。次が名前、そして金額」そして本宮は呟いた。「これ、収納帳だ」

始まりは五年前の五月二十一日になっていた。金額、50000円也。

その後、一月に一回程度だった書き込みは、十日に一度になり週に一度になり三日に一度になり、やがて一日に十件近い書き込みになっている。

ミミズののたくったような下手な字だった。名前は大体が平仮名で、ところどころに漢字が混じる。それが、旧漢字だった。平仮名の「し」は上に点があるものもある。

松江もタネも、部屋の端の三人も、誰も動こうとはしない。

「二年前を見て下さい。夏です。渡部が死亡したころ」

二年前の八月――「いや」と本宮は呟いた。

関口の名はない。

どんどん名を追って、最後のページに近づいた時、本宮が奇妙な顔をした。

「これ」

彼はそういうと、美智子にある箇所を指し示した。

そこには、坂下直弘の名があった。

九月二十五日　さか下なお弘

「坂下がここに、願をかけに来たということですか」

「いや、それはあり得ない。坂下の死亡は九月二十八日。二十五日といえば、坂下は入院中だ」

本宮は自分の手帳を開く。

小森　守口不動産　一千万　九月二十五日。

小森明代は九月二十五日、守口不動産を訪れて、今すぐ現金を用意しろと言った。妻が風呂敷に包み、デパートの紙袋に入れると、明代はそれをぐいと持ち上げ、ただの一度も振り返らず、まっすぐに角を曲がって歩き去った――

本宮は古いノートのページを元に戻し始めた。そして彼は、ページをめくる手を止めた時、一点を見つめて、小さく叫んだ。

「あった」

本宮の示したところには、『わたべき一ろう』の文字があった。

「こんな風に書かれちゃ、別人みたいだ」本宮はそう呟くと、ここにもここにもと、それより以前の場所に、渡部の名を四つ、拾い出した。

「依頼者じゃないんだ。呪いをかけたい相手なんだよ」

美智子はその古びたノートを、半ば奪うように取った。もう一度「坂下直弘」の名を見据える。

九月二十五日　さか下なお弘　10000000円也
ではこれは、明代が土地を売って作ったという一千万円だ。明代の住む場所からこのタネの家まで、電車を乗り継いで三時間。小森明代が、守口不動産を出たその足でまっすぐこのタネの家を訪れたとすれば、二十五日にもって来ることは可能だ。しかし、明代が工藤に払ったと言った金がなぜここに記されているのか。

十万円ずつ丁寧に輪ゴムでとめた膨大な量の札束。

タネは足腰がすっかり弱っている。ここに金を隠す手伝いをしたのはおそらく松江だ。

松江は俯いて、部屋の端にぼんやりと座っていた。顔は蒼白で、目は虚ろだった。

「あなたは前畑伸江さんですね」

瞬間、松江の目が光を帯びた。

酒乱の母と、暴力を振るう父。

美智子の脳裏に、閃くように寒村の情景が浮かんだ。

「あなたを苦しめたのはお父さんなのに、あなたはお母さんを殺した。なぜお父さんでなく、お母さんだったんですか」

顔はトカゲのように乾燥しているというのに、その中の目だけが、突然、力を帯びてくる。

「憎かったのは、父親ではなかったんですか」

松江の目は、どこか一点をじっと見つめ、やがて乾いた頰に涙が一筋流れた。


——母は見ていたのに。彼女はそう、呟いた。

「母は見ていたのに、何も言わなかった。父は時々、申し訳なさそうな顔をしてくれた。魚が取れなくて。船が傷んで。それでも母は」そして松江は、口を噤んだ。

彼女はどこか遠いところを見ていた。それがどこであるのか、美智子には見当がつく。彼女が遡る記憶は、おそらくそこしかないのだ。夜も、昼も、一人で寝ている時も、電車に揺られている時も、その記憶から解き放たれることはない。三十五年生きながら、その記憶は、いつもすぐそこにあるように、彼女をただ、十二歳から十七歳の五年の年月に引き戻すのだ。

「小森明代さんを、殺しましたね」

松江は、じっと畳を見つめていた。そして呟くように答えた。

いいえ、と。

「タネさんは、毎日金を数えました。タネさんは、困っていたんです。わしにこんなに金の使えるはずもないのにと、毎日そう言いました。わたしが封筒の名前を読み上げ、タネさんがそれをノートに書き込んだ。タネさんは、誰の事情も聞きませんでした。金を取らんと、念がこもらんと言いました。でもタネさんには——」松江は美智子を見上げた。

「人を呪い殺す力などなかった」

本宮はその話に聞き入っていた。

「恨みを持つ人間は、念を金に重ねてこちらに送っているとタネさんが言ったことがある。金を払うだけで、怒りが収まる人もいました。タネさんが人形を作って祭壇に飾るだけで、その人たちはとても喜んだんです。功徳だと、タネさんは言いました。でも小森さんは」と、松江はじっと畳を見つめた。

美智子は、松江がその先をそのまま心の中に呑み込んでしまうようで、「小森さんは？」と問いかけた。

松江は美智子の顔を見ようとはしなかった。美智子に問いかけられて、松江はぼんやりと言った。

「小森明代という人は、そんな願掛けなど、まるで信用していなかったんです」

小森明代がタネの家を初めて訪れたのは、八月の初めだったという。

松江もまた、人々がどこから聞きつけてタネの家を訪れるのかは知らない。タネの家を訪れる人々には二種類あった。一回切りの願い事をしに来る人たちと、信心ごとの対象としてやってくる人たちだった。

よく来る人間たちは大した御布施を包まない。中にはお菓子などの手土産だけでやってくる者もいる。彼らは黙り込んでいるように見えて、こっそり会話を交わし、仲間うちだけで噂話も流す。お互いを探り合い、傷つけ合う。自分の身の上は話さず、人の身の上を知りたがる。

その常連の男の一人が、松江に小森明代のことを教えてくれた。公園の楠に藁人形を打ち込んで通報された女だと。知的障害のある娘を持ち、その子が暴行を受け、警察は相手にせず、男も認めず、娘はそれが何のことかわからない。夜中の二時に白装束で公園に現れて警察に通報され、説教されて、タネのところにやって来た。

その男は部屋に松江とタネと自分だけになると、松江の膝に手をのばし、ももをなでる。タネがいても、その男は気にする風はなかった。「女は見た目じゃない。肝心なのは道具だから」と、耳元でいう男だった。

「俺はね、同僚が皆死んだらいいと思うんだ。パチンコ屋で働いていたんだけどね。同僚は若くてね。俺みたいな五十男をじじいなんて馬鹿にしやがって」

彼は同僚に袋叩きにあって、職場をやめた。理由が、ロッカールームに不審な出入りを繰り返していたからだというのは、本人は一言もいわなかったが、他の仲間が松江に囁いた。

「金に汚い男だから」そう言いながら、その女は、タネと松江の仲間に入りたいようだった。しきりと、二人の生活状況を聞き出そうとしていた。

パチンコ屋に勤めていたその男は、左足をひきずる。昔、土木現場作業をしていたとき、事故にあったと言った。「それさえなきゃな」

それさえなければ、職場職場で借金を踏み倒すことも、ロッカールームで人の財布から金を抜き取ることもなかったのにと言いたげだった。

松江を抱く時、パチンコ屋の男は「それでも男も道具が肝心なんだから」と言った。松江は嫌だと思った。しかしその「嫌だ」と思えることだけが、唯一人並みなもののようで、充足した。ほんの五分、男は松江と交わって、次の日にはまたタネの後ろに、他人と並んで座っていた――そんなことを淡々と話した。

「熱心な信者さんもいます。一回こっきりの方もいます。ここしか居場所のない人もいます」

小森明代は最初、五万、三万と小口の金を包み、呪いの方法を知りたがった。松江に、家まで来てくれと乞うた。松江は乞われるままに行った。その時明代が何を考えていたのか、松江にもわからないという。しかし松江は、明代に限らず、誰のなにも詮索しようと思ったことはなかった。だから漫然と、乞われたように動く。

「九月の初めのことでした」

その日小森明代はいつもと様子が違っていた。彼女はタネににじり寄った。

坂下という男を殺して欲しい。殺しても飽き足らないとはこのことだ。しかし女の力ではどうすることもできない。神様の力で、あの男に罰を与えて下さい。

明代が自分の口からその事情を話したのは、初めてのことだった。そして彼女はいつもの祈禱が終わっても帰ろうとはしなかった。

「信者の中で、あんな風にタネさんに詰め寄った人は今までいませんでした。わたしはどうしたものかと思案して、成り行きを見ていました」

神様の力で。そう言った明代は思い詰めた形相で、両手をついて頼み込む格好のまま、タネをグイと見上げていた。タネは、その明代の声を、まるで聞こえないような顔をして、彼女の方を向こうともしなかった。明代は頭を床に擦り付けるようにして、じっとそこに座った。長い時間、そうしていたように思うと松江は言った。明代は頭を床に擦り付けたまま動こうとしない。その時、タネは、ふいと祈禱をやめてしまった。松江は、タネがため息をついていたような気がしたという。その沈黙の間、明代は、この時とばかり一層頭を床に擦り付けて待っていた。タネはとうとう、空気が抜けるようにポツリと漏らした。

呪い殺しは金がかかるでなぁ。

「わたしはいままで、タネさんがそんなことを言うのは聞いたこともありませんでした。もう堪忍してくれという風でした。まるで、困り果てた独り言という感じでした。それを聞いたとたん、小森さんは両手を床につけたまま、顔を上げたんです。そして『いくらですか』と聞いたんです」

いくらですか。

「タネさんは、それには答えませんでした。しばらくして、何事もなかったように、また声をあげて鉦を叩き出した。でも小森さんはそれでは納得しなかったんです」

小森明代は、その日から毎日通ってきた。御布施も持ってこなくなった。彼女は、信者が帰ってしまった後、ただタネの横に座り込み、いくらですかと問い続けた。

四日目だったか五日目だったか。その日もタネの脇にじっと平伏した明代に、タネは「いち」と呟いた。それは、あたかも祈禱の言葉を間違えて言ったかのような、どことなく頼り無い声だった。

「小森さんがタネさんを、じっと見上げていました。それはもう、燃え上がるような目でした。小森さんが、一千万ですかと言ったんです。タネさんは、それには何も答えようとはしませんでした。小森さんが風呂敷包みに一千万を包んで持ってきたのは。同じように信者が帰ってしまったあと、小森さんはそれをタネさんの後ろにすうっと差し出しました。小森さんは何も言いませんでした。タネさんもまた、一度も後ろを振り返りませんでした。開けて、風呂敷の中に一千万の金を見たときも、タネさんは何も言いませんでした。その日の夜、いつもと同じように私が読み上げ、タネさんがノートに書きつけました。坂下直弘、一千万と。その後は一言も、お互いに一言も、そのことには触れませんでした」

美智子は、ノートに書かれた文字を見つめた。

九月二十五日　さか下なお弘　1000000円也

明代が金をここに持って来たのは、坂下を切りつけて怪我を負わせた翌日。坂下が死亡する三日前だ。本当ですかと工藤に念を押した翌日、彼女は金の入った風呂敷包みをタネの許へ持って来たのだ。

美智子は聞いた。「なぜ、工藤先生にお金を払ったなどと、明代さんは言ったんでしょうか」

「わかりません」

松江はぼんやりとしていたが、やがて瞬（まばた）きし、答えた。

謎が闇の中に沈んでいくようだった。

ノートには、六千万円もの大口の入金記録はない。

美智子は訊（たず）ねた。「関口さんから多額の御布施を貰（もら）いましたか」

松江はぼんやりとしてはいたが、確かにそのことについて考えを巡らせているようだった。やがて口を開く。

「いいえ。そのノートにあるだけです。関口という男の人には、一週間ほど前に初めてお会いしました。お宅らが二人してここにおいでになった日です。殺された奥さんには、お会いしたことはあります。でもお二人とも信者さんではありませんでした。人形を作ってくれと言われたこともありません」

松江は、美智子に問われて関口が訪ねてきた経緯を語った。

「奥さんは何度かここへ電話をしてきました。旦那さんがここに、たくさんの御布施をしたと思い込んでいらっしゃるようでした。六千万を返せと、電話でも言われましたし、この家に言いにおいでにもなりました」

貰ってはいない。松江は電話口でそう繰り返したという。関口洋平については、松江はこう言った。――あの日突然やってきて、自分の名を名乗った。そして、妻が殺されたことを告げて、迷惑をかけるかもしれないが、お宅とはかかわりのないことだから、どうぞ、警察が来ても誰が来ても、何も喋(しゃべ)らんでくれ、と言った。

「わたしはなんのことだかわかりませんけども、関口志保という人が死んだのはテレビのニュースで知っとりましたし、事件の日の昼前も、志保という人から、お前たちのことを全部話してやると電話もありました。うちに金を返せと何べんも来ていたことも知っとりましたから、はいと答えとりました。なにか答えろと言われても、答えることもありませんでしたから」

美智子は、じっとその松江の様子を見ていた。本宮も、松江の前に正座してその話に耳を傾けていた。

沈黙があり、美智子は訊ねた。

「渡部さんも、自分が殺したって、タネさん自身が言っていましたよね。あれは、嘘(うそ)ですか」

しばらくの間を開けて、松江が答える。

「わかりません」

本宮が聞いた。

「関口洋平から金は貰っていないんですね」

松江はそれにも、わからないと答えた。

「お会いした記憶はありません。一回こっきりの御布施を貰う時には、相手の顔ば見ねようにしてます。皆さん事情あってのことだから」

国の言葉が鮮明になっていた。松江に、隠し事をする気はもう失せているようだった。なんだか遠い苦労話をきくようだ。なぜ、タネさんは、渡部を殺したと言ったのだと思いますかと美智子が問うと、松江はちょっと笑った。

「面倒だったのかもしれねぇ。渡部さんの人形は作りました。御布施を持ってきて、祈願しなさったのは、関口さんとは別のお人でした。だから、願掛けをしたのは嘘ではないんです。だけんど、タネさんは、それが誰の願掛けなのか、全然知らなかったんです。人形を作り、願さ掛ける。だけんどタネさんは、その人形が誰の身か、知ってなかったと思います」

本宮がタネをかえりみた。

タネは、ただ、座布団の上に行儀よく座っている。まるで、日溜まりの猫のように。

「小森明代さんが、警察に駆け込んだのを聞いて、あなたは焦ったんですね」

松江は黙っていた。今度は本当に黙っていた。美智子は、そっと言葉を続けた。

「明代さんが、ここに一千万を払ったことを話すと思った」

松江はポツンと言った。

「小森さんの家から、わたしの指紋が出たんだべ」

美智子は黙っていた。松江は、その、放心してどことなく焦点の合わない視線を、それでもしっかりと美智子に定めた。「わたしの指紋が」

そして松江はまた、ぼんやりと畳の端に視線を落とした。

「小森さんが殺された日に、わたしは小森さんの家に行きました。たしかに、タネさんのことが警察に知れて、御布施が集まらねぐなることを恐れはしました。タネさんはわたしのことを大事にしてくれました。自分が玉子焼きを食べる時には、わたしにもくれました。一匹の焼き魚を、二人で分けて食べました。わたしがいねば、目で探してくれました。ここにいたら、誰もわたしのことを詮索しません。履歴書だの、保証人だのがいらね。仕事を転々とすることもねえ。人も寄ってきてくれます。畳の下にたんまりお金があるというのは、なんだか天国みたいでした。わたしは、小森さんが警察に行ったというのが、恐ろしがった」

美智子は、優しく訊ねた。

「タネさんが死んだら、お金が自分のものになると思いましたか」

松江は頷いた。

「思いました。そんなことを考えたこともありました。家買うべか、どごがさ行くべか。金があったら友達もできるべか」

松江はぷつりと言葉を切る。

「——考えるのがおっかねくらいでした」

「それで」と美智子は言った。「それで、明代さんのところに、直談判に行ったのですね」

「いままでにも祈禱を頼まれて、小森さんの家には何回も行っていましたから」

小森明代は、松江の顔を見て、何も言わずに座布団を差し出した。

祭壇の前には、まだ坂下の、目をえぐった写真があった。

二人は向かい合って座った。しばらくお互い、何も言わなかった。

「小森さんはうなだれておいででした。わたしは、自分の若い時のことを思い出しました。父も母も恨んではおりました。それでも、恨んで恨んでばっかりの毎日は息が詰まる。わたしは、そんな息の詰まる毎日が嫌になってしまったんだと思います。父を恨もうと思えば父でもよく、母を恨もうと思えば母でもよく。それでも恨みに埋もれて、あんまりええ生活じゃありませんでした。親を殺して、楽になりました。親を殺して楽になった思うのが、時々切ないだけで。それでわたしは、小森さんに言ったんです。殺して欲しい人を殺してもらったんだから、いらねごと言わねくていい」

明代は、黙ってうつむいていたが、やがてポツリと「その通りです」と答えた。

「――あとはなんにも言いませんでした」

それで――と美智子は訊ねた。松江は、それで帰りましたと答えた。

「それが小森さんに会った最後でした。松江は、通りまで一緒に出て、豆腐屋の前で別れました」

松江は言った。わたしは小森明代を殺してはいない。自分が疑われることは重々承知しているが、わたしは殺してはいない。

タネはただ座っている。美智子は立ち上がり、タネの前で膝を折った。

「おばあさん。呪い殺しはお金がかかりますか」

タネは、美智子の顔を見つめ、やがて神妙に頷いた。

「ハイ。おおけなお金がかかります」

中川からの通報を受けてやってきた二人の刑事は、事態に困惑していたが、縁の下を覗きこみ、地面に、掘って戻した跡を三カ所見つけた。そこを掘ると、新たに三つの瓶が発見された。中には輪ゴムで十枚ずつ丁寧にとめた一万円の束が入っていた。

ノートの記入総額は七千二百二十三万円。瓶、ビニール袋を含めて、縁の下にあった現金総額は、六千万を超えた。

2

美智子の言うように、臭気の原因は、ネズミの死骸だった。ネズミが袋の端を食いちぎるからと、タネが袋の周囲にほう酸団子をいくつも仕掛けていたのだ。畳の下には、新聞紙が幾重にも丁寧に敷いてある。保温によいからと、畳の下に新聞紙を敷くのが一般的だったころがある。風通しは悪くなるし、湿気るし、健康によくないということになって、すたれたのだが、タネの家は新聞紙が敷いてあった。新聞紙は水を含み、その湿気が畳に移り、風通しの悪い立地条件と相まって、畳に湿気が溜まっていった。その湿気で畳が鳴っていたのだ。

収納帳の字はタネの自筆だった。しかしタネは、何を聞いても答えることができなかった。

耳が極端に遠かったのだ。

「初めの頃は、大切に瓶にいれていたらしい。それが、どんどん金が入るようになって、金を入れるために瓶を開けるのがおっくうになり、タネも体が弱るし、それでその場凌ぎにビニール袋にいれるようになったのが、そのまま習慣化してしまったというわけだ。恐ろしく不用心な気がするが、タネには、そこが一番安全に思えたんでしょう」

前畑伸江の指紋は小森明代の家から発見された指紋の中にあった。現場から採集された指紋は前歴者のものと照合していた。ただ前畑伸江の前歴は、未成年時代のものであったので、データになかったのだ。

出てきた現金の総額は大学ノートにある合計額より一千万円ほど足りない。それは二人の生活費に使われたのだろうと思われた。五年間に割り振れば、月十七万弱。交通費も家賃も入れた二人分の生活費とすれば、つましいといえた。

「しかし――」と鰐淵はただため息を吐く。

「畳の下にこれだけの金を隠して、こんなぼろ家に住むとは、我々には考えも及びませんな。そう考えれば、まあ、松江も、畳の下に誰も知らないこんな大金がありながら、あんな暮らしじゃ、不満もあったでしょうな」

美智子は思った。松江は、その気があれば金を自由にできた。なぜなら老婆は、一度しまった金は数え直すということをしなかったからだ。十万円束の二十や三十、もちだしたって気づかれはしない。それでも松江は金を使い込もうとはしなかった。彼女は誠実にタネにつかえていたのだ。しかし美智子はそれを鰐淵に言わなかった。松江が結果的に、その金のために人一人を殺した事実が変わるわけではないと思ったから。

「小森明代がタネに金を包んだのは、坂下の母親に暴言を吐かれたその翌日です。前日二十四日、明代は工藤さんに、『本当ですね』と念を押しています。九月十日、明代は不動産屋を訪れて土地の値段を確認しています。タネから呪い殺しのお布施が一千万円と聞いて、明代は土地の値段を聞きはしたが、土地を手離す決心はついていなかった。先祖伝来のたった一つの財産を、不憫な娘に残したかったから。

病院で坂下の母親に娘を罵倒されたあの日、殺意が勝った。明代は呪いを信じてはいなかった。彼女の頭の中では、タネにお金を包めば、工藤さんが、相手を殺すという図式が確立していたんです。二十四日、工藤さんに本当ですねと念を押した明代は、金さえ持っていけば、工藤さんが自分のために坂下を殺してくれるという契約が成立したのだと思い、明代は、翌日タネのもとに現金を持って現れた。その三日後に、坂下直弘は工藤さんの病院で死んだんです。もちろん明代は、工藤さんが手を下してくれたと思った。だから彼女には、金は工藤さんに払ったものと、認識されていたんじゃないでしょうか。明代はその話を二度と口には出さなかった。それは話してはならないことだと、思い出したからでしょう。明代は激情型だった。工藤さんに付け狙われていると勘違いして、思わず口走った自分の言葉を、彼女は後悔したんですよ」

「これで工藤くんの容疑は晴れましたね」と本宮は言った。

するとそれまで黙っていた鍔淵刑事は、本宮を見上げたのだ。

「それはちがいますね、記者さん。松江は否認しているんだから」

「工藤になんのメリットがありますか」

「あれをタネの金だと思うからです」

本宮は黙った。

「あれが、その工藤医師の金の保管場所なら、どうなりますか。実際タネは金に執着しませんでしたよ。おばあちゃん、この金、ここに置いといちゃ、まずいよって、うちの捜査員が言ったそうです。タネさん、耳が聞こえないから、なんとかコミュニケーションが取れた時、バアさんは言ったそうです。『はあ、そないなもん、どないにでも』まるで、使い古した靴下のようなあしらい方だったそうですから」

美智子はおもむろに口をはさむ。

「おばあさんはその金について、何て言っているんですか」

「『はい、御布施でごじゃります』と」

「小森明代さんの死亡に関しては」

「ばあさん、誰のことだか覚えていなかったですね」

「松江はなんといっているのですか」

「同じですよ。小森明代の家へ行ったのは確かだが、そのまま帰ってきたって。小森明代は通りまで彼女を送って出たそうです。それで、買い物があるとかで、豆腐屋の前で別れたと証言しています」

そして二人の顔を見上げた。

「松江が小森明代の家に出入りしていたのは、はじめからわかっていることです。凶器の金づちに指紋があったって、不思議はない。あの女たちは金づちに布を張って飾りたて振り回して、祈禱をしていたわけですから。要は、タネの家の床下から現金が出てきたという、それだけのことでしょ」

——松江は確かに過去において殺人を犯した。それを隠していかがわしい祈禱とその御布施で暮らしていた。内情を告白しかねない真似をした小森明代という信者の一人が殺され、そこには松江が足しげく通っていた形跡がある。そして殺され方が松江の過去における殺人の手口と極めて似ていた。それは事実だ。だがそれだけで、松江を犯人だと断定するには至らないと鰐淵は言っているのだ。

やっぱり工藤孝明ですかと、本宮は言った。

逃げてますからと、鰐淵は答える。

「大体、工藤って医者が真っ白じゃないことは確かなんです。若い男から通報が入る以前に、彼には尾行がついていてね」そして鰐淵はチラと美智子を見た。

「彼はあの日、中野区沼袋の高津千里の家へ行くのに、一旦方向違いの目黒まで行き、そこである大きな家に立ち寄って、ビデオカメラを借りているんです。小一時間無駄にしているんですが、そこは『緒方』って、表札が掛けてある大きな家でね。工藤にカメラを貸しに出て来たのは大学時代の後輩でしょう、南条大学の研修医のようですが、彼がそれを貸す時『思い直してくれ』と懇願しているのをうちの捜査官が聞いています」と鰐淵は美智子の顔を見定める。

「ご存じの通り、高津千里が志保に取材をかけて、二十万で情報を買おうと出直した、その当日に志保は殺されたわけで。高津千里はその時の取材テープを持っている。そして高津千里はいまだ行方がつかめない」

美智子は聞いた。「鰐淵さん、二十万円と聞いた時、あなたはなんども確認したそうですね。どう思いました？」

鰐淵は美智子の顔を見上げた。

美智子は言った。「安すぎると思いませんでしたか？　志保は、なんにも知らなかったんだと思いますよ。話の都合で二十万になっただけです。何も知らない志保を殺してしまわなければならないほど危機を感じる人間があの時いたでしょうか」

鰐淵は、美智子を見上げた。

「あなたがた、小森明代殺害の犯人にも、志保殺害の犯人にも、どうやら興味はなさそうだ。ほんとうのところ、目的はなんなのですか」

突然のその問いは美智子をひるませた。それで言葉が滑った。

「タネです。世の中に呪い殺しが存在するかどうか」

「あるんだったら、わたしも是非、お願いしたい人が何人かいますよ」

　そう言うと、鰐淵は引き出しをあけた。

「ただ、坂下直弘の死に関しては、あなた方が想像したいような『超自然現象』ではなかったようです。小森明代殺害事件の捜査過程で、小森明代の娘を強姦（ごうかん）した男、すなわち坂下直弘が工藤孝明の病院で突然死している。担当医は工藤孝明。事件とのかかわりを調べる必要がありまして。結果、彼は原因不明の突然死ではない。アスピリン喘息（ぜんそく）ではないかということです」

「――アスピリン喘息」

「そうです」

　そして鰐淵は一冊のファイルを取り出した。そこには九月二十四日入院時の坂下直弘のカルテが載っていた。

「彼はどうも、アスピリンに反応するという特異体質だったようです。坂下直弘は死亡時の状況から、ひどい喘息発作を起こしたような状況で死亡している。そこにあるように、坂下直弘は痛み止めにインドメタシンを処方されています。3T3×／4Tというのは、一回一錠一日3回4日分ということだそうです。問題のそのインドメタシンというやつが、アスピリン系なんです」

　この喘息は、アスピリンをはじめとする酸性の非ステロイド性解熱鎮痛剤により誘発される。インドメタシンもまた、その中に含まれる。死亡日午後五時、坂下はインドメタシンを服用した。それにより高度の気道閉塞を起こして呼吸停止に及んだと考えられる――と鰐淵は説明した。

インドメタシン　25ミリグラム　3T3×／4T

美智子は茫然(ぼうぜん)とした。「そんなミスをしたというのですか」

鰐淵は驚いた顔をして「いえいえ」と遮った。「ミスじゃないんです」

本宮が気色ばんだ。「じゃ、故意だというんですか」

鰐淵はちょっとため息をつくと、持て余したように二人を見回した。

「いいですか。アスピリン喘息、正しくは『鎮痛剤誘発性喘息』は、アスピリン系のものに反応して、喘息を起こす。発症すれば死亡するのは珍しくないそうです。だから、この病気を抱えている人は、事前に医師にそれを告げなくてはならないし、子供がそうであったなら、親は医師に告げなくてはならない。インドメタシンは非常に一般的な鎮痛解熱剤ですから、多くの医師は申し出がない限り、使うそうです。問題は、アスピリン喘息というのは、一度も発症したことがない人でも起こるということなんです。

あの町で診療時間外に怪我をすれば、大体は藤原病院に運ばれます。そこには工藤医師がいて、彼が坂下を診ることになる。そしてメールがきて、小森明代が本間タネに金を包んだ三日後、坂下は処方されたインドメタシンで死亡。明代は、金は工藤に渡ったものと思った。

しかし入院を懇願したのは坂下の方なんです。そして決定的なのはね」

二人は一心に聞きいっている。鰐淵はその二人をゆっくりと見回した。

「インドメタシンを処方したのは工藤孝明ではないということです」

二人はそれでも警戒を解いた風もない。鰐淵は説明を加えた。

「工藤の計画的犯行とするのは、不可能とは言わない。偶然非常勤医師が処方しただけで、非常勤医師が処方しなければ、彼が処方するつもりだったかもしれない。しかし、それ以前、坂下直弘は喘息の持病をもっていません。インドメタシンを処方すれば坂下が死亡する根拠がないのです。すなわち坂下の発作は計画的では有り得ないということなんです。予見もできない。そういうのを、一般的に、事故というんです」

——事故。

「こうなると、坂下に送られていたという閻魔メールは悪戯でしょう。彼のアスピリン喘息を予告することはできませんから」と鰐淵は言い足した。

二人の顔に安堵が広がった。

それから本宮は「だったら」と勢いを得た。

「小森明代は坂下の死を工藤の仕業だと信じていたから工藤と志保の関係を指摘した。その前提が違っていたわけだから、彼女の指摘に信憑性はないということですね」

鰐淵はそれに対して平然と返答した。「志保殺害については、遠山の方が容疑が濃いとは認めましょう。しかし小森明代殺しに対する工藤の容疑は依然残っていますよ。現場から逃げているのは彼ですから」

そして本宮を見返した。

「それともなんですか。工藤の不可解な行動について、何か情報をお持ちですか」

その時だった。美智子が唐突に聞いた。

「――通報したのは若い男だったんですか？」

鰐淵がぼんやりしている。美智子は畳みかけた。「公園での通報です。さっき若い男だったと言いましたよね」

それは奇妙なことに気づいた人間の顔だった。鰐淵は「ええ」と辛うじて返答した。

「それが、何か？」

美智子はそれ以上、何も問おうとはしなかった。ただ、ひどく割り切れない顔をしていたのだ。

関口志保殺害について、捜査班は遠山芳樹に容疑を固めた。

シアン化ナトリウムは、遠山貿易から出荷された時点ですでに甘味料に混入されていたものであると思われること。

事件の前日、公衆電話から市外に電話をしている志保の姿が目撃されていること。

遠山芳樹が関口志保と関係をもっていたこと。

青酸カリの入手方法についても明らかになっていた。遠山の知り合いの鈑金業者が、遠山から以前、白アリ駆除をしたいので青酸カリをわけてくれと言われて、渡したとの証言を得た。

そして、志保殺害前日夜、遠山の工場のラインが動く音を隣の家人が聞いている。八時頃、モーターが入った音が響いてきたというのだ。モーター音は十五分ほどで停止した。

——遠山芳樹は六日午後八時、工場を動かして青酸カリの混じったダイエット甘味料を一袋だけ製造した。そして、その後、志保を呼び出し、すきを見て鞄の中から全ての甘味料を抜き出して捨て、たった一つのその毒入り甘味料を鞄に入れた。翌七日、ジャーナリストと会うことは志保からかかった電話でわかっている。遠山にすれば、朝使おうと構わない、少なくとも翌日二時に待ち合わせる喫茶店では使うと考えた。

鰐淵は殺害に至る筋道をそう推理した。

当日七日、一時に夫の洋平のもとに不審な電話がかかっている。洋平によれば、電話の男は「今から一時間後、二時に駅前の喫茶アルジェロに行ってごらんなさい。奥さんの面白い光景がみられますよ」と言ったという。

それについて、捜査当局は、遠山が夫の関口洋平を現場に呼び出すためにした細工であると考えた。目的は挙動不審で夫に容疑をかけるため。そんな電話を入れれば、外出する妻のあとを夫の関口洋平が尾行するものと考えていたのだろう。

しかし、関口洋平の証言によれば、妻は午前十一時にはすでに身支度を整えて自宅を出ており、電話があった時にはいなかった。電話を受けた洋平は、駅前まで出向いたが、アルジエロという喫茶店を知らなかったために、カラオケ教室に間に合わなくなると思い、自宅へ戻ったと言った。その際、妻にも電話をしてみたが、妻はその電話に出なかった。

関口洋平の言うように、志保の携帯電話の着信履歴によると、一時五十二分に夫の洋平から電話が入り、志保はその電話に出ていない。夫からの電話を、妻は面倒だと思い、出なかったのだろう。

しかし遠山芳樹と関口志保が事件前日に会っていたかについては、目撃証言、もしくは証拠がなく、それどころか志保が前日、外出したかどうかさえ、確定できなかった。関口志保の家の近所に家は少なく、近所からの情報は集められない。その上、夫の洋平は、カラオケ教室で生徒を教えている間の志保の行動はわからないと言った。

その上動機も今一つはっきりしない。別れた女をそれほど手をかけて殺す必要があっただろうか。遠山芳樹は結婚前にローン会社から何度か借金している。借りた金のほとんどは、夜遊びに使われている。今までさんざん嘘やでまかせで生きてきた男が、今回に限って殺そうと思いつめるものだろうか。

遠山の自供が鍵となった。

十月十七日、関口志保殺害の重要参考人として遠山芳樹を呼び出した。

遠山芳樹は犯行を否認した。

——あの甘味料は、自分がまだ関口洋平のカラオケ教室に通っていた頃、奥さんの志保にダイエット用にと頼まれて、安く分けたものだ。当時の関係は否定しないが、もう半年も前に無関係になっている。電話は、あの日に限らず、別れた後、かなりの回数かかっていた。かかってくるものを、どうにもならんでしょう。

僕が思うに、志保は本間タネに呪い殺されたんじゃないですか。志保は、タネの秘密をマスコミにばらすと言って殺されたんですよ。タネは念力を振り回して、なんとかって女の頭をかち割ったそうじゃありませんか。まあ、子細は知りませんけどね。どちらにしても、僕のところに電話をしてきたからと言って、僕が犯人にされるというのも、ずいぶん安直な話じゃないですか。

遠山はそう、うそぶいた。

同十月十七日、新創刊の雑誌「ダーク・ダーク」が発売された。

『黙殺される真実』と称して、宇宙人の写真を載せる類の雑誌だった。革新系女性代議士の内縁の夫が元赤軍派の一員だったとか、「エルビス・プレスリーが生きていると言われる三つの理由」とか、人前では一笑に付すふりをして、あとから一人で読み直したいと思うような題材を取りあげ、一見理論的な分析を施して、きわどいところで、読む側が「これはある意味で知的な雑誌だ」と自分を納得させるラインを守っている。自らを大衆と認めなくなった大衆に向かって発信した大衆誌とでもいおうか。官能小説はない。ヌード写真もない。噂記事もない。全てが「分析記事」であり、告発や提言の形を取り、ゆえに署名記事である。

ただ、業界人なら、その署名が聞いたことのないものばかりであることに、首を傾げるだろう。

高津千里の記事『現代における呪殺とその方法』は巻頭を飾っていた。

五年前に出回った記事の焼き直しだった。それが、とても上手に書かれていた。その手際だけで十分に、新雑誌「ダーク・ダーク」の巻頭を飾るにふさわしかった。

タネの呪いが実際に人を殺したか否かについては一言も触れない。ただ、この二十一世紀の世の中に、それでもタネのところを訪れて、多額の金を置いていく人々がいるという現実を巧みに取り上げていた。関口洋平の一件にも、小森真奈美の事件にも言及はない。

――よく宗教の押し売り伝道師たちは、家を一軒一軒回り、インターホンに口を近づけ、「悪のない世の中に住みたいと思いませんか」とにこやかに言う。「悪のない世の中」とはなんなのか。なにものにも不平不満を感じず、翌日に目が醒めれば、それをもって幸せだと思う世界なのか。原始時代に逆戻りしろとでもいうのだろうか。衣服を着れば、それだけで、他人の衣服に対する興味が生まれる。よい衣服を持つ人に対する憧れもまた、生まれる。それは翻ってみれば「引け目を感じる」ことに直結し、そのような衣服を持ちたいと思う「欲」も生まれる。それだけでそこには「悪のある」状況が生まれる。

すなわち、あの「悪のない世の中に住みたいと思いませんか」というセリフでドアを開けさせようとするのは、裸で暮らせと言うのでない限り、「必ず眠れる枕は欲しくありませんか」というのと同じで、有り得ないことに対する夢を持たせるという、詐欺師の手口なのだ。

恨むという行為だけを取り上げて悪者にして終わろうとするのは、伝道師たちが押し売りするセリフの中のその「悪」に似て、ご都合主義の絵空事にすぎない。なぜなら『人がものを恨む』というのは、人間が生きようとするエネルギーの内循の果てにあるものであり、「汚れのない」社会も「汚れのない」人間もあり得ないからだ。

そもそも生存することは利己心を持つことであり、その本能とも言える感情と向き合い、抑制することで子供は大人になる。成長過程にある「子供の悪」を世の中から切り取れば、まっとうな大人は発育せず、社会は成り立たなくなるだろう（例えば子供の嘘は想像力の産物でもあるのだから）。

人間の愛情は絶対的でなく相対的なものであり、環境的なものである。全ての人間の顔も、能力も、性格も、完全に画一化したならば、宗教家の言う「悪」は駆除できるかもしれないが、そこにいる人間はもはや人間でなく、社会を動かす細胞に過ぎず、彼らは「幸せ」を感じる能力をもたないだろう。

幸せは、「幸せ」と書いた文字がそこにあるというような絶対的なものではなく、「現状に満足する」という感情であり、「幸せになりたい」とか「幸せでありたい」という気持ちとの落差がその人の不満の大きさになる。

この辺りまで読んで、美智子はため息をつく。この話はどこへ行くつもりなのだろうと。ところが記事は、そこで急転直下、タネに結びつく。

——我々がタネを罰することができない理由がそこにある。幸せになりたいという心があり、現実との落差の中で憎しみや恨みが発生する。ならば幸せでありたいと思うことはそのまま、それを妨げるものを憎むという心に直結する。すなわち、幸せを夢想することが正当である以上、人を憎む心を罰することはできない。

そのあと、思うだけならいいじゃないかという論旨に転じ、思うだけと、タネに頼むのとは大して変わらんといい、そこにタネが偶然、特殊な能力を持って人が殺せたということとは、実際には無関係だと結ぶのだ。

「書けば書けるものだな」と本宮は感服する。

「高津さんて、こんな文章の書ける人でしたか」

「彼女はこの趣旨すら理解できないでしょ」そして本宮は言い直した。

「いや、実際にこれを書いた奴(やつ)のことだよ。うまいものだなと思って。まるで手塚治虫(てづかおさむ)の漫画のようだ。なんだか得心して読めるんだが、よくよく考えてみると、辻褄(つじつま)はあっているのかなぁとふと不安になる。だって考えてごらんなさい。この記事、趣旨はなんですか。煙(けむ)に巻くとはこのことでしょ。あとからあとから皿が出てきて、さっきのは牛肉だったか羊肉だったか、わからない。気がつくとデザートでご会計。そんなすっとぼけたうまさがありますよ。本気でしょうかね」

しかしこの記事が雑誌の巻頭を飾ったということは、高津千里はどこかでこの記事を誰かに書いてもらう算段に奔走していたのだということさ。

──まったく。気をもませやがって。

「こうなるとその『閻魔』メールは狂言だな。発信元はあいつ自身だったってことですよ。だからマジックで発信元を消していた。だってこの記事のどこにも、新しい情報がないんだから。そうやって、新たな情報をつかんだようにみせて、自分の記事を高く売り込むつもりだったんですよ」

本宮はそう言って、ため息をつく。坂下直弘の閻魔メールがいたずらで、坂下は不慮の死。千里のメールは狂言。志保殺害は遠山の容疑が濃厚。小森明代は松江の犯行だろうし。そうなると、我々の調べようとしたことは一体、なんだったのか、と。

「残念ながら全てが徒労だったということですよ。疑惑なんて、ない。今度の騒ぎで得をしたのは、この記事を書いた高津くんだけかなぁ」

しかし美智子は記事を見つめたまま、動かなかった。

「『内循』って言葉、知ってます?」

本宮は怪訝(けげん)な顔をした。「内循環を縮めたんでしょ」

美智子は本宮を見上げた。「そもそも、内循環なんて言葉、あります?」

「それがどうかしたんですか」

内側で循環する――確か工藤がどこかで使っていた。しかし普段我々は使わない。

「高津さんが『閻魔』と名乗る人間と会わなかったとして、誰か他の、全くプライベートな用事で出かけたとして」

美智子は本宮を見上げた。

「この記事は一体誰に書いてもらったんですか」

そして本宮を見つめた。

「そもそも『通報した若い男』って一体だれなんですか」

「高津くんが頼んだとか」

「でも千里さんは、工藤さんが自分を尾けていることを知らなかったんですよ」

本宮は思った。暗い公園で、車の中に隠れて女に向かってビデオカメラを回している男をみつけたら、それは不審者だと思うだろう。通報してやる親切心のある男がいたというだけのことだ。

しかし美智子の視線は本宮を捕らえて離さなかった。

「思い出してください。あなたは千里さんから、閻魔メールの呼び出しの話を聞いて、説得に応じない千里さんのことを心配して、工藤さんに連絡した。工藤さんは、その相手に会いたいと思い、千里さんを尾けた。千里さんはそうとも知らず、おしゃれをしてアパートを出た。本当なら、千里さんが尾行されていることは、工藤さん以外誰も知らないはずです。一体誰に通報できるんですか？」

　考えれば、奇妙な行動をする男を見つけたとして、それだけでわざわざ通報までしてやるお節介はいない。そんなことをする前に、その女性に「あそこから男性が撮っていますよ」と教えた方が早い。

「その、ビデオを貸した男は、『思い直してくれ』と言った。工藤さんが何をしに行くかを知っていたということです。でもそれだけでは――」と美智子は口ごもり、慎重に言った。

「それだけでは、あの公園を指定することはできない」

　そして本宮に顔を上げた。

「工藤さんがあの公園に行き着いたのは、千里さんを追いかけた結果であり、ビデオを借りるときにはまだ、工藤さんは目的地を知らなかった。だからそのビデオを借してくれた男性に、盗撮の現場をあの公園だと言うことはできなかったはずです。でも通報者は場所を告げた上で『女性がストーカーされている』と告げたんです。

　工藤さんが千里さんを盗撮しようとしていることを知っているのはビデオを貸した人間だけ。そしてあの公園に千里さんが現れることを知っていたのは、当の千里さんと、彼女と約束した『閻魔』を名乗る男だけなんです」

　美智子は『内循』というその文字を見つめていた。

千里の携帯電話は留守番電話になったままだ。

〝ただいま電話にでることができません。発信音の後に、メッセージをどうぞ〟

本宮は深呼吸すると、一気にメッセージを入れた。

「本宮だ。タネの収納帳を手に入れた。すごい名前が並んでいるよ。総額七千万に上る五年間の御布施の明細だ。タネの家の床の下から出てきた」

千里の反応は早かった。五分後には本宮の電話が鳴った。

本宮は、注意深く言う。

「見に来る？」

彼が言ったのは、その一言だけだった。千里は高圧的に言い放った。

「一時間後に渋谷のパルコ前のマクドナルドで待っていますから」

千里は、そのノートをみせろと言った。本宮は、その閻魔の正体をきかせろと言った。

千里は顔色を変えることなく、言った。

「来なかったのよ。騙（だま）されたの」

金曜の昼前のファストフード店の角の席で、千里は二人とにらみ合っても、臆するところがなかった。ただ落ち着きなく、苛立（いらだ）っている。

「嘘だろ。自作自演だろ。だから発信元はお前自身だよな」

千里は開き直った。

「そうよ。ああでもしないと記事に信憑性が出ないでしょ。記事を壊すのは仲間うちよ。あれはでっちあげだと、仲間うちで噂がでれば、必ずどこかがそれを記事にする。ニュースソースがあると仲間に思い込ませることが大事だったの」

美智子は言った。

「ではなぜ、いまごろその話をわたしたちにばらすんですか。最後まで、本当だと言い張ればいいんじゃないんですか」

千里はたじろいだ。それでも口は回っていた。

「会っていないものを会ったといっても、すぐにボロがでるでしょ。だから本当のことを話したのよ」

飲む気もないのに、コーラの容器の中の氷をストローでかき混ぜて、ザクザクと音を立てた。美智子は、じっと千里の顔を見た。

「この記事を書いた人は、そんなことまで考えてくれたんですか」

コーラの容器を見つめたまま、千里の瞳がピクリと動いた。

美智子は「ダーク・ダーク」のページを開いて彼女の前に置く。『現代における呪殺とその方法』——千里の記事がそこにある。

「誰に書いてもらいましたか」

千里が美智子に視線を上げた。

「あたしが書いたのよ」

「あなたには無理です」

瞬間、千里の顔に血が昇った。彼女は救いを求めるように本宮を見た。しかし本宮は、彼女に助け船をだそうとはしなかった。

「なにも、あなたを責めようというのではありません。なぜこんな手の込んだことをしたのか、そのヒントが欲しいんです」

本宮は千里に険しい視線を投げている。しかし千里には、困惑が広がり始めていた。コーラの容器に突き刺したストローを持ったまま、忘れている。

「あなたは何を言っているの」

「メールは本当に送られてきたんですか、それとも、あなたが自分で仕掛けたんですか」

千里はじっと美智子を見据えた。そして低い声で、しかしはっきりと言った。

「頼んで送信してもらったのよ」

「この文面もあなたが考えたんですか」

千里はいらだたしげに黙り込んだ。

「では誰に会いにいったんですか。あの日、工藤さんが警察に連れて行かれた日」

千里は、工藤が警察に連れていかれたという言葉に驚く気配を見せなかった。

「工藤さんが警察に連れていかれたことを、知っていたんですね」

「だからなんなの」

「この閻魔を名乗る人は、あなたの知っている人でしたね。初めから計画的だった。だからあなたは、本宮さんの同行を拒んだ。きれいに着飾って、誰に会いましたか。その人は何を要求しましたか。誰に、何をもちかけられましたか」

千里は本宮を見た。しかし美智子は千里から視線を外さなかった。

「工藤さんが、小森明代殺しで追われていることを知っていますか」

千里の表情が変わった。

「あなたがその相手に会った翌日、小森さんが殺されたんです。工藤さんは不運にも、犯行の直後に彼女の家を訪れた。まだ息のある小森明代に、救命処置をして救急車を呼んだんですよ。おかげで今は容疑者です」

千里の顔が高揚した。

「あたしは関係ない、あたしはただ――」

本宮と美智子の視線が、千里を追い詰めた。

「あたしはただ、原稿を書きたかっただけよ！」

近くのテーブルに座る人がチラとこちらを見た。隣に座っていたスーツ姿の若い男が黙って席を替わっていった。美智子はそれでも語気を変えなかった。

「そう。あなたは志保のスクープを取り逃がして焦っていた。二十万円ですごいニュースを買ったと思っていたのに。彼女が死んでしまったから」

千里は黙っている。

「あなたは真実の追求には興味はない。それはそれで批判する気はありません」

美智子は千里を見つめた。「あの時、工藤さんがあなたを追いかけていることを知っていた人間が、たった一人いるんです。警察に、公園で男に付け回されているから助けてくれと通報があった。でもその通報をしたのは、あなた自身ではない。あなたは、工藤さんが自分の後を追っていることを知らなかったでしょ。だから無防備におしゃれをして、待ち合わせ場所でうきうきしていた。工藤さんは言いました。お出かけリカちゃんのような格好をして、ひどくうれしそうだったと」

そして美智子は、言った。

「待ち合わせをしていた相手は緒方さんという人でしょ。南条大学病院の緒方さん」

千里が顔色を変えた。美智子は続けた。

「でもわからないんです。彼がなぜあなたを呼び出したのか。なぜあなたにこんな記事まで書いてやり、その上言い訳まで用意して。なんのためだったのか――あなたと緒方さん。どちらが先にコンタクトを取りましたか」

千里は悔しそうに美智子を睨(にら)んでいる。

「きみがはっきりさせないと、工藤孝明は本当に殺人犯にされるんだよ。彼の身の潔白を証明できるものがないんだ」

千里は美智子を見続けたまま――その煮えたぎるような瞳のまま、呟いた。

「向こうから。電話があったのよ」

美智子の顔が瞬間、高揚した。

「それまで緒方さんと接触はありましたか」

「五年前に会ったきりよ。まだ十九歳で、南条大学の学生の時」

「彼は電話でなんて言いましたか」

「緒方くんは孝明のことを心配していた。話がしたいから、あなたの家に行ってもいいですかって。本宮さんには馬鹿にされるし、あたしも誰か味方が欲しかった。家で二人で話しているうちに、志保からスクープを取り損ねた話になった。そしたら彼が言い出したのよ、記事ぐらい書いてあげますよって」

「それだけ？」

千里は、やっと勝ち誇った顔をした。「そうよ、それだけよ。あたしは孝明に危害を加えようだなんて、絶対に思わない。あたしはどちらにしても何か書く気だったのよ。緒方くんをあてにしていたわけじゃない。あたしには関口志保のテープがあった。あれを繋げば、記事の一本や二本――」

美智子は千里を見つめて、「テープ」と呟いた。本宮は美智子の呟きを聞き、口を挟んだ。

「でもそのテープには大したことは入っていない。志保は、内情を知らなかったんだ。大体タネのところに内情といえるほどのものなんて、ない」

しかし美智子は、本宮をかえりみようとはしなかった。

「緒方さんから連絡があったのはいつですか」

「――タネの家で四人が鉢合わせた次の日よ」
「彼はそのテープを聞いたのね」
美智子の語調が変わっていた。

3

緒方という男がテープを聞いた――それを聞いて美智子が考え込む理由が、本宮にはわからなかった。友人である工藤のことを案じていた緒方が、千里に、様子を聞くというのは決して不自然ではない。話の流れで、記事を書いてやることになった。そこに工藤がついてきたので、彼をちょっと強引な手段で追っ払ったということだ。会う相手が若くてハンサムな研修医だったから、千里はしゃれこんで出かけた。

しかし――美智子は何かを考え込んでいる。千里と別れ、本宮の車にゆられながら、無言を通している。

そして突然、「車を止めてくれませんか」と言われて、本宮は車を路肩に止めた。

それでも美智子はしばらく一人で考え込んでいる。

「説明してくれませんかね」

わかりません、と美智子は言った。そして思案気に口を開いた。

「あなたは、緒方という人に会ったことはありますか」

本宮は、ないと答えた。

「想定していない目的で動いている人の動きは不自然に見えます。同時に、自然の成り行きで起こったことは、どんなに驚くべきことであっても、不自然に感じない」

わかるでしょと、美智子は本宮を見た。

本宮は頷く。美智子は、考え深く言葉を続けた。

「私たちは、突然起きた関口志保と小森明代の殺人に翻弄された。しかし志保は、関口がタネに金を払ったものと信じていたが、その入金はタネのノートの書き込みにもないし、松江は、関口に会ったのは今回が初めてだと言っています。ということは、関口もタネにはかかわりがなかったということになります。志保にしても明代にしても、事件は、流れる石がぶつかるようにして、いわば自然の成り行きで起こっていた。でもその中で、一つだけ説明のしようがないものがある」

美智子は静かに本宮を見た。

「考えていたんです。緒方という青年が何の目的で千里さんに知恵をつけたのか。そうまでして千里さんに接触する必要があるとすれば、それは何なのか」

そして本宮をかえりみた。

「確かに私たちは明代と志保とタネに翻弄されました。しかし今、解けた謎を消してもなお残る、不自然なことがある。少なくともはっきりしているのは、関口の六千万円と、タネの六千万円の行方がわかっていないということです」

「タネの？」

「そうです。タネ自身の六千万です」

本宮はぼんやりとする。美智子はゆっくりと話し続けた。

「タネもまた、六千万の金をどこかに使っているんです。彼女には癌で死亡した孫の生命保険金の六千万が入っているはずなんです。彼女はそれで、心中した孫夫婦の借金を払ってやろうと思っていた。その六千万が、どこにもない。そしてタネは、呪い殺しは金がかかると呟いた。

彼女は人の不幸を見過ごしにできない人なんだと思う。虎の子の二百万円をまきあげられてもなお、孫夫婦の窮地を救おうとした。関口の事件の際、自分が名乗りをあげて、記者を納得させた。松江を黙って迎え入れたのも、その優しさでしょう。そのタネが、何度も畳に頭を擦り付ける明代に困り果てた時、彼女に何ができるか。呪い殺しが嘘であることは彼女が一番よく知っていたんです。彼女は金がかかると言って、明代をあきらめさせようとした。それでも食い下がる明代に、仕方なく何か数字を言ってみせた。その場逃れだったんだと思うんです。でも――金がかかるといったのは本当だったんじゃないでしょうか。それは彼女の体験からきた呟きだった。タネは本当に、六千万を誰かに払った。関口もまた、払った。関口の六千万がタネの所に流れたということはありません。タネが持っていた金の合計からわかることです。関口はそれを、別のどこかに払ったんです。

関口は、最後まで千里さんの訪問を警察に言わなかった。我が身に災難がふりかかるかもしれないとしても、その話だけはしなかった。それは、金のことを蒸し返されたくなかったからじゃないでしょうか。だとすればそれは、タネが工藤さんを助けようと、大善の死は自分がやったと言ったことや、明代が金のことを二度と喋らなかったことに共通するんです。みな何かに対して口が固い。

鰐淵さんには私たちの行動が理解できない。何かを隠していると感じる。それは現に、私たちが彼に隠していることがあるからです。そして私たちは、タネや関口の行動が理解できない。何かを隠していると感じる。ならばそこにも、隠していることがあるということです」

彼らが隠すこと——関口が身を挺しても守りたいと思ったこと。

家人の不幸によりお休み致しますという、四角四面の文面が本宮の脳裏に蘇る。人に愛されるにはあまりに真面目すぎる彼は、わかってはいても生まれついた自分を変えることができなかった。そして破滅していく。その愚直さはまた、復讐の一矢を放ってくれた者に対して、固くその義務を果たそうとしたのではないだろうか。

「関口もタネも、金を払った相手に対する暗黙の了解があり、払った相手を守ろうとしていた。本当に感謝していたから」

「誰を」と、本宮は呟いた。

「テープに何が録音されているのか。——渡部喜一郎の死にかかわったものなら、テープの存在にひどく危機感を持ちませんか。志保自身は重要だと気づいていないかもしれないが、その中に何か鍵になることが含まれているかもしれない。もし誰かの意図が、渡部などを始めとするいろいろな死亡に関与していたとすれば、その人物には、千里さんが持っているあのテープは脅威になりうる。だからその人物の接触の相手は、本宮さんでもわたしでもなく、テープの持ち主である千里さんでなくてはならなかった」

「高津千里を呼び出したのは、あのテープの中身を確認するのが目的だったというんですか」

美智子は頷いた。「テープの存在を知っていたのは、わたしとあなたと千里さんと関口洋平。しかし千里さんが緒方という男と会ったのは緒方からのコンタクトです。では彼はどこからその話を聞き込んだのか」

「――どこからだ」

「あり得るのは、関口が誰かに話した可能性です。彼が何かを守ろうとしていたなら、志保が何かを話したかもしれないというのは、聞き捨てならないことだった。確かに関口は直後にタネのところに飛んでいます。しかしそれは、何か聞かれるかもしれないが、お宅とは関係のないことだから何も喋らないでくれと頼むためだった。すなわち彼がタネのところに行ったのは、ただ事が大きくなることを防ぐためだったということになります。関口は同じように、なんらかの手段で本当の関係者にテープの存在を知らせたんじゃないでしょうか。そして緒方という医学生が千里さんに接近」

本宮には今、顔色を変えたあの時の関口がありありと浮かんでいた。彼が関口に話して車に戻ったのが午後五時ごろ。関口が車を出すまでに、ほぼ一時間の時間があった。その間に、彼がどこかに接触していたとすれば——

本宮は低く呟いた。「続きを聞かせてください」

「緒方という青年は、あなたがテープのことを関口に話した翌日に千里さんに接触しています。彼はあたかも窮地の彼女を救うような振りをしてうまく取り入り、テープを聞いた。そして自分たちに無害であることを確認した。あとは約束通り、千里さんのために原稿を書いて——それも、それらしくはあるが人が相手にしないような、『よくできた』記事を書いて、あたかも千里さんの狂言であるかのように見せた。あとは煙のように消えるだけ。なんの痕跡も残さず、消えるだけ」

「我々が話しているのは、一件に六千万もの報酬を受けて殺人を犯す、請け負い殺人についてです。緒方という青年は、弱冠二十四歳の研修医ですよ。大善の事件のときはまだ十九歳、南条大学の医学生——」

本宮の言葉が止まった。

南条大学病院は、中根大善が死亡し、タネが頭を下げた、その舞台だ。

「そうです。私たちはその話をしているのです。六千万を受け取り、渡部の死に関与した人物。我々のいう、『閻魔』です」

美智子は、まっすぐに前を見据えたままだった。

「私たちは、現実にあることを整理しなければなりません。外から投げ込まれた石と、流れの中で転がってくる石。経緯を理解できることと、できないこと。関口はなぜ千里さんの訪問を口外しなかったのか。関口の六千万はどこに行ったのか。そしてなぜタネは、呪い殺しは金がかかると呟いたのか」

美智子は続けた。「緒方という若い医者は藤原病院に頻繁に現れていた。そして坂下直弘が小森真奈美にしたことを知っていた。坂下に送られた閻魔メールは削除されているので確認のしようはありませんが、もし坂下に送られていたその閻魔メールが発信者を特定できないものだったとすれば、大善や渡部に送った発信者と同一であったという可能性は高くなります。発信元を完全に誤魔化すメールは、専門的な知識と技術が必要で、悪戯のレベルでは不可能なんです。しかしあなたの言うように、緒方は二十四歳の医学生です。大善の事件の時には十九歳の彼にそこまで大それたことができるものか」

本宮に、困惑と緊張が浮かんだ。彼は「待ってください」と美智子の話を遮ろうとした。だが美智子は同じ調子で話し続けた。

「わたしは考えたんです。工藤さんは、大善の死の代償として大学病院を追われた。藤原病院に工藤さんが勤務を始めたのは、南条大学病院の有吉助教授の口利きです。有吉氏は、最後まで工藤さんをかばった医師でもある。自分の後輩医師の不遇を見かねて、三年を経て勤め先を斡旋したというのは、あり得ることであり、また、美談です。でも工藤さんが殺人事件に絡んで所在不明になったことを受けて、すぐに有吉医師から藤原病院へ連絡があり、ことが納まるまで医師は責任を持ってこちらから派遣するからといわれたと聞きます。そこまで面倒を見るものでしょうか」

「何がいいたいんですか」

「有吉医師が、工藤さんに責任を感じていた――。そんなことはありえないだろうかと」

本宮が瞬間、言葉を呑んだ。「病院ぐるみだというんですか」

美智子はゆっくりと、本宮を見やった。「いいえ。病院ぐるみであるのか、中の少数の人間たちであるのか。ただ、単独ではないでしょう」

本宮は深呼吸した。――いいですか。こういうことです。

緒方は、ただ工藤の窮状を見かねて、見知った千里に接触した。千里がそれを一方的に悪用した。千里と緒方はこっそり会う段取りになり、千里を追いかけている工藤を追い払いたかった。

しかし美智子はあっさりと否定した。

「たったそれだけのことなら、警察にまで通報しますか？」

本宮はまた、黙り込んだ。

「明代が一千万円を払った坂下の死が、突発的な病死であったということは、ひるがえれば殺人の価格は六千万円だったということになる。そして彼らのターゲットは常に、私たちが『二十時間も悶絶(もんぜつ)して死ねばいい』と思うような人間たちだけだったともいえるんです。工藤さんは大善の死の原因がわからないと言い続けている。渡部の死だって、突然死です。本宮さん、皆、病院で死んでいるんです」

　美智子はじっと本宮を見る。

「中根大善は、病院に、もしくは病院の誰かに殺されたんです」

「——待ってくれ」と本宮は呟いた。そして首を振る。

「いいかい、南条大学病院の医師といえば有数のエリートだ。自分の社会的地位を棒に振るような秘密を数人で共有しながら、見ず知らずの人間のために殺人を犯すなんてこと、有り得ないよ」

「わたしも工藤さんに同じことを言った。でも発覚しないと確信があれば話は違う」

　そして美智子は本宮をみやった。

「医者は白衣を着ていれば、どこだって出没できる。人を殺すことは簡単なんです」

　——病院という所はね、白衣さえ着ていれば、人は自由に行き来できるんですよ。聴診器持って白衣を着れば簡単に人殺しはできるんです。

　美智子はそれに対して言ったのだ。それなら全ての医者が容疑者であると。

「松江は依頼者の顔さえみないように心がけたといいます。でも彼らは違う。おそらく身元調査をしていることでしょう。そしてまず間違いなく、タネは自分が金を払った相手の正体を知らない。関口もまた、知らない。依頼者に正体を知られれば、そこから露呈する可能性があるからです」

「タネや関口などの依頼者が、いったいどうやってその『殺人グループ』の存在を知り、コンタクトをとったと考えるんだ。金の受け渡しはどうしたんだ」

「不特定多数にコンタクトでき、かつ、身元を隠すことができるもの。例えば、インターネット」

「忘れたんですか。タネは当時九十歳の老婆だった。パソコンなんて無縁だ」

「和雄——体をこわしてタネの元へ戻ってきたのち、癌で死亡した、タネの二人目の孫ですが、小さな事業に失敗しているんです。それがネット上での中古販売だった。和雄は、郁夫家族の心中の一週間後に、病死しています。彼なら、仕事がら、パソコンをよく開いていたはずです。彼が死ぬ前に、『殺人グループ』とタネとの仲だちをしたということは考えられないでしょうか。私も本宮さんも、パソコンの知識はあまりない。だからわかりません。しかし『閻魔メール』にはパソコンに詳しい人物がかかわっている。『閻魔』を名のる集団には、パソコンに精通した人物がいることは間違いないんです。パスワードも、そのサイト自体も、毎回変わるのかもしれません。手口は私たちにはわからない。かかわった人たちも、決してそれにかんして口にすることはない。彼らはたぶん、その犯罪を、守るべき正義だと思っているんです」

待ってくれと、本宮はなおも呟いた。美智子は畳みかけた。

「五年前、タネが頭を下げたのは、工藤先生にではなく病院にだった」

本宮は蒼(あお)ざめていた。美智子は言った。

「有吉先生は工藤さんのことを不幸な事故だと繰り返した。本当に事故だったんです。処刑の場に、彼が偶然行き合わせてしまった。だから有吉さんは工藤さんに対して罪悪感を抱き続けた」

本宮は南条大学病院の有吉を思い出していた。──『あれは防ぎようのない成り行きだったんです。彼は有能で、優秀でした。工藤くんの名誉にかけて、わたしは断言します』

その言葉を口にした一瞬だけ、彼に悲壮感が滲んだ。それが今、別の意味を持ち始める。あれは工藤への哀れみではなく、彼自身の痛みではなかったかと。

本宮は言った。

「君は仮に、恨みに思う人間が、自分の命と引き換えにしても殺したいと思う人間が、見知らぬ場所で突然交通事故で即死したとする。それで君の恨みは晴れるのか」

美智子は黙った。

「恨みを晴らすというのは、ただ相手が死ねばいいということではない。嘱託殺人では恨みは晴れないよ。復讐者が望むのは、物理的な死ではない。相手にナイフを振り上げて、その瞬間に相手の瞳に浮かぶ恐怖の色に、心の奥が満たされるんだ。そこには理性が入り込む隙はない。保身なんて浮かばない。だから復讐に憑かれた人間は恐ろしいんだ。

恨みを晴らすということは、相手が転んで頭を打って死ねばいいと思うこととは違う。あんな奴、死ねばいいのにというのは、ただの嫉妬ややっかみにすぎないんだよ。相手に、復讐されたんだという、その実感を与えることなくして、なんで復讐する意味があるものか。盲腸の手術で、麻酔から醒めぬまま死んだとしても、その死をもって復讐ということはできないよ。財産目当ての殺人じゃないんだ。恨みの殺人は、金では済まない。俺にもし愛する人がいて、もしその人が無残な殺され方をしたら、六千万の金を積んで犯人の殺しを依頼するようないじましい真似はしない。この手で金物屋に行って包丁を買って、襲う。我が身をきれいに守ったまま、人の命を金で始末するというのは、そんなものは恨みでもなんでもない。ただのエゴイズムじゃないのか」

美智子は思うのだ。本宮のいうことはよくわかる。しかし復讐が常に、本宮のいうようなエネルギーを持つと限られるだろうか。いや、それほど潔い復讐者ばかりだろうか。

弱者とは、弱く、故に哀れな者ということではない。弱者とは権利を主張する自意識を持たない者だ。責任はどこにあるにせよ「潔い弱者」などいない。生きることが厳しければ「潔さ」などという贅沢(ぜいたく)な観念の入り込む余地はない。それでも怒りはあるのだ。それでも悲しみもまた、あるのだ。

「人権なんてタクシーを呼べる奴のいうことだ。俺はタクシーが呼べるからいいんだって、あなたは言いましたね」

本宮は美智子を見つめていた。

「あなたの理屈は、タクシーが呼べる人の理屈なんですよ。怒りの刃(やいば)をまっとうに相手に向けるには、その根底に人としての尊厳がいる。人としての尊厳は、社会の中で身につけるものです。人権はいまだに一部の人の特権であるかもしれない。でもタクシーを呼べない人々も同じ人間として、怒りも喜びもある。しかし彼らが人間としての誇りを踏みにじられても、相手に刃を向けるだけの自尊心はないんです。確かに金銭で片づける復讐は邪道でしょう。でも、彼らは、自らの手を汚さないために金銭に頼ったのではない。彼らだって、自ら相手と対決することができたなら——」

美智子は言葉を切って本宮を見つめた。「タネに、何ができましたか。孫一家の心中は孫一家の自業自得であったかもしれない。それでもタネは大善を恨んだ。タネは、なんの痛みもなくことを済ませたのではない。彼女は七千万に及ぶ金をもちながら、まるで世捨て人のように日を送った。関口が、渡部の死によって身を守ったといえますか。彼にはもはや守る身などなかった。それでも一太刀(ひとたち)を上げることのできない自分がいる。手を汚せなかった分だけ痛みを感じている。この一連の事件で、殺してもらって、その後、晴れやかに暮らしている人間がいますか」

「いいですか。話は迷路に入りますよ。一体彼らが、殺人をする人間をいかに選択し、もしくは選別したかということだ。あなたの話は、弱者のひがみと紙一重なんだ」

本宮は美智子を見つめた。

「真奈美は強姦された。確かに坂下という男は悪い。だから明代は呪い殺そうとし、彼の写真の目玉に穴も開けた。でもね、僕の友人のある記者は言いました。真奈美がセックスを覚えて何が悪いかって。僕だってそう思う。真奈美が、女に目覚めることを、みんなが見苦しいと思ったというだけのことじゃないか。明代は、見苦しいと思われることを惨めだと思った。娘を諭しても詮ない。そこで坂下の息子に全ての怒りが向けられた。明代が哀れじゃないとは言わない。もちろん坂下の行為は許されてはならないことだ。しかしそれで天誅を望むというのは、間違いだ。もし明代の恨みで坂下が死んだのだとすれば、彼の死は彼自身の罪によるものでなく、明代の、社会に対する憎しみをその身一つに被った結果ということになる。真奈美は坂下との行為を嫌がった。しかし一方でおしゃれもし始めた。皆が真奈美の思春期を醜いと思った、その目が明代を、坂下への呪いにかりたてたんじゃないのか。罪には軽重がある。坂下直弘は確かに悪いが、死に値するものではない」

美智子は静かに諭した。

「だから坂下は『閻魔』に殺されはしなかったんですよ」

本宮がはっとした。

「彼らは確実に、選んでいるんです」

美智子はずっと考えていたのだ。彼らは——請け負う人々がいたとすれば彼らは、なぜそれを請け負ったのだろうと。六千万という金は、人の命を助けるための勉強に青春の全てを注いだような医者たちにとって、その誇りまでも捨てて犯罪に走るに十分な金額だといえるのだろうか。

拙い文字でつづられた、あの大学ノートを思い起こしていた。

渡部喜一郎の名がいくつもあった。幾人もの人が、渡部を殺してくださいとタネのもとを訪れていたことになる。多くの人が、塵が積もるように彼に恨みを積もらせていた。タネは通じることはないと承知で、願いよ通じたまえと、いい加減な呪文を唱え続けた。

そしてその願いを、一つ一つ吟味して、天が聞き届けたように、六人の人間たちは死んでいった。大善を始めとする彼らのその死に、関口の望みを叶えたよりも、タネの望みを叶えたよりも、もっと公共的な意義があるように感じるのはなぜなのか。

それには正義という言葉の裏に潜む押しつけがましさがない。義務感というほど肩を張ったものでもない。

淡々として、黙々として。まるで道路に落ちたゴミを拾うように。

六千万円、疑われる対象は六名。それだけで三億六千万円にのぼる。

彼らはその金をどうしたのだろうか。

『闇魔』はどうやって対象を募集し、選択したのか。どうやって金銭を授受したのか。いや、どうやって対象者たちの身元を調べたのか。支払い能力のあるものなら誰でもよかったのか。

いや、六千万で確実に殺しを請け負うとすれば、希望は殺到するに違いない。もしその全てに応えて、実際には六件以外に、話題にならない犯罪が無数にあったとすれば。月に二人として年間十四億四千万。五年続ければ七十二億にまで膨れ上がる。

そんなことはあり得ない。必然的に、彼らは何かを根拠に対象を選んでいたはずだ。

ゴミの清掃——ゴミ。

あの、高笑いしそうだった沢木勝也のような、ゴミ。

美智子は気がついた。

「――緒方という青年が、今、なぜ危険を冒してまで、高津さんとの接触を急いだのか」

瘦せた沢木の姿が蘇っていた。顔一杯にみっともないほど笑みを浮かべた沢木。その肩の骨は、スーツを通しても一見してわかるほどに尖っている。

「沢木に関する有吉医師の取材は、先方から言ってきたといいましたね。なぜだろうと、あの時二人で話しました」

本宮は思い出す。「そうだ。病院は断る姿勢だった。それを、向こうから電話がかかってきた」

「有吉医師はあの日、沢木は自分のことを退避入院だと思い込んでいるが、本当は心臓が悪いのだと、取材に答えて言った。わざわざ呼んで、それをあなたに聞かせた。あれは沢木の心臓発作への伏線だったんじゃないでしょうか。彼が心停止して死亡したときに、あたかも病状の悪化であると思わせるために張った、伏線」

美智子は本宮を見つめた。

「テレビメディアは雑誌ほど後追いしないことを彼は知っていた。あなたが、自分のテレビ番組を持つ多田キャスターのブレーンだということも、知っていた。あなたにリークすれば、心臓の持病を悪化させていた事実を、多田さんがテレビで一言付け加える。それで沢木の死に不自然さを感じるものはいなくなる。でも雑誌にはかかわりたくなかった。だからわたしの名刺を見た一瞬、表情を強張らせた。

沢木が心臓発作で死んだ時不自然にならないよう、わざわざ電話をかけて来て、あなたに根回しをさせた。もしかしたらそれは、緒方さんが志保のテープを無視できなかったということと、繋がっているんじゃありませんか」

本宮がゆっくりと美智子をみる。美智子は続けた。

「沢木への犯行の段取りは着々と進んでいた。閻魔メールは沢木の許にもう届いているんじゃないでしょうか。彼らは実行する前に、志保のテープを確認しなければならなかった」

痩せた沢木、勝ち誇った沢木。有吉は困惑の表情を浮かべ、心臓が悪いという。

「以前沢木がかかっていた病院の関係者から話を聞いた時、彼は、沢木の心臓は、歳相応であり特に問題はなかったと言ったんです」

タネの家の床の下に放置された金が浮かんだ。それはネズミの死骸とともに放置された金だった。

その頃、山梨県警の鰐淵刑事の許に一本の電話が入っていた。

相手の声は若く、思い詰めていた。

――小森明代の家から救急要請をした者です。危害を加えたのは僕ではない。僕が行った時には彼女はまだ生きていました。逃げるつもりはなかった。知っていることをお話ししようと思って電話しました。小森明代の家の玄関は、僕が行った時には開けっぱなしになっていました。婦人物の靴が散らかしてあった。玄関は触っていません。僕が触れたのは、トイレのノブです。トイレからトイレットペーパーの芯を持ってきたんです。僕が発見した時、明代さんはうつ伏せに倒れていました。後頭部に打撃を受けてそのまま倒れ込んだようでした。僕が彼女の家に行ったのは救急に電話を入れる五分ほど前です。容疑がかかっているのは知っていますが、僕ではない。捜査に協力できればと思い、電話しました。

彼の言葉には思い詰めた潔さがあった。

「工藤だな、いいですか、小森明代の件には、別に重要容疑者がいるんです。現場の状況を君の口から正確に聞きたい。出頭してください」

電話の主はプツと黙り込む。

「いいですか」と鰐淵は工藤に語りかけた。

「逃げて得になることはない。本間タネの金庫番が、君と明代の関係をはっきりと否定した。小森明代の一千万はタネに支払われていた。それだけじゃない。小森明代の殺人を受けて、坂下直弘の死亡原因が調べ直された。それによると坂下の死因は突発的に起きた喘息発作だったのだろうということです。『鎮痛剤誘発性喘息』。アスピリンなど、鎮痛下熱剤などによってひきおこされる。坂下直弘には痛み止めにインドメタシンが処方されていた。あれが突発的に激しい喘息発作を誘発したのだろうということなんです」

数秒の沈黙の後、電話口から声が洩れる。「アスピリン喘息——」

「そうです。君の坂下の死に関する疑いは晴れた。それは、小森明代を殺す動機が消えたということでもある。だから出頭して」しかし鰐淵の、『自らの潔白を説明しろ』と言う言葉は、遮られた。

「出頭はします。その前に一つだけ教えてください。俺を捕まえたあの日、俺が女のあとを尾けていると通報したのは誰でしたか。男でしたか、それとも女でしたか」

この質問に答えれば、電話を切ると思った。彼は何かを心に決めている。

あの日、狼狽（ろうばい）して泣き伏しそうだった若者の姿が、鰐淵に蘇る。

「教えてください」

たぶん、どこかに引け目があったのだと思う。無実の若者をつつき回して追い詰めたことに対する詫（わ）びの気持ち。意識の隙間から滑り出すような判断だった。

「誰かはわからない。若い男の声だった」

男が電話を切ると思った。鰐淵は懸命に畳みかけた。

「待ってくれ、靴は——あんたは靴はぬいだか、履いたままでしたか」

電話の向こうから、やがて答えが返ってくる。

「靴は脱ぎました。そして履いて飛び出したんです」

鰐淵は懸命にメモを取る。捜査官の一人が気がついて、立ち止まりそのメモを覗き込む。

「人影はみなかったか。逃げる人影とか、声とか、物音とか」

再び慎重な間が開いて、答えが戻ってくる。

「気がつきませんでした。でも物音はしていなかったと思います。小森さんの、畳を擦る音が聞こえたぐらいですから」

「玄関部分に、幅五十センチほどの廊下があるだろ、あそこに靴の跡があったのは気づかなかったですか」

「見ませんでした。靴がけちらしてあるのと——」そして言葉が切れた。

電話を切るのかと思ったその時、ぽつりと聞こえた。

「——そう言えば、豆腐の匂いがした」

そして工藤は、独り言でもいうように、続けた。

「豆腐なんかそんなに匂うものでもないのに、豆腐の匂いがしたような気がしました」

鰐淵はなんのことかと考えた。

その隙を縫うように、あとから出頭しますと繰り返し、電話は切られた。

時間は午後の四時だった。

『現代における呪殺とその方法』

工藤が井の頭(いのかしら)公園駅前の書店で雑誌「ダーク・ダーク」を買ったのは、昼前だった。

南条大学病院に勤めていたころ、この駅から歩いて十分のアパートに住んでいた。坂の中腹にたっていたそのアパートは、一階が道路面より低く、窓を開けて座ると、ちょうど道を歩く人の靴が目の高さに見えた。覗きができるぞと、同僚の研修医たちがやってきて、根気よく寝ころがっていたが、見えた例はなかった。広くて、通勤に便利だった。小森明代の家から逃げ出したあと、かつて住んでいたあたりのビジネスホテルに隠れていた。どうすればいいのかわからなかったから。

小森明代の家から逃げ出した夜、藤原病院に、しばらく欠勤すると電話で知らせた。すぐ切りたかったが、院長が電話に出るというので、切れなくなった。謝らなくてはならない。電話に出た院長には事情が呑み込めないようだった。その時は翌日にも警察に事情を話しに行くつもりだった。しかし院長が、坂下の死因を警察が調べ直していると言うのを聞いて、恐ろしくなった。

何か出れば、自分の言い訳を聞いてくれる者はいるだろうか。

いや、なにを言い訳すればいいのかもわからない。何か出れば、ただ事態にのまれていくしかないのだ。

藤原院長は、代わりの医者は南条大学病院から派遣されるから、落ち着きなさいと言った。

それならば、このまま雲隠れしてもいいんだと、思った。

罠には鎖がついていて、一度かかると、逃げたつもりでいても、何度でも引き戻されるのかもしれない。

それから五日が経過していた。

テレビをつけると、懐かしい南条大学病院がニュースに出てくる。沢木勝也が無罪になってから、入院先である南条大学病院前からの中継が増えていた。

勝ち誇った沢木勝也。

記者たちにもみくちゃにされながら、勝利の笑みを浮かべる彼の録画が何度も流れる。

沢木の後ろに立つ南条大学病院の古い建物が、凛々しく美しく見えた。

千里の雑誌が出るその日、ハンバーガーショップでハンバーガーと飲み物を買い、ショッピングセンターの中の休憩所に座って、読んだ。

千里があの日、誰と会い、何を話したのかが知りたかった。しかしそこには、タネの呪い殺しの裏話など、一行も書かれてはいない。

狐につままれたような気分だった。

こんな記事を書かせるために「閻魔」は彼女にあんなメールを送りつけたのだろうか。

千里の署名入りのその記事は、千里が書いたものだとは思えなかった。かといって無名である千里の署名記事に、ゴーストライターを雇うはずもない。千里と懇意の雑誌編集者が書いたものだろうかとも思う。しかしそれにしては、硬い。

昔、千里に頼まれて時々記事を書いてやった。ほんの四百字ほどのものだが、我ながらいやになるほど硬かった。論文調になるのだ。千里は不機嫌な顔をした。それを思い出した。

——恨むという行為だけを取り上げて悪者にして終わろうとするのは、伝道師たちが押し売りするセリフの中のその「悪」に似て、ご都合主義の絵空事にすぎない。なぜなら『人がものを恨む』というのは、人間が生きようとするエネルギーの内循の果てにあるものであり、「汚れのない」社会も「汚れのない」人間もあり得ないからだ。

そもそも生存することは利己心を持つことであり、その本能とも言える感情と向き合い、抑制することで子供は大人になる。成長過程にある「子供の悪」を——


工藤の、文字を追う意識が上滑りし始めた。

内循——

疲れていた。一日中歩いて、携帯電話を充電できる喫茶店を探した。交番の前の低いコンクリート塀の上で、待ち合わせを装ってずっと座っていたりもした。時間が頭上を素通りする。疲れて、感傷的になっていた。

内循という言葉が、その一番ふくらんだ感傷の袋につきたって、破った。

座っているベンチの前を人が過ぎていく。突然飛び込む子供の奇声。カートの車輪音。それらが分離して耳に残る。

内循。

この原稿を書いた人間。

——あの時、千里は、決して自分の尾行には気づいていなかった。そして千里を追いかけていたのを知っていたのは、緒方だけだ。

タネが、閃光（せんこう）のように一瞬蘇った。頭を下げるタネだった。しかし彼女の目は今、自分などみていない。あれほど恐れたそのタネの目は、なぜだか今、まっすぐに南条大学病院そのものを見上げている。

工藤はビジネスホテルまでの帰路を覚えていない。ただ雑誌「ダーク・ダーク」を握りしめていた。

美智子の言葉が蘇り、回る。――嘱託殺人――頭の端がしびれている。そして血が一カ所で駆け回っている。

あの日、ナースセンターのモニターと大善の病室のモニターが食い違っていたのが、手違いなどではなく、故意であったとすれば。

大善の死を画策していた人間がいたとすれば。

その死を病死に見せかけようとしていた人間がいたとすれば。

リドカインは不整脈を止める薬だ。使い過ぎると心臓が停止する。一〇〇ミリグラムのリドカインで死に至ることはない。しかしその前に多量のリドカインが注入されていたとすれば。

誰かが大善の点滴に大量のリドカインを仕込んでいたとすれば。

心電図に異常が感知されるとナースセンターのアラームが鳴る。その誰かが大量のリドカインにより死に至ろうとするその異変をナースセンターに察知されるのを防ごうと何らかの方法で大善のアラームが鳴らないようにしていた。

俺が大善の異常を発見し、大騒ぎしたことでことが計画通りにいかなくなった。大善の異常が発覚した以上、逆にナースセンターのモニターの警報が鳴らなかったことが問題になる。

それで細工を隠すために心電図を大善のものに戻した。

誰が。

大量のリドカインを大善の点滴液の中に仕込むことなら、病院内の誰でもできる。それでも工藤は思うのだ。有吉はなぜあの時病室にくるのに五分もかかったのかと。

工藤は病室に飛び込んで来た時の有吉のあの目を思い出すのだ。あの目にあったものは大善を死に至らしめたことへの怒りではなく、自分の計画を頓挫させたことへの苛立ちだったとすれば。そして俺の就職先をあれほど気にかけてくれたのは、自分たちの陰謀の責任を俺が一身に背負ったことに対する贖罪(しょくざい)だったとすれば——彼が俺を弁護したのは、俺の無実を誰より知っていたから。

恐ろしくて膝が震えた。

緒方は発信元の発覚しないメールを送ることができると言った。大善の元に送られたメールも渡部の元に送られたメールも発信元の特定できないものだった。

内循。

それは、有吉が使った言葉だ。持つべき外部との接点を持たず、刺激や情報から、隔離もしくは保護されて、外からの養分の吸収、代謝ができない、もしくはしない状態で、何かが循環する状態を、彼は短くその言葉で表現した。辞書にはない。医学用語でもない。

それを、造語であるということを忘れるほど日常的に使っているとすれば、それは、俺と同じく有吉のすぐ近くにいた者だ。

有吉のそばにいて、なおかつ千里に原稿を書いてやれる者。

緒方は確かに、坂下直弘の悪行を知ってメールを坂下にも送りつけたと、自ら告白した。しかしそれが「週刊誌で見知ったいたずら閻魔メール」でなく、大善にも関口にも送られた本物の閻魔メールだったとすれば。

千里と会い、あの原稿を代筆してやったのが緒方だとすれば。

しかしどうやって大善こと中根伸治のナースセンターのモニターを鳴らさずにおくことができるだろうか。ナースセンターでの彼のモニターは切られていたのではない。心電図は、流れていたのだ。

工藤は気がついた。中根伸治のモニターに別の患者の心電図を流していたんだ。

ナースセンターの受信モニターは、入力一つでどの電極発信機の電波でも受信できる。ボタン一つで繋ぎ替えることができる。

しかし工藤はすぐにその自分の推測を否定した。入院患者はいつ警告音を発する事態になるか、予測がつかない。絶対に異常の起きない患者の心電図でなければならなかったはずだ。しかしそんな患者は、病棟にはいない。

病室には――

工藤は思い出した。

学生の頃の実習で、心肺蘇生用のトレーニング人形を使って蘇生の練習をする授業があった。その日、指導医が十分ほど遅れるというので、実習生たち八人だけで先に支度を始めた。

しかし人形のスイッチを入れても、心電図波形は講習室内に設置されたモニターに映らなかった。電極送信機のパッドもきちんとつけているというのに。

　みなが人形をいろいろ触ってみた。友人の一人が、人形内蔵の心肺波形発生装置をいじり廻した。それでも映らなかった。しかたなく指導医を待つことにしたが、十分たっても二十分たっても現れない。学生の一人が呼びに行ったが、下の入院病棟で、急変患者が出て、それどころではないらしいと言いながら戻って来た。

　皆で、人形内蔵の心肺波形発生装置のスイッチを触って時間を潰していた。この状態なら死んでるなとか、この状態なら生き返ったというところだとか。多分これくらいが、心室頻拍ってことだよとか、もっとも理想的な波形は多分こんなものだとか。モニターになにも映らないものだから、皆で想像しながら、順番に、入出力レバーを上げたり下げたりしていた。

　しばらくして指導医は来たが、その時には一人ではなかった。三人ほどが血相を変えてやってきて、ドアを開け、人形に付けられたパッドをみるや、工藤たちは「お前らなにやってるんだ！」と怒鳴られた。

　トレーニング人形には、専用のパッドがあったのだ。それに気付かずに、本物のパッドを付けていた。患者の使う本物のパッドには番号があって、番号を入力された受信モニターが、該当するパッドからの電波を受信する。下のナースセンターには巨大な受信モニターが四つあり、一つのモニター画面は八つに区切られ、八人分の心電図を映し出す。ナースセンターには三十二人分の心電図が常時流れていることになる。異常が起こると、受信機はアラーム音を発し、同時に記録テープを廻し始める。紙に、心電図が記録され始めるのだ。

その日人形に付けていたパッドは、つい昼まで病棟の患者が使っていたもので、ナースセンターのモニターに番号入力されていたものだったのだ。

自分たち学生がいじり廻していたトレーニング人形の心電図は下のナースセンターが受信した。

学生たちが殺したり生かしたりするたびに、ナースセンターの受信機はアラームを鳴り響かせた。医師たちは緊急招集をかけられたが、肝心の、患者がどこにいるのかがわからない。医師と看護師は患者を探して病棟内を走り回り、その間にもナースセンターのモニターは警告を発したり、止まったりを繰り返し、救急カートを押した看護師は右往左往した。

受信機から吐き出される記録紙を見つめて、指導医が気づいたのだ。

こんなの、人間の心臓のやることじゃない。

そして八人の学生たちの元へと走り込んだのだった。

工藤たち実習生はえらく叱られた。

——いいか、病院のどこにいようとも、このパッドから発信する電波は受信されるように、病院はえらい金をかけて天井に無線用のアンテナをめぐらせているんだ。これはお前らのおもちゃじゃないんだぞ。

トレーニング人形に本物の電極側送信機をつければ、そこからナースステーションに好きな心電図波形を送ることができる。

——思い過ごしですよ。

——あなたが一人でことを大きくしているんだ。

——これ以上、僕に罪の意識を感じさせないでください。

工藤は膝を抱えた。その発想を忘れてしまいたかった。

その時、つけっぱなしのテレビから、再び沢木のインタビューが流れた。

そこに映っていたのは、痩せた沢木の姿だった。

まるで死神に魅入られたように、痩せた沢木勝也の姿だった。

4

鰐淵への電話を切ったあと、南条大学病院に行き着くと、工藤は迷わず地下二階に向かった。六年半通った病院の間取りは心得ていた。どこでカルテを管理しているのかも、どこに白衣があるのかも。ランドリールームには洗濯したての白衣が薄いビニールにくるまれて何十着もあった。それをひっかけると四階に向かった。

沢木勝也のようなVIP患者の入る病棟は四階にある。だから彼のカルテは四階のナースセンターに管理されている。壁沿いの棚に病室ごとにまとめて並んでいるはずだ。

四階のナースセンターの入り口が近づくと、立ち止まるなと自分に言い聞かせた。立ち止まらずに入るのだ。そして何食わぬ顔をして沢木勝也のカルテを抜き出すのだ。

　ナースセンターの入り口を潜る。すれ違いざま、看護師の一人がチラと自分の顔を見るのを感じた。工藤は目を合わせなかった。ここには白衣を着た職員が何百人と歩き回っている。見知らぬ看護師は怪しまれても、見知らぬ医者は怪しまれない。

　彼女は立ち止まることもなく、廊下へ出ていった。

　ナースセンターには七、八人の看護師がいた。複数の心電図がピーピーと小さく鳴り続けている。工藤はカルテの棚に行き着いた。しかし並べられているファイルを見つめて、工藤は愕然とした。

　沢木勝也のカルテがない。

　工藤はもう一度、目を皿のようにして見直した。しかし、ない。

　カルテの管理はうるさくて、研修医が間違って戻したりすると、あとから看護師長にこっぴどく叱られる。ここにないとすれば、どこかに紛れているのではなく、誰かが許可を得て持ち出しているということだ。

「何かお探しですか」

　若い看護師の声だった。工藤は心臓が止まりそうだった。いくら研修会や講習会に参加する医師が白衣を着て院内にいるとしても、それは廊下ですれ違うというだけのこと。彼らはナースセンターでカルテを探したりはしない。研修医にしては工藤は歳を取り過ぎていた。

そのころ美智子の元に真鍋から電話が入っていた。

「あのね。鰐淵って刑事、知ってる？」

美智子はハイと答える。真鍋はぐずぐずしていなかった。

「君に伝言を頼まれました。工藤孝明から電話があったそうです。出頭するといったが、はっきりしない。それより、十月十一日、工藤が公園前で同行を求められた日、通報したのは誰か、男か女かって、聞いたそうだ。若い男だったと答えると、電話は切れた。気になるから、知らせると言ってきた。伝言はそこまでです。了解ですか」

それは工藤もまた、緒方の裏切りに気づいたということだ。ならば工藤は緒方に会いに行く。美智子は呟いた。「――南条大学病院」

「南条大学病院？」

美智子は気がついて、答えた。「沢木ですよ」

真鍋が怪訝そうに問い返す。それに、美智子は今度ははっきりと答えていた。

「たぶん沢木が次のターゲットなんです。確証はありませんが、決行の日が近い」

あとから連絡しますと一言言って、美智子が電話を切る。

本宮が美智子を見ている。

横断歩道の青が点滅し始めた。本宮が足を止める。美智子は、信号を一気に駆けた。

向こう側の道路に行き着くと、その場でタクシーを拾う。走り出した車の窓から、道の向こうに、茫然とした本宮の顔が見えた。

いいんだ、と美智子は思った。

この先で見聞きしたことの決定権を、一人だけで持ちたかった。


――豆腐。

鰐淵は受話機を取り上げると、茨城県警の小森明代殺害の捜査担当を呼び出した。

担当者が出る。

「現場の、あの奇妙な祭壇の上に、坂下直弘の写真、ありましたか。ペンで目をえぐられた写真です」

電話の向こうで声がする。――いや、ないよ。藁人形があっただけだ。

「廊下に残っていた靴あとから、大豆の成分が発見されたといっていましたよね。それ、豆腐じゃないですか」

――かもしれん。いや、わかりません、何かありましたか。

鰐淵は考える。容疑者の松江こと前畑伸江は、小森明代とは豆腐屋の前で別れたと言った。殺害現場の明代の自宅の廊下に、靴跡が辛うじて一つ残っていた。鑑識はそこから、大豆の成分が検出されたと書いていた。確かに事件の小一時間前、小森明代は豆腐屋に行っている。しかし彼女が買ったのは豆腐ではなく、こんにゃくだったと、豆腐屋の主人は言ったのだ。

「今、工藤孝明から電話があった。彼は靴を脱いで上がったと言っている。小森明代の家の廊下に残っていた靴跡をつけたのは工藤孝明ではないということです。――いや、電話は切れた。でもね、靴跡が工藤のものでなく、犯人のものであったとすれば、その犯人より前に来客があったのは事実だということですよ。土足で上がった人間に、座布団をすすめてお茶を出すということはしませんから。だとすれば、松江の証言に信憑性が出る。豆腐屋の前で別れたという、あの話ですよ。松江は本当に明代と話し込み、お茶を飲み、通りまで一緒に出て、豆腐屋の前で別れただけって可能性です。そののち帰ってきた明代に、土足で上がり込んだ犯人が、近くにあった凶器を手にして頭部を殴打した。そこで考えていたんです」

鰐淵は、工藤からの電話を切ったあと、ずっと考えていたのだ。工藤孝明が触ったのがトイレのノブだけで、動かしたのが明代の体の向きと、トイレットペーパーの芯だけだとしたら――

「松江は、明代の家の祭壇には坂下直弘の、目のえぐられた写真があったと言っている。しかし捜査陣があの家に行った時には、そんな写真はなかった。じゃ、その坂下直弘の写真はどうなったってことですか。工藤孝明が行く前――松江と工藤の間に土足で上がり込んだ人間がいて、その人間が持ち出したってことになりませんか。廊下に残っていた靴跡は女物のようだといってましたよね、だとすれば――そのホシ、ひょっとすると」

なぜ気づかなかったんだろう。もっとも動機のある人物のことを。

「そんな写真をわざわざ持って帰る、女物の靴を履いた人間は、誰だ」

電話の向こうの小森明代殺害事件の捜査員は、一瞬むっと押し黙ったが、「いや、わかった」と一言叫ぶように言って、電話を切ろうとする。鰐淵はあわてて言い足した。

「その靴跡ですが、工藤孝明は、現場で、豆腐の匂いがしたような気がすると、そう言ったんです。松江は小森明代と豆腐屋の前で別れたと言っている。豆腐の匂いがしていたとすれば、犯人と明代は豆腐屋で交差したのかもしれません。なにせ明代は豆腐を買ってはいないのだから。もう一回豆腐屋を聞き込んでみれば何かわかるかもしれない」

豆腐屋の主人は愛想の悪い男で、再度の警察の訪問に少し迷惑そうな顔をした。それでも「あの日、坂下さんの奥さん、豆腐を買いに来ませんでしたか」と捜査官に問われると「来ましたよ」と返事をした。

「いつですか」

「小森さんと入れ違いでした。いや」とその時、面倒臭そうだった豆腐屋が、真面目な顔になり、そして大層不快そうになった。

「わたしらも町内のごたごたは気を遣うんです。小森さんが来ても、坂下さんが来ても、他の人と同じようにやっているんです。それがあの日は」

豆腐屋の主人は話し出した。

「あの日、小森さんがこんにゃくを買いに来た。こんにゃくを渡し、代金をもらって、小森さんはその時釣りを貰うのを待っていた。その時坂下の奥さんが来たんだ。しょうがないから、俺は、どちらとも目を合わさないようにしたよ。小森さんは、坂下さんには気づかなかったみたいで、釣りを渡すとそのまま帰っていきましたよ。だから一瞬すれ違っただけだけどねぇ。でも気まずいよ。豆腐は坂下さんの死んだ息子の好物だったからねぇ。俺は坂下さんの奥さんにも、目を合わさないように豆腐を渡したね。でも坂下さんは」

主人はうんざりしたような声を出した。「煮えたぎるような目で小森さんの後ろ姿をみていましたよ。そりゃあなた、ちょうど、息子が生きていたとき、小森さんが坂下さんをみていたのと同じ、あの怖い目でね。男にゃあんな目はできねぇな」

坂下直弘の母親は豆腐を二丁買って帰ったと、捜査官は大急ぎで本部に連絡した。

坂下直弘の母親は、家宅捜索の令状を見せると、蒼白になったかと思うと瞬間、自分の耳を塞ぎ、捜査員に向かって、甲高い悲鳴をあげた。

それから踵（きびす）を返し、奥へと走り込んだ。

捜査員は驚いて、大声を上げて追いかけた。

二階へ駆け上がり、部屋に走り込む。捜査員がそれを追う。追いついた時、坂下の母は、部屋の中央で、両手で胸を抱えるようにしていた。そして捜査員の姿を見るや、そのまま頽（くずお）れるようにうずくまった。

自ら胸を刺したのかと思った捜査員は坂下の母に飛びついたが、彼女が胸を押さえるようにしていたのは、そこに何かを抱えているからだと気がついた。

坂下の母は、それを抱え込んだままうずくまり、目をつむり、その手をほどこうとする捜査員たちに、悲鳴のような泣き声をあげて、抵抗した。

下から声がした。「靴、あった」というものだった。「夏物のサンダル」と追って声がした。

捜査員は坂下の母から手を離した。

「すいません。奥さん。警察まで同行してください」

母親は、胸に何かをかき抱き、床に転がったまま、目を見開いた。

彼女の手の下から、紙の端が見えた。それは写真の端だった。縁がマジックで黒く塗られていた。彼女はそれを抱えたまま、目を見開いて、まるで硬直したようにそこに転がっていた。

髪は乱れ、靴下が片一方脱げ落ちていた。

やがて坂下頼子は息を吸い込み、顔を歪め、写真を胸に抱き抱えたまま、巨大な咆哮を放つように叫び声を上げた。

「何かお探しですか」

工藤の体が硬直した。振り返ることができなかった。嘘をつくにはもうタイミングを失っていたのだ。——皮膚科の——甲状腺科の——第一外科の——具体的な科名を出せば、その先には現存する医師の名を続けなければならなかった。彼女たちは病院の医師の名前くらいは覚えている。振り返りながら、工藤はとっさに口走った。「核内科の高橋先生に沢田さんのカルテをもってくるように言われて——」

ほとんどの大学は放射線科と言っている科を、ここでは核内科と言っていた。実際には高橋という医師がいなくても、それだけで内部の人間だと思われるだろう——いや、思われなければならないのだ。

看護師は怪訝な顔をして立っていた。部屋にいた看護師たちがそれとなくこちらをうかがっている。

その時だった。懐かしそうに、先生と呼ぶ声がした。

阿木だった。

迷ってしまったらしいんだ。久しぶりの病院なものだから——阿木江利子にそう語りかけながら工藤はナースセンターを抜け出した。もう誰も工藤を不審の目で追うものはいなかった。

大善の死亡当時、二人してべそをかきながら状況の説明に追われたのだ。五年前の新米看護師は、今やベテランの風格を身につけていた。それでも工藤を見ると、やっぱり涙ぐみそうに懐かしんだ。いまにも昔話をしはじめそうだ。

「いや、阿木さん。急いでいるんだ」そういうと工藤は、阿木を待合室の端に引き込んだ。

「沢木勝也のカルテを見たいんだ」

阿木は不思議そうな顔をした。「ナースセンターにありませんでした?」

工藤が頷くのを見て、彼女は神妙に考え、「それなら有吉先生が持っているんですよ」と言った。「有吉先生が担当だから」

第二内科部長室だ。三階の端にある。見たいんだと工藤は言った。「有吉先生はいまどこに」

阿木はやっぱり不思議そうな顔をする。「外来です」

——いまなら部屋にいない。

阿木が一緒なら、誰も怪しまない。彼女は何も聞かずにうんと言うだろうか。「来てくれないか」

事情は話したくなかった。この目で沢木のカルテを見るまでは。

阿木は彼に気圧(けお)されるように頷く。彼女がなんの不審も感じていないはずはなかったと思う。なぜなら一言も、その理由を問わなかったから。彼女にはただ、五年前、二人して膝突き合わせて、何が起きたのだろうと思いながら、それでも新米看護師の阿木に何のわかるはずもなく、研修医の自分に何のわかるはずもなく、ただ黙って、うなだれて——そんな工藤であるに違いなかった。信頼とはそういうものだ。理屈ではないのだ。愚かしくとも、そんなものなのだ。

ただ彼女は、あのあと有吉が懸命に工藤の就職先を探し続けたことを道々語るのだった。いまでなくてもいいから、少しほとぼりが冷めてからでいいから。腕と人格については保証します。医療ミスの責任の取らされ方について、それがいかに理不尽な場合があるかということは、よくご存じだと思います——有吉はそう言って電話をかけ続けたと、彼女は工藤のあとを小走りに歩きながら語り続けた。阿木の話に、怒りとも悲しみともつかぬものが全身を包み込む。——事実が知りたい。

第二内科部長室。

阿木がノックする。返答はなかった。彼女がおずおずと工藤を見上げる。工藤は黙ってドアを開けた。

壁一面にしつらえられた書棚には本が隙間なく並び、あちらこちらに書類と書籍がうずたかく積まれている。パソコンに時代後れの大型コピー機。中央に、窓を背にして大きな机が一つある。工藤はまっすぐにその机に向かった。

卓上にはない。工藤は迷わず机の引き出しを開けた。一番大きな引き出しの中にもカルテはなかった。隣の小さな引き出しも開けた。そこにもなかった。その下のキャビネット状の引き出しを開けた。阿木が怯(おび)えたように立っている。

信頼もここまでなんだ。今、阿木さんの頭の中は、俺に対する不安で一杯なんだ。それでも俺は事情を話すことができない。何も言わない方が彼女のためだと思うから——いや。いまだ自分の推理が信じられないから。

自分の仮定を否定する要素を見つけるために机の上をかき回しているような気がした。それでも脳裏には、あの沢木の姿が蘇る。インタビューを受けるテレビの中の沢木は喜びにあふれていた。そして、ひどく痩せていた。まるでその背に死に神が乗っているかのように。生きながら亡者の烙印(らくいん)を押された者のように。

阿木の声がした。「これじゃありませんか」——沢木勝也のカルテは書棚の端に無造作に置いてあった。

開いたのは、九月十日のカルテだった。

10／IX　Ariyoshi

S）　食欲は良好だが、不眠と寝汗。時々動悸。

O）BW　45Kg　　BP 168／98
　　HR 102　　BT 36.9℃

Conj ; not anemic
Neck ; LN not plap
Lung ; no rale
Heart ; no murmur
Abd ; soft and flat
WBC 8900　　Hb 12.4　　Plt 16.7万
TP 6.4　　T-chol 167
AST 24　　ALT 28　　ALP 346
LD 189　　CK 98　　PG 144
心エコー ; wall motion diffuse hypo

A）心機能のさらなる低下を認める。

P）　利尿剤、強心剤考慮

体重が落ちていた。そして頻脈が見られた。

はっきりした理由がないのに頻脈があり体重が落ちたとすれば、他の医師ならともかく、有吉なら甲状腺を疑う。その上甲状腺異常なら基礎代謝量が上昇し、痩せる。彼が沢木の様子に気づいていないはずもない。

Neck：LN not plap――リンパ節、触知せず

工藤はその記述を見つめる。本来ならそこにあるべき甲状腺の記載がない。

工藤はカルテを前へ、後ろへと捲（めく）った。しかし甲状腺の検査がない。心臓エコーの検査はあった。心臓カテーテルと心電図もある。繰り返される簡単な検査の結果。赤血球、ヘモグロビン、血小板、総蛋白（たんぱく）、総コレステロール――それなのに甲状腺検査のあとだけはない。それればかりではなく、有吉が甲状腺異常を考えたならば、調べているはずの、手の振顫（しんせん）――震えやアキレス腱亢進（けんこうしん）についての記載も、ない。

心エコー：wall motion diffuse hypo――壁運動、微慢性に低下

しかし、もし甲状腺異常があれば、壁運動は亢進するはずだ。

カルテによれば、沢木の心臓がはっきりと異常を示し始めたのは、入院一カ月後だった。同時に心臓の薬が増えている。そして沢木の心臓が、少しずつ悪化している様子が検査結果の数値として、淡々と書き込まれている。

もし沢木の心臓の不調を計画的に作るとすれば、長期にわたりなんらかの薬剤が投入されているはずだ。しかしそこにあるのは心臓の薬と糖尿の薬、血圧安定剤、そして律儀に出される胃腸薬の散薬だけだった。

薬をこっそりと患者に投薬することは、部外者が考えるより難しい。

薬は、医師が処方箋をコンピューター入力し、薬剤部で薬剤師がそれにそって薬詰めをする。もちろん不当な薬剤をコンピューター入力すれば、問題が起きた時に投薬を調べられれば直ちに露呈するから、そんなことはできない。薬剤師が医師とグルになって、処方箋にない薬を混ぜることはできる。しかし入院患者の薬は、病棟に上げられたあと、看護師が確認をするので、処方箋にない薬が入っていたら、ばれてしまう。

カプセル式のものなら、散剤を詰めるので、薬剤部に協力者がいれば可能だ。しかし沢木の投薬には、カプセル錠もない。

一体どうやって――

そして気づいた。工藤はカルテをみつめたまま言った。

「阿木さん。沢木さんは、投薬を、一週間分もらっていましたか。それとも一回ずつ、看護師から直接もらっていましたか」

自分で管理できる患者には、大体投薬は一週間分、まとめて渡される。しかし患者によれば、一回ずつ看護師が渡しに――正確に言えば飲ませに来る。

阿木は困惑気味に答えた。「たぶん、毎回、担当の看護師から渡されていると思います。お歳ですし、VIPですから」

看護師が渡すときに、ポケットに忍ばせておいた薬を毎回加えることならできる。胃薬だと偽れば、患者は疑わない。そしてそのくらいの量なら、大学病院の薬剤部なら、なくなっていても気づかない。

「先生。藤原病院に勤めていらっしゃるんじゃなかったんですか」

気がつけば彼を見上げる阿木の目は不安で一杯だった。そして同時に、なんのためにこんなことをするのかはわからないが、ここでのことは黙っていてあげるから思い直してと、そう言っているように見えた。

「有吉先生は工藤先生のために藤原病院のお仕事をとてもご苦労して見つけてこられたんですよ。工藤先生がいろんなお話を何度も断ったでしょ。田舎(いなか)だから、落ち着くかもしれないって」

阿木の声にあるものは抗議ではない。憐憫(れんびん)だった。

しかし工藤はカルテから目を離すことができなかった。

——しかしもしそうだとすれば、それなら有吉一人ではできない。看護師の誰か。そうだ。あの日、リドカインを入れた点滴器を始末したのは看護師なのだから。

いや、そもそも大善は本当に心臓が悪かったのだろうか。

大善の担当になった時、有吉は工藤にそっと漏らした。「困ったな。癌はないよ。心臓だ。でも入院を勧める時、心臓だからって言っても、本人は、こっちが癌を隠していると思うだろうな。前の病院じゃ言われなかったって」

大善の年齢になると心臓も弱ってくる。突然検査結果に心臓異常が検知されたことに、工藤さえ疑問をもたなかった。しかし今となれば思うのだ。データを差し替えて、悪くもない心臓を悪いように見せかけた。技師を協力者にしなくても、それぐらいなら医師にもできる。

X線は今はデジタル写真になっている。コンピューター画面にデジタル情報から像がつくり出される。だからいくらでもフィルムはつくり出せるのだ。他人のデータに大善の名前を入力するのも簡単なことだ。現に自分も、胃潰瘍の患者のカルテに末期癌患者のX線写真を間違って添付して、現場を混乱させたことがあるのだから。

しかしなぜ大善は南条大学病院を選んだのか。

なぜ大善が有吉の担当になったのか。

心当たりがあった。

工藤には、沢木のあの痩せた顔が記憶から離れなかった。沢木にいつ何が起こっても、不審に思う人間はいない。大善の虚ろな目が、卑屈に笑った沢木の顔に重なる。彼は気が遠くなりそうな中で、懸命に考えた。

心エコー：wall motion diffuse hypo——壁運動、微慢性に低下

沢木が甲状腺の薬を投与されているなら、血液検査をすればはっきりすることだ。

そして甲状腺の薬が投与されていたとすれば、このカルテは作為的にデータが改ざんされていることになる。なぜなら甲状腺の薬を投与されていたなら、壁運動は亢進するはずだから。

工藤の心臓は高鳴り、体が硬直する。工藤は阿木を見つめた。他に頼める相手はいない。事実を知ってどうするのかもわからない。

「沢木勝也の血液を——」

自分が今しようとしていることは何だろう。融通がきかないと千里に言われ続けてきた。事を明らかにしてなんのメリットがあるだろうか。自分は職を得た。そして有吉はたぶん、将来自分をこの病院に呼び戻してくれる。それでも事実を知りたいと思うのは、倫理感だろうか、それとも本能だろうか。

工藤は阿木を見つめた。

「採取してくれないか。一本でいい。誰にも言わず、誰にも見つからないように。ただ間違いなく、僕に届けてくれればそれでいい」

阿木が工藤を見つめて呟いた。「なぜですか」

答える言葉はなかった。心が張りつめて、真実を追求するということがこれほど惨めでやるせないものかと骨のどこかがかたかたと軋む。「黙って」と工藤はすがるように呟いた。「黙ってそうしてくれないか」

阿木が立ちすくむ。彼女が、呑み込めない事実を懸命に呑み込もうとしているような気がした。その気配が辛かった。

ドアがノックされた。そして次の瞬間には、そのドアは勢いよく開けられていた。

緒方だった。

研修医であるにもかかわらず、白衣を着た緒方はすでに立派な医師に見えた。品位と風格を持っている。自分を慕って藤原病院を訪れていた初々しいあの姿がまがいものであるかのように。

彼は工藤を見つけた。工藤を警戒する風はなかった。ただ、彼の手に握られたカルテが沢木のものであることに気づいた時、彼の顔色が変わっていった。

見間違うことがないほど確実に、そしてはっきりと。驚きが驚愕になり、絶望を経てゆっくりと赤みを帯び、やがて確信へと。そして哀れみへと。かすかな開き直り——そして厳然たる理性。

その変化に十五秒もかかっただろうか。最後にたどり着いた表情には後ろめたさはみえなかった。いや、そのどこにももはや人間的な複雑さはない。

緒方は背後に看護師を一人伴っていた。「どなたですか」と彼女が緒方に聞いた。緒方は何も言わず、じっと工藤を、そして彼が手に持っている沢木のカルテを見ていたが、やがて彼はにこやかな声で言った。

「知らないんですか、工藤先生ですよ」

そしてその笑顔を工藤に向けたのだ。

「お待たせしましたか、では行きましょう」

緒方について来た看護師は不審な顔をした。その横を、阿木がそっとすり抜けた。

緒方は「先生、こっちです」と工藤を部屋から引き出した。彼はそのにこやかな表情のまま、まるで工藤の腕を抱えるようにエレベーターに乗り込む。

エレベーターには三人の見舞い客らしい人間が一緒に乗りこんだ。あとから医者が一人、走り込む。緒方はエレベーターの『開』を押して彼を待ち、乗せた。医者が緒方に会釈する。

緒方もまた、会釈を返す。しかしその間も、決して工藤の腕を離そうとはしなかった。緒方が地下二階を押した時、工藤には、緒方の目ざす場所がわかった。

地下二階の端にある資料室だ。

古くて頑丈な部屋だった。鉄の扉も錆(さ)びて動くときは重く軋み、窓のないコンクリート部屋の中の電気は昔風の蛍光灯で、全部つけても、暗い。誰が何のために持ち込んだのかわからぬものが放置されて、サインペンで『厳重保管』と手書きされた段ボール箱が山積みになり、ほこりを被っている。昔は研究用の死体の部位を保管していた。

研修医時代、用を済ませると振り返らぬようにして早足で逃げ帰ったものだ。あそこで人が死んでいても、匂いが漏れない工夫さえしていれば誰にも気づかれずにミイラになるかもしれない。誰にも聞かれたくない話をするにはちょうどいい部屋だ。

工藤は抗(あらが)わなかった。ただ、阿木の後ろ姿を思っていた。決心した阿木の、あの影のように消えた後ろ姿。

エレベーターが一階に停止すると、医師が降りていった。そして再びエレベーターのドアが閉まる。

木部美智子は、南条大学病院の一階フロアに駆け込んだところだった。目の前でエレベーターの箱が開き、医者を一人降ろしてやがて閉まる。

病院に走り込んだものの、何の考えもつかなかった。工藤ならこの病院のどこにいくだろうか。まっすぐに有吉の元に向かうかもしれない。いや、緒方という青年の元だろうか。

そう思っていた、そのときだったのだ。箱の中に工藤がいた。しまっていくドアが工藤の姿を美智子の視界から遮った。

――あれは確かに工藤だ。

美智子はエレベーターの移動ライトを見つめた。Ｂ１――Ｂ２。

Ｂ２で止まった。

階段を探していては、場所がわからなくなる。エレベーターは三機並んでいた。美智子は『下』を押して、エレベーターを待った。箱の中に工藤と一緒にいたもう一人の若い男が誰であるのか、美智子は知らなかった。遅れること十秒、美智子は下り方向のエレベーターに飛び乗った。

5

鉄の扉はギギィと鳴った。

黴(かび)の匂いがした。

その部屋で、緒方は工藤の腕を離した。

ピシリと音を立て、ドアは閉められた。

薄暗かった。逆光になった緒方の顔ははっきりとは見えない。

「ずっと考えていたんだ」と工藤は言った。

「この五年、ずっと考えていた。なぜ中根大善が死んだかを。俺が打ったリドカインはかっきり一〇〇ミリグラム。絶対に死なない」

緒方は黙っていた。逆光に半身がシルエットとなり、そこに立っているのが人ではなく人形(ひとがた)であるような錯覚さえ持つ。それでもそこに立っているのはまぎれもなくあの緒方なのだ。

工藤は畳みかけた。

「閻魔メール、千里に送ったのは、君だな」

緒方は黙って工藤を見つめていた。

「あの時、千里が閻魔と名乗る人物からメールを貰ったことを知っていたのは、俺と本宮さんと、そして君だ。そして俺が、千里を追いかけると言った時、君はやめてくれと泣くように言った。事を大きくしないでくれ。そして思いとどまらせるために坂下直弘のメールのことまで俺に喋った。公園にいた俺を警察に通報したのは、若い男。千里が会おうとしていたのも、若い男だ。あいつがちゃらちゃらした格好で出かけるのはそういう時なんだ。あの日、千里は俺が電話をしたはじめからはしゃいでいた。あの記事を読んだ時、それが誰だったのかが、わかった。この記事の中にある『内循』という言葉。この造語をこんなに自然に使いこなすのは、有吉さんか、有吉さんのそばにいる人間だけだ。あの人から指導を受けた人間

――有吉さんに選ばれた人間」

そして工藤は緒方を、その影の中の顔を、見続けた。

「この記事を書いたのは、君だ」

緒方はそれでも何も言わなかった。

「初めて気づいたよ。なぜ大善が死んだのか。なぜ有吉さんが、あんな目をして俺を見たのか。なぜお前が、あんなに藤原病院まで来るのか」

緒方の顔色が変わった。工藤はしかし、もうためらわなかった。

「リドカインは一〇〇じゃない。あの時、あの点滴液の中に、おそらくは点滴袋一杯の、おそらくは一リットルものリドカインが仕込まれていたんだ」そして緒方を見つめて、絞り出すように聞いた。

「違うか」

緒方は何も言おうとはしない。工藤は言い続けた。

「俺はその、最後の瞬間に立ち会ってしまったんだ。何もしなくても、ほんの一分でこと切れるように、すでに大善の体の中にはリドカインがたっぷり入っていたんだ。あのあとどさくさに紛れて点滴液は処分された。証拠は残らない。あの時、俺が騒ぎさえしなければ」工藤は緒方を見つめ続けた。

「彼はただ、心臓発作で死亡ということになっていたんだ」

シルエットの中から声が洩れた。

「なにを根拠に――」

静かな声だった。驚きもない。怒りもない。わずかに細い声だった。その声が少しずつ、ちょうど工藤の心の動きを手さぐりするように、人の声に戻っていく。

「確かに千里さんにメールを送ったのは、僕です。記事も一緒に考えた。彼女は落ち込んでいた。でもそれ以上に、僕はこれ以上工藤先輩の周りにいざこざを起こしたくなかった。本間タネのところで全てを止めてしまいたかった。千里さんを満足させて事件から手を引かせようと思いました。でもそれは」

優しさを纏った強弁は、その優しさの分だけ薄汚い。優しげな声がどうしようもなく汚らわしく聞こえて、工藤は思わず怒鳴った。

「俺のためだと、そういうつもりか」

工藤は緒方を見据えた。

「心臓発作だけなら、ここまで確信を持たなかった。モニターだよ。あの時、有吉先生は大善の病室に最後に来た。思ったものだ。あと一分、いや三十秒早くきていてくれたら、あの、異常を示したモニターを見てもらえたのに。そうすれば、ナースセンターのモニターが異常を発する前から、確かに大善の心臓はおかしくなっていたとわかってもらえたのに――でもそうじゃなかった。俺から電話を受けて、モニターを繫ぎ替えたのは、当の有吉先生だったんだ」

その瞬間、緒方の顔が奇妙に紅潮するのを工藤は見た。真実であったと、工藤は理解した。

否定して欲しかった。自分の考えの間違いを指摘して欲しかった。しかしもはや望むべくもない。工藤の心の中で最後の堰が切れていく。怒りと憎しみが最後の堰を乗り越えていくその様を心の内に感じながら、それでも工藤はどこかに自分の立てた仮定の破綻を求めている自分がわかるのだ。今、この緒方を前にして、謎を解いてもそれが自分の勝利でないことを、心の中にナイフを突き立てるような痛みを伴いながらわかる。

彼らを責める言葉を吐き出すたびに心の中に深く傷を負っていく。真実が自分を傷つけていく。自ら告発する事実が、緒方をなんら傷つけることなく、ひたすら自分に突き立ってくる。信じていたものに裏切られていたという事実が。

「――仕事が終わるまで、ナースセンターのモニターに、心肺蘇生トレーニング人形の心電図を映していたんだ。あれなら都合のいい波形を作れる。ただ、記録紙も回さずアラームも切っていたから、大善の病室内のエコーまでは繋ぎ替える必要はないと思っていた。そこに俺が入り込んで、その心電図に気づいてしまった。

大善の異常が発覚した以上、ナースセンターのモニターとの食い違いは、問題になる。計算外の事態に気づいた有吉先生が初めにしたことは、ナースセンターのモニターを大善こと中根伸治のものに繋ぎ替えることだった。モニターの裏にある入力ボタンで四桁の番号を打ち直せば簡単に繋ぎ替わる。ナースセンターのアラームが鳴ったのは、その瞬間だったんだ」

もはや緒方の表情が変わることはなかった。皮膚はプラスチックでできているようだった。

決して血を流すことのないものと対座することが、これほどの痛みを伴うものか。微動だにしない緒方を前に、工藤の心に憎しみが湧いた。

「大善だけじゃない。そう考えれば渡部喜一郎の場合もどんな細工だってできた。彼が死亡したのは武蔵が丘病院、内科部長が南条大学医学部の出身だ。うちの大学と医療提携していた。有吉先生が出入りしたって、誰もなんの不審も持たない」

　緒方の顔色が変わるその瞬間を見たかった。痛みを——彼にも痛みを。工藤は感情の渦に引き込まれていくのを、どうにもできないでいた。

「渡部喜一郎が運び込まれた武蔵が丘病院は、渡部が撥ねられた地区の救急指定病院だ。あの場所で事故が起きれば武蔵が丘病院に搬送される。搬送されさえすればよかったんだ。だから関口という男は渡部に接触さえすればよかった。大善とは違い、自分の病院ではないから細かい細工はできない。短時間で間違いなく完了するもの——病院側はラインを確保しておきたがる。渡部もまた、点滴に繋がれていた。有吉さんには簡単だったはずだ。インシュリンの一〇〇単位も投入すれば、アウトだ」

　白衣のポケットにインシュリンの入った注射器を忍ばせて、そっと点滴液にその液を注入するだけだったのだ。

「渡部の直接の死因は急性の硬膜下血腫。事故後三日たって起きたって不思議はない。有吉先生はインシュリンの大量投与で呼吸を停止させた。病院側は呼吸が停止したことから、脳ヘルニアという病名をつけた。それも有吉先生には計算済みだったんだ。頭も打っていたんだろうということで終わる。血液検査もしない。だったらインシュリンの大量投与は発覚しない。絶対に、わからない」工藤は緒方を見据えた。

「医者が二人、そして看護師が一人。それだけいれば、最低限、まかなえる。医師は君と、有吉先生。勤務表をみれば看護師だって察しはつくだろう。でも関係者はそれだけではなかったはずだ。大善が入院したのは、彼がここを訪ねたからだ。確かにここには多くの有名人がやってくる。でも大善のような、ほとんど問題のない人間が患者としてやってくるのは稀だ。彼がここを訪れたことにはカラクリがあるはずなんだ。誰なら彼をここへ入院させることができるか――紹介者は誰か。

米田って医療ジャーナリスト、有吉先生と時々連絡をとっていたよな」

工藤は米田俊介という男のことを思い出したのだ。作家としてデビューしたが、母の死をきっかけに、医療現場に興味を持ったということで、医療関係の本を何冊も書いた。米田の母親が死亡したあと、その死についての彼の疑問に答え続けたのが有吉だった。米田が納得するまで、有吉は逃げることなくつきあったのだ。それから海外の医療システムにも興味を持ち、今では医療ジャーナリストとして信頼を得ている。彼なら、人から、良い医師を紹介するよう頼まれることもあっただろうし、自分からアドバイスをしても不自然には思われない。

「――気がつかなかったのは知識がなかったからじゃない。想像力がなかったんだ。医療に携わるものがみずから手を下して命を奪うという発想がなかった。なんて無邪気なんだと思うよ。自分を陥れた人を信じ、自分をスパイしていた人間に――」

そして工藤は緒方を見つめた。

「友情を感じていたなんてな」

緒方は、何も言わなかった。ただじっと工藤を見ている。そこにいるのは、まるで慈悲を持って人を眺める人間だった。

なぜだと工藤は聞いた。

なぜそんな目をしているのか。なぜ何も言わないのか。なぜそんなことをしたのか。なぜ自分がこんな苦しみの中に一人でいなければならなかったのか。

部屋は黴臭かった。これが青春の匂いだなどと、誰が信じるだろうか。しかしその匂いが、工藤には全ての記憶を呼び覚ますのだ。そしてそこに呼び覚まされる記憶の中の有吉は、誰よりも優しく毅然（きぜん）として、医療に誇りを持っていた。彼は労を惜しまなかった。人体機能の神秘の崇拝者だった。彼は、心臓の筋肉の力強い動きに、個人の意志を超えた力を感じると言った。我々は、目の前にいる小さな個人を助けているのではない。

『嫌な患者には手を抜き、好意を持てば懸命に治療する。そんなことじゃないんだ――』

我々は神から遣わされたサイクルの綻びを修理しているんだよ。あらゆるものが遣わされているんだ。僕は宗教は信じないが、でも生まれたばかりの子供にきれいに五本の指が揃っているのを見るとき、感じるんだ。その肉体に宿った人格がなんであろうと、いいんだ。きれいな五本の指に分けた力。岩盤のような心臓の筋肉を動かし続ける力。僕はその力を神と名づけ信奉するんだ。

工藤は呟いた。「――あの人は、新生児室を見に行くのが好きだった。泣く赤ん坊を、目を細めてみていた」

涙が溢れてくる。

なぜだと、工藤は怒鳴った。

そのくせ、言葉がとまった。

「神のつもりか」

涙に声が詰まっていた。手で涙をぬぐっていた。この部屋にひとりぼっちでいるような錯覚にとらわれる。

「依頼者から六千万円もの金を取っていたんだ」

それでも緒方は顔色を変えなかった。

涙が溢れた。なぜだかわからなかった。人は、信じたものに裏切られた時、泣くのだろうか、怒るのだろうか。俺は強い人間でないから泣くのだろうと思った。それでも工藤は思うのだ。赤ん坊の指が五本に分かれていることに神秘を説いた有吉を。身体は、持ち主の意志にかかわらず生存し続けようとする、と教えてくれた有吉のことを。その話を千里にしたとき、彼女はぽかんとしていた。それでも工藤は、誰かにその話をしたかった。

立っていられなくなって、ずるずると座り込む自分が情けなかった。怒ることもできず、受け入れることもできない。ただ涙ばかりが溢れてくる。

工藤にはわかっていた。あの大善の事故の当日、本当は一時間前に時間薬の注入を済ませているはずだった。それが一時間遅れた。有吉は、もうそれが済んでいると思い込んでいたにちがいない。俺に災いが及ぶなどと、考えも及ばなかったに違いない。彼は懸命に俺を庇った。それに偽りはないのだ。全ては不慮の事故だったのだ。

自分にはあの大善の死の真実と交換に、有吉や緒方を売り渡すことなどできないのだ。

「教えてくれ」工藤の声は涙にかすれた。

「なぜだったんだ」

答える声はしない。工藤は緒方を見上げた。泣きながら、まるで命乞いでもする人間のように。

緒方の目にはなんの曇りもない。焦りも、戸惑いも、恐れも、苦悩さえない。それはタネを思い起こさせた。あの日自分に頭を下げたタネの厳しさだった。

「人の生死を……」

工藤は緒方を追及することが無益に思えた。

有吉を告発することができないのはわかっていた。自分にはそんな正義感などない。そんな強さもない。ただの医者だった。人を愛して、人に愛されたいと思い、幸福というものに少しでも近づきたいと思う、ただの医者だ。

憎いと思った。しかしその憎しみも緒方の体を通過することはない。ただ、自分に戻ってくる。不甲斐(ふがい)なく泣くだけの自分に戻ってくるのだ。

緒方の声がした。

「工藤先輩、それはあなたのおとぎ話ですよ」

薄暗い部屋に静かに浸透していくような、静かな声だった。

「米田さんにしても、有吉先生のことにしても。そんな正義の人がいればいいのにという、おとぎ話です。丁度タネが、相手を殺してくれればいいのにと思うような。タネには人が殺せないと人は思う。でも本当は、ひっそりと、殺せたかもしれない。もしかしたら」

緒方は見つめた。

「それが、先輩のおとぎ話の結末です」

そして、緒方は言った。

「何を誤解されてもいい。けれどこれだけは言いたいんです」

その時初めて、声が、緒方だと聞き覚えのあるものになっていた。繊細で不安げないつものあの声だった。心遣いと不安を混ぜながら、どことなく利かん気で、もの悲しい、少年のような彼の声。

「藤原病院へ行っていたのは、ただ、先輩に会いたかっただけだ」

工藤は崩れていった。

体も心も、全てが崩れていった。

緒方は、部屋を出ようとして立ち止まった。

確かに閉めたはずのドアが、わずかに開いていたのだ。緒方は工藤を振り返った。しかしそこにはただ、頽れた工藤がいるだけだ。もう指の一本も動かないかのように。

緒方は三センチほどのドアの隙間を見つめた。

「工藤さん。看護師の阿木さんと話していましたよね。なんの話をしていましたか」

しばらくの時間があった。その間を緒方が忍耐強く待った。そして工藤が呟いた。

——もう、関係ないだろ。

そこにはまたしばらくの間があった。それから緒方は「そうですね」と呟いた。

部屋の外に出て、緒方は辺りを見回し、じっと耳を澄ませた。虫の羽音さえ聞き分けようとするかのように。

やがて緒方は歩き出す。エレベーターに乗る直前に、もう一度資料室を振り返った。自分が出た時のままの状態でドアがあいていた。緒方はそれを見つめて、エレベーターのボタンを押した。

沢木勝也は目を開けていた。

焦点が合わず、物が二重に見える。

まるで自分の体ではないようだった。肉体はベッドの中に沈み込み、息を吸い込もうにも、胸板は岩盤のように重く肺を押しつけている。

医学博士でありながら、筋弛緩剤がこれほど恐ろしいものだとは知らなかった。

いや、死を宣告される恐怖がこれほどのものだとは、考えたこともなかった。

これは呼吸筋の弛緩剤ですと、あの男ははっきりと言った。大丈夫、呼吸が苦しくなり、最後は息ができなくなるが、まだそんな量ではありません。意識はありますが、声は出ません。僕の顔、見えていますね。ええ、視力もあるんです。チアノーゼが起きて、皮膚が黒、紫、もしくは青黒くなるのは死の直前です。むろん、言われなくてもご存じだと思いますが――

沢木は茫然として彼、医師を見た。彼は静かに、患者を安心させるときのような微笑みを浮かべて言ったのだ。

「あなた、死ぬんですよ。心臓発作で。閻魔メール、届いていたでしょ」

彼はすぐ戻りますからと言い残して部屋を出た。

沢木はひとりぼっちの部屋で考えをまとめようとした。いま起きていることが理解できなかった。

ナースコールに手をのばそうとした。しかし体は鉛のように重くて指一本動かなかった。

その時初めて、沢木は事態に気づいたのだった。

閻魔メール、届いていたでしょ。

殺される。殺される。

司法も世論もかき分けて生き延びたのに。

わたしは自身の生涯のほとんどを国家国益のために費やしてきた。国家国益のためなら、多少の一般市民の犠牲はいたしかたないというのが、国の先頭に立つものの一般常識だったではないか。大局をみろ——それが我々の時代の学長の口癖だったではないか。自分の下した決定が、結果的に特定の製薬会社の利益を計ることになったとしても、それが国家の意志を汲んだものである限り、どうして自分が責められなければならないのか。

交通事故が起こったからといって、自動車メーカーが車の製造をとめられたりはしない。一人や二人や三人や十人が死んだといって、それが二十人になり三十人になったからって、公害で死ぬ人間よりは少ないじゃないか。

俺の何が悪いというのだ。

生きるか死ぬかは病気になった時点で医者の手にゆだねられる。医者がいなきゃどっちにしても死ぬんだ。生きて帰ればありがたいと思えばいいんだ。

それを——恩知らずめが。

市民活動家のあほうどもめが。

何分経ったかは記憶がない。先の医師が看護師を一人伴って入って来た。

医師は先と同じ、穏やかな顔をしていた。彼は沢木の枕元にたち、少し顔色を観察した。

「いかがですか」

涼やかないい声だ。それは初めて彼に診察された時と全く同じ声だった。有吉のことは米田という、まだ若い医療ジャーナリストに勧められた。——南条大学病院の有吉先生なら間違いありません。特待患者を取りたがらないことで有名な堅物ですが、紹介状があれば、断れないでしょう。あなたの担当医に、紹介状を書くように、お願いしてごらんなさい。

あの日初めて会ったときと同じ、涼やかな声だ。ご高名は存じておりますと、一言だけ言った。気に入らなかった。座布団を三枚も四枚も敷いたような、手厚い言葉があるものと信じていた。利発な目をした、しかし平々凡々たる印象の医師だった。彼は一言「癌はありませんよ」と言ったのだ。癌がないことなど、先刻承知している。そのとき、不意に彼が言った。

「心臓はどうですか」検査結果がねぇと、この男は困惑気味に呟いた。そのときい、察しているべきだ。気の利かぬ男に苛立ちが湧いた。退避入院だということぐらい、察しているべきだ。

にんまりとしたものだ。「ええ」と、微笑んで言った。少し動悸がするんだよ——

彼は今、その涼やかな声で語りかけた。

「あなたはたぶん、誤解をしておいでだと思います。しかしわたしは司法の判断に異議を唱えるものでは一切ありません。あなたがある病気に対する、国家プロジェクトの最高責任者でありながら、製薬メーカーからいろいろな見返りがあるために、ある薬品を、危険を承知でわざと使った。その後、その危険について、知らなかったと言ったり、予見できなかったと言い、自分にはそんな力などなかったと謙遜なさり、裁判でさえ嘘をつきとおそうとした。国を背負った研究者のトップとしては、許されざる行為であり、多くの犠牲者に対してはお悔やみ申し上げますが、良識ある社会人として、その事案に対する無罪という司法の判断は遵守します」

そういいながら、彼は注射器をとりあげる。沢木は唇を動かそうともがいたが、ピクリと痙攣（けいれん）しただけだった。有吉はそれを見て、ちょっと手を止め、その顔は微笑んだように見えた。

見知った看護師が穏やかな顔で近づいた。いつも背中をさすってくれる色気のある看護師だった。尻を触ると「ああら、先生」と笑って避（よ）けた——。沢木はその時もまだ、この看護師が助けてくれるのではないだろうかと思っていたものだ。彼女に殺気などなかった。ただ、その穏やかさは目の前の医師と同様なものだった。

それでも、沢木は自分がこんな目にあわねばならない理由がわからなかったのだ。

看護師は近づき、沢木の枕元で椅子に腰掛けた。そしてレポート用紙のような紙を一枚広げると、読み上げ始めた。彼女の声はおだやかで聞き取りやすかった。

「今回の処置は一九八七年、高沢大学病院細菌科学研究室に教授として在籍していた当時、同大学研究室助手、小谷忠雄に対して不当な扱いを行ったとの、小谷氏からの告発によるものです。告発によると、小谷氏は一九七六年、付属第一病院に転属、あなたが主任教授をしている研究室の助教授の地位を得ました。その後七年間、助教授のままに研究開発のプロジェクトを転々と回され、昇進の約束はそのたびに反古（ほご）にされつづけ——」

小谷という名前に記憶はなかった。ただ、教授への昇進を反古にし続けた男のことならかすかに覚えていた。

生真面目な男だった。宴会でも酒を飲むことを知らない。研究には熱心だったが、講義をさせれば生徒になめられた。仕事ができたから手元に置いていたのだ。ただ置いておけばおくほど、無欲で一途な態度が鼻についた。しかし他の研究室に異動されて、その能力を遺憾なく発揮されれば、自分の研究室の足元を脅かすかもしれない。研究室がいまほど巨大になる前で、研究室間で研究費を取り合わなければならない時代のことだった。彼がいることもうっとうしく、彼が他に行くことも好ましくなかった。教授にするからと言い続け、その実、一度も推薦しなかった。他人から教授選にと、彼の名が出ても、見え透いた理由をつけて退けた。

小谷——思い出した。

十五年前、主任教授から付属第一病院の副学長に引かれた時、彼のことをチラと考えたのだ。三年ほど顔をみていなかった。「新しい抗癌剤の開発」「新しい抗癌剤の副作用を研究するプロジェクト」——国や企業から研究費が出るような研究からことごとく彼を外した経緯ももう覚えていない。ただ、彼が充実した顔をしているのを見るのがなんとなくいやだったからだったと思う。わたしが馬鹿にしていたから、医局員までがあの男を馬鹿にした。わたしが疎ましく思っていたから、医局員までが彼とかかわるのを避けた。彼と酒を飲みに行ったというだけで、身のためにならぬとほのめかしたこともあったな。

それでわたしが副学長に就任する時、部屋に呼んだ。人が変わったような暗い顔をしていた。恨めしげな目——それでも何を言うでもない。あの時、彼は四十を過ぎていたように思う。なんと言ったかは覚えていない。ただ、勿体をつけてどこか田舎の病院に飛ばそうとした。

あの男はそれを断った。腹がたったから一切の研究から外した。後任の教授には彼について大した引き継ぎはしなかった。

「私の多々の研究を亡きものにし、――」

――そういえば、何年か前に彼の名前をどこかで見た。

論文を出していた。第二付属の教授からそれとなく打診があったが、下らぬと叱咤したような気もする。あの第二付属の教授は、推薦にあたり、見返りを要求するという評判のある男だった。その彼が、二度にわたってあの男の論文についてコメントを求めたところをみると、あの固い男が金を包んだと見えて、おかしくもあった。

「一九九三年に発表した論文『新抗癌剤プルダン使用時における作用と白血球の減少、および血液粘度上昇抑制の相互作用について』においては、すでに研究済みとの虚偽の報告を受けましたが、小生の思いますところ、小生論文を読んで新たに研究を始めたものと推測いたします。なお、翌年第一付属病院助教授、棚橋牧夫氏が発表されました論文のほとんどは、前年度小生論文『新抗癌剤プルダン使用時における作用と白血球の減少、および血液粘度上昇抑制の相互作用について』ですでに語られたことに重複し――」

棚橋はいい男だった。ありがとうございますと言いながら、四十五度の礼をする男だった。小谷とはなぜあれほどまでにそりがあわなかったのだろうか。

沢木は思い出すのだ。小谷が初めて研究室を訪れた時、彼のワイシャツに米粒が一つ、ついていたことを。昼飯の時についたものだろう、乾いた米粒だった。沢木はその乾いた米粒を見た時、ただなんとなく、この男をつぶそうと思った。原因はただそれだけだったことを、本当はよく覚えていた。

「――妻が私の昇進の遅さに業を煮やし、心がすさむのもよく理解できるところであります。また、学歴のなかった両親がわたしを誇りにし、わたしを信じ、時に大学を離れて開業をと、資金の算段をし始めたときには涙が流れました。研究だけに縛られた助教授が、もはや一般診療などできないということが、我が老いたる両親には理解できず、不出来を責めたことにも、十分な理解に及ぶものであります。人生において良きも悪しきも抱えて日々を営み、どこに身を置くことになろうとも自らの裁量と心得て生きることに異存もなく、よって沢木憎しの思いに正当性があるや無しやは論ずるに足らず、ひとえに我が身の不徳の致すところでありながら、ただしかし、何をもってしても沢木勝也憎しの思いはもはやいかんともしがたく、よってわたくしは反社会的もしくは利己的のいかなる誹りを受けるとも、沢木勝也の死亡を望むものであります」

そして看護師は読み上げる。

「二〇〇三年四月二十日。小谷忠雄」

静かに紙をたたんだ。

沢木はぞっとした。国家をだまし続けてきた。私利私欲をむさぼり、権力を欲しいままにした。裁判にも高まる世論にも屈せず、傍若無人なマスコミとも戦い勝ち残った自分が、顔も思い出せないような研究員の、十五年も前の恨みによって命を絶たれる。

待ってくれと沢木は思った。

理不尽だと、沢木は思った。

わたしは悪人だが、決してそれほどの悪人ではない。麻酔の切れた実験用ラットの腹を切り続けることになんの痛みも感じない、ただその程度の悪人に過ぎない。

なぜわたしが――

タネの背中はネズミを丸めたように小さかった。

ひとりぼっちの部屋でかんかんかんと鉦を叩く。誰のための鉦か、タネにはわからなかった。しかしそれが誰のための鉦かなど、考えたことはなかったような気がする。ただ、鉦を叩いて人形を作るのだ。記憶は消えていく。孫と曾孫が首を括った、その並んだ八本の足が、ぶらりと垂れていたこと。もう七十年も前に、幼かった長男が、箸を摑み茶碗を抱えて、囲炉裏にかかった雑炊を覗き込みながら「モチ、もう一つ」と神妙に言った、その横顔。田舎の夕焼けに染まる山。カラスの声。ほかには何も覚えていなかった。記憶は消えて、ここに自分だけを残していくような気がした。松江という名に安らぎを覚える。誰の名だったかは時々思い出し、時々忘れる。ただ鉦を叩くこととその時に口ずさむ音は忘れないのだ。かんかんと叩けば、自分の生きてきた一歩一歩を遡っていくような気がする。たとえ遡っても、そこにはもうなんの記憶もないというのに。玩具(おもちゃ)の猿がシンバルを叩いているように、機械的で情緒もない。喉が震えて、声はまるで水道の蛇口から流れる水のように取り止めがない。祭壇の中に時折焦点を合わせる。そこには藁人形がたくさんある。

松江が警察に連れて行かれて、もうノートに名と金額を書き込むこともなくなった。数日前から駆け込みで客が三人来た。あんまり熱心に封筒を差し出されて、仕方なく受け取った。不思議なことに三人とも同じ名を書いていた。タネはひとりぼっちで藁人形を三つ作り、いつものように胸部に釘を差し込んだ。粗末な木札を三つ用意して、いつも使う筆ペンで封筒の表書きをなぞり、藁人形を祭壇の前に置き、木札を祭壇の横に立てかけた。

大玉で出来た木製の数珠が鳥の骨のような老婆の左の手首にまつわりついていた。その左手を拝むように立てて、右の手で鉦を打ち始める。

その甲高い音が、タネを消えた記憶のもう一段下の場所へと導いてくれる。母がいた風景。父がいた風景。もう記憶の中にはない、風景——

有吉は注射器を持ち上げると、液体を点滴液の中に流し込んだ。息が止まるのだ。呼吸ができなくなるということなのだ。

有吉はその沢木の思いを察知したのか、静かに彼の不安を訂正した。

「大丈夫。今すぐではありませんよ。心臓が止まるまでにはまだ五分ほどありますから」

やがて沢木の頭上で心電図が異常音を発する。

医者と看護師が医局から走り込んでくる。数分で沢木は取り囲まれていた。

何があった――わからん、とりあえず昇圧剤を――呼吸、呼吸をあげろ。

声が頭上で渦巻くようだった。腕には筋肉注射が打たれた。何度も名を呼ばれた。「テラクチック、一アンプル――」

違う。誰か、誰か、抗筋弛緩剤を。

「頻脈、一六五、血圧、降下し続けています」

「イノバン、五〇――、リドカイン準備して。除細動器充電準備」

声を聞きながら、沢木は天井を眺めていた。意識を残したまま、電気ショックを与えられるその恐怖を想像しながら。

「意識は」と誰かの声がした。

「意識はあるんですか」

沢木はその言葉を聞いた時、躍り上がらんばかりに喜んだ。そして目玉にもてる力の全てを集中させた。その目を、有吉がじっと覗き込んだ。「心室細動、起こします」と声が遠くで聞こえた。有吉は、沢木の目を見つめて一言、言った。

「どちらにしても心室細動を止めるのが先だ」

もう沢木の「意識」を取り上げるものはいなくなった。「リドカイン、五〇」と誰かが答えた。「除細動器、二〇〇で充電、完了しました」

残念そうな有吉の声が聞こえた。

「ほんの数時間前までなんということもなかったのに」

むき出しの胸に除細動器が当てられる。「離れて」——聞き慣れた冷静な医師の声。

タネはもじゃもじゃと祈禱をあげ、時々呟いた。

「御祓(おはら)いじゃからの。のんのさんの御祓いじゃから——」

沢木は天井を眺めたまま、それでも誰かに向かって、声にならない声を発し続けていた。違う。抗筋弛緩剤だ。誰か、抗筋弛緩剤なんだ——

タネの前に置かれた三枚の封筒の表書きには、沢木勝也の名が書き込まれていた。

阿木江利子は、沢木勝也を取り囲むその病室の光景を、病室の外の廊下から見つめていた。走り込む看護師に肩がぶつかった。我に返って、振り切るように病室の前から歩き出した。

「阿木さん」

不意に声をかけられ、阿木江利子は立ち止まった。振り向くと、緒方が立っていた。

「阿木さん。さっき工藤先生と何か話しましたか」

緒方がそう言った。阿木はぎくりとした。

「はい」

その後が続かない。阿木は何も考えなかった。

「沢木勝也さんのカルテが見たいとおっしゃって。有吉先生の所だと思うと言って、ご一緒しました。でも有吉先生はおいでにならなくて」

緒方の目はいつもの優しい目だった。それがなぜだか怖かった。彼は微笑んだまま、言った。「有吉先生は外来だってこと、阿木さん、知っていたでしょ」

「はい」と阿木は答えた。「そう言ったんですけど、工藤先生、きかなくて」

緒方の目がいつもと違うような気がした。「それだけですか」

「いえ」と阿木は答えた。「工藤先生、昔と様子が違っていました。なんだか怖くて」

そして彼女は顔を上げた。「有吉先生の机の上を探し始めたんです。カルテのコピーをとりました」

緒方はじっと阿木を見つめた。「昔のよしみですものね」

見透かそうとするような目だった。阿木は緒方を見返した。「工藤先生、どうして沢木さんのカルテを見たがったのですか」

緒方は言った。「さあ。わかりません。ただ少し、ノイローゼ気味なようです。言っていることがよくわからない。藤原病院のこともありますから、あとのことは有吉先生と相談します。それで申し訳ないけど、その話、なかったことにしておいてくれませんか。変な噂でもたったら、工藤先生のためにならないので」

阿木は思わず声を低くした。「ノイローゼですか」

看護師が一人、病室から駆け出していく。阿木は怯えるようにそのあとを見送った。その阿木の顔を見つめて、緒方の声がする。

「工藤先生、何か言っていましたか」

緒方の立ち具合は、行く手を阻むようにも見えた。距離はあるのに圧迫感がある。

阿木は俯いて「いいえ」と答えた。

それから顔を上げた。

「別に何も」

緒方はしばらく阿木の顔を見つめていたが、やがてにっこり笑って「そうですか」と言い、廊下を向こうへと歩いていった。沢木勝也の病室の方に走ってくる医師や看護師に紛れていった。

取調室での坂下直弘の母は、取り乱すことはなかった。

冷やかな眼差し(まなざし)で捜査官に対峙(たいじ)した。

坂下の息子にはバチがあたった――町の人々は、彼女を見ると、その噂話をピタリとやめることを、坂下頼子は知っていた。

ただ気づかぬ振りをしつづけていただけだ。

あの日、豆腐屋に立ち寄った時、店先に他に客がいるのはわかっていたが、それが明代だとはその時気づかなかった。

頼子は「木綿豆腐二丁」と言った。豆腐屋の主人はそれを聞きながら、先客に釣りを渡すためにつってある、小銭の入ったざるを引き寄せていた。ざるの中から豆腐屋の主人が小銭を取り、隣の女に突き出す。十センチほど隣の中年の女の手がそれを受け取った。

そこにいるのが小森明代だと初めて気がついた。

釣りを受け取ると、手に持っていた財布を開けて、しまいながら、向きを変えて、通りを向こうへと歩き始めていた。小森明代は坂下頼子とは目を合わせようとはしなかった。しかし決して慌てる素振りもない。それは、坂下頼子がそこにいることを否定しているかのようだった。

豆腐屋の主人は俯き加減のまま、ヘイと言って豆腐を二丁、頼子に差し出した。チラと明代の後ろ姿を見やり、視線は頼子を避けるように商品の入っているガラスケースへと戻っていった。彼もまた最後まで坂下頼子とは視線を合わせなかった。

子を殺されて、その上まるで腫れ物にでも触るような扱われ方だ。それも、人の目は冷たくて空々しい。

豆腐の代金を払った。

直弘は木綿の豆腐が好きだった。久しぶりに豆腐が食いたいと夫は言った。だから豆腐を買いに来た。

帰り道で立ち止まると、袋から豆腐を摑みだし、道に叩きつけた。ビチャと音がした。潰れた豆腐を、踏みにじった。アスファルトの荒い目にねじ込まれて、原形がなくなるまで、踏みにじり続けた。

木綿の豆腐が好きだった直弘。見合いをさせたら、相手が断ってきた。うちの子の何が気に入らないというのだ。うちの子が何をしたというのだ。いい大学じゃないからだって？ 就職先が中小企業だから。コネでしかはいれなかったから。頼りなさそうだから——

坂下頼子は豆腐を踏みにじり続けた。

暑い日だった。もう十月だというのに、暑さが収まり所を忘れたかのように、その日は暑かった。

頼子は豆腐を、踏み続けた。

そんなこと、大したことじゃないじゃないか。

そんなこと——バスに乗っている小森真奈美の固太りの体が思い起こされて——大したことないじゃないか。

「うちの子が何をしたっていうんだ」頼子はそう、呟いた。

子供の頃には体が弱かったから、いつも一緒に寝た。食の細い子だったから、いつも好きなものを並べた。家庭教師をつけて、その先生にもおやつを欠かさず出した。授業参観日も欠かさず行った。夏休みの宿題も必ず手伝った。やっと結婚もまとめた。

――うちの子が何をしたというのだ。

突っかけてきた夏物のサンダルが、滑った。遠巻きに頼子を見つめていた犬が、怯えたように短く吠(ほ)えた。

頼子は犬に向き直ると「うるさい！」と怒鳴りつけた。そして残っていた豆腐を摑むと、投げつけた。

犬には当たらなかった。豆腐が道に叩きつけられて、飛び散った。犬が怯えて飛びのいた。頼子は仁王立ちになりそれを見ていたが、やがて踵を返した。

手には摑んだ豆腐がついて、爪の間につまっていた。足の指の間にも、豆腐が入り込んでいた。

頼子はまっすぐに明代の家に向かった。

直弘を殺されたということは、あたしはあたしの二十七年間を殺されたのと同じなんだ。あの子が嫁を貰い、そして孫の顔を見る。そしてまた、直弘を育てたように育てる。

――そのあたしの全てを奪った。

頼子は言った。

「何を考えていたのかはわからない。殴ってやろうとか、髪を摑んで引き回してやろうかとか——いや。何も考えていませんでした。お前がうちの息子を殺したんだろうと、ねじ込んでやるつもりだったような気がします」

小森明代の家の玄関は開いていた。

玄関から、奥の部屋が見えた。

座布団が二枚、敷いてあった。そしてその向こうに奇妙な祭壇が見えた。そこに坂下頼子は一枚の写真を見た。

若い男の写真。どこで手に入れたのか、小森明代は息子の写真を、油性の黒いペンで黒く縁取りをして、祭壇に飾っていたのだ。

目が鳥につつかれたように潰れていた。

小森明代が台所の方から戻って来た。彼女は玄関に立つ坂下頼子には気づかなかった。ゆっくりとした動きで再び台所へと戻っていく。頼子はその間もずっと祭壇の上を見ていた。

そこにある藁人形の胸に釘が打ち込まれていた。

「それを見た瞬間だったと思います。体が動いた」

頼子は駆け上がった。そして祭壇の上にある金づちを掴むと、明代を探した。明代は部屋と台所の間のあたりに座っていた。少し俯いた背中が見えた。

「小森明代の頭をめがけて振り下ろしました。一番初めに振り下ろした時、ガチンと音がして、手応えがありました。続けざまに三度ほど振り下ろしたと思います。コンクリートの塊でも叩くようでした。ゆっくりと前に倒れていくその頭に、振り下ろした。体中の力を込めて、振り下ろしました。ガチン、ガチンと音がして」そして頼子は虚ろに目を上げた。

「——あの女が息子の胸に釘を打ったように。あの女が息子の目をつついたように。なぜあたしがしてはいけないんですか。あの女は無罪なんです。あの女が殺したのに、あの女が殺したのに」

あの女が五寸釘を打ったから息子が死んだんだ。医者がなんと言っても騙されはしない。あたしは母親だから、町内の誰が納得しようと、弁護士が納得しようと、納得しない。そんなことで騙されたら、息子が浮かばれない。

「玄関先に人の気配がしました。我に返って、金づちを放り出して、裏口から飛び出した。『小森さん』と、若い男の声がしていた」

そして坂下頼子は言ったのだ。

刑事さん。あたしと小森明代と、どっちが悪いと思いますか。

そして絶叫した。どっちなんですかと。

明代の死亡がタネの呪い殺しではなく、生身の人間がいたことがはっきりしてしまうと、なぜだか遠山芳樹は激しく動揺し、妻にも、義理の両親にも、自分を信じてくれと涙ながらに訴え始めた。

関口志保が夫に内緒で、自宅を担保に銀行から二千万円を借り入れていることを知った捜査陣が、志保に二千万円の借金をしていただろうと詰め寄ると、瞬間、遠山芳樹はうろたえた。

捜査官の勧めで遠山の妻の両親は会社の経理を調べ直した。そこで遠山芳樹の千五百万円の着服が発覚した。妻の両親が離婚届を持って、警察署に現れた。突きつけられて、遠山は志保殺害を自供した。

――前日の電話はひどいものでした。あたしは渡部殺しの真相を記者に話す。そうなれば夫は無事では済まない。あたしは夫と離婚する。そうしたら、あたしと結婚してくれるわね。不思議と、金のことは持ち出しませんでした。ただ、あたしとの結婚を断るというのなら、あんたとのことを夫にばらすというんですよ。旦那はすっかりご存じだったと思うんですがね。もし旦那が知ったら、旦那は拝み屋のバアさんのところにあんたを殺してくれって頼むわよって、そういうんですよ。

あんた、殺されるわよって。

馬鹿じゃないかと思いましたよ。ただ志保とのことが妻の両親に知れるのが怖かった。浮気がばれれば、志保に二千万円借りていることが発覚する。そうすれば、会社の金の使い込みもばれると思った。

志保が死んだって、夫が疑われて終わりだと思っていたんです。

そして遠山は呟いた。

あの女、本気で、亭主がタネのところに泣きつけば、俺が殺されると思っているようだった。本気だったな。あの、『あんた、殺されるわよ』は。

あれだけは、親身に心配するように、本気だった。

小森明代殺害事件の捜査本部は解散した。関口志保殺害事件の捜査本部もまた、解散した。

祝杯を上げる。

しかし鰐淵刑事は、初めの三十分でその宴席を後にした。


外はもう冬の気配だった。首筋に吹きつける風が冷たい。

木部美智子は約束の公園の隅でベンチに座って待っていた。鰐淵は隣に座り、ポケットに手を突っ込んだまま、尻が温まるまでしばらく震えていた。

「寒くなりましたね」と美智子が言った。

「はあ。また冬ですか」と鰐淵は答えた。

「今日はなんのお話でしょうか」と美智子が問う。

「まったく、こんな寒いところに呼び出して」と鰐淵は申し訳なさそうに笑った。

鰐淵は、小森明代殺害事件と、関口志保殺害事件の顚末（てんまつ）について、少し話した。

「捕まった後に犯人の自供を聞くと、いつも思います。人間というのは、進化しないものだと。千差万別だと言いながら、皆同じ所で踏み誤るんです。それでも坂下頼子の自供には、後味の悪いものがありました。あたしが悪いんですかと問い詰められて、答えに窮したと、担当した刑事は言いました。小森明代が呪い殺したと信じているんだから、彼女にすればもっともな言い分で。息子の無残な写真と藁人形を見せつけられて、そばに、待ち構えているように凶器があって。母親として見過ごしにできなかったと言われれば、妙に説得力があって」でもね、と鰐淵は続けた。

「人間の行動って、そんなものですよ。傍目に見れば奇妙でも、聞けばそれなりに腑に落ちるものです。それを考えると、出頭を後回しにして、工藤はどこにいったのだろうと、それが不思議でならないんです。逃げたわけではありません。我が身にかかった殺人罪などものともせずにどこかに行った。身の潔白を証明することより大切なことってなんなのだろう」

そして続けた。

「あなたは初めから、工藤孝明が一連の事件に関与していないことを知っていた。なぜですか」

美智子は言葉を濁した。

「知っていたわけではありません。工藤さんではないだろうと考えていただけです」

鰐淵は納得したような顔もせず、美智子の顔を見ていた。

「警察署に電話したあと、工藤くんはどこにいったんですか」

「工藤さんに直接お聞きにならなかったんですか」

鰐淵は頷く。「ええ。出頭して来たときに聞きました」そして美智子を見る。「答えません。上手な嘘のつけるタイプでないことを、よく知っているようですな。なんにも、答えません」

美智子は思い出す。

あの資料室のドアの隙間をそっと開いた。そして壁に身をすり寄せて、古いドアの隙間から洩れ聞こえる声を懸命に聞き取った。工藤が返す言葉もなく崩れていくその様子を、全てテープに録音した。

沢木の心臓発作の記事が夕刊紙の一面を賑わしていた。人は天罰だと言った。「裁判の判決を待つように亡くなったことに、何か神の意志のようなものを感じます」――多田は自分の番組でそう言った。本宮の書いた原稿に違いなかった。

沢木の死の第一報がフロンティア編集室にファックスで送信されて来た時、中川は顔を高揚させた。「南条大学病院」と「心不全」という言葉を指さして、言わんこっちゃないという顔をしている。それを尻目に、美智子と真鍋は二人だけで別室に入った。

美智子は真鍋にテープを聴かせる。

あの日、資料室のドアをそっとあけて、隙間から録音したあのテープだ。

――医師は君と、有吉先生。勤務表をみれば看護師だって察しはつく。

――米田って医療ジャーナリスト、有吉先生と時々連絡をとっていたよな。

真鍋はそれを聴き終わると、しばらく黙っていた。

ドアの外から、興奮した声が、もれ聞こえていた。

「沢木の取材データ、まとめて持ってるの、誰だっけ」

ドアの外に人の気配が消えて、真鍋は口を開いた。

「このテープの中には決定的なことは何も言ってはいない。そしてこの緒方という医師も、否定も肯定もしないまま、何ももらしてはいない。内部から正確な情報が得られない限り、病院内での犯罪の立証は難しい。今回のように計画的であるならなおさらだ。

木部くんも知ってのとおり、沢木勝也の死亡時刻は、君がその資料室とやらで壁に耳をつけていた時間に一致します。直前に工藤孝明が入りこんで、奇妙な動きをしていた。それでも沢木殺害を予定通り行ったのだとすれば、彼らには発覚しないという確信があるんだよ。それで調べるなら、慎重にしなければなりません。下手を打てばこっちが潰される。突破口は工藤という医師を落とすことだ。だが彼は出頭したあとも、南条大学病院の名は一言も出していない。彼は伏せる気なんですよ。それを説得して、証言をとれますか？

仮に彼が勇気を持って証言したとしても、このままではなんの物証もない。虚言として、彼は、今度は永遠に職を失うでしょう」

美智子はくずおれた工藤を思い出す。

真鍋は言った。

調査をするなとは言わない。取材費も出しましょう。

ただ、この件を調査するのなら、もしかしたら、危険を伴うかもしれないことは、覚悟しておいた方がいいかもしれない。

今のジャーナリズムには、確かに君が不満に思うように、軽薄なところがある。しかし過去には、骨のあるジャーナリストというのは、日本にも存在したんです。「報道」というものを真に実践した彼らは、しかしそのためには命をかけなければならないこともあった。よく考えて。

真鍋はそう言って、テープを美智子に返したのだ。

風が首筋に吹き込む。

鰐淵が語り出した。

「昔、人に勧められてSF小説を読んだことがあるんですよ。あとにも先にも、SFというのはそれだけですがね。友人が読めってうるさくてね。面白い小説なんだが、なんだか後味がすっきりしないんだって。全然別の伏線があるんじゃないかっていうんですよ。わかる者にだけ用意された、別のストーリー、なんだかものすごくロマンチックで壮大な裏の物語が隠れているような気がするんだが、なんど読んでもわからん。なんでそう思うのかもはっきりしない。でもなんだか、妙に気になって、捨てられないんだって。古い本でしたね。火星かどこかで遭難した宇宙飛行士の話だったと思うのですが」

「何か隠れていましたか？」

鰐淵は、はぁとため息をついた。「全然。ただ、おもしろかったなと思っただけで。大体SFなんて読みなれないから、ひっかかるべき所も素通りするんでしょうな」

美智子は笑った。「刑事にSFは無理でしょうね」

鰐淵が真面目な顔で問いかける。「なぜですか」

美智子はぼんやりと答えた。

「おとぎ話だからですよ」

美智子は真鍋の言葉を思い出す。目にみえるものですよ。正確に言えば、死体か金。不明な金の流れがあることを摑めば、それは死体ほどに価値がある。

美智子は思うのだ。ならばこそ、おとぎ話なのかもしれないと。

タネは金に執着しなかった。彼女の七千万円は床下に捨て置かれていた。

鰐淵は、立ち上がる。冷めた晴れやかさで「まあ」と続けた。

「死体が二つ。犯人が二人。動機も明白で自供も取れている。いいといえばいいんですけどね」

真奈美は施設で暮らすことになると言った。そして小森真奈美を強姦した残りの二人が出頭したことも告げた。

「二人の元にも閻魔メールとやらが届いていたそうです。坂下直弘が死んで、怖くなったと言って。一部始終を自供したそうです」

真実を告白しなければ死亡する——あのメールが届いたとき、もし沢木や大善が、自らの行為を正直に告白していたならば、彼らの心臓は再び回復に向かい、無事退院していたのだろうか。

「そう言えば坂下の友人たちに送られた閻魔メール、調べても発信者がわからなかったそうですよ」

――ならば、緒方は本当に、発信者の特定できないメールを打つ技術をもっていたということだ。

鰐淵は挨拶をして去って行く。

美智子は鰐淵を見送りながら、その背中を見つめて思い出す。

米田というジャーナリストが対象者を有吉大生(だいき)の元へ導き、有吉と緒方と、そして仲間の看護師が殺人行為を行っていく。しかしそれは、我々には立証のできないことなのだ。だから緒方があれほど悠然と構えている。

しかしただ一つ、その緒方が気にしたことがあった。

緒方はドアがあいていることに気がついたとき、立ち止まった。そして『阿木さんとなんの話をしていましたか』と聞いたのだ。その時、工藤はもう関係ないだろと答えた。

もう、関係ないだろ。

もう――いまとなっては。

幽霊も綺麗(きれい)さっぱり消えれば幻覚だけど、一握りの髪の毛を残したら、その瞬間から追跡対象になる。

おとぎ話をおとぎ話でなくさせる、痕跡。

彼らはその痕跡を発見されることを恐れただろうし、工藤もそれを求めて南条大学病院に行ったはずなのだ。

もう、関係ないだろ。

鍔淵は寒そうに背中を少し丸めて、それはしょぼくれた中年男にしか見えない。歩いていく彼の背中を見つめて、美智子はその名を思い出す。

阿木——

阿木江利子は目を覚ました。

時計を見ると、深夜の三時だ。喉が渇いていた。

ビール、ミネラルウォーター——何にしよう。

立ち上がり、台所まで歩いていくと、冷蔵庫のドアを開けた。

箱の中から光が放たれる。阿木江利子は冷蔵庫の前に座ったまま、ぼんやりとその光の中に佇む。

工藤の奇行はノイローゼによる妄想からだったのだろうか。

緒方の言葉を思い出す。「工藤先生、何か言っていましたか」

嘘をついたのは、緒方の静かな目が怖かったからだろうか、それともただ、自分の行為を告白することが怖かったからだろうか。

工藤が最後に言ったことは、沢木の血液のサンプルを確かに自分に渡してくれということだった。

――誰にも言わず、誰にも見つからないように。ただ間違いなく、僕に届けてくれればそれでいい。黙ってそうしてくれないか。

沢木勝也は死亡した。

そして今も、工藤からは連絡がない。

阿木は冷蔵庫の中の、卵を並べる棚を見た。そこに、スーパーの「百円市」で買った小さな袋がぶら下げてある。ワサビや弁当についていたしょうゆなどを貯めておくためのものだ。その中に入っている、小さな試験管を見つめた。

赤い血液はいまだ凝固せず、なんだか濃度が濃くなっているような気もするが、液体の表面はまだ、動かすたびにゆらゆらと揺れるのだ。

それは死亡十五分前の血液だった。

緒方に声をかけられた時、白衣のポケットの中には沢木から採血したばかりの血液のサンプルがはいっていた。ポケットの中で、それはまだ温かかったかもしれない。

冷蔵庫の中からミネラルウォーターを取り出した。ペットボトルに口をつけて一気に飲む。そして、ボトルの蓋を閉める。

冷蔵庫のドアを閉めるとき、庫内灯のなかで、沢木の血液はぶらぶら揺れた。

解説

大森望

本書『呪い人形』は、望月諒子の金看板《木部美智子》シリーズの第三作にあたる。しばらく紙の本では手に入りにくい状況が続いていたので、この新装版を待ちわびていたという人も多かったかもしれない。本書で初めてこのシリーズを知ったという人もご心配なく。各作品は独立しているので、いきなり本書から読んでもまったく問題ありません。

『呪い人形』の内容を簡単に紹介すると、物語の発端（のひとつ）は、中根積善会の中根大善会長が入院先の病院で急死したこと。信者から〝布施〟と称して多額の金銭をむしりとってきた悪徳宗教家と指弾されていた人物だ。事件性はないとされたものの、その場に居合わせた若き研修医・工藤孝明に疑いの目が向けられる。もしや、天にかわって工藤が正義を執行したのではないか？

そんなとき、自分が大善を呪い殺したと名乗り出たのが、積善会被害者の遺族で九十歳の本間タネだった。タネの孫夫婦は積善会に全財産を奪われ、一家心中を遂げた。その恨みを晴らすべく、タネは藁人形に釘を打ち込み、鉦を叩きながら呪詛の祈禱をつづけていたのだという。この事実が報じられて以来、誰かを殺したいほど恨んでいる人々がタネのもとを訪ね、それとなく〝呪殺〟を依頼するようになる。同時に、法律で裁けない〝悪人〟が、まるで呪い殺されたかのように死亡する事例が相次ぐ。

物語の主人公は、中根大善の事件の責任を押しつけられたかたちで大学病院を追われ、茨城県南西部の町の小さな個人病院に勤務している若き医師・工藤孝明。だが、この藤原病院でも、若い入院患者が工藤の目の前で急死する事例が発生。死亡したのは、知的障害のある十五歳の娘をレイプされたと激怒する母親から包丁で切りつけられ、軽傷を負って入院していた青年だった。事件の前日、この母親は、呪い殺しを依頼するため、多額の現金を用意していたらしい。工藤はふたたび嘱託殺人を疑われることに……。

というわけで、本書『呪い人形』は、ミステリー的に言うと、〝悪人〟たちがいかにして殺害されたかの謎をめぐるハウダニットもの。同時に、〝呪い殺し〟というセンセーショナルなトピックにとびつく世間を通して、現代日本が抱える闇に鋭くメスを入れる社会派ミステリーでもある。物語は複雑にからみあいながら、著者の十八番である強烈などんでん返しと驚愕の真相に向かって突き進んでいく。

探偵役は、新聞記者出身のフリージャーナリスト、われらが木部美智子。硬派の週刊誌〈週刊フロンティア〉の看板ライターとして活躍する、当年とって四十歳の独身女性だ。ジャーナリストとしてそれなりに地位をかため、名前も売れてきたが、どうも最近、目が疲れる。重い腰を上げて眼科に行ったら、老眼と診断されて大ショック……という冒頭の情けないエピソードが可笑しい。

事件に入れ込むと暴走しがちなキャラクターだが、〈週刊フロンティア〉編集長の真鍋がしっかり手綱を握り、客観的な立場から木部の熱に水を差す役割を果たしている。もっとも、木部はルポライターなので、事件がないところには現れない。加害者と被害者が先に登場し、なんらかの事件が発生したところで木部が取材をはじめる（もしくは別件で取材しているうちに関わりを持つ）というパターンをとることが多い。

木部美智子の生真面目すぎるくらい生真面目な性格とストイックな生き方、社会の暗部をまっすぐ見つめる曇りのないまなざしがこのシリーズの最大の魅力だろう。

このシリーズのもうひとつの武器は、圧倒的なストーリーテリング。望月諒子の語りに摑まれると、絶叫マシンに乗ったかのようにぶんぶん振り回され、感情の激しい浮き沈みを経験することになる。

もっとも、激しい浮き沈みを経験したのは読者だけではない。このシリーズそのものが——あるいは望月諒子の作家人生も——ローラーコースターさながら、山あり谷ありの運命に振り回されてきた。

あらためてふりかえると、《木部美智子》シリーズの始まりは二〇〇一年。この年、シリーズ第一作にして望月諒子のデビュー長編となる『神の手』が、当時まだ珍しかった電子書籍オリジナルの長編として、e文庫から出版された（林雅子名義）。e文庫は主に平井和正作品の電子書籍を販売するレーベルで、新人の発掘とはまったく畑違いだが、担当編集者が作品に惚れ込んで、異例の電子書籍刊行となったらしい。Amazon Kindleの誕生はまだずっと先の二〇〇七年だから、いかに先駆的な試みだったかがよくわかる。いわゆる〝ケータイ小説〟がブームを巻き起こすのは二〇〇二年のことなので、望月諒子は、電子書籍から長編デビューして商業作家になった日本でもっとも早い例かもしれない。

『神の手』の核になるのは、小説を書くことの〝魔〟にとり憑かれ、一万五千枚におよぶ原稿を残して忽然と姿を消した作家志望の女性・来生恭子。彼女をめぐる不可解な謎を解きほぐす探偵役として、小説の中盤から木部美智子が登場する。

この電子書籍『神の手』が口コミで評判を呼び、異例のダウンロード数を記録。それが編集者の目に留まり、集英社文庫から二〇〇四年に望月諒子の筆名で出版される。これまた当時としては異例の試みだが、無名の新人の長編にもかかわらずこれが増刷を重ねたことで、同じ集英社文庫から、《木部美智子》シリーズの第二作『殺人者』、第三作『呪い人形』が矢継ぎ早に刊行される。

ここまではいたって順調だったが、その後、一向に四冊目が出ないまま六年経ち、七年が過ぎ、シリーズ以外の新作の刊行も途絶え、このままフェイドアウトか……と思いかけたころ、望月諒子は『大絵画展』で日本ミステリー文学大賞新人賞を受賞し、不死鳥のごとくカムバック。その甲斐あってか、二〇一三年、《木部美智子》シリーズの第四作『腐葉土』が、八年八カ月ぶりに刊行される。

十数億とも言われる資産を持つ老女・弥生が高級老人ホームで殺害され、遺体で発見されるところからはじまる『腐葉土』は、シリーズ最長・五百五十ページの大作。関東大震災で父親を失った弥生は、東京大空襲を体験し、女ひとり、ヤミ市でのしあがって、やがて冷徹な金貸しとなる――そんな八十五年の生涯をたどりながら、巨額の遺産相続をめぐる謎に木部美智子が迫る。後半二百ページは、それまでに張りめぐらした伏線をもとに強烈などんでん返しが連続する。まさに渾身の勝負作だが、そのクォリティに見合う反響は得られず、またしばらくシリーズは中断の憂き目に遭う。

五年半後、版元を新潮社に移し、二〇一八年十二月、このシリーズではじめてのハードカバー単行本で出版されたのが第五作『蟻の棲み家』。最低の母親のもとに生まれながら、なんとかまともに生きようと必死にあがいてきた男、吉沢末男が読者に強い印象を与える。ミステリーとしての出来ばえは、おそらくこのシリーズ随一だろう。二〇二一年十月には新潮文庫版が刊行され、これが著者の転機となる。「ミステリー史上に燦然と輝くラストの大どんでん返し！」をデカデカと帯にフィーチャーしたのがよかったのか、発売直後から売れ続け、あれよあれよという間に十万部を突破したのである。

最初に『神の手』電子出版で出た二〇〇一年から数えると、苦節二十年でついに鉱脈を掘り当てたことになる。というか、作風は変わっていないので、世の中のほうが《木部美智子》シリーズに勝手に近づいてきたのかもしれない。

このヒットが既刊にも波及して、長く品切だったシリーズ第二作のダークな復讐ミステリ『殺人者』は、二〇二二年十月に新潮文庫から再刊されてたちまち版を重ねる。それにつづいて、長く品切だったシリーズ第三弾の本書『呪い人形』は、古巣の集英社文庫でこうして新装版が刊行されることになった。電子書籍版が出ているにもかかわらず、旧版の『呪い人形』はアマゾン・ジャパンの古書で一時三万円の値がついていたくらいなので、紙の本がようやく気軽に買えるようになったことを喜びたい。高額の献金を集める宗教法人の問題が大きくクローズアップされていることを思えば、タイムリーな復刊かもしれない。

最初に書いたとおり、《木部美智子》シリーズは各巻が独立しているので、読む順番は問わない。というわけで、本書から入ってもいいし、ヒット作『蟻の棲み家』から逆に遡ってもいいし、『神の手』『殺人者』『呪い人形』『腐葉土』『蟻の棲み家』と五冊そろえて刊行順に一気読みしてもいい。参考までに、望月諒子が現在までに発表している十三冊の著書の一覧を掲げておく。

1『神の手』（2001年 e文庫→2004年4月 集英社文庫）木部美智子#1
2『殺人者』（2004年6月 集英社文庫→2022年10月 新潮文庫）木部美智子#2
3『呪い人形』（2004年8月 集英社文庫）木部美智子#3
4『ハイパープラジア　脳内寄生者』（2008年1月 徳間書店）→『最後の記憶』（2011年8月 徳間文庫）
5『大絵画展』（2011年2月 光文社→2013年3月 光文社文庫）※日本ミステリー文学新人賞受賞

6『壺(つぼ)の町』(２０１２年6月 光文社→２０１５年8月 光文社文庫)
7『腐葉土』(２０１３年4月 集英社文庫)木部美智子＃4
8『田崎教授の死を巡る桜子准教授の考察』(２０１４年4月 集英社文庫)桜子准教授の考察1
9『ソマリアの海賊』(２０１４年7月 幻冬舎)
10『鱈目(たらめ)講師の恋と呪殺。桜子准教授の考察』(２０１５年7月 集英社文庫)桜子准教授の考察2
11『フェルメールの憂鬱　大絵画展』(２０１６年6月 光文社→２０１８年11月 光文社文庫)
12『蟻の棲み家』(２０１８年12月 新潮社→２０２１年10月 新潮文庫)木部美智子＃5
13『哄(わら)う北斎(ほくさい)』(２０２０年7月 光文社)

(おおもり・のぞみ　書評家)

この作品を執筆するに際し、湘南長寿園病院院長・フレディ松川先生にご助力をいただきました。心より感謝いたします。

著者

本書は、二〇〇四年八月、集英社文庫として刊行されたものを改訂しました。

望月諒子の本

田崎教授の死を巡る桜子准教授の考察

マンションも車も買った。足らないものは男だけ。桃沢桜子42歳。立志館大学准教授。ある朝、田崎教授が大学の玄関ロビーで死んでいて――。一癖も二癖もある教授たちと、大人になりきれない学生たちが跋扈する大学内ミステリー。

集英社文庫

集英社文庫

呪い人形

2022年12月25日　第1刷
2023年5月15日　第2刷

定価はカバーに表示してあります。

著　者　望月諒子
発行者　樋口尚也
発行所　株式会社　集英社
東京都千代田区一ツ橋2-5-10　〒101-8050
電話　【編集部】03-3230-6095
【読者係】03-3230-6080
【販売部】03-3230-6393（書店専用）
印　刷　図書印刷株式会社
製　本　図書印刷株式会社

フォーマットデザイン　アリヤマデザインストア
マークデザイン　居山浩二

ISBN978-4-08-744468-1 C0193